<이상한 변호사 우영우> 대본집의
독자가 되어주셔서
감사합니다!

문지원

이상한 변호사 우영우

문지원 대본집

이상한 변호사 우영우 1

1판 1쇄 인쇄 2022. 9. 5.
1판 1쇄 발행 2022. 9. 15.

지은이 문지원

발행인 고세규
편집 김민경, 길은수 디자인 유상현 마케팅 김새로미 홍보 이혜진
발행처 김영사
등록 1979년 5월 17일(제406-2003-036호)
주소 경기도 파주시 문발로 197(문발동) 우편번호 10881
전화 마케팅부 031)955-3100, 편집부 031)955-3200 | 팩스 031)955-3111

저작권자 ⓒ 문지원, 2022
이 책은 저작권법에 의해 보호를 받는 저작물이므로 저자와 출판사의 허락 없이
내용의 일부를 인용하거나 발췌하는 것을 금합니다.

값은 뒤표지에 있습니다.
ISBN 978-89-349-4238-2 04810
978-89-349-4352-5 (세트)

홈페이지 www.gimmyoung.com 블로그 blog.naver.com/gybook
인스타그램 instagram.com/gimmyoung 이메일 bestbook@gimmyoung.com

좋은 독자가 좋은 책을 만듭니다.
김영사는 독자 여러분의 의견에 항상 귀 기울이고 있습니다.

문지원 대본집

김영사

작가의 말

이상한 줄 알지만 안 하기가 힘든 생각이 하나 있습니다.
'평행우주 어딘가에는 우영우라는 이상한 변호사가 실제로 존재할지도 몰라!'

평행우주 속에 실존하는 우영우 변호사를 떠올려봅니다.

우영우 변호사의 하루는 자기만의 규칙으로 가득합니다.
'우영우 김밥'으로 시작해 '털보네 김초밥'으로 끝나는 식사,
문을 열고 눈을 감은 뒤 속으로 '하나 둘 셋'을 세고 나서야 하는 입장과
정명석 변호사의 말이 끝나기 전에 하는 퇴장,
비뚤게 놓인 물건들을 반듯하게 정렬하는 습관과
"제 이름은 똑바로 읽어도 거꾸로 읽어도 우영우입니다.
기러기 토마토 스위스 인도인 별똥별 우영우."라는 거창한 자기소개…

우영우 변호사의 머릿속은 자신이 좋아하는 것들로 가득합니다.
헌법, 민법, 형법, 민사소송법, 형사소송법, 행정법, 상법,
대왕고래, 혹등고래, 범고래, 남방큰돌고래, 외뿔고래, 양쯔강돌고래, 흰고래,
고래의 조상인 파키케투스, 암불로케투스, 로도케투스, 도루돈,

기러기, 토마토, 스위스, 인도인, 별똥별, 우영우, 역삼역처럼
똑바로 읽어도 거꾸로 읽어도 같은 말이 되는 단어들…

저는 이 드라마를 통해서 자기만의 규칙과 자신이 좋아하는 것들로 가득한 우영우 변호사의 세계가 얼마나 아름다운지 보여드리고 싶었던 것 같아요. 덧붙여, 제가 얼마나 우영우 변호사를 좋아하는지도요. 좋아하는 마음이 너무나 큰 나머지 드라마를 보시는 여러분들까지도 우영우 변호사를 저만큼이나 좋아하게 되길 바랐습니다.

평행우주 속에 실존하는 우영우 변호사는 아마도 저나 여러분에게 큰 관심이 없을 거예요. 우리는 고래도 아니고, 잘생기고 다정한 이준호 씨도 아니니까요. 그래도 괜찮습니다. 그런 게 또 우영우 변호사의 매력이지요. 저는 그저,

그 어느 우주에서든 우영우 변호사가 영원히 행복했으면 좋겠습니다.

일러두기

- 이 책은 문지원 작가의 드라마 대본 집필 형식을 최대한 따랐습니다.
- 드라마 대사는 글말이 아닌 입말임을 감안하여, 한글맞춤법과 다른 부분이 있더라도 대사 표현을 살렸습니다.
- 말줄임표와 띄어쓰기는 한글맞춤법과 다른 부분이라 해도 대사 시 호흡의 양을 다양하게 표현하고자 한 작가의 의도를 반영하였습니다.
- 쉼표, 느낌표, 마침표 등의 구두점도 작가의 의도를 따랐습니다. 마침표가 없는 것 역시 작가의 의도입니다.
- 이 책은 작가의 최종 대본으로, 방송되지 않은 부분이 포함되어 있습니다.
- 대본에 등장하는 지명, 단체, 인물, 기관, 사건 등은 실제와 관련이 없습니다.

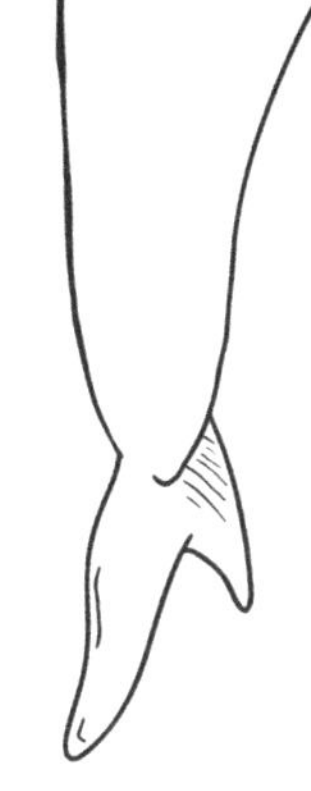

차례

작가의 말 — 4

일러두기 — 6

기획의도 — 8

인물관계도 — 9

등장인물 — 10

작가의 PICK — 22

영우의 한바다 지원서 — 24

용어정리 — 25

1화 이상한 변호사 우영우 — 27

2화 흘러내린 웨딩드레스 — 99

3화 펭수로 하겠습니다 — 169

4화 삼형제의 난 — 235

5화 우당탕탕 vs 권모술수 — 301

6화 내가 고래였다면… — 371

7화 소덕동 이야기 Ⅰ — 441

8화 소덕동 이야기 Ⅱ — 509

작가 인터뷰 — 578

만든 사람들 — 582

기획의도

"제 이름은 똑바로 읽어도 거꾸로 읽어도 우영우입니다.
기러기 토마토 스위스 인도인 별똥별 우영우."

자폐 스펙트럼을 가진 우영우는 강점과 약점을 한 몸에 지닌 캐릭터다. 164의 높은 IQ, 엄청난 양의 법조문과 판례를 정확하게 외우는 기억력, 선입견이나 감정에 사로잡히지 않는 창의적인 사고방식이 우영우의 강점이다. 동시에 우영우는 정서적 공감 능력이 부족하고 사회성이 떨어지며 감정 표현에 미숙하다. 감각이 예민해 종종 불안해하고, 몸을 조화롭게 다루지 못해 걷기, 뛰기, 젓가락질, 신발 끈 묶기, 회전문 통과 등에 서툴다. 우영우는 극도의 강함과 극도의 약함을 한 몸에 지닌 인물이자, 높은 IQ와 낮은 EQ의 결합체이며, 우리들 대부분보다 뛰어난 동시에 우리들 대부분보다 어설픈 존재다. 우영우는 한마디로, 흥미롭다.

이런 우영우가 하필이면 변호사가 되겠다고 한다. '자폐(自閉)'는 이름부터가 '자기 안에 갇혀있다'는 뜻이다. 그런 사람이 보수적이고 엄격한 법조계에 뛰어들어 '남의 입장을 헤아려 변호하는 일'을 하겠다고 나선다. 과연 자폐인은 변호사가 될 수 있을까? 이 드라마는 얼핏 불가능해 보이는 이 일이 가능함을 보여줄 것이다. 그리고 그 과정이 무척 재미있다는 것을 느끼게 할 것이다.

인물관계도

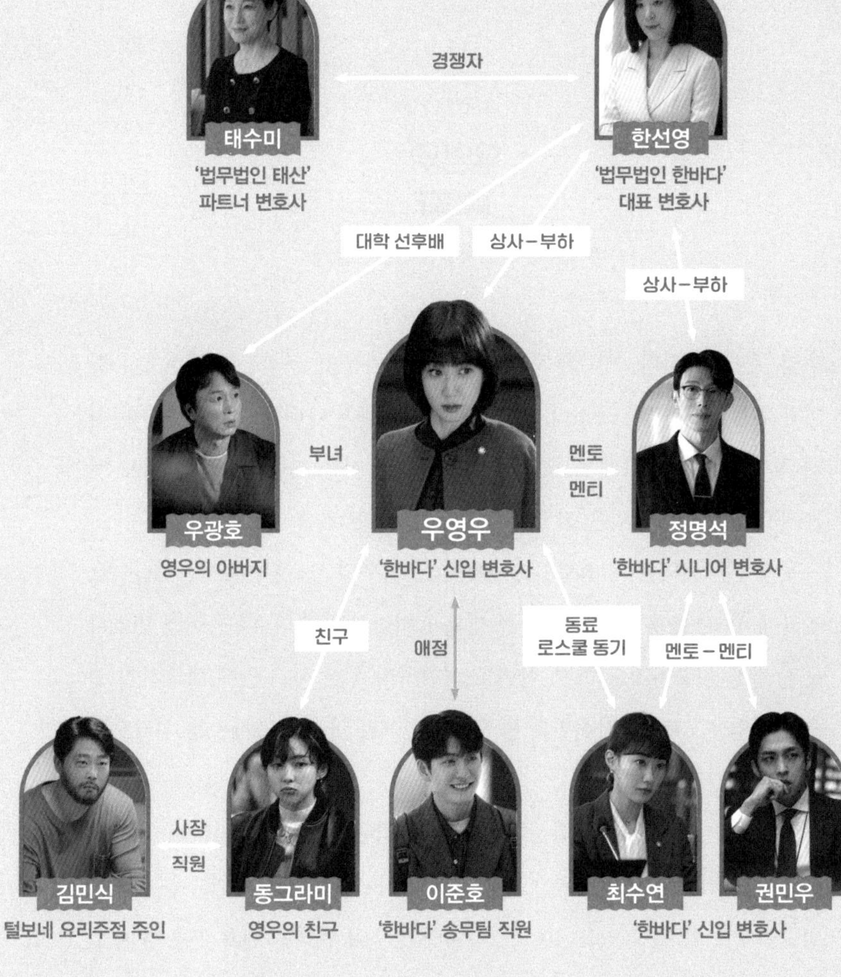
경쟁자
태수미
'법무법인 태산'
파트너 변호사
한선영
'법무법인 한바다'
대표 변호사
대학 선후배
상사-부하
상사-부하
부녀
멘토
멘티
우광호
영우의 아버지
우영우
'한바다' 신입 변호사
정명석
'한바다' 시니어 변호사
친구
애정
동료
로스쿨 동기
멘토-멘티
사장
직원
김민식
털보네 요리주점 주인
동그라미
영우의 친구
이준호
'한바다' 송무팀 직원
최수연
권민우
'한바다' 신입 변호사

등장인물

우영우

여, 27세

#'법무법인 한바다'의 신입 변호사

우영우는 독특하다. 어디를 보는지 알 수 없는 눈빛, 조화롭지 못한 걸음걸이와 몸동작, 특이한 목소리, 단조로운 억양, 걸어 다니는 사전처럼 지나치게 정확한 말투… 자폐 스펙트럼 장애에 대해 아는 사람이라면, 아마도 첫눈에 영우가 자폐인임을 짐작할 수 있을 것이다.

우영우는 흥미롭다. 엉뚱하고 솔직한 우영우의 모습은 때로는 사람들을 놀라게 하고, 틀에 박힌 규칙들을 새롭게 바라보게 한다. 다른 신입 변호사들과 경쟁에 놓이기도 하고, 한번도 경험하지 못한 사건 앞에 당황하기 일쑤인 우영우. 그러나 자신만의 방식으로 한계를 극복하고 새로운 시각으로 사건을 해결해 나간다.

우영우는 용감하다. 사회성이 부족한 사람은 혼자서 하는 일을 택하기 쉽다. 영우라면 재판연구원으로 일하다 판사가 될 수도, 대학교수가 되어 법률연구를 할 수도 있을 것이다. 하지만 영우의 선택은 변호사다. 남의 입장에서 생각하고 남의 이익을 대변하는 일, '자기 안에 갇히는 장애'를 가진 영우에겐 무척이나 어려운 일을 굳이 하겠다고 나선다. 이유도 단순하다. 남을 도울 때 영우는 행복하기 때문이다. 자신의 약점을 감추기보다 정면 돌파해보겠다는 씩씩한 영우. 이 보수적이고 엄격한 법조계에서 과연 영우는 훌륭한 변호사가 될 수 있을까?

정명석

남, 43세

 # 영우의 멘토 # '법무법인 한바다'의 시니어 변호사

정명석의 삶은 아버지처럼 살지 않기 위한 몸부림이다. 명석의 아버지는 일하기 싫어하고 놀기 좋아하는 한량이었다. 어머니는 혼자 힘으로 명석을 키우느라 고생했고 명석은 그 은혜에 보답하려 열심히 공부했다. 조금이라도 게을러질 때면 혹시라도 아버지의 한량 기질을 물려받은 걸까 봐 두려웠다. 끊임없이 스스로를 몰아세우고 채찍질한 결과, 명석은 많은 것을 이루었다. 서울대학교 법과대학에 합격해 재학 중에 사법시험에 붙었고, 사법연수원을 우수한 성적으로 마친 뒤 군법무관으로 복무했다. 제대 후엔 곧바로 국내 2위의 대형 로펌인 '법무법인 한바다'에서 일하기 시작했다. 법조계에 골품제도가 있다면 명석이 바로 '성골'일 것이다. 변호사가 된 후에도 그의 채찍질은 멈추지 않았다. 고액 연봉을 주는 만큼 한바다의 업무량은 엄청나게 많았다. 너무 힘들어 그만두고 싶었던 적도 많았지만 명석은 자기 안의 한량 아버지를 몰아내는 퇴마사의 심정으로 일에 매진했다.

그럴수록 건강은 나빠졌고 아내와도 이혼을 해야 했지만, 명석은 40대 초반 나이에 한바다의 대표 변호사 한선영의 두터운 신임을 받는 시니어 변호사가 되었다.

명석은 똑똑하고 부지런한, 일명 '똑부' 상사다. 실력 있고 합리적이며 배울 점이 많지만, 부하들의 둔한 일처리를 답답해한다. 그에게 훈련되지 않은 신입 변호사를 가르치는 일은 커다란 인내심을 요구하는, 답답한 일이다. 이미 신입 두 명을 맡았는데, 선영이 웬 자폐가 있는 애까지 떠넘긴다. '장애인 변호사를 고용하는 생색은 대표가 낼 거면서 뒤치다꺼리는 나더러 하라네…' 싶어 명석은 기가 막힌다. 하지만 선영이 보기에, 명석만큼 부하들의 장단점을 정확히 파악해 그에 맞는 멘토링을 해주는 상사는 없다. '천재 자폐인'처럼 가르치기 어려운 부하라면 당연히 명석에게 맡겨야 한다.

명석은 일터가 곧 전쟁터라고 생각하는 사람이다. '장애가 있다고 일 못하는 것을 배려해주지 않겠다, 오히려 더 제대로 가르치겠다!'라는 마음으로, 똑부 상사 정명석은 이상한 부하 우영우를 만난다.

이준호

남, 29세

#'법무법인 한바다'의 송무팀 직원

이준호는 한평생 어딜 가든 인기가 많았다. 그의 매력을 설명하는 말들은 다음과 같다. '치명적인 눈웃음' '안기고 싶은 어깨' '매달리고 싶은 팔뚝' '매너남' '댄디 가이의 정석' '큰 강아지 상' '멍뭉미 폭발해 털 날려…'

'훈훈하다'는 말을 너무 많이 들어 더울 지경인 준호의 진짜 매력은 자신의 인기를 의식하지도 이용하지도 않는다는 점이다. 오는 여자 안 막는다는 식으로 사람을 만난 적은 없다. 준호는 자신의 팬과 연애하고 싶지 않다. 좀 이상하게 들릴까 봐 입 밖에 꺼내진 않지만, 사실 그의 이상형은 '존경할 수 있는 여자'다. 준호는 무뚝뚝하지만 잘난 어머니와 그 어머니를 지극 정성으로 사랑하는 아버지를 보며 자랐다. 아들의 눈에 두 사람은 행복해 보였다. '존경할 수 있는 여자'를 찾는 준호의 무의식에는 아마 부모의 영향도 있을 것이다.

지방대 법학전문대학원 교수인 어머니의 영향으로, 준호는 자신도 법조계의 일원이 되고 싶었지만 판사·검사·변호사나 교수가 될 만큼 공부를 잘하지는 못했다. 대신 준호는 법무법인 한바다의 송무팀 직원이 되었다. 주로 소송에 관한 다양한 업무를 보조하고, 가끔은 사건 현장에 나가 추가 증거를 확보한다. 한바다에서도 준호의 인기는 여전해 변호사, 비서, 직원 나눌 것 없이 많은 여성들의 구애를 받았다.

그 어떤 유혹에도 마음이 움직이지 않던 준호 앞에, 손이 많이 가는 이상한 변호사가 나타나 아른거린다. 회전문을 통과하지 못해 도움 없인 들어오지도 나가지도 못하고, 젓가락질이 서툴러 반찬을 집어주지 않으면 맨밥만 먹게 될 저 여자. 그러다가도 종종 보여주는 신묘한 기억력과 참신한 발상에 감탄하게 만드는 여자. 자기도 모르게 우영우 변호사를 존경하게 될까 봐, 준호의 마음이 자꾸 두근거린다.

한선영

여, 50세

#'법무법인 한바다'의 대표 변호사

한선영은 평생 태수미와 경쟁해왔다. 이는 아버지 때부터 정해진 일이었다. 1975년 태수미의 아버지가 '법무법인 태산'을 세우자, 3년 뒤인 1978년 한선영의 아버지가 '법무법인 한바다'를 만들었다. 그때부터 대한민국의 로펌 세계는 '높은 산'과 '넓은 바다'의 경쟁구도였다. 언제나 태산이 한바다를 이겨왔지만 말이다.

한선영과 태수미는 성장 과정도 비슷하다. 대형 로펌 창립자의 딸로 태어나 서울대학교 법과대학을 졸업하고, 사법시험에 합격해 사법연수원을 마친 뒤 유학을 가 미국 변호사로 일하고 돌아와 아버지의 로펌을 이어받는 코스. 선영은 '부동의 1위 태산과 만년 2인자 한바다'로 굳어가는 판세를 깨고, 한바다를 1등 로펌으로 만들려 한다. 이는 아버지의 유언 때문이기도 하지만, 수미에 대한 괘씸함 때문이기도 하다.

대학 시절 선영은 대기업 '강천'의 회장 아들인 최규호와 사귀었다. 정략결혼 따위가 아니었다. 적어도 선영에게는 진짜 사랑이었다. 그러나 선영과 규호 사이에 결혼 이야기가 오갈 무렵 갑자기 규호가 잠수를 타더니 난데없이 수미와 결혼을 했다. 강천과 태산 사이의 정략결혼이었다. 엄청난 배신감과 수치심에 당시 선영은 자살을 생각할 만큼 괴로워했다. 못난 전애인 규호도 밉지만 나쁜 년 수미는 더 싫다. 욕심 많은 수미 년은 최근 법무부 장관 자리까지 노리는 것 같다. 성공한다면 태산의 힘은 더 강해질 것이다. 이 생각만 하면 선영은 자다가도 벌떡 일어나 담배를 찾게 된다.

선영에게 태산과 수미를 무너뜨리고 한바다를 1위 로펌으로 만들겠다는 것은 단순한 사업 계획이 아니다. 그것은 선영의 인생 목표다.

태수미

여, 50세

 # 영우의 엄마 # '법무법인 태산'의 파트너 변호사

태수미는 한평생 '다 가진 여자'로 살아왔다. 부, 명예, 좋은 집안, 미모, 실력까지 수미는 정말로 다 가졌다. 서울대학교 법과대학에 다녔던 20대 초반, 수미는 문득 의심해보았다. '다 가지지 않아도 괜찮지 않을까? 부, 명예, 좋은 집안 따위 없어도 난 잘 살 수 있지 않을까?' 마침 수미의 눈앞에 부, 명예, 좋은 집안 따위 없어도 남자답고 씩씩한 우광호가 있었다. 수미는 광호와 사랑에 빠졌고 서툴게 연애하다 덜컥 아이를 가졌다. 임신을 하고 나니 정신이 번쩍 들었다. 광호에 대한 사랑은 놀랍게도 한순간에 식어버렸다. 그제야 수미는 인정했다. '나는 다 가져야 되는 여자구나. 다 가진 삶에 너무 익숙해서, 다 갖지 않으면 안 되는 사람이구나.'

수미는 조용히 아이를 낳았다. 수미의 부모와 광호 외엔 아무도 모르는 비밀이었다. 간호사가 아이를 안아보겠냐고 물었지만, 수미는 아이의 얼굴이 궁금하지 않았다. 아이를 광호에게 버리듯 넘겨주고 수미는 도망쳤다. '가진 게 없는 남자의 아내이자 엄마' 대신 '판사·검사·변호사'가 되길 선택했던 당시 수미의 나이는 스물세 살이었다.

그 이후, 수미는 바쁘게 살았다. 스스로에 대한 오판으로 인해 수렁에 빠질 뻔했던 인생을 얼른 다시 궤도에 올려놓아야 했다. 수미는 사법시험에 합격해 사법연수원을 마친 뒤, 부모가 권한 남자와 군말 없이 결혼했다. 상대는 대기업 강천의 회장 아들인 최규호였다. 수미는 규호와 미국으로 떠나 아들을 낳고 미국 변호사로 활동하다 귀국했다. 아버지의 로펌을 물려받기 위해서였다.

요즘 수미는 '더 가질 궁리' 중이다. 태산의 대표 변호사 자리를 잠시 내려놓고 법무부 장관이 되어볼까 한다. 그런 수미 앞에 영우가 나타난다. '다 가진 여자'의 아킬레스건, 낳자마자 버리고 도망쳤던 그 아이 때문에, 수미의 인생이 다시 흔들린다.

권민우

남, 29세

#영우의 동료 #'법무법인 한바다'의 신입 변호사

권민우는 얄밉다. 하나대학교 법학전문대학원을 다녔던 시절엔 술에 취한 선배한테 이런 말을 들은 적 있다. "혹시 너… 권력에 민감한 친구라서 권민우인 건 아니지?" 그러자 주변에 있던 동기들이 공감한다는 듯 웃었다. 선배만은 웃지 않았다. "인생 그렇게 살지 마, 권민우. 너 아주 얄미워." 그날부터 민우의 별명은 '권력에 민감한 친구'가 되었다. 민우는 잠시 스스로를 돌아보았다. 자신의 행동이 얄밉다는 말도 이해는 가지만 살아남으려면 어쩔 수 없다는 생각, 선배 지는 뭐 얼마나 선한 인간이기에 훈수질인가 하는 생각이 들었다. 민우는 어깨를 으쓱하고 그날의 기억을 지워버렸다.

민우는 성공하고 싶다. 그러자면 때론 권모술수도 필요하다고 생각한다. 경쟁자의 약점을 찾아내 공격하는 것은 승자의 지혜며, 필요할 때 이용하고 짐이 될 때 버리는 건 생존본능이다. 학창시절부터 지금까지 이런 정신으로 살았기에 치열한 경쟁을 뚫고 한바다의 신입 변호사가 될 수 있었다고, 민우는 생각한다.

이런 민우 앞에 영우가 나타난다. 민우의 머리가 바쁘게 돌아간다. '영우가 서울대에서 공부 잘하기로 유명했다는 이야기는 들었다. 변호사시험을 만점 가까이 받았다는 소문도 돈다. 대표님 낙하산을 타고 왔다는 건 사실일까?' 민우는 본능적으로 영우를 분석해 약점을 찾으려 한다. 영우의 약점이 자폐라면 그것을 공격하는 일도 서슴지 않을 것이다. 민우에게, 영우는 위험한 경쟁자다.

최수연

여, 27세

 # 영우의 동료 # '법무법인 한바다'의 신입 변호사

최수연은 '봄날의 햇살' 같다. 밝고 따뜻하고 긍정적이며 착하다. 주변 사람들을 기꺼이 돕는다. 하지만 요즘 들어 수연은 봄날의 햇살로 살기 참 피곤하다는 생각을 한다. 특히 로스쿨이나 로펌처럼 경쟁이 치열한 곳에서는 더 어렵다. 수연은 자기도 모르게 남을 돕고 나서, 그러느라 뺏긴 시간과 에너지를 아까워한다. 그래놓고 그런 걸 아까워하는 자신이 또 못마땅하다. 악착같이 경쟁해야 하는 현실과 남을 도우려는 본성 사이에서 늘 갈등하는 것이다.

수연과 영우는 서울대학교 법학전문대학원 동기다. 로스쿨 시절, 영우는 수연에게 참 난감한 존재였다. 천성이 착한 수연의 눈에는, 영우의 부족한 점들이 먼저 보인다. 그래서 자기도 모르게 큰언니처럼 영우를 챙기고 도와준다. 그러다 둘이 경쟁해야 하는 때가 되면, 항상 영우가 너무 쉽게 자신을 이기는 것이다. 이에 수연이 '영우는 천재인데, 도대체 내가 뭐라고 천재를 돕는다며 설쳤을까? 악착같이 내 공부만 해도 이길까 말까 하는 애를…' 하고 후회할 때면, 꼭 수연의 눈앞에 물병을 따지 못해 쩔쩔매고 있는 영우의 안타까운 모습이 보이는 것이다. 그래서 수연은 영우와 최대한 멀리 떨어져 지냈다. '보지도 말고 돕지도 말자'는 전략이었다.

그런데 하필 한바다에서, 같은 팀에 배정된 동료이자 경쟁자로 영우를 만난 것이다. 1층 로비 회전문 앞에서 쿵 짝짝거리는 영우의 모습이 수연은 벌써부터 안쓰럽다. '회전문 지나려다 넘어지기라도 하면… 아니야, 내가 누굴 걱정해? 저러다가도 뭔가 점수 매길 때가 되면 어일우, 어차피 일등은 우영우였지. 그래, 내 갈 길이나 가자.' 영우를 모른 척, 애써 돌아서는 수연의 마음이 복잡하다.

우광호

남, 52세

#영우의 아버지 #분식집 사장

가난한 농가에서 태어난 우광호가 열심히 공부해 서울대학교 법과대학에 합격했을 때, 광호의 미래가 '분식집을 부업으로 하는 전업아빠'일 것이라고 예측한 사람은 아무도 없었다. 대학 시절, 광호는 서울법대 후배인 태수미와 사랑에 빠졌고 서툴게 연애하다 덜컥 아이를 가졌다. 법조계 명문가의 딸인 수미는 임신 사실에 정신이 번쩍 들어 자신의 인생에서 광호와 아이를 지우고 싶어 했다. 광호는 수미에게 애원했다. "아이는 죄가 없다. 지우지 말고 낳아만 달라. 그러면 내가 아이를 데리고 법조계를 떠나 조용히 살겠다." 고심 끝에 수미는 아이를 낳았고 광호는 그 아이를 데리고 수미 곁을 떠났다. '판사·검사·변호사' 대신 '미혼부'가 되길 선택했던 당시 광호의 나이는 스물다섯 살이었다.

광호는 아이의 이름을 영우라 지었다. '꽃부리 영'에 '복 우.' 광호에게 영우는 '꽃처럼 예쁜 복덩이'였지만, 키우기 힘든 딸이기도 했다. 영우는 아기 시절 광호와 눈을 맞추지 못했고, 이름을 불러도 반응이 없었으며 다섯 살이 넘도록 말을 못했다. 10대 때는 또래들과 어울리지 못해 늘 왕따였다. 성인이 된 지금도 영우는 젓가락질이 서툴고, 신발 끈을 묶지 못하며 대중교통의 미로 속에서 종종 길을 잃는다. 이런 딸을 돌보느라 광호는 제대로 된 직업을 가질 수 없었다. 과외·학습지 교사, 영어책 번역, 보험·정수기·자동차판매원, 각종 단기 알바 등을 전전하다, 결국 집 바로 아래층을 임대해 작은 분식집을 차렸다. 필요하면 언제든 집으로 달려가 딸을 챙기기 위해서다.

영우를 키우는 일은, 한편으론 재밌기도 했다. 영우는 초등학교 입학 전 이미 집 안에 있는 책 전부를 외웠는데, 특히 광호가 대학 시절 봤던 법률 서적을 좋아했다. 영우가 처음 했던 말은 "아빠"나 "엄마"가 아니라 "상해죄"였다. 세 들어 살던 다세대주택의 집주인이 광호를 때리자 "사람의 신체를 상해한 자는 7년 이하의 징역, 10년 이하의 자격정지 또는 1천만 원 이하의 벌금에 처한다."고 말한 것이다. 당시 영우의 나이는 다섯 살, 그때까지 말을 한 마디도 하지 않아 병원에 갔다가 '자폐성 장애' 진단을 받고 돌아오던 길이었다. 그날부터 광호는 영우와 법률 용어로 소통했다. "너 계속 떠들면 경찰 아저씨가 어흥 한다."는 말은 통하지 않았지만 "공공장소에서 고성방가를 하면 경범죄로 처벌될 수 있다."고 하면 조용해졌기 때문이다.

그렇게 좌충우돌 애지중지 고생하며 키운 딸이 이제는 변호사가 되겠다고 한다. 광호는 걱정 또 걱정이다. 초등학교에 입학해 로스쿨을 졸업할 때까지 늘 1등을 했던 똑똑한 아이지만, 자폐가 있다. '영우가 꿈을 이루지 못해 좌절하면 어쩌나?' 법조계 거물급 인사로 활발히 활동 중인 수미의 존재도 난감하다. '지금까지 숨겨온 엄마의 존재를 영우에게 언제 어떻게 말해야 할까?'

동그라미

여, 27세

#영우의 친구 #털보네 요리주점 아르바이트

동그라미를 만난 많은 사람들은 속으로 '또라이네…'라고 생각한다. 국립국어원의 정의에 따르면 또라이는 '상식에서 벗어나는 사고방식과 생활방식을 가지고 자기 멋대로 하는 사람'이다. 마약에 취한 듯 멍한 눈빛과 수상한 태도로 비의 '깡'을 읊조리는 모습, 알바 중 실수를 꾸짖는 사장에게 "아이—씨, 그럼 내일부터 콘돔 입고 출근할게요. 좆 됐으니까."라고 대꾸

하는 모습, 영우에게 '일취월장'의 뜻을 아느냐고 묻더니, "일요일에 취하면 월요일에 장난 없다!"라며 혼자 낄낄대는 모습을 보고 있으면 '또라이네…' 라는 생각이 절로 든다.

그라미는 영우의 친구이자, 사회성을 가르쳐주는 스승이다. 그라미의 또라이 행각을 보고 있으면 '누가 누굴 가르쳐…'라는 생각이 들지만, 영우의 눈에 그라미는 인싸 중의 인싸, 사회생활 만렙의 신과 같은 존재다. 그라미와 영우는 고등학교 1학년 때 같은 반이었다. 당시 영우는 "전교 1등 그 찐따" 혹은 "자폐"라 불리며 동급생들의 괴롭힘을 힘겹게 버텨내고 있었다. 알고 보면 착한 그라미가 괴롭힘을 몇 번 막아주자 영우는 그라미를 졸졸 따라다녔다. 그라미와 함께일 땐 안전하다는 것을 깨달았던 것이다. 그라미도 영우와 다니는 기분이 나쁘지 않았다. 그라미를 늘 혼내기만 했던 교사들도 영우와 함께일 땐 더없이 친절했다. 그렇게 '또라이'와 '찐따'는 한 쌍이 되어, 험난한 학교생활을 함께 헤쳐나갔다.

그라미는 털보네 요리주점에서 아르바이트를 한다. 고등학교 졸업 후 지금까지 그 어떤 일도 오래 하지 못했지만, 이번엔 "털보 사장이 잘해주고 직원 밥이 맛있어서" 꽤 오래 일하고 있다. 영우는 이 주점의 단골손님이다. 영우가 사회생활과 대인관계에 관한 고민을 털어놓으면 그라미와 털보 사장이 머리를 맞대 해결책을 알려준다. 그 모습을 보노라면 '저래서 해결이 될까…' 싶지만, 그래도 이들을 응원하게 된다. 또라이와 찐따의 10년 우정 파이팅!

작가의 PICK

• 1화 •

영우 제 이름은 똑바로 읽어도 거꾸로 읽어도 우영우입니다. 기러기 토마토 스위스 인도인 별똥별 우영우… 역삼역.

• 2화 •

화영 결혼을 해야 한다면 언니랑 할 거야. 사랑하는 사람이랑 할 거야.

• 3화 •

영우 자폐의 공식적인 진단명은 '자폐 스펙트럼 장애'입니다. '스펙트럼'이란 단어에서 알 수 있듯 자폐인은 천차만별입니다.

• 4화 •

준호 나는 변호사님이랑 같은 편 하고 싶어요.

• 5화 •

영우 로스쿨 다닐 때부터 그렇게 생각했어. 너는 나한테 강의실의 위치와 휴강 정보와 바뀐 시험범위를 알려주고 동기들이 날 놀리거나 속이거나 따돌리지 못하게 하려고 노력해. 지금도 너는 내 물병을 열어주고 다음에 구내식당에 또 김밥이 나오면 나한테 알려주겠다고 해. 너는 밝고 따뜻하고 착하고 다정한 사람이야. '봄날의 햇살 최수연'이야.

• 6화 •

영우 고래들은 지능이 높아. 새끼를 버리지 않으면 자기도 죽는다는 걸 알았을 거야. 그래도 끝까지 버리지 않아. 만약 내가 고래였다면… 엄마도 날 안 버렸을까?

• 7화 •

준호 섭섭한데요?

• 8화 •

영우 소덕동 언덕 위에서 함께 느티나무를 바라봤을 때… 좋았습니다. 한 번은 만나보고 싶었어요. 만나서 반가웠습니다.

영우의 한바다 지원서

지 원 서 (법학전문대학원)

성명	우영우	성별	여
생년월일	960918	휴대폰	010-756-5252
E-mail	wooyoungwoo@gorae.com		
주소	서울특별시 마포구 합정동 84-2		

학력 사항	학교명	기 간	학 과
	서울대학교	2019.03~2022.02	법학전문대학원 법학전공
	서울대학교	2015.03~2019.02	경제학부
	화문고등학교	2012.03~2015.02	인문계

법학전문대학원 기수	(서울대학교)법학전문대학원 (12)기					
법학전문대학원 성적	1학기	4.3	4학기	4.3	종합	4.3/4.3 100/100 수석 졸업
	2학기	4.3	5학기	4.3		
	3학기	4.3	6학기	4.3		

외국어	종류	Level, 점수 등	자격사항	취득연도	내용
	TOEIC	990		2022.04	변호사시험 합격
	TEPS	600			

희망분야	법무법인 한바다에 입사한 후 환경, 국내소송, 공정거래의 직무를 희망합니다.
특기사항	로스쿨을 수석으로 졸업했으며 재학 기간 동안 한 번도 수석을 놓친 적이 없습니다. 변호사 시험도 우수한 성적인 1550점으로 합격했습니다.
첨부서류	1. 자기소개서

용어정리

INSERT 화면의 특정 동작이나 상황을 강조하기 위해 삽입한 화면으로 이 화면을 삽입함으로써 상황이 명확해지고 스토리가 강조되는 효과가 있다.

FLASHBACK 과거 회상을 나타내는 장면 효과로, 현재 일어나고 있는 사건의 인과를 설명할 때 쓰이거나, 인물을 성격을 말하기 위해 쓰이기도 한다.

MONTAGE 따로따로 편집된 장면들을 짧게 끊어서 연결해 하나의 긴밀하고도 새로운 내용으로 만드는 편집 기법을 의미한다.

CUT TO 하나의 씬이 끝나고 다음 씬으로 넘어가는 장면 전환 효과를 뜻한다.

(N) 등장인물 사이에 오가는 대사가 아닌 독백이나 시청자를 향한 설명을 뜻한다.

"'그냥 보통 변호사'라니. 그런 말은 실례인 것 같다."

"아, 괜찮습니다. 저는 '그냥 보통 변호사'가 아니니까요."

1화

이상한 변호사 우영우

①

S#1. PROLOGUE : 거리 (외부/낮) - 과거

22년 전.
우광호(30세/남)가 딸 **우영우**(5세/여)를 안고 병원들이 밀집한 거리를 걷는다. 화면 위로 어른 영우의 목소리가 흐른다.

영우 (N) 모든 부모에게는 한 번쯤 '내 아이가 특별한 거 아닐까?' 싶은 날이 찾아온다고 합니다. 나의 아버지에게는 2000년 10월 17일이 바로 그런 날이었어요.

광호가 어느 건물 앞에 멈춰 위를 올려다본다.
'소아정신과의원'이라 적힌 간판을 보는 표정이 어둡다.

S#2. PROLOGUE : 소아정신과의원 진료실 (내부/낮) - 과거

어린이용 의자에 앉아 몸을 좌우로 움직이는 영우.
벽시계에 매달린 고래 모양의 시계추가 좌우로 움직이는 걸 뚫어지게 본다.

광호　영우야~ 영우야! 우영우!

광호가 바로 옆에서 이름을 부르는데도 영우는 아무런 반응이 없다. **의사**(30대/남)가 이러한 영우의 모습을 유심히 관찰한다.

의사　영우가 지금 다섯 살인데… 아직 말을 못한다고 하셨죠?

광호　네.

의사　엄마, 아빠 이런 간단한 단어도요?

광호　전혀 못 합니다.

검사결과지를 뒤적이며 뭔가를 적던 의사가 펜을 내려놓고 광호를 본다.

의사　조금 더 자세히 봐야겠지만… 영우는 '자폐성 장애'인 것 같습니다.

광호　네? 자폐…요?

갑자기 발밑이 꺼지는 기분에, 광호의 표정이 아득해진다.

S#3. PROLOGUE : 골목길 (외부/낮) - 과거

손을 꼭 붙잡고 병원에서 집으로 돌아오는 광호와 영우 부녀. 영우의 다른 손에는 아이스크림이 들려있다.
광호가 세 들어 사는 다세대주택, '영란빌라' 앞에 서있던 **박규식**(59세/남), 광호를 보더니 대뜸 고함을 치며 달려든다.

규식 너, 이 새끼! 거기 서!

광호가 놀라 거기 선다.

규식 홀아비 새끼 불쌍해서 월세 한 번을 안 올리고 살게 해줬더니 내 마누라를 넘봐? 당장 방 빼! 이 새끼야!

광호 (진심으로 어리둥절) 마누라를 넘봐요…? 제가요?

규식 너 나만 없으면 뺀질나게 우리 집 왔지? 무슨 짓 했어? 내 마누라랑 무슨 짓 했냐고!

광호 사모님이 영우 몇 번 봐주신 거예요. 저 일 나가야해서요.

규식 애 맡긴단 핑계로 남자 없는 집에 드나들어? 에라, 이 육시랄 지랄염병을 떨다 뒈져버릴 재수 없는 호로(삐—처리) 새끼야!!!

광호 어휴, 애 앞에서 무슨 욕을 그렇게 해요? 집주인이면 답니까?

규식 뭐야?!

규식이 달려들어 광호와 몸싸움을 한다.
규식의 아내 **최영란**(50세/여)이 뛰어와 남편을 말리지만 역부족이다. 이 상황에 놀란 듯, 들고 있던 아이스크림을 툭 떨어뜨리는 영우. 눈을 질끈 감으며 양손으로 귀를 막더니 몸을 좌우로 흔들기 시작한다. 영우의 호흡이 점점 더 거칠어진다. 당장 발작이라도 할 듯 위태로운 순간,

영우 상해죄.

광호가 놀라 영우를 쳐다본다. 규식도 멈칫한다.

영우 사람의 신체를 상해한 자는 7년 이하의 징역, 10년 이하의 자격정지 또는 1천만 원 이하의 벌금에 처한다.

광호가 규식을 밀쳐내고 영우에게 다가간다.

광호 영우야… 너 지금 말을 한 거야?

광호와 규식의 몸싸움이 멈추자 조금은 진정한 듯, 영우가 살며시 감았던 눈을 뜨고 귀를 막고 있던 양손을 내려놓는다.

광호 (규식과 영란에게) 방금 들으셨죠? 영우 말하는 거 들으셨죠?
우리 애가 말을 해요! 영우가 말을 해요!!!

기쁨에 넘쳐 더 이상 싸움 따위는 안중에도 없는 광호.
영우를 번쩍 안아들고 집 안으로 달려간다.

S#4. PROLOGUE : 영우의 집 거실 (내부/낮) - 과거

영우의 레고 블록들로 가득한 작은 거실.
집에 들어오자마자 영우는 어린이용 트램펄린 위에
올라 뛰기 시작한다.

광호 영우야, 아까 그런 말은 어디서 배운 거야?

영우의 대답을 기다리는 광호의 눈빛이 간절하다.

광호 상해죄 말이야. 어디서 본 거야?
영우 형법.
광호 형법?

광호가 책장을 돌아본다. 한쪽 구석에 광호가 대학시절
공부하던 책 '형법'이 꽂혀있다.
광호가 떨리는 손으로 책을 집어 아무 데나 펼쳐본다.

광호　　이걸 봤다고? 형법을?

팔짝팔짝 뛰면서도 광호가 펼친 부분을 흘깃 보는 영우.

영우　　제311조 모욕. 공연히 사람을 모욕한 자는 1년 이하의 징역이나 금고 또는 2백만 원 이하의 벌금에 처한다.

광호가 놀라 책을 들여다본다.
맨 윗줄에 '제311조 모욕'이 적혀있다.
그 페이지 전체를 다 외운 듯,
영우가 뒷부분을 계속 암송한다.
그때 현관문 두드리는 소리가 들린다.

영란　　(소리) 영우 아빠!

CUT TO :

광호가 현관문을 연다.
문 밖에 서있던 영란이 약봉지를 내민다.

영란　　미안해요. 우리 남편이 말도 안 되는 행패를 부렸지. 약 좀 발라요.

규식에게 맞아 퉁퉁 부은 광호의 눈가에 눈물이 맺힌다.

영란　아이고, 영우 아빠. 울어?

광호　영우가요… 형법을 외워요. 이 두꺼운 걸 다 외워요.

영란이 광호의 손에 들린 형법 책을 본다.

영란　그래? 영우가 천재라서 다른 애들이랑 좀 달랐나보다. 아이고, 우리 영우. 나중에 커서 변호사 하면 되겠네.

영란의 말에 씨익 웃는 광호. 후드득 눈에서 눈물이 떨어진다. 영우는 여전히 트램펄린 위에서 행복하게 뛰고 있다. 다시, 어른 영우의 목소리가 화면 위로 흐른다.

영우　(N) 모든 부모에게는 한 번쯤 '내 아이가 특별한 거 아닐까?' 싶은 날이 찾아온다고 합니다. 나의 아버지에게는 2000년 10월 17일이 바로 그런 날이었어요. 딸인 내가 '자폐를 가진 천재'라는 걸 깨달은 날.

TITLE :

〈이상한 변호사 우영우〉

S#5.　영우의 방 (내부/낮)

22년 후 현재.

'우영우'라고 수놓인 안대를 쓴 **우영우**(27세/여)가 침대에 누워있다.

영우 (N) 내 이름은 우영우. 똑바로 읽어도 거꾸로 읽어도 우영우. 기러기 토마토 스위스 인도인 별똥별 우영우.

고래 모양의 추가 매달린 탁상시계가 은은한 고래 노래로 아침 7시를 알린다. 영우가 일어나 안대를 벗고 귓속에 든 귀마개를 뺀다.

영우의 방은 영우가 좋아하는 고래 관련 물건들로 가득하다. 천장에는 크고 작은 고래 모빌들이 빽빽하게 매달려있고, 선반에는 온갖 종류의 고래 장식품들이 줄 맞춰 놓여있다. 그중 비뚤게 놓인 하나를 다시 반듯하게 정렬하는 영우.

영우가 옷장을 연다.
부드러운 재질의 똑같은 옷들이 나란히 걸려있다.
그중 한 벌을 꺼내 들고 전신 거울 앞으로 가는 영우.
거울에는 재질은 같지만 새 옷인 것 같은 치마 정장
세트가 걸려있고 광호의 손 글씨 메모와 손수 그린
스마일이 붙어있다.
'영우야, 이거 아빠 선물! 라벨은 실밥까지 다 떼어놨다! ☺'

광호 (N) 영우야, 이거 아빠 선물! 라벨은 실밥까지 다 떼어놨다!

영우가 벽에 붙어있는 '사람의 마음' 포스터를 본다.
광호가 영우에게 사람의 표정과 감정을 가르치기 위해 만든 것으로 20년 전의 광호가 갖가지 표정을 짓고 있는 사진 아래 각 표정이 의미하는 감정들이 어린 영우의 삐뚤빼뚤한 손 글씨로 적혀있다. 포스터 사진 속 젊은 광호가 현재의 영우를 향해 싱긋 웃는다.
새 옷을 몸에 대고 거울에 비춰보는 영우의 표정이 긴장돼 보인다.

S#6. 영우의 집 (외부/낮)

현관문을 열고 집 밖으로 나온 영우.
선물 받은 치마 정장을 입은 모습이… 어딘가 야무지지 못하고 물러 보인다. 정장은 정장인데 부드러운 재질 탓에 각이 살지 않는 모습.
목에는 소음 제거 기능이 있는 커다란 헤드셋을 걸고 있다.

영우는 아담한 크기의 2층짜리 상가주택, 오래된 벽돌 건물에 산다. 1층은 분식집, 2층은 영우와 광호가 사는 집이다.
영우가 옥외 계단을 걸어 내려와 분식집, '우영우 김밥'으로 들어간다.

S#7. 우영우 김밥 (내부/낮)

광호 (영우 옷차림 훑어보며) 이야, 우리 딸 멋있다!

우광호(52세/남)가 영우를 마치 어린아이 대하듯 반긴다. 광호의 반색에 전혀 호응하지 않고, 늘 앉는 자리에 가서 앉는 영우.

영우 우영우 김밥 하나 주세요.

광호 우영우 김밥 하나요~

광호가 뚝딱뚝딱 김밥을 만든다. 칼로 썬 김밥은 겹쳐서 세우지 않고 속 재료를 볼 수 있도록 눕혀 담는다.

영우 (N) 아침에는 항상 우영우 김밥을 먹습니다. 김밥은 믿음직스러워요. 재료를 한눈에 볼 수 있어 예상 밖의 식감이나 맛에 놀랄 일이 없습니다.

광호가 영우에게 김밥을 갖다 주며 맞은편에 앉는다. 서툰 젓가락질로 김밥을 반듯하게 정렬한 뒤 먹기 시작하는 영우.

광호 회사까지 가는 길 말해봐.

영우 서울대입구역까지 걸어가 2호선 지하철을 타고 역삼역에서 내립니다. 4번 출구로 나와 312m 직진하면 회사입니다. 총 소요 시간 38분.

광호 그래. 남의 말 따라 하지 말고, 엉뚱한 소리 하지 말고, 너무 솔직하게 말하지 말고.

영우 반향어 자제. 엉뚱한 소리 및 솔직함 금지.

광호 특히 고래 얘기 하지 마.

영우 음… 고래 얘기가 꼭 필요한 상황이라면?

광호 수족관에서 일하냐? 고래 얘기가 꼭 필요한 상황이 어디 있어?

영우 그럼에도 불구하고 만약에 그런 상황이 발생하면 어떡합니까?

광호 (답답) 그럼 해야지!

영우 (만족) 네. 그럼 다녀오겠습니다.

영우가 자리에서 일어나 헤드셋을 끼더니 밖으로 나간다.
걱정 가득한 얼굴로 영우를 배웅하는 광호.
그 뒤편으로, 분식집 벽에 걸린 액자 속 신문기사가 보인다. '대한민국 최초의 자폐인 변호사, 우영우'라는 제목 아래 '서울대 로스쿨 수석 졸업' '변호사시험 고득점 합격' 등의 문구가 눈에 띈다.

S#8. 지하철 승강장 (내부/낮)

출근 시간이라 사람들로 붐비는 지하철역 승강장.
헤드셋을 낀 영우가 잔뜩 긴장한 얼굴로 줄을 서있다.
긴장을 풀고자 몸을 좌우로 흔들며 오른손으로 왼손 손등을 꾹 누르는 영우. 헤드셋에서는 마음이 편안해지는 혹등고래의 노랫소리가 흘러나온다.
지하철이 도착해 문이 열린다. 영우가 눈을 꼬옥 감더니 속으로 '하나 둘 셋' 세며 숨을 고른다. 이를 기다려주지 않는 사람들에 의해 툭툭 치여 떠밀리면서, 영우가 가까스로 지하철에 탄다.

S#9. 역삼역 (내부/낮)

영우가 에스컬레이터를 타고
'역삼역'이라 적힌 출구로 올라온다.

영우 (N) 역삼역. 똑바로 읽어도 거꾸로 읽어도 역삼역.

S#10. 거리 (외부/낮)

지하철 출구 밖으로 나온 영우.

사람들로 가득한 거리 풍경에 잠시 주춤하지만, 바닥에 일자로 난 노란색 보도블록을 따라 차분히 걷기 시작한다.

S#11. **법무법인 한바다 (외부/낮)**

영우가 '법무법인 한바다' 앞에 도착한다. 천여 명의 변호사들을 직원으로 둔 대형 로펌답게 거대한 빌딩.
영우가 입구의 여닫이문으로 간다. 여닫이문 안쪽에 쏟아진 커피를 닦느라 대걸레질을 하던 관리인, 영우에게 들어오지 말라는 시늉을 하며 바로 옆의 회전문을 가리킨다.
후왕— 후왕— 거대한 회전문이 무섭게 돌아간다. 이를 보는 영우의 표정이 막막하다. 큰 결심이라도 하듯 숨을 크게 들이쉬는 영우. 회전문을 향해 돌진하지만 내릴 때를 놓쳐 고대로 돌아 나온다. 영우가 다시 시도한다.
이번엔 회전문에 갇혀 두 바퀴를 돌다가 튕겨진다.
그때, 누군가 회전문을 잡아준다. **이준호**(29세/남)다.

준호 지금! 지금 들어오세요!

준호 덕에 멈춘 회전문에 어리바리 타는 영우.
준호가 영우와 함께 회전문에 타 영우를 빌딩 안에 내려준다.

S#12. 한바다 1층 로비 (내부/낮)

준호 아휴, 문이 너무 힘들게 돼 있죠.

영우를 향해 씩 웃는 준호의 얼굴이 잘생겼다.
회전문 통과에 이어 낯선 사람과 대화까지 해야 하는 상황에 긴장한 영우. 시선이 불안하게 흔들리고 손등 누르기를 멈추지 않는다.

영우 감사합니다.
준호 어디로 가세요?
영우 아… 정명석 변호사님 사무실이요.
준호 아! 저도 그쪽 가는데 같이 가요.

S#13. 한바다 11층 복도 (내부/낮)

승강기 문이 열리고, 준호와 영우가 송무팀 사람들이 모여 있는 11층에 내린다.

준호 저 따라오세요.

영우가 준호의 뒤를 따라가며 뭔가 낯선 느낌을 받는다.
영우의 눈에, 사람들이 준호에게 인사를 하지 못해 안달인 모습이 보인다. 싱긋벙긋 미소를 날리는 여자들, 준호와 주먹을 맞대며 반가워하는 남자들. 준호도 싹싹하게 웃으며 모든 인사에 화답한다. 그러다 어느 사무실 앞에 멈춰 영우를 돌아보는 '인기남' 준호.

준호 여기가 정 변호사님 사무실이에요. 노크해드릴까요?

영우 아니요. 제가 하겠습니다.

준호 아, 네. 그럼 전 가볼게요!

준호가 멀어지고 홀로 남은 영우.
'변호사 정명석'이라고 적힌 문을 보며 숨을 크게 들이쉰다.

S#14. 명석의 사무실 (내부/낮)

'똑똑 한 박자 쉬고 똑.' 독특한 노크 소리에
정명석(43세/남), **권민우**(29세/남), **최수연**(27세/여)이
일제히 문을 본다.
명석은 책상에 앉아있고 민우와 수연은 그 옆에 서있다.

명석 네. 들어오세요.

문이 열리고 복도에 선 영우.
지하철 문을 통과할 때처럼 이번에도 눈을 꼬옥 감더니
속으로 '하나 둘 셋' 세며 숨을 고른 뒤 입장한다.

이런 영우의 모습이 세 사람의 눈엔 참 이상해 보인다.
영우와 로스쿨 동기인 수연이 영우를 알아보고 작게 한숨을 내쉰다.

명석 누구…세요?

영우 법무법인 한바다에서 신입 변호사로 일하게 된 우영우라고 합니다.

어디를 보는지 모를 낯선 시선 처리와 독특한 발성.
이런 영우를 보는 명석의 표정이 어두워진다.

명석 신입 온다는 게 오늘이었나? 이력서 받아둔 게…

명석이 책상 서랍을 뒤져 영우의 한 장짜리 이력서를 찾아낸다. 명석 뒤에 서있던 민우가 슬쩍 고개를 내밀어 이력서를 본다. 상단에 손 글씨 메모가 붙어있다. '잘 부탁해요. From 한'

영우 음… 제 이력서는 두 장인데요. 뒷장은 없습니까?

영우의 말에 명석이 이력서를 다시 살핀다. '한'의 메모를 떼어보니 뒷장이 뜯겨나간 스테이플러 자국이 있다.

명석 뒷장은 내용이 뭔데요?

영우 '특이사항. 자폐 스펙트럼 장애.'

'그래서 한이 뒷장을 뗐구나…' 싶은 명석.
당했다는 생각에 기가 찬다.

명석 뭐, 더 할 말은 없고?

명석, 민우, 수연이 일제히 영우를 본다. 당황한 영우가 머뭇거린다. 고민 끝에 영우가 들려주기로 한 말은…

영우 제 이름은 똑바로 읽어도 거꾸로 읽어도 우영우입니다. 기러기 토마토 스위스 인도인 별똥별 우영우… 역삼역.

'풉!' 민우의 웃음이 터지고 '하아—' 수연이 한숨을 내쉰다. 더 이상은 못 참겠다는 듯, 명석이 이력서를 들고 벌떡 일어선다.

명석 나 좀 나갔다 올 테니까 알아서 인사들 해요.

명석이 사무실을 나간다.

수연 너 회사에서는 그런 얘기하면 안 돼. 기러기 토마토가 뭐야.
영우 회사에서는 그런 얘기하면 안 돼. 기러기 토마토 금지. 하지만… 안 하기가 쉽지 않아.

민우 둘이 아는 사이예요?

수연 로스쿨 동기예요.

민우 (영우에게) 대표님이랑은 어떻게 알아요?

무슨 말인지 몰라, 영우가 민우를 멍하니 쳐다본다.

민우 아까 보니까 이력서에 잘 부탁한다고 쪽지 있던데?

수연 와— 이젠 대표님 필체도 외우세요?

민우 'From 한'이라잖아요. 한바다에서 본인을 가리켜 '한'이라고 할 수 있는 사람이 대표님밖에 더 있어요?

영우를 빤히 보는 민우의 눈빛이 날카롭다.

S#15. 선영의 사무실 (내부/낮)

명석이 '한'의 메모가 붙은 영우의 이력서를 들고 성큼성큼 걸어간다. 거의 '쾅쾅!'에 가까운 노크. 안에서 "네~" 하는 차분한 목소리가 들려온다.
명석이 문을 열고 **한선영**(50세/여)에게 꾸벅 인사한다.
책상 위 '법무법인 한바다, 대표 변호사 한선영'이라 적힌 명패가 위엄 있다.

명석 대표님께서 보내신 신입 변호사가 왔습니다.

선영 그래요?

명석 혹시 이력서 뒷장도 보셨습니까? 자폐라고 적혀있다는데요.

선영 봤어요, 뒷장.

명석 아, 보셨는데도 이런 친구를 받으신 겁니까?

선영 정 변호사님이야말로 뒷장에만 꽂혀서 앞장은 안 본 거 아니에요? 서울대 로스쿨 수석 졸업에 변호사시험 성적 1500점 이상. 이런 인재를 한바다가 안 데려오면 누가 데려옵니까?

명석 암기력만 뛰어나도 성적은 나옵니다. 저는 의뢰인 만날 수 있고 재판 나갈 수 있는 변호사가 필요합니다. 사회성도 좋아야 하고 언변도 필요한데 자기소개 하나 제대로 못하는 사람을 어떻게 가르칩니까?

선영 변호사님은 첫 출근 날 자기소개 잘했어요?

명석 제 말씀은… (답답) 저랑은 다르지 않습니까?

선영 뭐가 다르지?

명석 (말문이 막혔다가) 정 그러시면, 신입한테 사건 하나 맡겨보겠습니다.

선언하듯 외치는 명석. 선영이 물끄러미 쳐다본다.

명석 자격미달인지 아니면 장애인에 대한 제 편견인지 시험해 보겠습니다. 만약 우영우 변호사가 의뢰인 만날 수 있고 재판 나갈 수 있는 수준이 아니라고 판단되면, 그때는 내보내도 되겠습니까?

선영 그러세요, 그럼.

S#16. 명석의 사무실 (내부/낮)

응접용 소파에 앉아있는 영우. 명석이 사건자료가 든 두툼한 봉투를 내밀며 영우 맞은편에 앉는다.

명석 공익 사건이에요. 자료 꺼내보세요.

영우 자료 꺼내보세요.

영우가 봉투에서 자료를 꺼내더니 착착 반듯하게 정렬한 뒤 살펴본다. 그런 영우를 못미더운 눈빛으로 관찰하는 명석.

명석 피고인은 70대 할머니. 남편이 경증 치매라 피고인이 간호를 하는데 사건 당일 싸움이 난 거지. 남편이 막말을 하니까 피고인이 화가 나서 남편의 이마를 때렸어요. 눈앞에 있던 다리미로.

영우 눈앞에 있던 다리미로.

영우가 다리미 사진을 본다.
군데군데 녹이 슨 구형 철제 다리미가 묵직해 보인다.

영우 이 다리미는 꼭… 향고래를 닮았습니다.

명석 향고래?

영우 네. 향고래는 향유고래라고도 하는데 크고 네모난 머릿속에 경랍 기관이 있어서 붙은 이름입니다. 경랍 기관 안에는 향고래가 소리를 내는 데 활용하는 밀랍 같은 액체가 들어있습니다.

'이건 또 갑자기 무슨 소리인가?' 싶어 명석이 멍해진다. 그 틈을 타 영우의 고래 지식 자랑이 이어진다.

영우 허먼 멜빌의 소설 '모비딕' 읽어보셨습니까? 그 소설에 나오는 고래가 바로 향고래입니다. 소설에서 향고래는 '백경'으로 묘사되지만 실제 향고래의 몸은 어두운 회색이나 보랏빛을 띤 갈색으로…

명석 (말 끊으며) 지금 무슨 소리 하는 겁니까?

영우 (움찔해 우물쭈물) 지금… 향고래에 관한 소리를…

명석 사건에 집중 안 해요?

영우 아, 죄송합니다. (스스로에게 다짐하듯) 고래 얘기 금지.

영우가 다시 다리미 사진을 본다.

S#17. 영란의 집 거실 (내부/낮) - 과거

석 달 전.

최영란(72세/여)이 거실 바닥에 앉아 사진 속 다리미를 꺼낸다. 방에서 나온 **박규식**(81세/남)이 머리를 감싸 쥐며 거실 소파에 눕는다.

규식 아이고, 머리야.

영란 많이 아파? 진통제 줘?

그때 초인종이 울리며 "택배요!" 소리가 들리자 영란이 반갑게 달려 나간다. 싹싹한 택배 기사와 인사하며 웃는 소리에 규식의 심기가 불편해진다. 영란이 택배 상자를 안고 거실로 돌아온다.

규식 뭐가 그리 신나? 외간남자랑 하하 호호.

영란 이 양반, 또 시작이네. 외간남자는 무슨. 손자뻘 총각한테.

규식 집 안에 남편이 버젓이 있는데도 남자한테 꼬리를 쳐? 나 없으면 아주 안방에 들이겠네!

영란이 다리미가 놓인 좌식 다리미판 앞에 가 앉는다.

영란 (화를 누르며) 그만해요. 그만해.

규식 남자만 보면 샐쭉샐쭉. 술집에 나가야만 술집여자냐?

영란 그게 마누라한테 할 소리요? 한 번만 더 그런 소리 하면 다 같이 죽는다 했소, 안 했소!

규식 왜 남자한테 꼬리를 쳐! 왜! 몸 파는 년처럼 왜!

영란 뭐? 몸 파는 년? 몸 파는 년?!

영란의 분노가 폭발한다.
눈앞의 다리미를 집어 들더니 규식에게 가 머리를 때린다.
규식이 양손으로 머리를 감싼다.

영란 오늘 그냥 죽자! 너 죽고 나 죽고. 다 끝내자!

영란이 울부짖는다. 다리미를 휘두르고는 있지만
우느라 손에 힘이 제대로 들어가지 않는다.
순간 규식이 양손을 떨군다. 정신을 잃어 멍한 얼굴.

영란 여보? 여보!

영란이 규식의 몸을 흔들어보지만 반응이 없다.
허둥지둥 핸드폰을 찾아 119에 전화를 거는 영란.

영란 여보세요! 우리 남편이 기절했어요. 얼른 좀 와주세요.

CUT TO :

다시 명석의 사무실. 현재.

명석 결국 남편은 뇌출혈로 전치 12주. 피고인은 살인미수 혐의로 기소.

영우 피고인은 살인미수 혐의로 기소.

명석 뭐야? 아까부터 왜 자꾸 말을 따라 해?

영우 아, 죄송합니다. 반향어 금지.

명석 반향어? 그게 뭐야?

영우 남의 말을 따라 하는 것으로 자폐의 흔한 증상 중 하나입니다.

명석 하지 마, 반향어.

영우 (N) 하지 마, 반향어.

명석 몰래 살짝, 속으로나마 따라 해 후련해진 영우.
앞으로 안 하겠다는 뜻으로, 명석에게 고개를 끄덕인다.

명석 암튼 이 할머니, 사정이 딱해. 본인도 칠십 노인이라 여기저기 아플 텐데 팔십 먹은 치매 남편 병수발까지 들고. 다행인 건, 검찰도 그렇게 생각하는 거 같아. 구속 영장 신청을 안 했어.

영우 (놀람) 살인미수 혐의인데도요?

명석 잘됐지. 불구속 상태로 재판받는 피고인한테 실형이 선고될 확률은 낮으니까. 자, 그럼 우영우 변호사가 피고인을 위해 할 일은 뭐겠어?

막연한 질문에 영우가 명석을 빤히 본다.

명석 집행유예 받으세요. 아무리 죄명이 살인미수라도 이 경우라면 충분히 가능해.

영우 네, 알겠습니다.

명석 (시계를 보며) 피고인 만날 준비해. 회의실로 오실 거야.

S#18. 회의실 (내부/낮)

영란이 회의실에 혼자 앉아있다. 명석과 영우가 들어오자, 영란이 일어나 명석을 향해 인사한다.

영란 아이고, 변호사 선생님. 안녕하세요?

명석 아, 예. 안녕하세요? 저는 오늘 소개만 시켜드리려고 왔고요. 앞으로 선생님 변호는 이 친구가 맡을 겁니다.

영우 안녕하십니까? 우영우입니다. 최선을 다하겠습니다.

긴장한 탓에 평소보다 더 어색한 시선 처리와 발성.
대부분의 사람들이 영우를 볼 때 느끼는 것을 영란도
느낀다. 영우는 이상하다.

영란 이 아가씨가… 변호사예요? (명석을 간절하게 쳐다보며) 선생님은요? 선생님은 내 사건 안 봐주시고요?

명석 저도 같이 합니다. 담당은 우영우 변호사지만요.

영란의 얼굴에 근심걱정이 가득하다. 이에 명석이 의뢰인의 신뢰를 얻을 수 있는 쉽고 빠른 방법을 선보인다.

명석 이 친구, 서울대 나왔습니다.

영란 (조금 솔깃) 그래요…?

명석 수석 졸업.

그제야, 영란이 자리에 앉는다.

명석 그럼 이야기 잘 나누시고요. 전 먼저 나가보겠습니다.

명석이 나가고, 영우가 영란 옆에 앉는다.

영우 주소를 보고 놀랐습니다. 아직도 그 집에 살고 계셔서요.

영란 예?

영우 22년 전에 저와 아버지도 거기 살았거든요. 영란빌라 201호.

영란 22년 전에 201호…? 아, 그 서울법대 나온 영우 아빠! (영우를 다시보며) 너… 영우구나!!! 어머나 세상에, 이게 무슨 일이야? 그 꼬맹이가 진짜로 변호사가 됐네! 천재라더니 진짜로 변호사가 됐어!

영란이 영우를 얼싸안으며 반가워한다.
포옹이 싫은 영우. 뻣뻣한 자세로 그 순간을 참아낸다.

영우　　남편 분은 언제 치매 진단을 받으셨습니까?

영란　　한 5년 됐나? 남편이 구청 일 그만두고 나서도 이것저것 계속 일을 했거든? 가만히는 못 사는 성격이라. 그러다 치매 진단받고 다 관뒀지. 그게 5년 전쯤이에요.

영우　　(멈칫) 음… 남편 분이 구청 공무원이셨나요?

영란　　응. 계장까지 하고서 정년퇴직했어요.

영우　　그럼 지금 두 분의 수입원은…

영란　　남편 연금 받는 거랑 빌라 월세 받는 거. 그거 두 개로 살아요.

영우　　빌라는 누구 명의로 되어 있습니까?

영란　　남편이지. 건물 이름만 내 이름 따서 영란빌라고.

무언가 걸리는 듯, 영우가 생각에 잠긴다.

영란　　(걱정스럽게) 왜? 이런 게 무슨 문제가 돼요?

S#19. 명석의 사무실 (내부/낮)

명석이 책상에 앉아 일하는데 '똑똑 한 박자 쉬고 똑.' 노크 소리가 들린다. 머리 좋은 명석, 아까의 경험으로 영우인 걸 눈치챘다.

명석　　우영우 변호사? 들어오세요.

영우가 문을 연다. 눈을 감고, 하나 둘 셋 숨을 고른 뒤 입장하는 모습이 한결같다.
그런 영우를 보며 가볍게 한숨 쉬는 명석.

영우 변호인 의견서를 작성했습니다.

영우가 건넨 의견서를 읽는 명석의 표정이 심각해진다.

명석 뭡니까, 이게?

영우 변호인 의견서입니다.

명석 (답답) 아니. (서류를 가리키며) '무죄'라니?

영우 피고인의 살인미수 혐의에 대해 무죄를 주장하려고 합니다.

명석 우영우 변호사, 딱 보면 모르겠어요? 이 사건은 검찰에서 처음부터 피고인한테 집행유예를 주려고 마음먹고 있는 사건이에요. 피고인이 반성하고 있다는 거 보여주고, 피해자가 피고인 처벌 원하지 않는 거 보여주면 충분해요. 변호사가 피고인 옆에 가만히 앉아있기만 해도 집행유예가 나오는 사건이라고. 유무죄를 다퉈야 하는 거라면 내가 이걸 우변한테 맡겼을까? 오늘 첫 출근한 신입한테?

영우 음… 제 생각에 이 사건은 유무죄를 다퉈야 하는 사건입니다.

명석이 화가 난다. 하지만 가라앉히려 애쓰며,

명석 왜요? 왜 그렇게 생각합니까?

영우 이 사건은 재미있습니다. 제가 좋아하는 고래 퀴즈 같아요. 몸무게가 22톤인 암컷 향고래가 500kg에 달하는 대왕오징어를 먹고 6시간 뒤 1.3톤짜리 알을 낳았다면, 이 암컷 향고래의 몸무게는 얼마일까요?

엄청 재밌는 걸 알려주겠다는 듯, 영우의 표정이 즐겁다. 반면 명석은 극한의 인내심을 발휘하는 중이다.

명석 모르겠네요.

영우 정답은 '고래는 알을 낳을 수 없다.'입니다. 고래는 포유류라 알이 아닌 새끼를 낳으니까요. 무게에만 초점을 맞추면 문제를 풀 수 없습니다. 핵심을 봐야 돼요.

명석 그래서요?

영우 이 사건은 형사사건이니까 사람들은 보통 '형법'에만 초점을 맞출 겁니다. 하지만 그러면 답이 안 보여요. 핵심은 '민법'에 있습니다.

명석 민법?

영우 민법 1004조. 고의로 직계존속, 피상속인, 그 배우자 또는 상속의 선순위나 동순위에 있는 자를 살해하거나 살해하려한 자는 상속을 받을 수 없다. 다시 말해 자기가 죽이거나, 죽이려고 한 사람한테서는 상속을 받을 수 없다는 뜻입니다.

명석이 진지해진다.

영우 피고인은 퇴직 공무원인 남편의 연금으로 생활합니다. 임대료를 받는 다세대주택도 남편 명의입니다. 만약 살인미수죄가 인정된다면 피고인은 남편이 죽고 난 뒤 엄청난 경제적 위기에 처하게 됩니다. 남편의 연금도 받을 수 없고 집도 상속받을 수 없습니다.

한 방 맞은 것 같은 명석의 표정.

영우 피고인이 남편을 다치게 한 것은 사실이니까 모든 혐의에 대해서 무죄를 받을 수는 없습니다. 그렇다면 '살인미수죄'가 아닌 '상해죄'로 집행유예를 받아보겠습니다.

영우의 눈빛이 반짝인다.
명석이 영우의 의견서를 다시 보며 생각에 잠긴다.

명석 잘했네. 숨겨진 쟁점을 잘 찾았어. 이런 건 내가 먼저 봤어야 하는데 내 생각이 짧았네.

영우 이제라도 아셨으니 됐습니다.

끝장나게 솔직한 영우의 말에 명석이 웃음을 참는다.

명석 병원 가야 되지? 직원 붙여줄 테니까 같이 가. 외부에서 피고인, 피해자 만나는 거 어려워. 그냥 보통 변호사한테도 힘든 일이야.

영우 네, 알겠습니다.

영우가 돌아서 문가로 걸어간다. 명석이 멈칫한다.

명석 음… 미안해요.

영우 네?

명석 '그냥 보통 변호사'라니. 그런 말은 실례인 것 같다.

영우 아, 괜찮습니다. 저는 '그냥 보통 변호사'가 아니니까요.

영우가 사무실 밖으로 나간다.
몰려오는 여러 생각에, 명석의 마음이 복잡해진다.

S#20. 준호의 사무실 (내부/낮)

준호를 포함한 여러 직원들이 파티션으로 나뉜 각자의 책상에서 일하고 있다. 준호는 한바다의 송무팀 직원, 일명 '법률 보조원'이다. 법률 보조원은 변호사의 업무를 다방면으로 도와주는 일을 한다. 한 **직원**(20대/여)이 준호의 책상 위에 초콜릿을 사뿐히 올린다.

직원 준호 씨, 지금 딱 졸릴 시간이잖아요. 초코 먹고 힘내요.

준호 아, 감사합니다.

직원 다크한 거 좋아하는 취향 같아서 다크하게 준비했어요. 82퍼센트~

준호 우와, 잘 먹겠습니다.

상사 준호 씨! 지금 바빠?

상사(40대/남)의 등장에, 할 말도 없으면서 얼쩡대던 직원이 슬쩍 사라진다. 준호가 책상 서랍을 열어 초콜릿을 넣는다. 서랍 안에는 그간 선물 받은 간식거리들이 가득하다.

상사 그게 다 받은 거야? 좋겠다~ 난 껌 하나 나눠 씹자는 사람이 없는데.

준호 (웃음) 저 안 바쁜데 왜요?

상사 외근 좀 다녀와. 병원. 동행하는 변호사가 신입이래.

준호 아, 그래요?

상사 근데, 손이 많이 갈 거라네?

S#21. 한바다 1층 로비 (내부/낮)

손에 서류 가방을 든 영우가 회전문을 바라보며 서있다. 준호가 영우에게 다가와 옆에 선다.

준호 회전문 잡아드릴까요?

영우 아, 아직 안 나가요. 기다리는 사람이 있어요.

준호 저도 기다리는 사람이 있어요.

동시에, 영우와 준호가 각자의 시계를 본다.
아직 시간이 남았다.

영우 회전문의 장점은 외부와 내부의 공기 흐름을 완전히 격리한 상태에서 통행자의 출입을 가능케 한다는 점이에요. 냉방과 보온에 유리하죠.

준호 아, 네.

영우 하지만 일반적인 문보다 통행량 처리 속도가 느리고, 어린이나 노약자가 문에 끼일 수 있으며, 휠체어 사용자가 이용하기 어려워요. 장점은 하나인데 단점은 세 개죠. 건물주를 설득하면 회전문을 없앨 수 있지 않을까요?

영우의 진지함에 준호가 웃는다.

준호 음… 왈츠를 춘다고 생각하시면 어때요?

영우 네?

준호 회전문 통과할 때요. 리듬을 타면 쉽거든요. 쿵 짝짝. 쿵 짝짝.

준호가 무릎을 굽혔다 펴며 느낌을 보여준다.

영우 쿵 짝짝. 쿵 짝짝.

준호 쿵 짝짝. 쿵 짝짝. 나가실 때 같이 해봐요.

준호가 다시 시계를 본다. 약속시간이 지났다.

준호 잠시만요. 저 전화 좀 할게요.

준호가 영우로부터 몇 발짝 떨어져서 핸드폰으로 전화를 건다. 영우의 핸드폰이 울린다.

영우 여보세요.

준호 여보세요?

준호와 영우가 각자의 핸드폰을 든 채 서로 마주 본다. 그제야 '손이 많이 가는 신입 변호사'가 영우라는 걸 깨닫는 준호.

준호 아, 변호사님이세요? 송무팀 이준호입니다. 변호사님 모시고 병원 가기로 한 게 저예요.

영우 아, 네. 우영우입니다.

준호가 악수를 청한다. 악수가 싫어 어색한 자세로 마지못해 응하는 영우.

준호 우영우 변호사님… 이름이 재밌네요. 거꾸로 해도 우영우잖아요.

예상치 못한 말에 영우가 깜짝 놀란다.

영우 회사에서는 그런 얘기 하면 안 돼요.

준호 그래요? 그럼 회사 밖에서 할까요?

준호가 웃으며 회전문을 향해 간다.
당황하면서도 뒤따라가는 영우.
준호가 회전문을 잡고 영우에게 들어오라는 손짓을 한다.
영우가 머뭇거린다.

준호 쿵 짝짝. 쿵 짝짝.

영우가 용기를 내 회전문으로 다가간다.
준호가 영우와 함께 회전문에 타 빌딩 밖으로 나간다.
회전문을 통과하는 두 사람의 모습이 마치 왈츠를 추는 커플 같다.

S#22. 병원 진료실 (내부/낮)

사건 직후 규식의 뇌를 찍은 CT 사진.
담당 **의사**(40대/남)가 영우와 준호에게 설명한다.

의사 이 하얀 게 피예요. 뇌 경막 아래로 피가 고여 있죠? 그래서 이름이 '경막하 출혈'이에요. 외상성 뇌출혈 중에서는 가장 심각한 질환이죠. 사망률도 60%가 넘고, 치료를 해도 후유 장애가 많이 남는 편이에요.

준호 그런데 골절이 없네요.

의사 머리뼈가 튼튼하신가? (웃음) 뭐, 종종 있어요, 이런 경우도.

영우 폭행으로 인한 출혈이 아닐 가능성은 없나요?

의사 에이, 그러긴 어렵죠. 다리미 그 쇳덩이로 머리를 맞았다는데. 평소에 환자한테 고혈압이 있었던 것도 아니고.

S#23. **6인용 병실 (내부/낮)**

영우와 준호가 병실 안으로 들어간다.
맨 안쪽 침대에 규식이 자고 있다. 그 옆에 선 영란이
규식의 얼굴에 해가 비치지 않게 커튼을 조절한다.
규식을 깨우지 않으려고 조심하는 모습.

영우 최영란 선생님.

영란 (조용조용) 아이고, 왔어요? 영감 자니까 나가서 얘기해요.

규식 뭐야? 누구야?

잠에서 깨자마자 경계태세로 두리번대는 규식.
영란이 영우를 규식 앞으로 반갑게 끌어당긴다.

영란 이 아가씨, 누군지 알겠어?

규식 (눈을 크게 뜨고 영우를 보며) 누구야?

영란 옛날에 우리 201호 살던 영우. 왜 그 영우 아빠가 서울법대 나오고.

규식 아… 그 서울법대! 201호 개새끼!

예상 밖의 욕설에 영란, 영우, 준호가 당황한다.
22년 전 광호와 몸싸움을 하던 그날의 분노가
선명하게 돌아온 듯한 규식.

규식 애 맡긴단 핑계로 어!? 나만 없으면 우리 집에 기어 들어 와서 어!? 당신이랑 어!?

영란 이 양반이 또 무슨 헛소릴 하는 거야?

규식 그 새끼 딸이 여길 왜 와? 나 열받아 죽는 꼴이 그렇게 보고 싶냐!!!

갑작스러운 규식의 고함에 영우가 놀란다.
22년 전 어린 영우가 그랬듯 눈을 질끈 감으며 양손으로 귀를 막는 영우. 다섯 살 때만큼 심하게는 아니지만 몸을 좌우로 흔들며 진정하려 애쓴다. 이를 본 준호가 놀라,
얼른 앞으로 나서 규식으로부터 영우를 가린다.

준호 아버님, 고정하세요.

규식 (영우에게) 너 내 눈앞에 다시 띄기만 해! 어? 이, 육시랄 지

랄염병을 떨다 뒈져버릴 재수 없는 호로(삐—처리) 새끼야!!!

영란 아휴~ 저 영감탱이 저거!

영란이 영우와 준호를 끌고 병실 밖으로 나간다.

S#24. 병원 휴게실 (내부/낮)

휴게실에 둘러앉은 영란, 영우, 준호.

영란 미안해요. 영감이 의심병이 있어. 괜찮다가도 한 번씩 돌면 저래요. 참 부끄럽네요. (눈물 글썽)

영우 네. (바로 본론) 아까 얘기하던 거 말인데요. 경찰 조사 때 '남편을 죽이고 싶은 마음이 들었다'고 하신 진술이요.

영란 그때 죽였어야 했는데. 그럼 내가 저 꼴을 안 보고 살지.

영우 음… 그럼 그 진술이 진심이십니까?

영란 지금 맘은 딱 그러네요.

영우 지금 마음 말고, 사건 당시 마음이 중요합니다.

영란 아휴, 모르겠어요. 내가 뭔 마음을 먹었는지가 중요해요?

영우 죽일 마음이었다면 살인미수죄, 다치게 할 마음이었다면 상해죄, 좀 때려줄 마음이었다면 폭행치상죄, 그냥 실수였다면 과실치상죄입니다. 법은 마음을 중요하게 생각합니다. 마음에 따라 죄명이 바뀝니다.

영란 영감 저러는 꼴을 보면… 죽이고 싶었던 거 같기도 해요,

솔직히.

준호 지금 마음이 많이 힘드셔서 그러실 거예요.

영란의 진심이 뭔지 몰라, 영우가 혼란스럽다.

영우 음… 사람의 마음은 정말 어렵습니다. 저라면, 죽이고 싶은 사람이 잘 때 그 사람 눈이 부실까 봐 커튼을 쳐주지는 않을 것 같습니다. 커튼 소리에 깰까 봐 조심하면서요.

은근히 예리한 관찰에 영란의 말문이 막힌다.

영우 그런 건 죽이고 싶은 사람이 아니라, 사랑하는 사람에게 하는 행동 아닙니까?

S#25. 명석의 사무실 (내부/낮)

'똑똑 한 박자 쉬고 똑.' 하는 노크 소리.
소파에 모여 앉아 회의를 하던 명석, 민우, 수연이
문 쪽을 본다.

명석 들어오세요.

영우와 준호가 안으로 들어오며 인사를 한다.

준호를 보는 수연의 가슴이 두근거린다.

명석 준호 씨가 병원 같이 가줬구나? 피해자 상태는 어때?

영우 좋지 않습니다. 처벌불원서는 다음에 받아야 할 것 같습니다. 오늘은 난동을 부려서요.

준호 그분 성질이 장난 아니시던데요. 변호사님 보자마자 욕을 하는데… 오죽하면 때렸을까, 할머니 심정이 다 이해 가더라니까요.

명석 욕을 해? 왜?

영우 저희 아버지가 피고인과 바람을 피웠다고 생각하시거든요.

명석 (어리둥절) 우변 아버지가 피고인이랑…? 뭐라고 욕을 하는데?

영우 이, 육시랄 지랄염병을 떨다 뒈져버릴 재수 없는 호로(삐—) 새끼야.

영우의 지나치게 상세한 재현에 모두들 잠시 멍해진다.
명석이 다시 정신을 차리고,

명석 생각해봤는데, 이거 국민 참여 재판으로 가자.

민우와 수연이 놀란다.

명석 증거만 놓고 보면 누가 봐도 살인미수거든? 다리미로 노인네 이마를 때려놓고 '죽일 마음은 없었다?' 말이 안 돼. 증거 싸움으로 가면 져. 할머니 사정이 딱하다는 걸 보여줘야 돼. 그럴 땐 국민 참여 재판이 좋지. 배심원들 마음에 호소할 수 있으니까.

민우 그럼 제가 우영우 변호사를 도와서 재판 진행을 하면 어떻겠습니까? 배심원들 마음을 얻으려면 말솜씨가 중요합니다. 저 아나운서 시험 합격했었습니다. 말하기라면 자신 있습니다.

수연 (질세라) 저, 신입 변호사 대상 스피치 대회에서 1등 했습니다. 아나운서 식 유창한 말하기는 오히려 거부감을 줄 수 있습니다. 배심원들에게 부드럽게 다가가는, 설득의 말하기가 필요합니다.

민우와 수연이 서로를 노려본다.

명석 우영우 변호사, 어떻게 생각해? 언변에 자신 없으면 도움 받아야지?

영우 음… 피고인의 사정이 딱하다는 것을 보여주는 것이 핵심 아닌가요? 사정이 딱해 보이기로는… 장애만한 것이 없습니다. 그리고 저는 자폐 스펙트럼 장애를 갖고 있고요.

자신의 장애를 치트키로 쓰는 영우의 대담함에
준호가 감탄한다. 명석이 잠시 생각에 잠긴다.

명석 끝까지 혼자 해봐요, 그럼. 어쨌든 한바다 이름 걸고 법정에 서는 거니까 망신당하지 않게 스피치 연습 많이 하고.

영우　네, 알겠습니다.

S#26.　승강기 (내부/밤)

퇴근하는 듯, 외출복 차림의 민우와 수연이 승강기에 타고 있다.

민우　우영우 정체가 뭐예요? 진짜 장애 있는 건 맞아요? 바보인 척하면서 지금 우리 놀리는 거 아냐?

수연　쟤, 로스쿨 때 별명이 뭐였는지 아세요?

민우　기러기 토마토?

수연　'어일우'였어요. 어차피 일등은 우영우. 난 쟤 보면 괴로워요. 어설픈 모습이 안쓰러워서 도와주다보면 정작 쟤는 일등하고 나는 뒤처지고. 학교 때나 여기서나 똑같네요.

민우　그러니까 도와주지 마요. 나보다 강한 사람을 왜 도와줘요.

S#27.　한바다 1층 로비 (내부/밤)

승강기 문이 열리고, 민우와 수연이 1층 로비로 나온다. 둘의 시선에 회전문을 바라보며 서있는 영우의 모습이 보인다. 입으로 "쿵 짝짝 쿵 짝짝"거리며 무릎을 굽혔다

폈다 하고 있다.

수연 하아— 저러고 있는데 어떻게 안 도와줘요.

민우 그럼 도와주시든가요.

민우가 비웃듯 피식하며 수연을 지나쳐 걸어간다.

S#28. 법무법인 한바다 (외부/밤)

수연이 여닫이문을 열고 빌딩 밖으로 나온다. 저 앞에 지하철역을 향해 성큼성큼 걸어가는 민우의 뒷모습이 보인다. 수연이 뒤를 돌아본다. 수연의 눈에 영우가 빌딩 안에서 회전문을 향해 돌진하는 것이 보인다.

CUT TO:

회전문 진입까지는 성공한 영우, 나오는 타이밍을 놓쳐 계속 돈다. 그때, 누군가 회전문을 잡아준다. 수연이다.

수연 나와.

영우가 빌딩 밖으로 빠져나온다.

수연 회전문이 어려우면 다른 문으로 나오면 되잖아.

영우　　어, 그게…

수연　　너 바보야? 바보냐고!

수연이 왜 이렇게 화를 내는지 몰라 영우가 멍해진다.
수연이 씩씩대며 가버린다.
회사 앞에 덩그러니 남겨진 영우. 회전문을 돌아본다.

영우　　(N) 내 이름은 '꽃부리 영'에 '복 우' 꽃처럼 예쁜 복덩이란 뜻입니다. 하지만 '영리할 영'에 '어리석을 우'가 더 어울리지 않았을까요? 태어나서 지금까지 본 책을 전부 기억하지만, 회전문도 못 지나가는 우영우. 영리하고 어리석은 우영우.

S#29. 털보네 요리주점 (내부/밤)

오픈주방 앞에 바 테이블과 그 뒤로 서너 개의 테이블이 놓인 작은 요리주점. 손님이 한 명도 없다.
동그라미(27세/여)가 창고에서 대걸레를 들고 나온다.
청바지와 청재킷, 문신과 피어싱, 탈색과 염색으로 멋짐과 이상함, 힙함과 혼란함 사이를 오가는 그라미만의 스타일.
대걸레를 마이크 삼아 둠칫둠칫 박자를 타더니,
바닥을 닦으며 리쌍의 '겸손은 힘들어'를 부르기 시작한다.
그라미의 열창에, 주방에서 일하는 사장 **김민식**(36세/남)이 한숨을 쉰다. 통통한 체격에 턱수염이 부숭부숭 난 모습이 귀엽다.

그라미 (노래) 겸~손! 겸손은 힘들어! 겸~손! 겸손은 힘들어! 겸손은 힘들어!

영우가 주점 안으로 들어온다.
그라미가 대걸레를 내던지고 영우를 반긴다.

그라미 우영우영우~
영우 동동그라미.

둘만의 인사인 듯, 마주 선 두 사람이 짧게 '댑' 동작을 한다.
영우가 늘 앉는 자리인, 바 테이블에 앉고 그라미가 그 옆에 앉는다.

민식 저녁 안 먹었죠? 오늘도 우영우 김초밥?
영우 네. 오늘도 우영우 김초밥.

민식이 일본식 김밥인 김초밥을 만들기 시작한다.
영우의 단골 저녁메뉴다.

그라미 어땠냐, 첫 출근?
영우 힘들었어.

그라미 이야~ 드디어 니가 사회의 참맛을 알아가는구나!

영우 국민 참여 재판 알아?

그라미 알지. 국민들이 참여하는 재판.

영우 판사랑 배심원 앞에서 변론해야 하는데 나는 말을 잘 못하니까. 연습하는 거 도와줄 수 있어?

그라미 아, 당연하지!

민식이 예쁘게 플레이팅한 김초밥을 영우에게 갖다 준다. 광호의 김밥을 먹을 때처럼 김초밥의 위치부터 반듯하게 정렬하는 영우.

민식 하아— 손님은 이 친구가 정말로 도움이 될 거라고 생각하세요? 재판에 가본 적도 없을 텐데?

그라미 아, 뭐래. 요새 누가 재판을 직접 가요. 영화에 다 있는데. (영우에게) 그거 봤어? '증인?' (과한 정우성 성대모사) '변호사도 사람입니다!'

영우 '증인' 안 봤어.

그라미 '변호인'은? (과한 송강호 성대모사) '국가~? 증인이 말하는 국가란 대체 뭡니까? 자해? 자해라꼬?'

영우 '변호인'도 안 봤어.

그라미 (과한 송강호 성대모사) '니는 니가 애국자 같나? 천만에. 니는 국가 정권의 하수인일 뿐이야! 진실을 얘기해라. 그게 진짜 애국이야!' (내친 김에 곽도원 성대모사까지) '입 닥쳐! 이 빨갱이 새끼야!'

그라미의 열연에 혀를 차는 민식과 감탄하는 영우.

그라미 야! 재판 별거 아냐. 너두 할 수 있어. 변호사는 그거만 잘 하면 돼. (바 테이블을 쾅! 치며) 이의 있습니다!

영우 (똑같이 쾅! 치며) 이의 있습니다!

그라미 더 진심으로 해야지. 이의 있습니다아아!!!

영우 이의 있습니다아!

그라미 너는 기본 발성부터 다시 잡아야겠다. 따라 해. 아—에—이—오—우.

영우 아—에—이—오—우.

깊어지는 둘의 연습처럼,
영우의 첫 출근 날 밤이 저물어간다.

S#30. 법원 (내부/낮)

명석, 준호, 영우가 법원 안으로 들어간다. 변호사로서의 첫 재판을 앞둔 긴장 때문인지, 영우의 눈에 법원이 낯설다.
영우가 묵직한 법정 문 앞에 서서 숨을 크게 들이쉰다.
준호가 문을 열어준다. 명석이 먼저 안으로 들어간다.
뒤이어 눈을 감고, 하나 둘 셋 숨을 고른 뒤 입장하는 영우.

S#31. **법정 (내부/낮)**

준호는 방청석에, 영우와 명석은 변호인석에 앉는다.
피고인석에 앉아있던 영란이 영우, 명석과 인사를 나눈다.

경위 모두 일어서주십시오.

법정 안 사람들이 일어서자, 세 명의 판사들이 들어와
판사석에 앉는다. **재판장**(60대/남)이 출석을 부른다.

재판장 최현욱 검사, 출석했습니까?

현욱 네.

명석이 검사석에 앉은 **최현욱**(40대/남)을 본다.
깐깐한 인상이다.

재판장 정명석 변호인, 출석했습니까?

명석 네.

재판장 우영우 변호인, 출석했습니까?

명석이 옆자리 영우를 쳐다본다.
너무 긴장한 탓에 말문이 막힌 영우.

재판장 우영우 변호인, 출석했습니까?

명석　　(작게) 우영우 변호사! 대답하세요.

영우가 대답하려 애쓰지만 입이 떨어지지 않는다.

재판장　　우영우 변호인?

명석　　네에…

자기도 모르게 영우인 척, 여자 목소리를 내며 대답하는 명석. '지금 뭐하느냐'는 듯, 자신을 빤히 보는 재판장의 시선에 머쓱해진다.

명석　　(영우를 가리키며 다시 제목소리로) 우영우 변호사 출석했습니다.

재판장　　그럼 지금부터 사건번호 2022 고합 1017 살인미수로 기소된 피고인 최영란에 대한 공판을 시작하겠습니다.

CUT TO:

광호와 그라미가 법정 안으로 들어와 방청석에 앉는다.

재판장　　변호인. 모두진술하세요.

영우의 차례지만 여전히 긴장이 풀리지 않은 영우는 꼼짝도 하지 못한다. 이를 보는 명석의 속이 타들어간다.
방청석에 앉은 준호가 안타까운 마음에 고개를 숙이고,

광호도 깊은 한숨을 내쉬는데, 그라미는 영우에겐 보이지 도 않는 손짓과 입모양으로 '뭐해! 일어나!' 한다.

재판장 변호인. 뭐합니까? 진술 안 하실 거예요?

영란 (신음하듯 작게) 아이고, 이게 무슨 일이야…

당황해 안절부절못하는 영란.
하는 수 없이 명석이 대신 진술하려 일어서는데,
드디어 영우가 벌떡 일어나 법정 중앙으로 걸어 나간다.

영우 모두진술에 앞서… 양해 말씀드립니다. 저는 자폐 스펙트럼 장애를 갖고 있어 여러분이 보시기에 말이 어눌하고 행동이 어색할 수 있습니다. 하지만 법을 사랑하고 피고인을 존중하는 마음만은 여느 변호사와 다르지 않습니다. 변호인으로서, 피고인을 도와 사건의 진실을 밝힐 수 있도록 최선을 다하겠습니다.

영우만의 독특한 시선 처리와 발성, 긴장한 탓에 짧게 끊어지는 호흡. 하지만 그 너머로 느껴지는 영우의 진심에 법정 안이 조용해진다. 영우가 판사들과 배심원들을 향해 차례로 꾸벅꾸벅 인사한다.
"후우!" 환호성과 함께 그라미가 박수를 치자 준호와 방청객들이 웃는다. 광호도 함께 웃지만 눈에는 눈물이 맺혀있다. 한 젊은 남자 배심원이 자기도 모르게 박수를 따라 치다 멈칫한다.

재판장 법을 사랑하기까지 해요? 바람직하네.

재판장이 부드럽게 웃는다. '다행이다. 분위기가 좋다.'
마음고생 끝에 이제야 한숨 돌리는 명석.
반면 현욱은 영우에게 우호적인 법정 분위기에 긴장한다.

CUT TO :

영란을 신문하는 현욱.
자백이라도 받아낼 기세로 몰아친다.

현욱 "남편이 하도 의심을 하고 막말을 하니 죽이고 싶은 마음이 들었다." 사건 직후 경찰 조사에서 피고인이 했던 진술입니다. 기억하십니까?

영란 그거는…

현욱 '예.' '아니오.'로만 대답하세요.

영란 예…

현욱 그런데 지금은 왜 말을 바꿉니까?

영란 그때는 경찰이 앞에 있으니 긴장이 돼서 말을 잘못한 거예요. 죽일 마음은 없었습니다.

현욱 죽일 마음은 없었다? 사건기록을 볼까요? "한 번만 더 그런 소리 하면 다 같이 죽는다. 오늘 다 죽자. 너 죽고 나 죽자." 사건 당시 피고인이 피해자에게 했던 말들입니다. 기억하십니까?

영란 예…

현욱 '죽일 마음은 없었다'는 사람치고는 '죽인다'는 말을 너무 많이 한 거 아닙니까?

그라미의 가르침대로 쾅! 영우가 책상을 있는 힘껏 내려친다. 옆자리 명석이 소스라치게 놀란다.

영우 이의 있습니다! 유도신문입니다.

재판장 (역시 놀라 소스라치면서도) 인정합니다.

현욱이 검사석으로 가더니 비닐 봉투에 든 다리미를 집는다. 무겁다는 것을 보이려 일부러 훅— 훅— 흔들어댄다.

현욱 피고인이 피해자를 공격할 때 쓴 다리미입니다. 피고인, 이 다리미로 남편의 어디를 때렸습니까?

영란 머리…요.

현욱 머리요? (영란을 노려보며) 피고인, 정말로 죽일 마음이 없었던 거 맞습니까? 사실은 남편이 죽기를 바랐던 것 아닙니까?

명석 이의 있습니다.

재판장 기각합니다. 피고인, 검사 질문에 대답하세요.

영란 (재판장을 보며) 아이고, 판사님. 잘못했어요. 제가 잘못했어요. 그저 남편만 바라보고 사는데도 그걸 몰라주는 게 야속해서 그랬어요.

영란이 흐느낀다.

이를 보는 영우와 명석의 표정이 심각해진다.

CUT TO :

재판이 끝난 후, 명석이 현욱에게 다가간다.

명석 와, 검사님. 저는 무슨 조폭 신문하시는 줄 알았어요. 칠십 먹은 할머니 상대로 너무 몰아치시는 거 아니에요?

현욱 저도 처음엔 살살 가려고 했죠. 구속 영장 신청도 안 한 거 보면 모르시겠어요? 먼저 세게 나온 건, 그쪽이지.

명석 에이, 저희가 뭘 또 세게 나가요.

현욱 (정색하며) 유무죄를 가려보자 하시니 저도 최선을 다해야죠. 기소명도 제대로 못 붙인 검사 취급 받을 수 없죠.

돌아서 멀어지는 현욱. 영우와 준호가 명석에게 다가온다.

명석 (혼잣말처럼) 검사가 아주 작정을 하고 덤비네. 큰일이다.

S#32. 차 (내부/밤)

법원에서 한바다로 돌아가는 길.

준호가 운전을 하고 뒷자리엔 영우와 명석이 타고 있다.

재판에 대한 고민으로 무거운 분위기. 명석이 침묵을 깬다.

명석 박규식 씨를 법정으로 부르면 어때? 처벌을 원하지 않는다는 걸 직접 말하게 하자고.

영우 같은 내용으로 이미 처벌불원서를 제출했는데도요?

명석 그 처벌불원서, 박규식 씨가 자필로 쓴 거야?

영우 아니요. 제가 준비한 양식에 박규식 씨는 서명만 했습니다.

명석 할아버지가 말로 간청하는 게, 처벌불원서 한 장 달랑 내는 것보다 효과가 있겠지. 특히 배심원들한테는.

준호 그분이 증언을 잘하실까요? 성질도 보통 아니시고 우영우 변호사님한테 감정도 안 좋은데.

명석 박규식 씨는 내가 신문해야지, 뭐. 우변은 신문 초안 작성하고.

영우 네, 알겠습니다.

S#33. **법정** (내부/낮)

두 번째 공판.

재판장 피고인 측, 피해자 박규식 씨를 증인으로 신청했네요.

명석 네. 박규식 씨가 고령이시라 방청석에 앉아있기 힘들어 하셔서 밖에 계십니다. 지금 모시고 오겠습니다.

명석이 방청석의 준호에게 눈짓을 보낸다.
준호가 밖으로 나가 휠체어에 탄 규식을 데리고 들어온다.

처음 보는 피해자의 모습에 집중하는 판사들과 배심원들.
규식의 휠체어가 증인석에 도착하자 규식이 느릿느릿
일어나 선서를 한다.

규식 양심에 따라 숨김과 보탬이 없이 사실 그대로 말하고 만일 거짓말이 있으면 위증의 벌을 받기로 맹세합니다.

재판장 변호인, 증인 신문하세요.

골똘히 생각에 잠겨있던 명석.
옆자리 영우에게 속삭인다.

명석 우영우 변호사가 나가세요.

영우 네?

명석 "오죽하면 때렸을까, 할머니 심정이 다 이해 가더라니까요." 이준호 씨가 했던 말이에요. 박규식 씨가 욕하는 걸 보고.

명석의 뜻을 이해하지 못해 영우가 멍하다.

명석 우변이 박규식 씨한테 가서 욕을 끌어내라고요.

영우 아… 네.

재판장 변호인? 신문 안 합니까?

영우가 일어나 심호흡을 한 뒤 용기를 내 규식에게 다가간다. 영우가 누구인지 알아본 규식의 얼굴이 붉으락푸르락

달아오른다. 규식의 반응을 예감한 영란이 뛰쳐나가려 하자 명석이 영란을 붙잡는다.

영우　　안녕하세요? 최영란 씨 변호인 우영우입니다.

그 말을 신호탄 삼아, 규식이 폭발한다.

규식　　야! 내 눈앞에 띄지 말라고 했냐! 안 했냐! 이 새끼들이 다 같이 짜고 나 화딱지 나 죽는 꼴을 보려고 환장했구나! 이딴 꼴을 보여주려고 사람을 오라 가라 똥개 훈련을 시켰냐!!!

큰소리가 무서워 눈을 감은 채 몸을 움찔대면서도
끝까지 참아내는 영우.
규식이 영우를 때릴 기세로 덤벼들자
경위가 놀라 규식을 붙잡는다.

재판장　　(놀라) 증인? 지금 뭐하시는 겁니까?

규식　　(영우에게) 에라 이, 육시랄 지랄염병을 떨다 뒈져버릴 재수 없는 호로(삐—처리) 새끼야!!!

규식의 시원한 욕 발사에 판사들과 배심원들이 경악한다.

재판장　　끌어내세요.

경위가 규식을 휠체어에 태우려 하지만 규식의 난동에 뜻대로 되지 않는다. 보다 못한 영란이 증인석으로 달려 나와 규식을 말린다.
"이 죽일 놈의 영감탱이!"를 외치며 규식의 등짝을 퍽퍽 치는 영란.

재판장 10분간 휴정합니다.

CUT TO :

영우가 최종변론을 한다.
여전히 독특한 말투지만 태도는 한결 편안해졌다.

영우 여러분이 보신 바와 같이, 박규식은 함께 살기 편한 남편은 아닙니다. (사람들 웃음) 아내의 행실을 지나치게 의심하기도 하고 심한 욕설을 내뱉기도 합니다. 그럼에도 피고인 최영란은 박규식과 평생 해로하며 치매 간병도 마다하지 않았습니다. 피고인은 욱하는 마음에 충동적으로 남편을 때린 아내일 수는 있지만, 남편을 살해하려다 실패한 아내일 수는 없습니다. 자신의 잘못을 깊이 뉘우치는 피고인에게…

그때, 밖에 있던 준호가 허겁지겁 법정으로 달려와 명석에게 귓속말을 한다. 함께 들어온 경위들도 재판장과 현욱에게 각각 소식을 전한다.
영문을 모르는 영우가 머뭇대며 주변을 둘러본다.

현욱 재판장님, 피해자 박규식 씨가 병원으로 이송 중 사망함에 따라…

영란 뭐요? 누가 죽어요? 우리 영감이 죽었다고요?

영란이 놀라 벌떡 일어섰다가 곧 쓰러진다.
명석이 영란을 부축한다. 배심원들이 웅성거린다.

현욱 피고인의 혐의를 '살인미수죄'가 아닌 '살인죄'로 변경하고자 합니다. 공소장 변경을 허락해주십시오.

재판장이 한숨을 쉬며 고개를 끄덕인다.
이를 보는 영우의 얼굴이 하얗게 질린다.

S#34. **장례식장 분향소** (내부/밤)

명석과 준호가 규식의 영정사진 앞에 절을 한다.
절을 할 정신도 없는 듯, 영우는 두 사람 옆에
우두커니 서있다.

영우 (N) 만약 내가 신문을 하지 않았다면, 그래서 박규식 씨가 그렇게 화를 내지 않았다면. 아니, 만약 내가 이 사건을 맡지 않았다면…

영우가 영란을 본다.
영정사진만 멍하니 보는 영란의 모습이 곧 바스라질 것 같다.

영우　(N) 박규식 씨는 지금 살아있을까요?

S#35. 장례식장 접객실 (내부/밤)

영우, 준호, 명석이 좌식 식탁에 앉아있다.
명석이 영우와 준호의 잔에 소주를 따른다.

명석　병약하신 분인 거 뻔히 알면서 괜히 법정까지 오시게 했다, 그렇지? 재판 이길 욕심에.

영우가 명석을 물끄러미 본다.
명석이 괴로움 가득한 표정을 숨기며,
자신의 잔을 채워 들어 보인다.

명석　그래도 자책하는 건 딱 지금까지만. 이제는 피고인을 위해서 우리가 할 수 있는 일이 뭔지 찾아봅시다.

명석이 소주를 원샷한다. 준호도 따라 마신다.
잠시 머뭇대던 영우도 두 사람을 따라 꿀꺽 잔을 비운다.

S#36. 장례식장 복도 (내부/밤)

복도 의자에 앉아 헤드셋으로 혹등고래의 노래를 듣고 있던 영우. 화장실에서 힘없이 걸어 나오는 영란을 보고 일어선다. 영란이 영우를 그냥 지나치자 영우가 용기를 내 말을 건다.

영우 제가 사람들 앞에서 처음 한 말은 '상해죄'였습니다. 제가 변호사가 될 거라고 처음 말한 사람은 최영란 씨고요. 신기했습니다. 제가 처음 맡은 사건이 최영란 씨의 죄명을 상해죄로 바꾸는 일이라서요.

영란 지금 무슨 소리를 하는 건지…

영우 모든 것이 처음이라서 잘하고 싶었습니다. 잘하고 싶어서 욕심을 부렸어요. 박규식 씨를 사망하게 해서 미안합니다.

영란이 조용히 한숨을 내쉰다.

영란 그게 어떻게 변호사님 탓이에요. 20년 만에 만난 아랫집 꼬맹이 반길 줄도 모르고 대뜸 욕부터 하는 우리 영감 성질 탓이고, 그런 영감 갈 날 얼마 안 남은 줄도 모르고 다리미 휘둘러댄 내 탓이지. 노상 머리 아프다고 찡찡대던 영감탱이였는데… 내가 너무 했지, 내가.

영란이 흐느끼기 시작한다. 영우가 우물쭈물 다가가

영란의 어깨 위에 손을 올리려다… 결국 못 올린다.

S#37. 영우의 사무실 (내부/밤)

아직 가져다 놓은 물건이 없어 휑한 사무실.
영우가 화이트보드에 붙여둔 사건 관련 사진들을 보고 있다.
사건 당시 거실 풍경, 다리미, 규식의 뇌 CT 사진들이다.
노크 소리와 함께 준호가 들어온다.

준호 박규식 씨 부검감정서 가져왔습니다.

준호가 영우에게 서류를 내민다.

준호 사인은 역시 뇌출혈이에요. 수술했던 경막하 출혈이 재발한 거죠.

영우가 부검감정서를 보며 한숨을 쉰다.
준호가 화이트보드에 붙여둔 사진들을 본다.

준호 저 다리미… 꼭 그거 닮지 않았어요? 그 '모비딕'에 나오는…
영우 (깜짝 놀라) 향고래요?
준호 아, 향고래! 맞아요. 저 무시무시해 보이는 걸로 사람을 때렸다니 즉사하지 않은 게 다행이네, 싶고.

예상치 못한 고래 얘기에, 영우가 준호를 뚫어지게 본다.

준호 왜… 그러세요?

영우 회사에서는 하면 안 되는 게 많습니다. 남의 말 따라 하기, 엉뚱한 소리, 기러기 토마토 스위스 인도인 별똥별, 솔직한 말 같은 거요.

준호 아, 그래요? 몰랐네…

영우 특히 고래 얘기는 안 됩니다. 꼭 필요한 상황이 아니면요.

준호 음… 변호사님이랑 저랑 둘만 있을 때는 그냥 해도 되지 않을까요?

영우 네? 이준호 씨랑 저랑 둘만 있을 때는 고래 얘기를 해도 된다고요?

준호 (웃음) 네. 그럼요.

이 말이 얼마나 큰 파장을 일으킬지 모른 채, 가볍게 미소 짓는 준호. 영우가 다리미 사진을 본다.
순간, 영우의 머릿속에 뭔가 떠오른다.

INSERT :

향고래 한 마리가 푸른 바다 위로 힘차게 뛰어오른다.

CUT TO :

다시 영우의 사무실.

영우 박규식 씨 담당 의사 눈에도 그렇게 보였을까요? 다리미가 향고래처럼 강하게만 보여서 고래는 알을 낳지 않는다는 사실을 놓친 걸까요?

준호 네?

영우 이 사건은 형법만 보면 안 돼요. 민법을 봐야 풀려요. 마찬가지로… 다리미만 보면 안 돼요.

영우가 화이트보드에서 다리미 사진을 떼어낸다.
그러자 그 밑에 적어둔 영우의 삐뚤빼뚤, 악필에 가까운 손 글씨가 보인다.
'박규식, 81세, 경증 치매 환자'

INSERT FLASHBACK :

영우의 머릿속에, 장례식장 복도에서
영란이 했던 말이 떠오른다.

영란 노상 머리 아프다고 찡찡대던 영감탱이였는데…

CUT TO :

다시 현재, 영우의 사무실.

영우 음… 경찰 진술!

이 말에 준호가 영우의 책상 위에 놓인 규식의 경찰 진술 기록을 뒤져 '머리가 깨질 것 마냥 아파 소파에 누워있는데 택배가 왔다'를 찾아내는데, 영우가 한발 앞서 머릿속에 외워둔 기록을 암송한다.

영우 '머리가 깨질 것 마냥 아파 소파에 누워있는데 택배가 왔다.'

준호 원래부터 머리가 아팠던 거네요. 다리미에 맞기 전부터요.

영우 어쩌면… 다리미에 맞아서 생긴 뇌출혈이 아닐지도 몰라요.

몰려오는 깨달음에 영우와 준호가 서로를 마주본다.

S#38. 법정 (내부/낮)

재판장 변호인, 증인 신문하세요.

병원에서 봤던 규식의 담당 의사가 증인석에 앉아있다. 규식의 욕을 유발할 때 빼고는, 영우에겐 제대로 된 첫 증인 신문이다. 영우가 비장하게 일어나 어색하게 걸어 나간다.

영우 경막하 출혈에는 외상에 의한 '외상성 경막하 출혈'과 질병에 의한 '자발성 경막하 출혈'이 있습니다. 맞습니까?

의사 네.

영우 박규식 씨의 뇌출혈이 '외상성'이라고 판단하신 이유는 뭐죠?

의사 그야 다리미로 맞았으니까요. 맞아서 기절까지 했다고 들었습니다.

또다시 몰려오는 죄책감에, 영란이 고개를 숙인다.

영우 박규식 씨의 머리뼈에 골절이 있었나요?

의사 없었습니다.

영우 박규식 씨의 머리에 다리미로 인해 찢어진 상처나 멍이 있었습니까?

의사 없었습니다. (양손으로 머리를 감싸며) 이렇게 막았다고 하니까요.

영우 그럼 팔에는 상처가 있었습니까?

의사 뭐… 있긴 했는데 심하진 않았습니다.

영우 그렇다면 다리미가 그토록 위협적이라고 생각하는 이유가 뭐죠? 골절을 일으키지도 않았고 심한 상처나 멍도 없었는데요.

의사 (말문이 막히자 짜증) 아니. 제가 무슨 탐정입니까? 환자가 다리미에 맞아서 기절했다고 하니까 그걸 토대로 진단한 거죠. 진짜 다리미 때문인지 아닌지, 그런 거까지 제가 조사를 해야 돼요?

영우 증인의 진단 때문에 피고인이 감옥에 간다면 그래야 하지 않을까요?

의사와 눈도 맞추지 않는 채로 건조하게 받아치는 영우. 영우의 이런 태도에 왠지 더 열 받는 의사, 얼굴이 붉어진다.

현욱 이의 있습니다. 변호인은 증인과 논쟁을 하고 있습니다.

재판장 인정합니다. 변호인, 증인에게 질문만 하세요.

영우 변호인, 증인에게 질문만 하세요.

갑자기 튀어나온 반향어에 재판장이 어리둥절, 명석도 흠칫 놀란다. 영우가 정신을 차리려고 고개를 도리도리한다.

영우 박규식 씨는 81세였습니다. 증인, 알고 있습니까?

의사 네.

영우 박규식 씨는 치매 환자였습니다. 알고 있습니까?

의사 네.

영우 뇌출혈의 대표적인 전조증상은 심한 두통입니다. 알고 있습니까?

의사 네.

영우 박규식 씨는 사건 당일, 다리미에 맞기 전부터 심한 두통을 앓았습니다. 알고 있습니까?

의사 네?

영우 (기록을 건네며) '머리가 깨질 것 마냥 아파 소파에 누워있는데 택배가 왔다.' 박규식 씨가 경찰 조사에서 했던 진술입니다.

의사 그건… 몰랐습니다.

영우 자발성 경막하 출혈은 주로 노년층에서 관찰되며 치매환자에게 자주 발생합니다. 맞습니까?

의사 네…

영우 81세라는 고령의 나이와 치매 병력, 사건 직전 호소했던 심한 두통에도 불구하고, 증인은 아직도 박규식 씨가 외상성 경막하 출혈이라 확신하십니까? 자발성 경막하 출혈이었을 가능성은 전혀 없습니까?

의사가 머뭇거리자 현욱이 한숨을 쉰다. 의사가 영란을 본다. 영란의 간절한 눈빛에 자기도 모르게 고개를 숙인다.

의사 자발성 경막하 출혈이었을 가능성이… 있는 것 같습니다.

법정 안이 술렁인다.
명석이 재빨리 일어나 재판장과 검사에게 서류를 제출한다.

명석 박규식의 치료기록과 부검자료를 토대로, 박규식의 병명과 사인이 질병에 의한 자발성 경막하 출혈이라 진단한 의학 전문가 3인의 진단서를 추가 증거로 제출합니다.

영우 재판장님. 증인의 말대로, 박규식의 뇌출혈은 피고인에게 맞아서 생긴 게 아니라 원래 가진 질병에 의한 것일 가능성이 있습니다. 그렇다면 피고인의 상해와 피해자의 사망

사이에는 인과관계가 없습니다. 피고인이 '살인죄'가 아닌, '상해죄'로 재판받게 해주십시오.

명석이 준 진단서를 읽으며, 가볍게 고개를 끄덕이는 재판장.

재판장　(현우에게) 어떻게 생각해요? 공소장 변경 신청할 의향이 있습니까?

할 말을 잃은 듯, 현우의 표정이 난감하다.
이를 보는 명석이 조용히 웃는다.
재판장과 검사의 대답을 기다리는 영우의
눈빛이 반짝거린다.

S#39. 영우의 사무실 (내부/낮)

똑똑. 노크 소리와 함께 준호가 들어온다.
책상에 앉아 일하던 영우가 멀뚱멀뚱 준호를 본다.

준호　변호사님, 방금 선고 나왔습니다.

영우　아.

준호　'살인죄'로는 무죄, '상해죄'로는 집행유예 받았어요. 축하합니다.

영우　아… 감사합니다.

준호 최영란 선생님이 변호사님 만나고 싶어 하셔서 모시고 왔어요.

준호가 문을 열자 영우가 엉거주춤 일어선다.
영란이 들어온다. 그간의 고생으로 여위었지만,
표정만은 편안해졌다.
영란이 영우를 잠시 바라보더니 다가가 끌어안는다.
포옹이 싫은 영우, 뻣뻣하게 굳은 채 몸을 뒤로 뺀다.

영란 변호사 선생님, 감사합니다.

영란의 눈에 눈물이 흐른다.
변호사로서 받는 첫 감사인사.
영우의 표정이 조금 따뜻해진다.
옆에 선 준호가 흐뭇하게 미소 짓고, 복도를 지나다
열린 문 사이로 이 모습을 본 명석도 피식 웃는다.

S#40. EPILOGUE : 우영우 김밥 (내부/밤) - 과거

한 달 전.
분식집 마감 청소를 하던 광호가
누군가 들어오는 소리에 문가를 돌아본다.
너무나 예상 밖인 '누군가'의 정체에 놀라는 광호.

선영 광호 선배, 오랜만이네.

선영이 광호에게 미소 짓는다.
이를 보는 광호의 표정이 묘하다.

〈끝〉

"만약에 사랑하는 사람이 생겨 결혼식을 한다면,
동시입장을 하겠습니다.
아버지가 배우자에게 저를 넘겨주는 게 아니라
제가 어른으로서 결혼하는 거니까요."

2화

흘러내린 웨딩드레스

2

S#1. PROLOGUE : 대현호텔 예식장 (내부/낮) - 과거

두 달 전.
대기업 '대현그룹' 계열의 특급호텔인 '대현호텔' 예식장.
성대한 결혼식이 뭔지 보여주겠다는 듯, 웅장하고 화려하게 꾸며져 있다.

사회자 두 사람이 세상을 향해 첫걸음을 내딛는 순간입니다. 내빈 여러분은 모두 일어나셔서 신랑신부에게 축하의 박수를 보내주시길 바랍니다.

예식장을 가득 채운 1천 명의 하객들이 우르르 일어나 단상에 선 신부 **김화영**(28세/여)과 신랑 **홍진욱**(29세/남)을 본다. 어깨 끈과 소매가 없는 웨딩드레스로 목부터 가슴 위까지 훤히 드러낸 화영.

무표정한 예쁜 얼굴이 긴장되어 보인다.

사회자 신랑, 신부 행진!

멘델스존의 '결혼 행진곡'이 울려 퍼진다.
화영과 진욱이 행진을 시작한다.
결혼식 도우미 **강지혜**(27세/여)가 화영의 드레스 뒷자락을 당겨 펼친다. 그러자 드레스의 가슴 부분이 살짝 흘러내린다. 화영이 부케를 든 손으로 드레스를 끌어올리며 흘러내리지 않게 붙든다. 빵빵! 폭죽이 터지고, 박수와 환호가 커진다. 하객들이 저마다 핸드폰과 카메라를 들어 신랑신부를 촬영한다.

그때, 화영이 하객들 속에서 '누군가'를 보고 놀라 걸음을 멈춘다. 진욱이 멈춰 선 화영을 끌어당긴다. 이에 화영이 다시 걷기 시작하는데, 손으로 드레스를 붙잡는 것을 잊었다. 화영의 발이 드레스 앞자락을 살짝 밟는다. 화영이 휘청한다. 넘어지지 않으려고 발을 다시 내딛는 순간, 드레스 앞자락이 심하게 밟혀 화영의 웨딩드레스가 골반 아래까지 훌러덩 벗겨진다. 브래지어도 함께 흘러내린 듯, 화영의 상반신이 시원하다 못해 춥다.

절정을 향해 치닫던 '결혼 행진곡'이 머쓱하게 멈춘다.
벌거벗은 신부를 보는 신랑의 눈이 휘둥그레진다.

하객들 모두 동시에 얼어붙어 입만 떠억 벌리고 있다.

주명 저게… 뭐꼬…?

진욱의 할아버지 **홍주명**(82세/남)이 화영의 등을 보며 중얼거린다. 화영의 등허리에 커다란 관세음보살 문신이 새겨져 있다. 이에 크게 실망한 듯, 혀를 차며 고개를 내젓는 주명. 화영의 아버지인 **김정구**(75세/남)의 표정도 어두워진다.

빼엉―! 눈치 없는 폭죽 하나가 뒤늦게 터진다.
놀란 나머지 옷 추스를 생각도 못하고 있는 화영의
얼굴 위로 폭죽 속 무지개 색종이가 야속하게 흩날린다.

TITLE:

〈이상한 변호사 우영우〉

S#2. 우영우 김밥 (내부/낮)

두 달 뒤 현재.
출근 전 아침, 정장 차림으로 목에는 헤드셋을 건 영우가 김밥을 먹는다. 광호가 맞은편에 앉아 TV 채널을 돌리다 멈칫한다.

광호 참 이쁘다.

TV 속 드라마에서는 결혼식 장면이 방영 중이다.
웨딩드레스를 입은 신부가 아버지의 손을 잡고 걸어간다.

영우 김밥 속에 햄, 바꾸셨습니까?

광호 어? 어. 왜?

영우 맛이 별로입니다.

영우가 불만스럽게 젓가락을 내려놓고 광호를 빤히 본다.

광호 어쭈? 그냥 먹어! 다 큰 녀석이 아빠한테 밥상을 차려주진 못할망정 반찬투정이냐?

영우가 한숨을 내쉬며 젓가락을 다시 집는다.

광호 이래가지고 언제 커서 결혼할래? (TV를 가리키며) 영우는 저런 웨딩드레스 입어보고 싶지 않아?

영우 아버지는 저런 웨딩드레스 입어보고 싶습니까?

광호 아니, 내가 입고 싶은 게 아니고… (한숨) 결혼식에 딸 손잡고 걷는 거, 아빠들의 로망이잖아.

광호가 TV를 본다. 딸을 사위에게 넘겨준 TV 속 아버지의 눈에 눈물이 그렁그렁하다.

영우 인간에게 결혼이란 부모로부터의 독립과 짝짓기가 함께 이루어지는 의식이지만 고래의 경우는…

갑자기 뚝, 스스로 말을 멈추는 영우.
광호가 그런 영우를 의아하게 쳐다본다.

광호 웬일이야? 고래 얘기를 알아서 관두고?

영우 더 듣고 싶습니까?

광호 아니. 그냥… 이상하잖아.

영우 앞으로는 듣기 싫다는 사람에게 억지로 말하지 않겠습니다. 이제는 제 고래 이야기를 들어주는 사람이 있으니까요.

광호 그래? 그게 누군데?

영우 (시계를 보고) 늦었어요. 다녀오겠습니다.

자리에서 벌떡 일어난 영우. 헤드셋을 끼고 분식집 밖으로 나간다. 광호가 영우의 김밥 접시를 보고 헛웃음을 웃는다. 햄만 따로 빼서 접시 한가운데 보란 듯이 'X'자로 모아둔 모습.

S#3. 법무법인 한바다 (외부/낮)

하얗게 빛나는 고급 외제차가 한바다 빌딩 앞에 선다.
박 실장(40대/남)이 내려 뒷좌석 문을 연다. 명품 정장으로 몸을 감싼 정구가 차에서 내려 빌딩을 올려다본다.

S#4. 회의실 (내부/낮)

정구가 회의실 안으로 들어선다. 통유리 창 너머로 서울 시내가 시원하게 내려다보인다. 선영과 명석이 정구와 박 실장을 맞는다.

선영 처음 뵙겠습니다. 한선영입니다.

명석 정명석입니다.

정구 김정구요.

모두들 자리에 앉는다.

정구 여기 다 바쁜 사람들이니 바로 본론으로 갑시다. 내 나이 마흔일곱에 얻은 늦둥이 막내딸이 있어요. 얼마 전에 결혼 시켰어. '대현건설' 사장 아들이랑. 대현호텔에서.

명석 축하드립니다.

정구 축하는 무슨! 망할 놈의 대현호텔 새끼들 때문에…

순식간에, 정구의 표정이 침통해진다.

박 실장 결혼식 때 사고가 있었습니다. 회장님 따님께서 어깨랑 소매가 없는 웨딩드레스를 입고 계셨는데… 신랑신부 행진을 할 때 그 드레스가… 흘러내렸습니다.

선영과 명석이 놀란다. 당시 기억에 괴로운 듯,
정구가 한숨을 쉰다.

선영 어디까지요…?

박 실장 (손으로 자기 엉덩이를 가리키며) 이 아래까지…

선영 속옷은요? 안 흘러내렸죠?

박 실장이 슬프게 고개를 가로젓는다.

정구 얼마짜리 결혼식인줄 압니까? 대현호텔에서 다 알아서 해준다기에, 뭐든 최고로 맡겼더니 2억 3천 듭디다. 하객은 몇이었게? 귀하디귀한 손님으로만 천 명을 불렀어. 2억 3천을 들여 천 명 앞에서 개망신을 당한 거야, 내가.

명석 정말 힘드셨겠습니다.

정구 내가 이 대현호텔 새끼들한테 얼마를 받아야 되겠습니까?

선영 손해배상금 말씀이시죠? 정확한 액수는 조사를 더 해봐야겠지만…

명석이 작은 메모지에 '2.5~3억'이라 적어
선영 앞으로 살짝 내민다.
메모지를 보는 선영. 적힌 액수에 동의하는 듯,

가볍게 고개를 끄덕인다.

선영 대략…

정구 잠깐!

선영이 놀라 정구를 본다.

정구 생각하는 게 10억 밑이면 말도 꺼내지 마요.

선영 10억이요…?

누가 볼세라, 선영이 '2.5~3억'이라 적힌 메모지를 슬쩍 뒤집는다.

명석 혹시 대현호텔 쪽이랑 얘기해보셨습니까?

박 실장 대현호텔은 결혼식 비용을 전액 환불해주겠다고 했습니다. 신랑신부에게 천만 원 상당의 대현호텔 숙박권을 주겠다는 말도 했고요.

명석 현금화하면 2억 4천만 원을 제시한 거네요. 나쁘지 않은데요.

정구 뭐? 나쁘지 않아?!

정구의 기세에 명석이 움찔한다.

정구 내가 망신을 당했어요. 친척에 친구에 거래처 사람들까지 모아놓고 내 딸 알몸을 보여줬다고. 쪽이 팔려서 얼굴을 못 들고 다녀! 근데 뭐? 2억 4천이면 나쁘지 않아? 내 자존심이 그만한 값어치밖에 없다, 이 말씀이오?

명석　아니요, 그게 아니라…

선영　회장님께서 말씀하시는 부분은 법적으로 '위자료'에 해당합니다. 재산상의 손해가 아닌 정신적인 고통에 대한 손해를 배상하는 것이지요. 그런데 이 위자료라는 것이, 인정받기가 정말 쉽지 않습니다. 실제 판례들이 그래요. 인정이 되더라도 액수가 크지 않습니다.

명석　결혼식 비용을 다 돌려줄 뿐 아니라 위자료 격으로 무료 숙박권까지 주겠다는 대현호텔의 제안은 사실 꽤 합리적입니다. 결혼식을 다시 하고 싶으니 새로운 결혼식 비용까지 부담하라고 주장할 수는 있을 것 같습니다.

정구　결국 한바다도 태산이랑 다를 게 없구먼?

선영이 멈칫한다. 한바다가 태산보다 못하다는 콤플렉스 때문에 평소 합리적이다가도 태산 이야기만 나오면 막무가내로 돌변하는 선영. 이를 아는 명석이 불안한 얼굴로 선영을 본다.

선영　네?

정구　내가 가진 땅이 가락동 일대만 6천 평이야. 송사할 게 한두 개겠어? 여태까지는 그거 다 태산 줬어. 대한민국 1등 로펌이라매, 거기가. 근데 막상 큰일이 나니까 이 새끼들이

꽁무니를 빼. 멘트도 똑같아. '위자료는 원래 많이 못 받습니다.' 이 지랄! 내가 그간 태산에 준 돈이 얼만데 이런 소릴 듣나 싶어 여기 온 거요. 한바다는 다를까 해서.

선영 한바다는 다릅니다.

정구 다르긴 뭐가 달라! '어렵습니다.' '못하겠습니다.' 멘트까지 똑같은데!

선영 회장님은 얼마를 원하십니까?

정구 내 자존심에 똥칠한 값이요. 10억은 받아야 되지 않겠소?

잠시 생각에 잠기는 선영.

선영 해보겠습니다. 태산이 못하는 일 한바다는 한다는 거, 보여드리죠.

정구 대표님만 믿습니다. (박 실장에게) 수임료 넉넉하게 챙겨드려!

환한 표정의 정구와 달리, 선영의 얼굴이 비장하다.
체념한 듯 고개를 숙이는 명석. 몰래 내쉬는 한숨이 깊다.

S#5. 명석의 사무실 (내부/낮)

소파에 둘러앉은 명석과 신입 변호사들.
'흘러내린 웨딩드레스' 사건 자료를 보고 있다.

명석 ‘손해’는 어떻게 나뉘지?

영우가 의아하다는 듯 명석을 빤히 쳐다본다.

수연 손해 3분설에 따라 ‘적극적 손해’와 ‘소극적 손해.’

민우 (말을 가로채며) ‘위자료’로 나뉩니다. 적극적 손해는 가지고 있던 재산이 줄어든 것이고, 소극적 손해는 얻을 수 있었던 재산을 얻지 못하게 된 것입니다.

수연 (질세라 끼어들며) 위자료는 정신적 고통에 대한 배상이고요.

수연과 민우가 서로를 노려본다. 명석이 화이트보드에 ‘적극적 손해’ ‘소극적 손해’ ‘위자료’라고 적는다.

영우 정명석 변호사님은 변호사 생활을 그렇게 오래하셨는데 손해가 어떻게 나뉘는지도 모르셨습니까?

명석 (당황) 내가 이걸 몰라서 물어본 걸까? 가르치려고 물어본 거잖아.

영우 (계속 의심) 흠… 그렇습니까?

명석 (무시) 손해 3분설에 따라, 이미 지출한 결혼식 비용 2억 3천만 원은 적극적 손해, 결혼식을 동일한 조건으로 다시 할 경우 필요한 2억 3천만 원은 소극적 손해라 주장한다 치자. 이건 그 사고가 없었다면 지출하지 않아도 될 돈이니까. 사실 이것도 중복 배상 청구라서 말이 안 되는데, 우리 의뢰인은 10억을 원해. 결국 우린 위자료로만 5억이 넘는 돈을 청구해야 한다는 거지.

민우 대법원이 발표한 '위자료 산정방안'에 따르면, 교통사고로 피해자가 사망한 경우에도 위자료는 최대 1억입니다. 이 사건은 기껏해야 명예훼손, 그것도 중대피해가 아닌 일반 피해에 해당할 텐데, 그렇다면 많아야 5천만 원을 넘기 어렵습니다.

명석 맞아요. 근데 살다보면 이렇게 말도 안 되는 요구를 하는 의뢰인도 만나게 돼. 사건을 맡았으니 방법을 찾아봅시다.

수연이 노트북으로 대현호텔 웨딩사업팀
웹사이트를 살펴본다.

수연 대현호텔이 웨딩사업팀을 신설하면서 결혼식 관련 업무를 다 통합했네요. 그나마 다행이에요. 보통은 예식장 대여 따로, 웨딩드레스 대여 따로라서 책임 소재를 묻기가 애매한데, 이 경우엔 대현호텔이 직접 다 한 거니까요.

명석 무엇보다 중요한 건 '과연 이게 대현호텔 잘못이냐?' 하는 거야. 고의든 과실이든, 호텔 측 잘못이라는 걸 보여줄 귀책사유를 찾아야 해요. 그게 없으면 손해배상청구 자체가 무의미해져.

명석의 시선이 영우를 지나쳐 수연과 민우에게 머문다.

명석 권민우 변호사랑 최수연 변호사! 잠입 조사 해본 적 있나?

수연 네?

명석 웨딩드레스 준비하는 과정에 어떤 실수가 있었는지, 호텔이 순순히 알려줄 리가 없잖아? 우리가 찾아내야지. 둘이 대현호텔로 가서 신랑신부인 척, 웨딩드레스 한번 입어보세요.

수연의 표정이 급격히 시무룩해진다.

명석 우영우 변호사는 준호 씨랑 가서 신랑신부 좀 만나보고.

영우 네.

수연 저… 대현호텔, 권민우 변호사 말고 이준호 씨랑 가면 안 될까요?

명석 (웃음) 왜요? 권민우 변호사, 신랑감으로 별로야?

수연 네.

민우 (당황) 와— 저도 최수연 변호사 싫은데요! 우영우 변호사랑 신랑신부 만나보겠습니다. (영우에게) 괜찮죠?

영우 저도 이준호 씨랑 둘만 있는 게 좋지만 제가 양보하겠습니다.

수연 준호 씨랑 둘만 있는 게 좋다니? 뭐야, 둘이 친해?

영우 (골똘히) 음… '친하다'의 정의가 둘만 있을 때 나누는 이야기가 따로 있는 사이라면 응, 친해.

'둘만 있을 때 나누는 이야기가 따로 있는 사이?'
수연, 명석, 민우의 표정이 심상치 않지만 영우는
전혀 눈치 채지 못한다.

S#6. 정구의 집 거실 (내부/낮)

넓고 호화로운 거실.
가사 도우미(40대/여)가 영우와 민우를
화영의 방으로 안내한다.

가사 도우미 결혼식 후로는 아가씨가 방에서 통 나오질 않네요. (노크하며 화영에게) 변호사님들 오셨어요.

가사 도우미가 방문을 열자 영우와 민우가 안으로 들어간다.

S#7. 화영의 방 (내부/낮)

창가에 멍하니 앉아있던 화영이 영우, 민우를 돌아본다.
마음고생 탓인지, 결혼식 때보다 조금 더 야윈 모습.

민우 이번 사건을 맡은 법무법인 한바다의 변호사 권민우입니다.

'이제 네 차례'라는 의미로 영우를 쳐다보는 민우.
하지만 영우는 방 안 곳곳을 둘러보는 데 정신이 팔려있다.

민우 (영우에게 작게) 뭐해요? 인사 안 하고.

영우 아, 안녕하십니까?

민우 (한숨) 소개를 해야죠. 본인 소개.

영우 아, 제 이름은… (말해도 될지 잠깐 생각한 뒤) 똑바로 읽어도 거꾸로 읽어도 우영우입니다. 기러기 토마토 스위스 인도인 별똥별 우영우.

화영 네?

민우 죄송합니다. 이 친구가 회사 들어온 지 얼마 안 돼서요.

화영 네… 앉으세요.

본인도 신입이면서 마치 후배 교육 잘하겠다는 듯 영우를 툭툭 치는 민우. 두 사람이 화영 맞은편 의자에 앉는다.

민우 많이 속상하시죠?

화영 아, 네… 뭐.

민우 결혼식 이후로 지금까지 부모님 댁에서 지내신 건가요? 남편 분은요?

화영 그 일 있고 나서 사이가 좀 어색해져서요. 신혼집은 그냥 비워놨어요. 오빠도 오빠 부모님 집에 있고요.

민우 혹시 결혼식을 다시 할 계획이 있으신가요?

화영 모르겠어요. 아빠한테 물어보세요.

민우 (자기도 모르게 놀라) 아빠요…?

다 큰 여자의 입에서 흘러나온 "아빠한테 물어보세요."에 놀란 민우. 반면 영우는 이상할 거 없다는 듯, 고개를 끄덕거린다.

화영 양가 어른들 의견이 다 다르고… 복잡해요, 이 결혼. 오빠 할아버지가 저를 예뻐하셨어요. 교회 장로님이신데 성가대에서 지휘하시거든요. 저는 반주하고요. 장로님 소개로 오빠 만난 거고 결혼까지 온 건데. 결혼식 때 일로 저한테 많이 실망하셨대요. 파혼하자는 얘기도 하신 것 같더라고요.

민우 결혼식 때 일로 화영 씨에게 실망을 해요? 왜요?

화영 제 등에… 관세음보살 문신이 있거든요.

민우가 놀라 잠시 멍해졌다가 곧 정신을 차린다.

민우 웨딩드레스에 문제가 있다는 건 언제 아셨죠?

화영 결혼식 날 아침에요. 가봉할 때 꽤 타이트하게 맞췄는데 그날은 헐렁하더라고요.

민우 대현호텔 직원한테 그 얘기를 했나요?

화영 했죠. 드레스 입혀주는 언니한테요. 살이 빠져서 그렇다면서 드레스 안쪽으로 핀을 더 꽂아주더라고요.

민우 살이 빠졌었습니까? 결혼식 때?

화영 아니요.

민우 화영 씨 주변에 당시 상황을 증언해줄 사람이 있을까요? 드레스가 헐렁해 걱정하는 걸 들은 친구가 있다든지…

화영 없어요. 제 주변 사람들은 결혼식에 안 왔거든요.

민우 (또 놀라) 김화영 씨 결혼식인데요…?

화영 하객 명단은 아빠가 관리해서요. 아빠 손님들이 왔죠.

다시 시작된 화영의 아빠 타령에 또 멍해진 민우.
정신 차릴 시간을 벌 겸 영우에게 공을 넘긴다.

민우 우영우 변호사는 뭐 질문할 거 없어요?

영우 있어요. 김화영 씨, 남편을 사랑합니까?

너무나 단도직입적인 질문에 화영과 민우가 당황한다.

화영 네?

민우 죄송합니다. (영우에게 작게) 그걸 지금 질문이라고 해요?

영우 네. 이 방에는… 사진이 많습니다. 김화영 씨의 독사진도 많고 친구나 가족과 함께 찍은 사진도 많아요. 그런데 남편 사진은 없습니다. 한 장도요.

영우의 말에 방 안을 둘러보는 민우. 그러고 보니… 정말 그렇다. 가구 위와 벽들마다 화영이 친구나 가족과 함께 찍은 사진들이 가득하지만 그중 진욱의 사진은 단 한 장도 없다.

화영 (당황) 오빠랑 찍은 사진들은 다 신혼집에 있나봐요.

영우 (이상하다는 듯 갸웃) 저기 있는데요?

영우가 방구석에 놓인 상자를 가리킨다. 상자 안엔 웨딩 사진들과 남은 청첩장들이 대충 싼 이삿짐처럼 담겨있다.

영우 결혼반지는 화영 씨의 손가락 대신 화장대 위에 있고요.

민우가 화영의 손가락과 화장대 위를 번갈아 본다.
화영은 손가락에 가느다란 실반지를 여러 개 끼고 있지만
보석이 박힌 결혼반지는 화장대 위에 홀로
내팽개쳐져 있다.

영우 김화영 씨, 남편을 사랑합니까?

예리한 탐정에게 허를 찔린 범죄자처럼, 화영이 당황한다.

S#8. 대현건설 1층 커피숍 (내부/낮)

대현그룹 계열 건설회사인 대현건설 빌딩 내 1층 커피숍.
영우, 민우가 진욱과 마주 앉아있다.

진욱 장인어른도 유별나시지. 그날 일, 난 떠올리기도 싫은데 왜 소송까지 하는지 모르겠어요. 그것도 대현호텔 상대로… (한숨) 집안싸움 만드시는 것도 아니고, 참.

영우 홍진욱 씨는 소송을 원하지 않으십니까?

진욱 결혼식 망친 거 생각하면 나도 열 받죠. 특급호텔 웨딩서비스라더니 뭐가 이따윈가 싶고. 그렇지만 대현호텔도 대현건설도 다 대현그룹 계열이잖아요. 결국 우리 집안망신

아닙니까?

민우　홍진욱 씨 댁에서 파혼 얘기가 나왔다는데… 사실인가요?

진욱　화영이가 그래요? (한숨) 할아버지가 화영이를 좋게 보셔서 이 결혼에 엄청 적극적이셨어요. 저한테 화영이 소개도 해주시고 부모님 설득도 하시고요. 그러다가 그… 화영이 몸에 문신 있는 거 아시죠?

민우　네. 화영 씨한테 얘기 들었습니다.

진욱　그 문신, 화영이가 철없을 때 장난으로 했던 거라기에 난 그러려니 했어요. 지우기도 힘들고 잘 안 보이는 데 있잖아요. 근데 할아버지는 배신감까지 느끼셨더라고요. 아무래도 연세가 있으시고 독실한 기독교 신자시니까. 그런 애랑 무슨 결혼이냐고, 혼인신고도 안 했는데 그냥 관두라고 하시더라고요.

영우　그럼 파혼하실 건가요?

진욱　모르겠어요. 어른들 의견 정리되는 거 좀 지켜봐야죠.

민우　화영 씨랑은 파혼에 대해 얘기해보셨나요?

진욱　우리 서로 얼굴 안 본 지 꽤 됐어요. 화영이가 날카로워져서 정신과 다니고 하니까… 만나면 자꾸 싸우게 되더라고요.

민우　정신과요? 김화영 씨가 정신과 치료를 받나요?

진욱　화영이가 말 안 해요? 그 일 있은 후부터 병원 다니는 걸로 알아요.

S#9. 대현건설 (외부/낮)

대현건설 빌딩 밖으로 나온 영우와 민우.

민우 부자들은 철들면 안 된다는 법이라도 있나봐요?

영우 아니요. 그런 법은 없… (한참 생각해보다가) 아, 농담인가요?

민우 (무시하고 자기 할 말) 사무실 들어가야죠? 택시타고 가요.

민우가 택시를 잡으러 차도로 걸어간다. 영우가 뒤따른다.

민우 신랑이나 신부나 순 애새끼들이구만 무슨 결혼을 한다고. 안 그래요? 정신적으로 독립을 해야 결혼도 하는 거잖아요. 다 차려놓은 밥상에 숟가락 올릴 줄만 알지. 아마 재들은 저 나이 먹도록 스스로 밥상 한번 차려본 적 없을걸요?

그 나이 먹도록 스스로 밥상 한번 차려본 적 없는
영우가 놀라서 되묻는다.

영우 권민우 변호사는 스스로 밥상 차려본 적 있습니까?

민우 당연하죠! 우영우 변호사는 없어요?

영우 음…

혼란스러운 영우가 머뭇대는 사이,
민우가 빈 택시를 발견한다.

민우 택시!

S#10. 차 (내부/낮)

대현호텔로 가는 차 안.
준호가 운전을 하고 수연은 조수석에 앉아있다.

준호 호칭은 어떻게 할까요?

수연 글쎄요. 음… '준호 오빠?'

자기가 말해놓고 자기가 부끄러워 얼굴이 붉어지는 수연.

준호 그럼 전 '수연아?' 아니다, 이름을 자꾸 부르면 안 좋을 거 같아요. 나중에 어떻게 될지 모르니까.

수연 아, 그러네요. 그럼…

준호 (수연을 보며) '자기야?'

훅 들어온 준호의 '자기야'에 수연의 심장이 터질 것 같다.
그때 준호의 핸드폰이 진동한다. 영우다. '영우가 웬일이지?' 싶은 수연과 익숙하게 차 안 스피커로 전화를 받는 준호.

준호 네, 변호사님.

영우 (소리) 이준호 씨도 어른이라면 모름지기 스스로 밥상을 차리고 부모로부터 독립을 해야 한다고 생각합니까?

준호 아… 글쎄요. 그러면 좋겠죠?

영우 (소리) 하지만 범고래는 평생 동안 어미로부터 독립하지 않고 함께 다닙니다. 인간의 기준대로라면 범고래는 모두 마마보이, 마마 걸…

수연 (말 끊으며) 야, 우영우. 너 지금 뭐해?

영우 (소리) 최수연? 나 지금… 통화해.

수연 준호 씨랑 둘이서 따로 나눈다는 얘기가 이거였냐? 너 근무시간에 이러면 안 돼. 전화까지 걸어서 일하는 사람 붙잡고.

영우 (소리) 아…

준호 괜찮아요. (영우를 향해) 변호사님, 지금은 제가 좀 바빠서요. 나중에 전화 드릴게요.

영우 (소리) 네.

뚝. 영우가 전화를 끊는다.

수연 영우가 자주 이래요?

준호 아뇨. 그냥 가끔…

MONTAGE :

'둘만 있을 때는 고래 얘기를 해도 된다'는 준호의 말 이후, 준호를 뻔질나게 찾아왔던 영우의 지난날이 몽타주로 펼쳐진다.

S#11. 준호/민우의 집 화장실 (내부/낮) - 과거

준호와 민우가 함께 사는 투룸 오피스텔의 화장실. 출근 준비 중인 준호가 양치질을 하는데 영우로부터 전화가 온다. 급한 일인가 싶어 대충 물을 뱉고 전화부터 받는 준호.

준호　네, 변호사님.

영우　(소리) 이런 말 들어보셨습니까? '우리가 심해에 대해 아는 것보다 달의 뒷면에 대해 아는 것이 더 많다.'

준호　네?

영우　(소리) 대왕고래가 새끼를 낳는 장면을 본 사람이 아직까지 아무도 없다는 사실만 봐도 그렇습니다. '보잉 737 비행기만큼 큰 대왕고래가 하마만큼 무거운 새끼를 낳는 장면을 포착하기가 그렇게 어려울까?' 싶겠지만, 바다는 너무나 크고 또 깊어서 고래들의 비밀을 굳게 지켜주고 있는 겁니다.

준호　아, 네.

출근 준비 중인 민우가 화장실 문 앞을 지나가며,

민우　(소리 안 나게 입모양으로) 누구? 왜?

준호　(별일 아니라고 고개 저으며) 변호사님, 제가 지금… (멈칫) 여보세요?

본인의 할 말을 다 한 영우는 이미 전화를 끊은 상태.
이를 안 준호가 멍해진다.

S#12. 11층 복도 화장실 앞 (내부/낮) - 과거

준호가 화장실에서 나오다 자신을 기다리고 있는
영우를 보고 흠칫 놀란다.

영우　대왕고래의 대변은 붉은색입니다. 주식인 크릴이 붉은색이거든요.

준호　(왠지 민망) 아, 네.

영우　고래의 대변은 바다 깊은 곳에 있는 영양분을 해수면으로 뽑아 올리는 일종의 펌프 역할을 합니다. 고래는 깊은 바다에서 먹이를 먹고 해수면으로 올라와 배설을 하는데 그 대변이 바로 식물성 플랑크톤의 영양분이 되거든요.

준호　그렇구나. 그렇구나…

영우의 우렁차고 또랑또랑한 발성에 지나던 사람들이 둘을 흘끔거린다. 이 모든 부끄러움을 혼자 감당해야 하는 준호의 얼굴이 크릴처럼 붉다.

S#13. 한바다 1층 로비 (내부/밤) - 과거

승강기 문이 열리고, 준호와 영우가 1층 로비로 나온다. 회전문을 향해 함께 걸어가면서도 영우는 그저 고래 얘기다.

영우 긴수염고래는 이주성 동물입니다. 그러나 캘리포니아 만에 사는 긴수염고래 400마리는 1년 내내 한 곳에만 머뭅니다. 6일이면 캘리포니아 만 전체를 통과할 수 있을 만큼 빠른데도 전혀 이동하지 않는 거죠.

준호 아, 네. 변호사님, 우리 오랜만에 회전문으로 나가볼까요?

준호가 회전문을 잡아 세우며 영우에게
먼저 타라는 눈빛을 보내지만,

영우 아니요. 저는 오늘 야근합니다.

준호 네? 그럼 고래 얘기하시려고 여기까지 오신 거예요?

영우 네. 안녕히 가십시오.

영우가 무심하게 돌아서 멀어져간다.
회전문 앞에 덩그러니 남겨진 준호의 얼굴이 멍하다.

CUT TO :

다시 차 안. 현재.

수연 그게 뭐가 가끔이에요? 종일 쫓아다녔네!

준호 저는 괜찮아요. 듣다보면 꽤 유익하기도 하고 또…

준호가 잠시 머뭇거린다.

수연이 준호를 보며 다음 말을 기다린다.

준호 저 아니면 누가 그 얘기를 들어주겠어요? 저라도 들어주면 좋잖아요.

수연 평생 들어주실 거예요?

준호 네?

수연 평생 들어주실 거 아니면 준호 씨가 먼저 선을 그어줘야죠. 그게 진짜 영우를 위한 일 같은데.

수연의 말에 준호가 생각에 잠긴다. 그때 '꾸르륵!' 수연의 아랫배가 아파온다. 배 위에 손을 올리는 수연.

준호 괜찮으세요?

수연 괜찮아요. 괜찮아요.

하지만 '꾸오오— 꾸르륵꾸룩—!' 수연의 배는 괜찮지 않다.

준호가 말없이 차의 속도를 높인다.

이 상황이 부끄러우면서도 화장실이 너무 급해진 수연.

하얗게 질린 얼굴로 식은땀을 흘리며 안전벨트를 꼭 쥔다.

S#14. 대현호텔 1층 로비 (내부/낮)

수연이 대현호텔 안으로 들어와 곧장 화장실로 간다.
양팔로 배를 감싸고 엉덩이에 힘을 준 채 경보하듯
걷는 모습이 애처롭다.

S#15. 대현호텔 1층 화장실 (내부/낮)

화장실에 도착한 수연.
가까운 칸부터 문을 열어보는데 하필 또 다 차 있다.
제일 안쪽 비어있는 칸으로 들어가 문을 닫고 바지를 내리려는 순간, '푸득! 푸드드르륵!' 뱃속 친구가 한발 먼저 밖으로 나온다. 절망감과 속 편함이 뒤섞인 수연의 표정.

S#16. 대현호텔 1층 로비 (내부/낮)

영우가 작은 쇼핑백을 들고 호텔 안으로 들어온다.
화장실을 찾아 두리번대는데 준호가 다가온다.

준호 우영우 변호사님? 여긴 어떻게 오셨어요?

영우 지하철을 타고 왔습니다.

준호 아, 네.

영우 최수연 변호사를 만나야 합니다. 제가 온 이유는 말씀드릴 수 없어요. 특히 이준호 씨에게는 절대로 말해선 안 됩니다.

준호 아, 네… 최수연 변호사님은 저기 화장실에 계신 것 같아요.

준호가 화장실 쪽을 가리킨다.
영우가 고개를 끄덕하더니 화장실로 간다.

S#17. 대현호텔 1층 화장실 (내부/낮)

화장실 안으로 들어온 영우.
가까운 칸부터 확인하며 수연을 찾는다.

영우 (똑똑 한 박자 쉬고 똑) 수연이니? (다음 칸 노크) 수연이니? (다음 칸 노크) 수…

수연 여기야!

제일 안쪽 칸의 문이 빼꼼 열린다. 영우가 다가간다.

수연 가져왔어? 이리 줘.

영우가 들고 있던 쇼핑백을 문틈 사이로 건넨다.
문이 닫히고, 칸막이 안에서 수연의 부스럭대는 소리.

수연 뭐야, 우영우 장난해? 내 옷장에 다른 바지들 없었어? 정장 바지들?

영우 있었어.

수연 근데 왜 이걸 가져왔어?

영우 아무거나 가져오라고 했잖아. 그게 제일 편해보였어. 라벨도 없고.

수연 미치겠다, 진짜.

칸막이 문이 열리고, 수연이 밖으로 나온다.
위에는 아까 입고 있던 정장 차림이지만 아래는 수면바지를 입고 있다. 분홍색 하트 무늬들이 현란하다.

영우 다른 바지를 갖다 줄까?

수연이 세면대로 가서 손을 씻는다. 영우가 따라가 옆에 선다. '꾸르르륵!' 수연의 배가 또 꿈틀대기 시작한다.
아랫배에 손을 얹는 수연의 얼굴이 슬퍼 보인다.

수연 어차피 난 틀렸어. 이 결혼, 니가 해야 돼.

신승훈의 'I Believe'가 흘러나온다. 영화 '엽기적인 그녀'의 차태현처럼, 영우에게 당부의 말을 하는 수연.

수연 '자기야'라고 부르기로 했어. '준호 오빠'도 좋지만 남들 앞에서 자꾸 이름을 말하면 위험하니까. 우리가 결혼을 서두르는 이유는 속도위반을 했기 때문이야. 배가 불러오기 전에 세상에서 가장 예쁜 드레스를 입고 대현호텔에서 결혼하는 게 내… 아니, 이젠 너의 꿈이거든.

영우 방금 말한 속도위반은 교통 법규상 제한된 속도 이상의 속력을 내는 행위를 뜻하는 게 아니지?

수연 응. 아니야.

영우 그렇다면 그건…

수연 잤다고. 결혼 전에. 그래서 준호 씨의 아이가 여기에…

수연이 자기 배를 쓰다듬자 '꾸오오록!' 소리가 난다.
다시 신호가 오는지 허리를 숙이는 수연.

수연 (슬픈 눈) 준호 씨, 잘 부탁해.

수연이 황급히 칸막이 안으로 돌아간다.
덩그러니 남은 영우, 난처하다.

S#18. 대현호텔 1층 로비 (내부/낮)

영우가 화장실 밖으로 나온다.
시계를 보며 초조하게 기다리던 준호가 다가온다.

준호　　최수연 변호사님은요? 괜찮으세요?

영우　　틀렸어요.

준호　　네?

영우　　이준호 씨는 저랑 결혼하셔야 돼요. 아, 이젠… (준호를 보며) 자기야.

훅 들어온 영우의 '자기야'에 준호의 심장이 왠지 두근거린다.

준호　　그럼… 올라갈까요? 3시 예약인데 많이 늦었어요.

영우　　네. 자기야.

S#19.　대현호텔 피팅룸 (내부/낮)

화사하게 꾸며진 넓은 웨딩드레스 피팅룸.
웨딩사업팀 **팀장**(40대/여)이 영우, 준호와 소파에 마주 앉아있다. 웨딩드레스 카탈로그를 건네는 팀장. 상냥한데도 어딘가 까칠한 느낌이다.

팀장　　결혼식이 바로 다음 주라고 하셨죠?

준호　　네. 급하게 예약했는데 자리가 있어서 다행이에요.

팀장　　그러니까요. 저희 예식장 잡으려면 보통 일 년은 기다리셔야 하는데 두 분 운이 좋으셨어요.

영우 우리가 결혼을 서두르는 이유는 속도위반을 했기 때문입니다.

팀장 네?

영우 여기서 속도위반이란 교통 법규상 제한된 속도 이상의 속력을 내는 행위를 뜻하는 것이 아닙니다. 알고 있습니까?

영우의 뜬금없는 말에 머뭇거리는 팀장.
준호가 부드럽게 끼어든다.

준호 응, 그럼. 자기야. 팀장님도 무슨 뜻인지 알고 계실 거야.

팀장 (말 돌리며) 두 분, 웨딩드레스는 어떤 스타일이 좋으세요?

준호 이거 예쁘네요.

준호가 카탈로그에서 고른 사진을 팀장에게 보여준다.
화영이 입었던 것과 같은 웨딩드레스다.
팀장의 표정이 미세하게 굳는다.

팀장 이거 예쁘죠. 예쁜데… 솔직히 이런 스타일, 유행이 살짝 지났어요. 입으실 때 이것저것 신경 쓸 것도 많고.

준호 하긴 우리 자기 너무 말라서 이런 거 입었다가 흘러내리면 어떡해? (팀장에게) 그런 일도 가끔 있지 않나요?

팀장 네에? 흘러내려요? 웨딩드레스가요? 아하하! 그런 일은 없죠. 저희가 얼마나 철저하게 가봉을 하는데.

팀장의 과장된 반응이 어색하다.

영우　이 웨딩드레스, 입어보고 싶습니다.

팀장　아이고, 두 분이 완전히 꽂히셨네. 과감한 스타일 좋아하시는구나?

준호　그래서 우리가 속도위반을 했나봐요.

영우　그래서 우리가 속도위반을 했습니다.

준호가 미소 짓는다. 팀장이 마지못해 따라 웃는다.

팀장　그럼 피팅하실까요? 신랑 분은 기다려주시고. (뒤를 보며) 지혜 씨!

근처에 서있던 20대 여성 **직원**이 팀장에게 달려온다.

직원　지혜 씨 아직 안 들어왔는데요.

팀장　어딜 갔는데 안 들어와? 근무시간에?

직원　(당황) 예? 팀장님이 심부름 시키셔서…
(눈치 보며 작게) 그 빵…

S#20. 대현호텔 1층 화장실 (내부/낮)

지혜가 화장실 안으로 들어온다.

친구와 통화하며, 세면대 거울 앞에 서서 화장을 고친다.

지혜 4시에 갓 구운 빵이 나온다고 나보고 가서 사오래. 이거야말로 '빵 셔틀' 아니냐? (사이) 내 말이. 주희 언니 있었으면 이럴 때 한마디 해줬을 텐데. (사이) 어머, 너 몰라? 주희 언니 잘렸잖아. (속삭이듯 작게) 그때, 그 드레스 훌러덩 했을 때.

아직도 화장실 칸막이 안에 있던 수연.
변기 물을 내리려다 '드레스 훌러덩'이란 소리에 멈칫한다.

지혜 아휴, 몰라. 빵 셔틀은 간다. 따끈할 때 갖다 바쳐야지.

지혜가 화장실을 나간다.
변기 물을 내리고 칸막이 밖으로 나온 수연. 화장실 안에 아무도 없는지 확인하며 핸드폰으로 준호에게 전화를 건다.

수연 준호 씨, 저 수연인데요. 그 드레스 사건 때문에 '주희 언니'라는 사람이 잘린 것 같아요. 누가 통화하는 걸 들었어요. 만약 거기 직원이 맞다면 빵을 사갖고 갈 거예요.

S#21. 대현호텔 피팅룸 (내부/낮)

준호 빵이요?

신랑 대기용 소파에 앉아 수연과 통화하던 준호.
눈앞에 빵이 담긴 투명한 봉지가 지나가자 깜짝 놀라 고개를 든다. 준호의 시선에, 빵을 사온 지혜가 피팅룸 내 탕비실로 들어가는 것이 보인다.

직원 문 열겠습니다.

신랑 대기실과 신부 탈의실 사이를 가로막은 문이 열린다.
준호가 문 너머를 본다.
웨딩드레스를 입고 부케를 든 영우의 모습이 서서히 드러난다. 자기도 모르게, 준호가 자리에서 일어선다.
손에 힘이 풀려 핸드폰을 툭 떨어뜨린다. 핸드폰 너머 "여보세요? 여보세요?" 하는 수연의 목소리가 아득하다.
눈앞의 영우가 너무 예뻐서 준호가 당황한다.

팀장 입어보시니까 어떠세요?
영우 대단히 불편합니다. 라벨로만 만들어진 옷 같아요.
팀장 (영우 말은 씹고) 어머~ 신랑 분 저 눈빛 좀 봐. 반했네.
영우 (준호를 보며) 아, 반했습니까?

영우가 장난스럽게 키득거린다. '그런가? 나 반한 건가?'
예상치 못한 감정에 준호가 휘청거린다.

INSERT:

시간 경과. 저녁 햇살이 대현호텔 옥외 간판 위를 스쳐간다.

S#22. 대현호텔 피팅룸 탕비실 (내부/낮)

지혜가 팀장이 빵 먹은 그릇을 설거지한다.

준호 저기, 실례합니다.

지혜 (깜짝 놀라) 네?

준호 혹시 주희 씨 어디 갔는지 아세요?

지혜 주희 씨…? 배주희 씨요?

준호 네. 한 석 달 전인가? 제가 배주희 씨한테 상담을 받았거든요. 근데 오늘 보니까 안 계신 거 같아서요.

지혜 주희 언니, 퇴사했어요. 무슨 일 때문에 그러세요?

준호 설명하면 너무 길어서… 배주희 씨 연락처 좀 알 수 있을까요?

지혜의 시선에 저 멀리 팀장이 지나가며
둘을 살피는 것이 보인다.

지혜 죄송합니다. 언니 개인정보라서… 죄송합니다.

지혜가 준호를 피해 탕비실 밖으로 나간다.

준호가 가볍게 한숨을 쉰다.

S#23. **법원 조정실** (내부/낮)

변론준비기일. 긴 책상 가운데 **재판장**(50대/남자)이 앉아있다. 원고와 피고 없이 양쪽 변호사들만 출석한 상황. 명석과 신입 변호사들이 피고 대리인들 3명과 마주 앉아있다.

재판장 결혼식 중에 웨딩드레스가 흘러내렸다, 상상만 해도 아찔한 일이죠. 그러나 이렇게까지 키울 일인가요? 어찌 보면 웃고 지나갈 해프닝에 대형 로펌 변호사들 7명이 붙어서 10억을 줘라 마라… 사법력 낭비 아닌지 우려가 됩니다.

명석 이 사고 때문에 원고 김화영 씨는 정신과 치료를 두 달 넘게 받고 있습니다. 남편과의 사이도 불화하기 시작했고 파혼 이야기까지 나오는 상황입니다. 피고 대현호텔은 원고로부터 2억 3천만 원이라는 거액을 받고 결혼식을 진행했습니다. 그런데 그 결과가 파혼이라면 손해가 결코 작지 않습니다. 웃고 지나갈 해프닝이 아닙니다.

대현호텔을 대리하는 변호사 **박정호**(40대/남성)가 맞선다.

정호 웨딩드레스가 흘러내린 사고 자체가 원고의 부주의 때문이지, 대현호텔의 잘못이 아닙니다. 따라서 원고가 정신과 치료를 받는 것도, 파혼 위기에 처한 것도 대현호텔이 책임질 일이 아닙니다.

재판장 누구 잘못인지 증명하기가 쉽지는 않겠다 싶어요. 합의할 생각들은 없어요? 합리적인 선에서?

정호 결혼식 직후 대현호텔이 위로금을 제시했지만 원고가 거절했습니다. 소송까지 해서 시비를 가리겠다면 대현호텔도 물러설 수 없습니다. 특급호텔로서의 명예가 걸린 일이니까요. 재판장님의 공정하신 판결을 통해, 이 일이 대현호텔의 잘못이 아니라는 걸 인정받고자 합니다.

결의에 찬 정호의 박력에 명석과 신입 변호사들이 주춤한다.

S#24. **병원 진료실** (내부/낮)

화영이 다니는 정신과 병원 진료실.
민우와 수연이 담당 **의사**(40대/남)와 마주 앉아있다.

의사 굳이 병명을 특정하자면 '외상 후 스트레스 장애'죠. 결혼식 때 일이 트라우마로 남아서 환자를 힘들게 하니까요. 지금은 많이 좋아졌지만, 결혼식 직후엔 불면증과 식이장애, 대인기피가 심했습니다.

수연 외상 후 스트레스 장애가 파혼 위기의 원인이라 볼 수도 있을까요?

의사 글쎄요. (난처한 듯) 두 분 변호사시니까 잘 아시죠. 의사한테는 환자의 비밀을 보호할 의무가 있지 않습니까?

민우 솔직히 말씀드릴게요. 저희는 외상 후 스트레스 장애가 파혼의 원인일 수 있다는, 전문가의 의견이 필요합니다. 법정에서 증언해주실 수 있을까요? 김화영 씨를 위한 일입니다.

의사 김화영 씨를 위한 일이라… 정말 그럴까요? (잠시 고민) 증언은 어려울 것 같습니다. 죄송합니다.

입을 다물어버리는 의사.
그 속내를 알 수 없어 민우와 수연이 갑갑해진다.

S#25. 베이커리 카페 (내부/낮)

빵 굽는 화덕이 있는 넓고 예쁜 베이커리 카페.
직원이 영우와 준호가 앉아있는 테이블로 두 잔의 음료를 갖다 준다. 영우가 테이블을 반듯하게 정렬하며 준호의 음료 위 휘핑크림을 본다.

영우 휘핑크림의 지방함량은 30% 정도입니다.

준호 그래요?

영우 네. 긴수염고래과 고래들의 젖은 휘핑크림보다 훨씬 진해요. 지방함량이 30~50% 정도니까요. 대왕고래 어미는 이 고지방 젖을 날마다 200kg씩 만듭니다. 그걸 6개월 동안 먹고 자란 새끼 고래의 몸무게는 얼마나 증가할까요?

준호 글쎄요?

영우 17톤입니다.

할 말을 마친 뒤 무덤덤하게 본인의 음료를 한 모금 마시는 영우. 콩깍지가 쓰인 준호의 눈에는 이 모든 모습이 귀엽지만… 문득 궁금해진다.

준호 변호사님은 고래 얘기 말고는 저한테 하고 싶은 말 없으세요?

영우 (잠시 생각해본 뒤) 없습니다.

준호 아, 없어요?

영우 네. 없습니다.

그럴 줄 알았지만 막상 듣고 나니 섭섭해진 준호.
수연의 조언을 떠올리며 잠깐 고민하더니,

준호 우리 앞으로 고래 얘기는… 시간을 정해놓고 하면 어때요? 아무 때나 하지 말고요.

영우 아… (여러 생각에 잠시 혼란 후) 네. 언제가 좋습니까?

준호 점심시간 괜찮으세요? 같이 밥 먹으면서 얘기해요.

영우 네. 그럼 점심시간이 아닐 때는…

준호 고래 얘기 말고 다른 얘기하기.

영우 고래 얘기 말고 다른 얘기하기. (잠깐 머뭇대다) 음… 고래 얘기가 꼭 필요한 상황이라면?

준호 (웃음) 그럴 때는 해야죠!

영우 (만족) 네. 그럴 때는 해야죠.

그때, 4시가 된 듯 빵집 주인이 갓 구운 빵들을 매대로 옮긴다. 지혜가 들어온다. 익숙하게 쟁반과 집게를 챙겨 매대로 향하는 지혜. 영우와 준호가 다가간다.

준호 지혜 씨, 안녕하세요?

영우 빵 사러 왔습니까?

지혜 (놀라며) 어머… 여긴 어쩐 일이세요?

준호 배주희 씨 연락처 알고 싶어서요. 이상한 일 아니에요. 부탁드립니다.

지혜 죄송해요. 제가 막 알려드리면 안 될 것 같아요.

빵을 쟁반에 담은 지혜가 계산대로 도망치려 하자
준호가 정공법을 쓴다.

준호 웨딩드레스 벗겨진 일 있었죠? 두 달쯤 전에요.

지혜가 놀라 준호를 돌아본다.

준호 그 일 관련해서 배주희 씨한테 물어보고 싶은 게 있어요.

지혜 물어보고 싶은 게… 뭔데요?

준호가 대답을 고민하는 사이, 영우가 불쑥 말한다.

영우　　그 일의 진실이요.

지혜　　두 분, 뭐 조사하러 오신 거예요?

준호　　그날 신부였던 김화영 씨가 아직까지 정신과 치료 받는 거, 혹시 알고 계세요?

처음 듣는 얘기에 놀란 듯, 지혜가 움찔한다.

준호　　그 일 때문에 김화영 씨, 지금 파혼 직전이에요. 지혜 씨한테는 피해 안 가도록 조용히 진행할게요. 도와주세요.

지혜　　번호 드려도… 연락하기 쉽진 않을 거예요. 주희 언니, 외국 갔어요.

S#26. **법정** (내부/낮)

첫 변론기일. 판사석에 판사 3명이 앉아있고 피고 측엔 정호를 포함한 변호사 3명과 대현호텔 웨딩사업팀 팀장이 있다. 화영과 명석, 신입 변호사들은 원고 측에 앉아있다.

재판장　　(시계 보며) 증인 도착했습니까?

명석이 난처한 얼굴로 자리에서 일어선다.

명석　　아직 안 왔습니다. 증인이 멀리서 오느라 늦는 것 같습니다. 조금만 더 기다려주시겠습니까?

재판장　　'멀리서'라니, 뭐 외국에서라도 와요? 얼마나 더 기다립니까?

명석이 민우를 쳐다본다.
아까부터 준호에게 전화를 걸고 있는 민우.
하지만 받지 않는 눈치다.

재판장　　증인 불출석한 것으로 알고 신문기일 다시 정하겠습니다.

명석이 한숨을 내쉬는데, 준호가 다급하게 법정 문을 연다.
뒤이어 나타난 사람은 주희가 아닌, 지혜다.

명석　　(재판장에게 반갑게) 증인 강지혜 씨, 도착했습니다!

재판장　　앞으로 나오세요.

지혜가 증인석에 선다.
팀장이 지혜를 보며 '알지? 잘해!' 하는 듯한 표정을 짓는다.

지혜　　양심에 따라 숨김과 보탬이 없이 사실 그대로 말하고 만일 거짓말이 있으면 위증의 벌을 받기로 맹세합니다.

재판장　　원고 대리인, 증인 신문하세요.

명석이 지혜에게 간다.

명석　김화영 씨의 결혼식이 있던 날, 증인은 어떤 일을 하셨죠?

지혜　대현호텔 웨딩사업팀 직원으로서… 신부의 드레스를 챙기는 도우미 역할을 했습니다.

명석　결혼식 당일, 김화영 씨가 드레스를 입은 뒤 했던 말 기억하십니까?

지혜　네. 드레스가 너무 헐렁하다고, 흘러내릴 것 같다고 했습니다.

명석　증인은 뭐라고 대답하셨죠?

지혜　흘러내릴 리가 없다고 했습니다.

명석　왜 그렇게 판단하셨나요?

지혜　신부님들은 보통 다 살이 빠져서 오세요. 다이어트 때문이기도 하고, 결혼식 날은 물도 거의 안 마시니까 붓기가 빠지거든요. 웨딩사업팀 재단사가 정말 경험 많고 잘하시는 분인데 살 좀 빠졌다고 드레스가 흘러내리게, 그렇게 허술하게 가봉했을 리가 없다고 생각했습니다.

지혜의 대답이 만족스러운 듯, 팀장이 고개를 끄덕인다.

명석　지금도 그렇게 생각하시나요?

지혜가 망설인다.
팀장의 강압적인 눈빛을 피해 고개를 숙인다.

명석　증인? 대답해주세요. 지금도 그렇게 생각하십니까?

지혜　　아니요.

명석　　왜죠?

지혜　　결혼식이 끝나고 나서… 웨딩드레스가 바뀌었다는 걸 알았거든요.

'그랬구나…' 싶어 화영이 작게 탄식한다.
팀장의 얼굴이 딱딱하게 굳는다.

지혜　　결혼식 날 아침에, 김화영 씨 맞춤으로 가봉한 드레스가 찢어졌대요. 배주희 씨라고, 그때 같이 일하던 선배 직원의 실수로요. 수습할 시간이 없으니까 갖고 있던 다른 드레스를 내보낸 겁니다. 디자인은 같지만 사이즈는 약간 더 큰 걸로요.

명석　　그럼 웨딩사업팀 직원들이 김화영 씨에게 그 사실을 숨겼던 겁니까?

지혜　　팀장님이 배주희 씨를 자르면서 저희들한테 얘기했어요. 입단속 안 하면 너희도 자른다고요. 저 지금 그만둘 각오하고 여기 나온 거예요. (화영을 보며) 신부님이 그렇게 힘드신 줄 몰랐어요. 이제야 말하게 되어서… 죄송하네요.

화영이 고개를 끄덕인다.
신문을 마치고 돌아서는 명석의 표정이 밝다.

CUT TO :

화영이 증인석에 앉아있다. 정호가 신문한다.

정호　　원고, 결혼식 이후로 많이 힘듭니까?

화영　　네…? 네.

정호　　왜 힘듭니까?

뭐라 답할지 몰라 화영이 머뭇거린다.

명석　　이의 있습니다. 피고 대리인은 막연한 질문으로 원고를 괴롭히고 있습니다.

재판장　　괴롭히는 것까지는 아니라도, 인정합니다. 구체적인 질문을 하세요.

정호　　네. 그럼 구체적인 질문을 해보겠습니다. 원고, '코알라'라는 커뮤니티 사이트를 아십니까? koala 쩜 co 쩜 kr.

화영　　(흠칫 놀라며) 네…

정호　　원고는 코알라에 '샐리 라이드'라는 아이디로 몇 차례 글을 썼지요. 맞습니까?

화영이 당황한다. 수연이 노트북을 펼쳐
코알라 사이트에서 샐리 라이드의 글을 검색해본다.

정호　　대답하세요. 맞습니까?

화영　　네.

정호 (출력한 종이를 보며) 제목 '결혼식 망친 후기.' 결혼식 일주일 후인 지난 9월 8일, 원고가 코알라에 쓴 글입니다. 여기 밑줄 친 부분을 읽어주시겠습니까?

정호가 화영에게 종이를 건네지만, 화영은 얼어붙은 듯 꼼짝하지 않는다. 수연이 문제의 글을 찾아내 명석에게 보여준다.

정호 제가 읽어볼까요? '지금은 남자 집안에서 파혼 얘기가 나오고 있어. 차라리 다행이야. 트라우마 뒤에 숨어서 조금만 더 버티면, 결혼하지 않아도 될 것 같아. 잘 알지도 못하는 남자랑 거짓말처럼 살지 않아도 될 것 같아.'

명석과 신입 변호사들의 표정이 심각해진다.
화영의 얼굴도 하얗게 질린다.

정호 지금까지 원고는 결혼식 때의 일 때문에 정신과 치료를 받고 있고, 그로 인해 파혼 위기에 처했다고 주장했습니다. 그러면서 대현호텔에 무려 10억에 달하는 거액의 위자료를 요구했고요. 맞습니까?

대답하지 못하는 화영.

정호 그런데 이 글에서는 '파혼 얘기가 나와서 다행'이라고 말하고 있네요. '트라우마 뒤에 숨어서 조금만 더 버티면 결혼하지 않아도 될 것 같다'면서요. 원고의 진심은 둘 중 어느 쪽입니까? 결혼식 이후로 많이 힘들다고 하셨는데, 도대체 왜 힘든 겁니까?

비웃음을 담아 노려보는 정호의 눈빛.
화영의 눈에 눈물이 맺힌다.
정호가 화영의 글을 출력한 문서를 재판장에게 건넨다.

정호　　재판장님, 원고가 쓴 글을 증거로 제출합니다.

영우가 수연의 노트북 속 화영의 글을 본다.
'하지만 나, 언제까지 도망칠 수 있을까?'라는 마지막 문장.

S#27. 명석의 사무실 (내부/밤)

소파에 둘러앉은 명석과 준호, 신입 변호사들.
모두들 화영의 꾹 다문 입만 쳐다보고 있다.

명석　　의뢰인께서 말을 하지 않으시면 저희도 도와드릴 수가 없습니다.
화영　　이 결혼, 아빠가 정말 좋아했어요. 대현그룹 집안의 사돈이 되는 것도 기쁜데 선물까지 받으니까요.

명석 선물이요?

화영 오빠 할아버지가 도곡동에 땅을 갖고 있는데 결혼하면 저한테 그걸 주신다고 했거든요. 결혼선물로요. 그 얘기에 아빠가 더 신났었어요. 그 땅 어떻게 쓸지, 벌써 계획 다 세웠더라고요. 근데 전 모르겠어요. 이렇게 등 떠밀려서 결혼하는 게 맞아요? 오빠나 저나 서로한테 별 관심도 없어요. 다른 사람들도 다 이렇게 살아요?

민우 다른 사람들은 결혼한다고 땅 선물을 받진 않죠. 그것도 도곡동…

민우의 비아냥대는 말에 명석이 눈치를 준다.
화영의 눈에 눈물이 맺힌다.
준호가 휴지를 건네자 수연이 화영을 챙겨준다.

화영 이 소송도… 아빠가 그냥 분해서 하는 거 같아요. 재벌가 사돈되기는 틀린 거 같으니까 오빠네 집안 골탕이라도 먹이고 끝내려고요. (한숨) 사랑만으로 결혼할 수 있다고 생각한 건 아니지만 그래도 내 인생인데… 저 뭘 어떡해야 할지 모르겠어요.

화영이 눈물을 흘린다. 모두들 무거운 한숨만 내쉬는데,
순간, 영우의 머릿속에 뭔가 떠오른다.

INSERT :

고래 한 마리가 푸른 바다 위로 힘차게 뛰어오른다.

CUT TO :

다시 명석의 사무실. 신이 난 듯 영우의 표정이 즐겁다.

영우 잘 됐습니다. 땅 선물이라니 정말 다행입니다.

화영 네…?

영우가 화이트보드를 쳐다본다. '적극적 손해' '소극적 손해' '위자료'라 쓴 명석의 글씨가 남아있다.

영우 손해는 손해 3분설에 따라 저렇게 셋으로 나누기도 하지만, 둘로 나눌 수도 있습니다. (명석을 보며) 알고 있습니까?

명석 (당황) 지금 나한테 문제 내는 거예요? 내가 모를까 봐?

영우가 대답 대신 의심 가득한 눈으로 명석을 빤히 본다. 기가 막혀 할 말을 잃은 명석.

수연 '통상 손해'랑 '특별 손해' 말하는 거야?

영우 응. (명석에게 알려주듯 또박또박) '통상 손해'는 일반적으로 발생할 것이라 인정되는 손해이고, '특별 손해'는 일반적이지 않은, 특별한 사정으로 인해 생긴 손해입니다. 이 사건의 경우 결혼식 비용이 통상 손해에 해당하는데 2억 3천만 원

밖에 되지 않아 의뢰인이 원하는 10억을 청구하기가 어려웠습니다. 그런데 알고 보니 김화영 씨에게는 땅 선물, 다시 말해 '토지 증여 약속'이라는 특별한 사정이 있었던 것입니다. 얼마나 다행입니까?

수연 음… 그러네요. 이 결혼은 단순한 결혼이 아니라 토지 증여 약속이 조건으로 달려있는 결혼이니까요.

영우 웨딩드레스가 흘러내리지 않았다면, 홍진욱 씨의 할아버지인 홍주명 씨가 김화영 씨의 문신을 보고 실망할 일도 없었을 테니 토지 증여가 약속대로 이행되었을 것입니다. 대현호텔의 실수로 인해 김화영 씨가 홍주명 씨로부터 받지 못하게 된 그 토지 가격을 특별 손해로 주장하면 훨씬 큰 액수의 손해배상금을 청구할 수 있습니다.

수연 무엇보다 더 이상 위자료에 매달리지 않아도 되어서 좋네요. 김화영 씨의 정신적 고통이 파혼 때문이든 아니든, 이 특별 손해 배상이랑은 상관없으니까요.

영우가 제시한 새로운 가능성에 들뜬 수연과 왠지 기분이 나쁜 민우. 한편 준호는 평소의 어리숙한 영우와는 완전히 다른 똑똑한 모습에… 설렌다.

명석 우영우 변호사, 지금 말한 특별 손해 아이디어로 의견서 한번 작성해보세요. 청구취지를 바꾸는 제안이니까 대표님, 회장님께 보여드리고 다 같이 얘기합시다.

영우 네, 알겠습니다.

영우의 눈빛이 초롱초롱 빛난다. 반면 화영은 심각하다.
여러 고민에 혼란스러운 듯 어두운 표정.

S#28. **회의실 (내부/낮)**

선영과 정구가 마주 보며 앉은 소파 양쪽으로
명석과 신입 변호사들, 화영과 박 실장이 앉아있다.

명석 홍주명 씨에게 증여받기로 했던 토지의 가격이 얼마인지, 혹시 알고 계십니까?

정구 그럼. 내 일 봐주는 감정평가사한테 물어봤지. (박 실장에게) 정확히 얼마였지?

박 실장 332억 원이었습니다.

선영 그럼 332억 원을 배상하라고 요구할 수 있어요.

정구, 화영, 박 실장이 놀란다.

선영 이 결혼이 성사되면 김화영 씨에게 332억 원 가치의 땅이 생긴다는 걸 대현호텔 사장이 알고 있었으니까요. '332억짜리 결혼선물을 너 때문에 못 받게 됐으니 그거 내놓아라.' 주장할 수 있습니다.

정구의 표정이 얼떨떨하다.

선영 물론 이 액수 그대로 인정되지는 않을 거예요. 법리적으로는 말이 되지만 실제적으론 말이 안 되거든요. 판사가 판결하기에 너무 부담이 되는 액수입니다. 만약 회장님이 판사라면 웨딩드레스 잘못 준 실수 하나에 332억을 배상하라고 판결하시겠어요?

정구 그럼 어떻게 된다는 거요?

선영 저희가 332억 원을 배상하라고 하면 대현호텔에서 연락이 올 겁니다. 합의하자고요. 그때 적정한 금액으로 합의하시면 됩니다.

정구 적정한 금액? 얼마?

선영 332억 원의 10%인 33억 2천만 원에서부터 얘기를 시작할까 하는데, 어떠세요?

정구의 입에 미소가 걸린다. 영우가 자신이 쓴 의견서를 정구와 화영, 박 실장에게 건넨다.

영우 지금까지 말씀드린 내용을 담은 의견서입니다.

영우를 실제로 보는 것은 이 자리가 처음인 선영.
티내지 않지만, 영우를 향한 눈빛이 묘하다.
화영이 의견서를 만지작거린다. '작성자: 법무법인 한바다 변호사 우영우'라 적힌 부분을 멍하니 본다.

정구 한바다는 다르다더니… 일 한번 끝내주게들 하는구먼!

10억 받아오라 했더니 33억을 갖고 온다네?

선영이 미소 짓는다. 명석과 신입 변호사들도 기분이 좋다.

화영　내 의견은 안 중요해요? 내 사건인데?

모두의 시선이 화영에게 쏠린다.

화영　나는 싫어요.

정구　너는 가만히 있어. 어른들 얘기하는데 왜 나서.

화영　드레스 벗겨져서 결혼 망한 게 뭐 자랑이라고 이렇게까지 해요? 공짜 땅 못 받아서 억울하니까 돈이라도 내놓으란 거예요? 그 돈 받으면 뭐가 달라지는데? 아빠도 좀, 이제 그만해요.

정구　(무시하고 선영에게) 이대로 진행해주세요. 대표님만 믿습니다.

정구가 벌떡 일어서자 선영과 변호사들도 따라 일어난다. 박 실장이 화영의 눈치를 보다 정구를 따라 밖으로 나간다. 소파에 우두커니 남은 화영. 표정이 무겁다.

S#29. **법정** (내부/낮)

두 번째 변론기일.

대현호텔 사장, 즉 피고인 **홍덕수**(58세/남)가
증인석에 앉아있다.

명석　피고도 상견례 자리에 동석하셨죠?

덕수　네. 나는 대현호텔 사장이기도 하지만 진욱이 삼촌이기도 하니까요. 기쁜 마음으로 식사 대접했습니다.

명석　그날, 홍주명 씨는 원고에게 결혼선물을 약속했습니다. 기억하십니까?

덕수　결혼선물? 글쎄요. 그런 얘기가 있었나?

명석　홍주명 씨가 가진 도곡동 땅을 원고에게 주겠다고 했었죠. 이를 들은 피고는 "역시 통이 크시다."며 홍주명 씨를 칭찬했고요.

정호가 덕수를 향해 경고의 고갯짓을 하지만
덕수는 보지 못한다.

덕수　칭찬은 무슨. 난 사실을 있는 그대로 말한 거지요. 아무리 며느리가 예뻐도 수백억씩 하는 땅을 그렇게 척척 내주기가 어디 쉽습니까?

명석　그렇다면 피고는, 홍주명 씨가 원고에게 수백억 원에 달하는 땅을 결혼선물로 주겠다고 약속한 사실을 알고 있었던 거군요?

덕수가 주춤한다.

명석　　맞습니까?

덕수　　뭐, 그렇지요…

'꾸르르륵!' 변호인 석에 앉아있던 수연의 배가 꿈틀거린다. 수연이 아픈 배를 움켜쥐고 조용히 밖으로 나간다.
동시에, **이정민**(31세/여)이 법정 안으로 들어와 방청석에 앉는다. 정민을 본 화영. 심장박동이 빨라지고 호흡이 거칠어진다.

명석　　재판장님, 원고에게는 결혼을 전제로 한 토지 증여 약속이란 특별한 사정이 있었고, 피고도 이를 알고 있었습니다. 이에 원고는 피고에게, 피고의 과실이 없었다면 얻게 되었을 토지의 감정평가액 332억 원을 손해배상금으로 청구하고자 합니다. 청구취지 및 청구원인 변경을 허락해주십시오.

법정이 술렁인다. 덕수와 정호의 얼굴이 새하얗게 질린다. 화영이 정민을 본다. 정민의 눈빛에 용기를 얻었다가도 다시 불안해한다.

재판장　　뭐… 허락하지 않을 이유도 없네요. 변경신청서 서면으로 제출하세요.

명석　　네, 알겠습니다.

재판장　　오늘은 더 하실 얘기들 없지요? 그럼…

화영　　저요!

화영이 눈을 질끈 감더니 손을 번쩍 든다.
발표를 앞둔 초등학생 같은 모습이 살짝 귀엽다.

재판장 원고, 하실 말씀 있습니까?

방청석에 앉아있던 정구가 화영을 의아하게 쳐다본다.

화영 소 취하하고 싶습니다.

재판장 네?

화영 소 취하하겠습니다.

법정이 또 술렁거린다. 이번엔 정구의 얼굴이 새하얗게 질린다. 긴장한 탓에 아직도 손을 번쩍 치켜들고 있는 화영.
영우가 그런 화영을 가만히 쳐다본다.

S#30. 영우의 사무실 (내부/낮) - 과거

며칠 전.
영우의 책상 앞에 선 화영이 따지듯이 묻는다.

화영 이거 그만하려면 어떻게 해야 돼요?

책상에 앉아있던 영우.

무슨 뜻인지 몰라, 화영을 멍하니 본다.

화영 이 고소, 그만하려면 어떻게 해야 되냐고요.

영우 '고소'는 형사사건일 때만 씁니다. 이 경우는 '소를 취하하려면'이라고 말해야 합니다.

화영 (답답) 그니까 소를 취하하려면 어떻게 해야 되는데요?

영우 소 취하는 승소로 간주해 수임료를 많이 받습니다. 괜찮으십니까?

화영 당연하죠. 그거 뭐 얼마나 한다고.

영우 두 가지 방법이 있는데 둘 중에…

화영 간단한 걸로.

영우 "소 취하합니다."라고 말하면 됩니다. 재판 중에 판사한테요.

화영 그게 다예요?

영우 네.

화영 쉽네요?

영우 네.

화영 (왠지 기 막혀) 이 쉬운 걸, 그동안 내가 왜 못했지?

질문이 아닌 혼잣말이었지만,
그걸 눈치 못 챈 영우가 대답을 한다.

영우 김화영 씨가 아버지로부터 정신적으로 독립하지 못한 상태라서요.

갑자기 훅 들어온 말에 놀라 영우를 빤히 보는 화영.

영우 권민우 변호사가 한 말입니다. 권민우 변호사 눈에는… 저도 그렇게 보일 것 같습니다. (잠시 생각하더니) 김화영 씨는 스스로 밥상을 차려본 적이 있습니까?

CUT TO :

다시 현재의 법정. 정구가 벌떡 일어나 소리친다.

정구 누구 맘대로 소를 취하해? 무슨 소리야!? 누구 맘대로!!!

재판장 원고 맘대로죠. 진정하고 앉으세요. 원고, 소를 취하하면 소송은 당초 제기하지 않은 것과 동일한 상태로 돌아갑니다. 그래도 취하합니까? 확실해요?

화영 네.

재판장 피고, 소 취하에 동의하십니까?

여전히 증인석에 앉아있는 덕수가 정호를 본다.
동의하란 뜻으로 격하게 고개를 끄덕이는 정호.

덕수 네. 동의합니다.

재판장 원고가 소를 취하함에 따라 소송을 종결합니다. 재판 마치겠습니다.

순식간에 끝나버린 재판. 판사들이 밖으로 나가고,

피고 측엔 행복한 인사가 오간다.
반면 엄청나게 화가 난 정구. 따귀라도 후려칠 기세로 화영에게 간다. 명석이 정구를 말리러 따라간다.

정구 너 이게 뭐하는 짓이야? 애비 망신주려고 작정했냐?!

그때, 정민이 화영에게 가더니 옆에 나란히 선다.
영우와 민우가 흥미진진하게 상황을 지켜본다.

화영 내 문신, 철없을 때 장난으로 새긴 거 아니야. 나 불교 믿어.
정구 뭐…?
화영 법명도 받았어. 보덕심. 관세음보살의 마음이라는 뜻이야.
정구 얘가 지금 뭐라는 거야? 너 나랑 장난해?!
화영 (힘주어) 이거 내 재판이고, 내 결혼이고, 내 인생이야.
정구 이놈이 어디서…

정구가 화영의 뺨을 때리려고 손을 치켜든다.
명석과 박 실장이 정구를 말린다.

화영 내가 왜 힘든지, 왜 정신과를 다니는지 아빠는 모르지. 죽었다 깨나도 모를 걸. 우리 둘이 10년을 붙어 다녔는데 아빠는 눈치도 못 채잖아. 이 사람 그냥 언니 아니야. 그냥 선배 아니야.

화영이 정민의 얼굴을 쳐다본다.

INSERT FLASHBACK :

화영의 방에 있던 사진들.
이제 보니, 상당수가 정민과 함께 찍은 것들이다.

CUT TO :

결혼식 때 화영의 행진을 멈추게 했던 '누군가'의 얼굴.
이 역시, 정민이다.

CUT TO :

다시 현재의 법정. 화영이 정민의 손을 꽉 붙잡는다.

화영 결혼을 해야 한다면 언니랑 할 거야. 사랑하는 사람이랑 할 거야.

민우 (작게) 와우…

영우 (따라서) 와우.

정구의 혈압이 치솟는다. 뒷목을 잡더니 그대로 쓰러진다.
명석과 박 실장이 정구를 살핀다.
영우가 화영과 정민이 밖으로 걸어 나가는 것을 본다.
손을 잡은 채 법정 통로를 걷는 모습이 꼭 결혼식 행진 같다.
독립을 향한 첫걸음을 내딛는 두 사람. 이를 보는 영우의 표정이 진지하다. 동시에, 수연이 들어온다. 상황을 몰라 어리둥절해한다.

수연　　(영우에게) 뭐야? 뭐야?

민우　　어디 갔었어요? 대단한 걸 놓쳤네요.

수연　　뭔데요? 어떻게 된 건데요?

영우　　대단했어.

수연　　뭐가? 뭔데!!!

S#31. 일식집 (내부/밤)

선영이 고급 일식집 통로를 걷는다. 앞서 걷던 종업원이 어느 방 앞에 멈춰 미닫이문을 열어준다.

종업원　　이 방입니다.

선영이 안으로 들어선다.
안쪽에 앉아 생선회를 먹고 있는 명석, 민우, 준호, 바깥쪽에 앉아 김초밥을 먹는 영우와 게살 죽을 먹는 수연.
모두들 선영에게 인사한다.

명석　　대표님, 식사하셨습니까?

선영　　응. 먹었어요. 근데 이 두 사람은 뭘 먹고 있는 거야?

수연　　아, 제가 자꾸 배탈이 나서요. 게살 죽을 먹고 있습니다.

영우 저는 김초밥을 좋아해서… 김초밥을 먹고 있습니다.

선영 아무리 그래도 그렇지! 내가 모처럼 쏘는 건데 30만 원짜리 코스 놔두고 게살 죽에 김초밥?

명석 (한숨 쉬며 반어법으로) 저희 팀, 참… (단어를 고르다) 다채롭죠?

선영만큼이나 이 상황이 기막힌 명석이 허탈하게 웃는다. 선영이 따라 웃으며 의자에 앉는다.

선영 다들 수고했어요. 황당한 요구였는데도 최선을 다해 답을 찾아냈어.

명석 좀 더 밀어붙여서 합의까지 갔으면 좋았을 텐데… 아쉽습니다.

선영 그게 뭐 우리 탓인가? 따님 마음이 바뀐 탓이지. 그래도 과정을 높이 사신 건지, 김정구 회장님이 새로운 사건들 가져왔어요. 잘 해봐야지, 앞으로.

명석 아, 그렇습니까? 다행입니다.

명석이 환하게 웃는다. 선영도 웃는다. 대표님의 포상을 처음 받는 신입 변호사들과 준호에게도 행복한 저녁이다.

S#32. 일식집 앞 (외부/밤)

광호에게 줄 음식을 포장하느라 늦게 나오는 영우.

혼자 일식집 문 앞에 서서 영우를 기다리던 준호가 반갑게 다가선다.

준호　　우영우 변호사님!

하지만 헤드셋을 쓴 탓에 준호가 부르는 소리를 듣지 못한 영우. 준호를 지나쳐 걷다가 문득 뒤를 돌아본다.
준호의 얼굴이 환해진다. 서둘러 영우 쪽으로 다가가려는데, 영우가 준호를 향해 꾸벅, 허리까지 숙여 인사를 하더니 뒤돌아 가버린다. 무심하게 멀어지는 영우의 뒷모습.
이를 보는 준호의 표정이… 아쉽다.

S#33. **영우의 집 거실 (내부/밤)**

영우가 거실로 들어온다. 드러누워 있던 광호가 벌떡 일어나 앉으며 영우를 반긴다.

영우　　다녀왔습니다.
광호　　왔어? 아빠 배고파서 죽는 줄 알았다.

영우가 광호에게 일식집에서 포장해온 음식을 내민다.
비단 보자기에 둘둘 말린 포장이 과하다싶게 화려하다.

영우 코스 요리가 1인당 30만 원이나 하는 집이었습니다.

광호 진짜? 이야~ 영우가 아빠 생각해서 음식을 다 사오고! 살다보니 이런 날도 있네.

영우 저도 이제 어른이니까요.

영우의 말에 웃으며 포장을 푸는 광호. 손길이 설렌다.
그러나, 김초밥이다.

광호 (시무룩) 우와… 우리 영우, 김초밥을 사왔네?

영우 네.

광호 하루 종일 김밥 만든 아빠한테… 김초밥을 사왔어.

영우 네.

광호 30만 원짜리 코스 요리 파는 집에서 우리 영우가… 김초밥을…

영우 (말 싹둑) 네. 맛있게 드십시오.

광호의 기분을 알아채지 못하는 영우는 그저 기분이 좋다.
광호가 김초밥을 먹기 시작한다.

영우 저는 결혼하지 못할 가능성이 높습니다. 자폐가 있으니까요.

예상 밖의 말에, 광호가 먹는 걸 멈추고 영우를 쳐다본다.

영우 하지만 만약에 사랑하는 사람이 생겨 결혼식을 한다면, 동시입장을 하겠습니다. 아버지가 배우자에게 절 넘겨주는 게 아니라 제가 어른으로서 결혼하는 거니까요.

광호　　어… 그래.

영우　　대신 아버지에게는 부케를 드리겠습니다.

광호　　어?

영우　　아버지는 미혼부라 결혼해 본 적이 없으니까요. 제가 결혼한 뒤 혼자 사시기보다는 결혼을 하시는 게 좋겠습니다.

광호　　(피식) 우리 영우… 많은 생각을 했구나.

영우　　네. 씻겠습니다.

영우가 일어나 화장실로 간다. 혼자 남겨진 광호의
기분이 묘하다. 갖가지 감정에 왠지 눈물이 난다.
눈물을 삼키며 김초밥을 먹는 광호.

S#34.　EPILOGUE : 수미의 사무실 (내부/낮)

'법무법인 태산'의 전 대표이자 현 파트너 변호사인
태수미(50세/여) 사무실.
한바다 선영의 사무실과는 또 다른 분위기다.
수미가 신문 **기자**(30대/여자)와 마주 앉아 인터뷰를 한다.
은은한 미소를 띤 수미의 모습이 우아하고 예쁘다.

수미　　'법무법인 태산'의 대표로서 보낸 시간도 소중하지만, 다시 현장에서 뛰는 변호사로 돌아간다 생각하면 가슴이 막 뛰어요. 젊어지는 기분?

기자 　말씀은 그렇게 하셔도 대표직 자진 사퇴라니, 용감하고 존경스러운 결정이세요. 태산이 국내 1위 로펌인 만큼, 태수미 변호사님의 이번 선택이 세습 구조에서 벗어나지 못한 다른 로펌들에게 좋은 본보기가 될 것 같습니다.

수미 　저는 제 아버지가 태산을 창립하신 것이 무척 자랑스럽고, 제가 아버지 뒤를 이어 법조인이 되어 다행이라 생각해요. 하지만 아들에게도 같은 길을 가라고 강요할 생각은 없어요.

기자 　아드님의 꿈은 뭔가요?

수미 　글쎄요. 스스로 천천히 찾아가는 중인 것 같아요. 엄마 눈엔 온종일 컴퓨터만 하는 것 같아 답답하지만요. (웃음)

기자 　(함께 웃으며) 오늘 시간 내주셔서 감사합니다.

기자가 일어나 밖으로 나가고 수미가 배웅한다. 그 틈에 수미의 **비서**(40대/여)가 안으로 들어와 보고를 시작한다.

비서 　김정구 회장님이 그동안 의뢰했던 사건들을 전부 뺐습니다. 한바다로 옮긴다고요.

수미 　왜? 그 위자료 10억 안 받아줬다고? 삐져서?

비서 　네, 그런 것 같습니다.

수미 　그분도 참… 옮겨봤자 별 수 없으실 텐데. 한바다는 뭐 받아준대요?

비서 　그게…

수미 뭐야? 설마, 받아준다고 했대? 10억을?

비서 332억 원도 가능하다고 했답니다.

수미가 놀란다. 비서가 건넨 영우의 의견서를 살펴보는 수미. '작성자: 법무법인 한바다 변호사 우영우'라 적힌 부분에서 멈칫한다.

수미 우영우? 우영우가 누구야?

비서 이번에 새로 뽑은 신입이랍니다.

수미 결혼을 전제로 한 토지 증여 약속이 있었네? 그걸 근거로 특별 손해를 주장한다는 요지고. (웃음) 재밌다. 딱 신입이 할 법한 발상이고. 우리는 뭐했대? 이런 애 안 데려오고?

비서 태산에도 지원했는지 알아볼까요?

수미 (웃음) 됐어요. 뭘 그렇게까지.

비서 김정구 회장님은 어떻게 할까요?

수미 가신다는데 보내드려요. 한바다한테 삐질 일 생기면 또 우리한테 오겠지, 뭐.

태산 얘기만 나오면 파르르 떠는 선영과 달리, 여유가 넘치는 수미. '우영우'라는 글자 위를 스치는 손가락이 왠지 서늘하다.

〈끝〉

"80년 전만 해도 자폐는 살 가치가 없는 병이었습니다.

80년 전만 해도 나와 김정훈 씨는

살 가치가 없는 사람들이었어요.

(…) 그게 우리가 짊어진 이 장애의 무게입니다."

3화

펭수로 하겠습니다

③

S#1. PROLOGUE : 진평의 집 거실 (내부/밤) - 과거

석 달 전.
넓고 고급스러운 아파트.
도어락이 열리며 **김진평**(55세/남)과 **전경희**(51세/여)가 안으로 들어온다. 집 안에서 나는 이상한 소리에 멈칫하는 두 사람. 굳게 닫힌 큰아들의 방문 너머로 우당탕 소리와 거친 숨소리가 들린다.

S#2. PROLOGUE : 상훈의 방 (내부/밤) - 과거

방문을 연 진평과 경희가 놀란다. 작은아들 **김정훈**(21세/남)이 씩씩거리며 손과 발을 마구 휘둘러 바닥에 쓰러진 큰아들 **김상훈**(23세/남)을 때리고 있다.

상훈은 보통 키에 마른 체격인 반면 정훈은 키가 크고 뚱뚱하다. 진평이 정훈을 막아보지만 워낙 거구인데다 극도로 흥분한 상태라 쉽지 않다.

진평 김정훈! 정신 차려!

진평이 정훈의 뺨을 후려친다.
정훈이 뺨을 감싸 쥐고 잠시 멈칫하더니 "우에에~ 우어~" 하는 이상한 소리를 내며 자기 머리를 때리기 시작한다.
한눈에도 정신이 온전치 않아 보이는 정훈.

경희 상훈아! 상훈아!

경희가 바닥에 쓰러진 상훈을 흔들며 울부짖는다.
피를 토한 채 축 늘어진 상훈의 몸. 동공이 풀려 멍한 눈.

경희 여보, 상훈이가…! 상훈이가 이상해!

이미 죽은 것 같아 보이는 상훈의 모습에
진평의 몸이 굳는다. 정훈의 자해 발작은 더욱 심해진다.
양손으로 자기 머리를 때리며 방 안을 왔다 갔다 하는 정훈.
화가 난 말투로 허공에 대고 소리친다.

정훈 죽~는다! 죽~는다! 하지 마. 죽~는다! 죽~는다! 하지 마!

TITLE :

〈이상한 변호사 우영우〉

S#3. 영우의 사무실 앞 (내부/낮)

석 달 뒤 현재.
이제 막 출근한 영우가 사무실 문 앞에 서서
뭔가를 가만히 보고 있다. 그간 빈 프레임만 있던 자리에
'변호사 우영우'라 적힌 새 명패가 생겨있다.
출근하던 수연이 영우를 보고 옆에 선다.

수연 오올~ 명패 생겼네! '변호사 우영우~' 좋냐?

영우 응.

수연 사진 한 방 찍어줘? 기념으로?

영우 응.

영우가 자기 핸드폰을 수연에게 건네고 명패 옆에 선다.
수연이 카메라 앱을 열어 영우와 명패를 한 앵글에 담는다.

수연 뭐야, 왜 화가 났어? 좀 웃어보지?

영우가 웃어본다. 무표정한 얼굴 위에
웃는 입만 합성한 듯 어색한 미소.

수연 음… 그냥 화를 내자. 아까처럼.

그때 영우의 핸드폰이 진동하며 화면에 '정명석 변호사님'이 뜬다. 수연이 핸드폰을 건네주자 영우가 전화를 받는다.

영우 여보세요.

명석 (소리) 우영우 변호사, 지금 내 방으로 오세요.

영우 네.

영우가 전화를 끊는다.

수연 사진은 다음에?

영우 응. 사진은 다음에.

S#4. **명석의 사무실 (내부/낮)**

'똑똑 한 박자 쉬고 똑.'
노크 소리와 함께 영우가 안으로 들어온다.
밤새 일한 듯 피곤해 보이는 명석이
영우를 향해 희미하게 웃어 보인다.

명석 어~ 우영우 변호사. 거기 사건 자료 놔뒀으니까 보세요.

영우가 소파에 앉아 테이블에 놓인 자료를 착착 정렬하더니 읽기 시작한다. 명석이 영우에게 다가와 맞은편에 앉는다.

명석 '상정약품'이라고 들어봤죠? 꽤 유명한 제약회산데.

영우 네.

명석 거기 회장님이 한바다의 오랜 고객이신데… 이번에 힘든 일을 겪으셨어. 아들만 둘이거든? 근데 작은아들이 큰 아들을 때려서 숨지게 한 것 같아. 회장님이랑 사모님이 그 모습을 직접 목격하셨고.

마음이 무거운 듯 명석이 한숨을 쉰다. 영우가 상훈의 방을 찍은 사진을 본다. 상훈의 핏자국이 바닥에 남아있다.

명석 사인은 흉부 손상. 갈비뼈 스물두 군데가 부러졌고 그거 때문에 가슴 안에 출혈이 생겨 사망한 거지. 목에도 뭔가 흐릿한 자국이 있다고는 하는데 그건 생사에 영향을 줄 정도는 아닌 것 같고.

영우 전부 다 작은아들의 폭행 때문에 발생한 건가요?

명석 뭐, 일단 검사는 그렇게 생각하는 거 같아. 갈비뼈 앞쪽 골절은 심폐소생술을 하다가 그랬다고 치더라도 나머지 열한 개 골절은… 사실 폭행 아니고는 설명하기 어렵지. 사망 당시 피해자 혈중 알코올 농도를 보면 만취 상태였거든? 멀쩡했으면 동생이랑 싸웠다고 이렇게까지 됐을까, 싶고… 참 안타까워.

영우 상해치사죄로 기소된 김정훈 씨가 작은아들입니까?

명석 응. 이 사건 내가 진행할 건데 우영우 변호사도 같이 하면 좋겠어요. 피고인한테 자폐가 있거든.

영우가 놀란다.

명석 뒤쪽에 김정훈 씨 정신 감정서 있어요.

영우가 정훈의 정신 감정서를 찾아 훑어본다.

영우 제가 자폐인이라서 이 사건에 배당하시는 겁니까?

명석 아무래도 나보다는 우영우 변호사가 피고인을 더 잘 알지 않겠어요? 자폐인 변호사가 사건을 맡으면 회장님도 든든해하실 것 같고.

영우 자폐의 공식적인 진단명은 '자폐 스펙트럼 장애'입니다. '스펙트럼'이란 단어에서 알 수 있듯 자폐인은 천차만별입니다. 꼭… 고래처럼요. 같은 고래라도 대왕고래나 긴수염고래는 혹등고래와는 완전히 다른 생태계와 사회적 체계를 가지고 있습니다. 심지어 흑범고래는…

명석 (말 끊으며) 고래 얘기 그만. 하고 싶은 말이 뭡니까?

영우 아… 감정서에 따르면 김정훈 씨는 정신연령이 6세에서 10세 정도인 중등도의 자폐인인데… 저는 이런 사람을 만나본 적도 없습니다.

명석 나도 없어요, 만나본 적. 그래도 자폐의 공식적인 진단명이 뭔지도 몰랐던 나보다는 우변이 낫잖아?

말문이 막힌 영우. 멍하니 명석을 본다.

명석 일단 한번 만나봅시다. 너무 겁먹지 말고.

S#5. 회의실 (내부/낮)

명석과 영우가 회의실 안으로 들어간다. 먼저 와있던 진평과 경희가 일어선다. 마음고생 탓에 수척해진 부부.

명석 이번 사건을 맡은 변호사 정명석입니다. (영우를 돌아보며) 여기는…

영우 변호사 우영우입니다. (참아보려 했지만 결국) 똑바로 읽어도 거꾸로 읽어도 우영우. 기러기 토마토 스위스 인도인 별똥별 우영우.

영우의 이상한 자기소개에, 진평과 경희가 영우를 유심히 본다. 이에 난처해하면서도 살짝 웃으며 설명을 덧붙이는 명석.

명석 우영우 변호사는 자폐 스펙트럼 장애를 갖고 있습니다. 작은아드님처럼요.

그 말에 진평과 경희의 표정이 복잡 미묘해진다.
명석의 예상과 달리 영우를 반기지도 든든해하지도
않는 부부. 모두들 자리에 앉는다.

명석 작은아드님 진술서를 보니까 "죽는다! 죽는다! 하지 마!"라는 말이 계속 반복되더라고요.

경희 그날 밤 무슨 일이 있었던 건지 아무리 물어도 그저 "죽는다! 죽는다! 하지 마!" 이 말뿐이네요.

명석 두 아드님 사이는 어땠습니까?

경희 좋았어요. 특히 정훈이가 상훈이를 많이 따르고 좋아했어요. 상훈이가 의대 가면서 바빠지기 전까지는 정훈이를 늘 챙기고 놀아줬거든요.

진평 상훈이, 우리 아들이지만 흠 잡을 데 없는 애였습니다. 수능만점자로 서울 의대 갈 만큼 영재면서도 늘 겸손하고 따뜻하고. 동생한테도 참 잘 했어요.

진평의 난데없는 아들 자랑. 경희도 동의하는 듯 고개를 끄덕인다. 상훈 생각에 부부의 마음이 또 아파오는데, 영우가 건조하게 묻는다.

영우 김정훈 씨는 평소에도 "죽는다!"는 말을 자주 합니까?

경희 아니요. 정훈이가 그런 말 하는 거, 저한테는 참 낯선 일이에요. 덩치가 커서 사람들이 오해하는데 정훈이 착해요. 가끔 엄마 말 안 듣고 고집은 좀 부려도 누굴 공격하고 위협

하고… 그러지는 않아요.

명석　그럼 작은아드님이 큰아드님을 때린 이유에 대해서 특별히 짚이는 건 없으신 거네요.

경희　네에… 아휴, 제가 이렇게 자식들 속을 모르네요.

경희의 눈에 눈물이 맺힌다. 진평도 한숨을 내쉰다.

명석　저희가 작은아드님을 만나봐도 되겠습니까?

경희　만나시는 거야 문제가 아닌데… 정훈이가 말을 할지 모르겠어요. 낯선 사람들이랑 있으면 아예 입을 꾹 다물거든요.

진평　그래도 한 번은 직접 보셔야지. 정훈이가 피고인인데.

명석　네. 혹시 또 모르지 않습니까? 여기 우영우 변호사한테는 마음을 좀 열지도요.

'한번 믿어보겠다'는 눈빛으로 영우를 보는 명석.
부담스러운 듯 영우의 표정이 무겁다.

S#6.　11층 승강기 앞 (내부/낮)

점심시간.
한바다 11층에서 일하는 사람들이 승강기가 오길
기다린다. 오래 기다렸는지 상사가 준호에게 푸념한다.

상사　　하아… 엘베만 빨리 와도 점심시간이 10분은 더 생길 텐데…

드디어 승강기가 도착해 사람들이 타는데, 준호의 시선에 영우가 나름대로는 서둘러 걸어오는 것이 보인다. 준호가 맨 마지막으로 승강기에 타더니 열림 버튼을 꾸욱 누른다.

준호　　(사람들에게) 잠깐만 기다려주세요. 죄송합니다.

상사　　아, 왜… 왜에…

칭얼대는 상사에게 미안한 표정을 지으면서도 꿋꿋이 기다리는 준호. 마침내 영우가 승강기로 오더니… 눈을 감고 속으로 '하나 둘 셋' 숨 고른다.

상사　　(기다림에 지쳐) 하아… 배고파…

영우가 승강기에 탄다. 그제야 준호가 닫힘 버튼을 누른다.

S#7. 한바다 구내식당 (내부/낮)

넓고 쾌적한 한바다의 구내식당.
식판을 든 준호와 도시락을 든 영우가 빈자리에 마주 앉는다. 매일 광호가 싸주는 도시락에는 역시나, 우영우 김밥이 들어있다.

서툰 젓가락질로 흐트러진 김밥을 반듯하게 정렬한 뒤 먹기 시작하는 영우. 준호가 그런 영우의 행동을 신기한 듯 바라본다.

준호 도시락 싸오시는 줄 알았으면 저 먼저 와서 배식 받아놓을 걸. 다음부터는 좀 더 늦게 나오세요.

영우 "좀 더 늦게"라면 정확히 얼마나 늦게 말씀입니까?

준호 어… 한 10분 정도?

영우 네. (바로 고래 얘기 시작) 우리가 11층에서 일을 하고 지하 1층에서 점심을 먹을 때 고래는 울산 앞바다에서 먹이를 먹고 일본 서해안에서 잠을 잡니다. 고래한테는 울산 앞바다가 주방, 일본 서해안이 침실인 셈이죠. 여름마다 극지방으로 이동하는 이주성 고래의 경우는…

한편 구내식당에서 점심을 먹던 수연과 민우. 고래 이야기 삼매경에 빠진 영우를 발견하자 수연은 걱정이 되어,

수연 하아, 우영우 또 저러고 있네. 가서 좀 말릴까요?

민우 (준호, 영우를 슬쩍 보더니) 그냥 둬요. 안 싫어하는데?

수연 네?

민우 준호 씨 표정이 싫어하는 표정이 아니잖아요.

그 말에 수연이 준호를 유심히 살펴본다. 그러고 보니 영우의 수다를 듣는 준호의 얼굴에는 싫어하는 기색이 없다.

영우가 귀엽다는 듯 짓고 있는 저 미소는 오히려…
영우를 좋아하는 것 같다. 이에 수연의 마음이 복잡해진다.

S#8. 회의실 (내부/낮)

지난번보다 좀 더 큰 회의실.
영우가 창문 블라인드를 내리고
명석은 천장 조명을 조절해 아늑하게 만든다.
쿵! 쿵! 복도를 울리는 묵직한 발소리와
경희의 재촉하는 목소리. '정훈이 오는구나!' 싶어
영우와 명석이 후다닥 의자에 앉는다.
똑똑. 문이 열리고 경희가 들어온다.

경희 안녕하세요? (단호한 톤으로 바뀌) 김정훈! 들어 와.

정훈이 회의실 안으로 들어온다. 헤드셋을 쓰고 선글라스를 낀 채 뒤뚱뒤뚱 걸어오는 커다란 모습이 꼭…

명석 펭수! 정훈이 펭수 좋아하는구나?

명석의 말에 영우가 정훈을 유심히 본다.
그러고 보니 정훈의 티셔츠와 가방 등 소지품이 전부
펭수 관련 상품이다. 경희가 의자 하나를 뺀다.

경희　　앉아.

정훈　　앉아.

정훈이 의자에 삐뚜름하게 앉는다.

경희　　헤드셋, 선글라스 벗어.

정훈　　헤드셋, 선글라스 안 벗어.

경희　　말 들어! 약속했지?

정훈　　말 들어! 약속 안 했지!

명석　　아, 저희는 괜찮습니다. 헤드셋에 선글라스, 너무 멋있는데요?

경희　　(한숨) 두 분만 괜찮으시면… 이대로 진행할까요?

명석　　네, 그럼요. 정훈아, 안녕? 아저씨 이름은 정명석이고 이 누나는…

영우　　우영우입니다.

유치원 교사처럼 한껏 톤을 올린 명석과 달리
세상 딱딱한 영우의 말투.
정훈은 명석과 영우를 쳐다보지 않는다.

명석　　아저씨랑 누나는 정훈이한테 궁금한 게 많아. 그래서 오늘…

정훈　　우르르르르~ 우르르르르~

명석의 말을 끊으며 정훈이 혀를 굴리는

독특한 소리를 낸다.

명석　(영우에게 작게) 뭔지 알아요, 저거?

영우　모릅니다.

명석　정훈아, 그게 뭐야? 우르르르르~?

정훈　(점점 더 크게) 우르르르르~ 우르르르르~ 우르르르르~

경희　김정훈! 그만!

대형견을 다루는 훈련사처럼 정훈의 눈앞에 손바닥을 내미는 경희. 정훈이 순식간에 조용해진다.

명석　(영우에게 작게) 우변이 한번 질문해보세요.

영우　김정훈 씨, 김상훈 씨가 사망한 날 기억하십니까?

너무나 단도직입적인 질문과 태도에
명석과 경희가 움찔한다.

영우　김상훈 씨를 왜 때렸습니까?

정지화면처럼 잠시 멈춰있던 정훈. "우에에~ 우어~"
펭수의 펭귄어 같은 소리를 내더니 발작하기 시작한다.

경희　김정훈! 그만!

이번엔 경희의 훈련법이 먹히지 않는다. 테이블을 쾅쾅 내리치고 발을 쿵쿵 구르며 펭귄어를 요란하게 내뱉는 정훈. 급기야 양손으로 자기 머리를 세게 때린다. 경희와 명석이 팔 하나씩 붙잡고 말려보지만 정훈의 몸부림이 거세다. 이 모습에 놀란 영우. 자기도 모르게 오른손으로 왼손 손등을 꾸욱 누른다.

S#9. 우영우 김밥 (내부/밤)

영업이 끝나 텅 빈 분식집. 광호가 시금치를 다듬는데 퇴근한 영우가 들어와 맞은편에 앉는다.

광호 아이고, 우리 변호사 선생님! 오셨습니까?

영우 아버지에게 문의할 게 있습니다.

광호 문의하십시오.

영우 21세 남성 자폐인과 대화해야 하는데 어렵습니다. 어떡하면 될까요?

광호 무슨 일인데 그러십니까?

영우 변호사의 비밀 유지 의무 때문에 자세한 건 말씀드릴 수 없습니다. 아버지는 자폐인과 사니까 잘 아실 것 같아 문의합니다.

광호 그럼 제가 대답하는 동안 같이 시금치 다듬으실까요?

영우 아니요. 싫습니다.

광호 역시 자폐인과 사는 건 꽤…

영우 꽤…?

광호 외롭습니다.

예상 밖의 말인 듯 영우가 놀란다. 광호가 피식 웃는다.

광호 아빠 생각엔 이 세상에 너랑 나랑 둘뿐인 거 같은데, 딸인 너는 아빠한테 관심이 전혀 없거든. 지금도 그렇지만 어렸을 때는 더.

S#10. 영우의 집 침실 (내부/낮) - 과거

22년 전.
31세 광호가 어머니와 전화 통화를 한다.
화가 나 격양된 목소리.

광호 무슨 선을 보고 무슨 장가를 가요. 영우가 있는데! (사이) 엄마가 키워주긴 뭘 키워줘! 허리 아파서 화장실도 겨우 간다며! (사이) 아휴, 제발 좀! 나 하루하루 이 악물고 버티면서 살아요. 도와주진 못할망정 엄마까지 왜 이럽니까!

내던지듯 전화를 끊는 광호. 거친 숨을 몰아쉬며 진정하려 애쓴다.

광호 (목소리 가다듬고) 영우야~

광호가 거실로 나간다.

S#11. 영우의 집 거실 (내부/낮) - 과거

거실 바닥에 놓인 레고 블록을 밟은 광호.
엄청난 고통에 발을 감싸 쥐고 바닥으로 나뒹군다.

광호 영우야! 아빠 너무 아파!

5세 영우는 레고 블록을 바닥에 줄 세워 놓는 일에
푹 빠져 있다. 옆에 쓰러진 광호는 아랑곳없이
자신 때문에 흐트러진 레고를 다시 정렬한다.

광호 영우야, 호— 해줘. 아빠 아파!

영우는 여전히 아무런 반응이 없다.
'딸 아니라 개를 기른대도 이럴 땐 한번 와보지 않을까?'
싶어 서러운 광호.
영우의 주의를 끌려고 "엉엉!" 우는 시늉을 하다가

정말로 울기 시작한다. 혼자인 것보다 더 혼자인 느낌. 딸한테서 쫓겨난 느낌. 딸과는 평생 서로 사랑하는 관계가 되지 못할 것 같은 무서운 예감. 그렇게 바닥에 드러누워 잠시 울던 광호.

가까스로 울음을 멈추고 영우를 바라본다.

집중하느라 입까지 앙 다물고 신중하게 레고를 놓는 영우.

광호 영우는 그게 그렇게 재밌어? 커서 뭐가 되려고 그래? 레고를 바닥에 놓는 사람이 되려고 그래?

광호가 뭐라 하던 대답도 관심도 없는 영우.

그런 딸을 보는 광호의 눈에 또 눈물이 맺힌다.

CUT TO:

현재, 광호의 분식집.

광호 뭐랄까… 아빠와 딸이 함께 손을 잡고 이 세상을 살아간다는 느낌이 없다고 할까? 제때 밥만 주면 아빠 아니라 누구라도 영우는 다 괜찮은 것 같다고 할까?

영우 지금도 그렇습니까?

광호 지금은 훨씬 나아! 대화가 되잖아? 영우는 레고를 바닥에 놓는 것도 좋아했지만 법을 참 좋아했어. 다행이었지. 그건 내가 같이 할 수 있는 거니까.

S#12. 골목길 (외부/낮) - 과거

다시 22년 전.
영우를 잃어버린 광호가 골목을 기웃대며 영우를 찾는다.

광호 영우야! 영우야!

어디선가 영우의 울음소리가 들린다.
소리 나는 곳으로 달려가는 광호.

S#13. 판다 슈퍼마켓 앞 (외부/낮) - 과거

영우가 동네의 작은 슈퍼마켓 앞 평상에 누워 자지러지게 운다. 슈퍼마켓 **주인**(50대/남)이 영우 옆에 앉아있다.

주인 뚝! 너 계속 울면 경찰 아저씨 부른다! 경찰 아저씨가 어흥 한다!

그 말에 더 크게 우는 영우.

광호 영우야!

광호가 헐레벌떡 달려와 영우를 일으키려 하지만

영우는 온몸을 뻗대 드러누우며 계속 울어댄다.

주인　　하이고, 조그만 녀석이 목청도 크지. 나 귀청 떨어지겠네.

광호　　죄송합니다. 죄송합니다.

영우의 울음이 잦아들 기미가 없자
광호가 영우를 달랠 비장의 무기를 꺼낸다.

광호　　우영우 씨. 이 행동은 인근소란에 해당합니다. 지금 당장 뚝! 하지 않으면 경범죄 및 판다 슈퍼 업무방해죄로 신고하겠습니다.

그러자 뚝! 영우가 울음을 멈춘다.
주인이 놀랍다는 얼굴로 영우와 광호를 번갈아 본다.

광호　　영우야, 일어나. 집에 가서 경범죄 처벌법 읽자.

영우가 얌전히 일어난다. 광호가 주인에게 꾸벅 인사한 뒤 영우의 손을 잡고 집으로 간다.

CUT TO :

다시 현재, 광호의 분식집.

광호　　영우가 법을 좋아하는 것처럼 그 사람도 뭔가 좋아하는 게 있을 거 아냐? 그걸 파고들어야지.

영우　음… '그 사람이 좋아하는 걸 파고들어라.' 아버지만의 방법이라기엔 너무 뻔한 거 아닙니까?

광호　야, 성적 잘 받으려면 공부해. 살 빼려면 운동해. 대화하려면… 노력해! 방법은 원래 뻔해. 해내는 게 어렵지.

영우　음…

광호　(테이블 밑으로 떨어진 시금치를 주우며) 그러고 보면 영우랑 사느라 이 아빠도 참…

시금치를 줍느라 잠시 숙였던 고개를 든 광호. 아빠의 추억 따윈 더 들어주지 않는 딸이 밖으로 나가는 모습이 보인다. 분식집에 홀로 남은 광호가 조용히 중얼거린다.

광호　근데 디―게 오래 걸려. 노력한다고 뭐 바로바로 되고, 대화는 그런 게 아니거든.

S#14.　회의실 (내부/낮)

딱딱한 테이블과 의자 대신 푹신한 3인용 소파 두 개를 갖다 둔 회의실. 영우, 명석, 수연이 한쪽 소파에 나란히 앉아있다.

수연　꼭 이렇게까지 해야 돼?

명석 그러게. 이거 진짜 효과가 있는 겁니까?

영우가 대답을 머뭇거리는 사이, 경희가 정훈을 데리고 회의실로 들어온다. 그러자 수연과 명석이 표정을 밝게 바꾸더니 영우와 함께 오른손을 들며,

변호사들 펭하!

정훈이 놀란다. 잠시 가만있다가 오른손을 살짝 들면서,

정훈 펭하.

'효과가 있구나!' 변호사들의 얼굴에 기쁨이 차오른다.
정훈과 경희가 맞은편 소파에 앉는다.
영우가 핸드폰으로 펭수의 노래 '펭수로 하겠습니다' 반주를 튼다. 뒤뚱뒤뚱 펭수의 걸음걸이 같은 힙합 비트가 회의실에 울려 퍼진다.

영우 우르르르르~ 우르르르르~

영우가 음악에 맞춰 혀 굴리는 소리를 낸다. 노래 속에서 펭수가 내는 소리이자 지난번 회의 때 정훈이 냈던 소리다. 이에 정훈이 또 놀란다. 선글라스 너머로도 휘둥그런 눈이 느껴질 정도다. 노래를 부탁 받아 여기 끌려온 수연이 무

선 마이크를 들고 선창한다.

수연 (노래) 바닷속을 날아 빌보드로 가자 느낌이 달라 기분이 좋아 작은 날개로 하늘 위를 헤엄 내가 제일 최고 1위 할 거예요~

이제 펭수의 차례. 수연이 정훈에게 마이크를 내민다.
마이크를 받으라고 정훈에게 손짓발짓 갖은 신호를
보내는 변호사들. 하지만 정훈은 반응이 없다.
빈 반주만 계속 흐르자 덥썩! 명석이 마이크를 붙잡는다.

명석 (랩) Let me introduce myself. My name is PENGSOO! 남극 펭에 빼어날 수 이렇게 빼어날 수가 없수 나는 펭귄 황제 펭귄 펭귄 중의 캡틴 빌보드를 향해 행진!
정훈에게 시범을 보이려는 것일까? 보기보다 랩을 꽤 잘하는 명석. 삐져나오려는 웃음을 간신히 참으며 수연이 노래를 이어가고 그다음엔 무미건조한 음색으로 어떻게든 박자는 맞추는 영우의 랩이다.

영우 (랩) 나눌수록 곱해지는 신비한 펭수 사랑하는 맘 나눠 베푸는 땡큐 펭귄의 날 It's earth thang 생축 It's ya birthday 꼴등은 없다 모두 도전하면 돼 웃음 부신 눈빛 손이 올라가면 웩! 행진 행진 캡틴 펭귄 자신감 넘치는 남극의 레전드~

변호사들 (다 함께 랩) G.I.A.N.T! P.E.N.G.S.O.O! G.I.A.N.T! P.E.N.G.S.O.O!

변호사들이 다시 정훈에게 마이크를 건네며 함께 부르자는 신호를 보낸다. 여전히 무반응인 정훈.
옆에 앉은 경희가 한숨을 쉰다. 결국 실패인 걸까?
반주가 끝나 가는데 갑자기,

정훈 요들레이 요들레이 요들레이 요들레이 요들레이 요들레이 요들레이 요들레이 요들레이 요들레이 요들레이 요들레이 요들레이 요들레이 요들레히띠~

노래 속에서 펭수가 하는 요들송을 멋지게 부르는 정훈.
경희와 변호사들이 놀라 박수를 친다.
이에 신이 난 정훈이 앉은 상태에서 펄쩍거린다.

정훈 또! 또! 노래 또 해! 또!
명석 그럴까?
영우 아니요. 김정훈 씨가 대답을 해야만 우리는 노래를 또 합니다.
정훈 또 해! 노래 또 해!
영우 먼저 대답하세요. 왜 형을 때렸습니까?

불쑥 튀어나온 형 이야기에 정훈의 표정이 바뀐다.

압박감이 몰려오는 듯 "우에에~ 우어~" 펭귄어를 시작하는 정훈. 정훈이 발작할까 봐 경희가 끼어든다.

경희 저기요, 변호사님…

영우 김정훈 씨! 대답하세요! 왜 형을 때렸습니까?

정훈 (울부짖듯) 죽~는다! 죽~는다! 하지 마! 죽~는다! 죽~는다! 하지 마!!!

정훈이 씩씩거린다. 경희가 다독여 진정시킨다. 정훈에게서 새로운 말을 끌어내지 못해 실망한 변호사들. 그런데 순간, 영우의 눈빛이 반짝인다.

INSERT :

작은 돌고래 한 마리가 푸른 바다 위로 첨벙 뛰어오른다.

CUT TO :

현재, 회의실.

영우 김정훈 씨, 혹시 형이 죽으려고 했습니까?

영우의 난데없는 말에 모두가 놀란다.

경희 네?

영우 저 "죽는다!"는 어쩌면… 말이 아니라 행동일 수 있습니다.

형이 했던 말이 아니라 형이 했던 행동이요.

수연 형이 했던 행동?

영우 사망 당시 김상훈 씨의 혈중 알코올 농도는 0.321%, 인사불성이었습니다. 또한 부검 감정서에는 '목에 난 자국'에 대한 기록이 있어요. 너무 흐릿해서 끈에 졸린 건지 아닌지는 불명확하다고 적혀있습니다.

명석 음… 혹시 큰아드님이 생전에 자살 시도를 한 적이 있었습니까?

경희 아니요! 우리 상훈이가 그런 짓을 왜 해요.

영우 김정훈 씨, 형이 자살하려 했습니까?

정훈 네.

갑자기 툭 튀어나온 선명한 대답에 변호사들이 놀란다.

경희 아니에요. 우리 상훈이, 그런 애 아니에요.

명석 하지만 방금 "네." 라고 대답한 거, 사모님도 들으셨잖습니까?

그러자 경희가 한숨을 푹 쉬더니,

경희 정훈아, 형이 죽으려고 했어?

정훈 네.

경희 정훈아, 형이 살려고 했어?

정훈 네.

경희 형이 죽으려고 한 적 없었어?

정훈　　네.

표정 변화 하나 없이 무조건 "네."라고 답하는 정훈.
변호사들의 표정이 다시 막막해진다.

경희　　정훈이 눈높이에 맞춰서 대화를 한다는 게… 저한테도 아직까지 쉬운 일 아니에요. 변호사님들 애쓰신 건 감사하지만 정훈이 직접 보는 건 오늘까지만 할게요.

S#15. 아파트 단지 (외부/낮)

고급 아파트 단지.
영우와 준호가 진평의 집을 향해 걸어간다.
저 멀리 인부 2명이 화단 정비 공사를 하는 것이 보인다.

준호　　김상훈 씨가 자살 시도를 했다는 증거. 그걸 찾으시려는 거죠?

영우　　네. 유용한 증거가 남아있을지 모르겠습니다. 경찰들이 이미 다 살펴봤을 테니까요.

준호　　그래도 이 경우는 사건 자체가 워낙 단순하고 명확하니까요. 경찰들 입장에선 증거 확보를 그렇게까지 열심히 할 필요가 없었을 거예요. 김상훈 씨 유품 중에 뭔가 남아있다면 좋겠네요.

아파트 출입구에서 나오던 **이가영**(20대/여)이 준호를 발견하고 다가온다. 가영은 예쁜 외모에 여성스럽게 잘 차려입은 차림새다.

가영　어머, 준호 오빠!?

준호　어? 어!

가영　오빠가 여기 웬일이에요! 이 아파트 살아요?

준호　아니, 일하러 왔어.

가영　일이요? 무슨 일?

그때 인부들이 드릴로 땅을 파기 시작한다. 갑자기 들려오는 굉음을 막으려 양손으로 귀를 덮는 영우. 그걸로 충분하지 않은지 양손을 빠르게 움직여 귀를 덮었다 뗐었다 한다. 이를 본 가영. 감 잡았다는 듯 준호를 향해 눈을 찡긋하더니,

가영　오빠 아직도 봉사하는구나?

준호　봉사?

가영　지금 '나누리' 활동 하는 거 아니에요?

준호　(당황) 봉사는 무슨 봉사야. 아니야. 나 간다.

가영　아, 네! 오빠! 반가웠어요! (영우를 향해 어린아이에게 하듯) 파이팅!

준호가 황급히 가영에게서 멀어진다.
영우가 따라간다.

영우 나누리는 장애인을 위한 봉사 단체인가요?

그 말에 준호가 우뚝 멈춰 선다.
돌아서는 얼굴에 난처한 빛이 역력하다.

준호 변호사님, 죄송합니다. 대학 후배인데… 실례했습니다.

영우 아, 괜찮습니다. 저는 자폐가 있으니까… 그렇게 보일 수도 있을 것 같습니다.

준호 죄송합니다.

S#16. 상훈의 방 (내부/낮)

경희가 영우와 준호를 상훈의 방으로 안내한다.
오랫동안 방문을 열지 않은 듯 공기가 조금 탁하다.

경희 이 방 보면 심란해서 문을 계속 닫아놨어요. 물건들이야 그대로 있을 텐데 도움 되는 게 나올지 모르겠네요.

준호 네. 저희들끼리 한번 봐도 될까요? 뭔가 찾으면 말씀드릴게요.

경희가 고개를 끄덕이며 방문을 닫고 나간다.

준호 만약 내가 이 방에서 목을 매 죽으려고 한다면…

준호가 방 안을 둘러보다 한 곳을 가리킨다.

준호　　저기가 좋겠네요.

준호가 가리키는 곳을 보는 영우.
턱걸이 연습용인 듯 천장 한쪽에 철봉이 달려있다.

영우　　김상훈 씨가 쓰러져 있던 곳이 저 철봉 아래입니다.
준호　　그럼 맞겠네요. 김정훈 씨는 키가 크다고 하셨죠?
영우　　네. 거의 2m쯤 되는 것 같습니다.

준호가 가방에서 DSLR 카메라를 꺼내 머리 위로 치켜든다.

준호　　눈높이가 이 정도?

영우가 고개를 끄덕이며 준호 옆에 선다.
준호가 카메라를 든 채 모니터의 각도를 조절한다.
정훈의 눈높이에서 보는 세상이 모니터에 잡힌다.

준호　　방문을 열었더니 철봉에 목을 맨 형이 보인다. 우선은 형을 말리려고 했겠죠? (카메라 든 채 철봉으로 가며) 키가 크니까 손을 뻗어서 끈을 풀었을 수도 있어요. 그럼 형이 바닥으로 쿵! 떨어졌을 테고…

카메라를 든 채 정훈의 동선을 재연하는 준호와 그 옆에 선 영우. 키가 2m쯤 되는 사람의 눈높이에서만 보이는 단서를 찾아 모니터에 시선을 고정한 채 찰싹 붙어 이리저리 움직이는 두 사람의 모습이 마치 왈츠를 추는 커플 같다.

준호 어? 저거… 보이세요?

준호의 렌즈가 철봉 맞은편에 놓인 옷장 위를 조준한다. 모니터에 옷장과 벽 사이 좁은 틈에 뭔가 끼어있는 것이 보인다. 준호가 렌즈를 돌려 확대해보면, 얇은 노끈이다.

준호 찾은 거 같아요!

CUT TO :

실험용 장갑을 낀 준호가 옷장을 앞으로 힘껏 잡아당긴다. 그러자 옷장과 벽 사이 틈에 끼어있던 노끈이 바닥으로 툭 떨어진다. 준호와 같은 장갑을 낀 영우가 노끈을 집어 준호에게 건넨다. 노끈을 유심히 살펴보는 준호.

준호 거칠게 잡아 뜯어 끊어진 것 같은 흔적이 있어요. 김상훈 씨가 목을 맸던 끈일까요? 그래서 김정훈 씨가 잡아 뜯은 걸까요?

INSERT :

준호의 상상 속에서, 사건 당시의 상황이 짧게 펼쳐진다.
준호가 찾아낸 바로 그 노끈으로 철봉에 목을 맨 상훈.
정훈이 괴성을 지르며 상훈에게 달려와 노끈을 잡아 뜯는다.
만취해 몸을 가누지 못하는 상훈이 바닥으로 떨어지고
정훈은 노끈을 철봉 반대편 옷장 쪽으로 휙— 던져버린다.
그러는 바람에, 옷장과 벽 사이 틈에 노끈이 낀 것이다.

CUT TO :

다시 현재, 상훈의 방.

준호 이 끈이 맞는지 김상훈 씨 목에 난 자국이랑 대조해봐야겠네요.

영우 저기… 뭔가가 있습니다.

영우가 옷장 뒤 바닥을 가리킨다. 옷장과 침대 사이 틈에 먼지를 잔뜩 뒤집어쓴 작은 노트가 떨어져 있다.
노트를 집어 펼쳐보는 영우.

영우 김상훈 씨 다이어리 같습니다. 작년 거네요.

S#17. 회의실 (내부/낮)

영우와 명석, 진평과 경희가 마주 앉아있다.
테이블 위엔 증거보관용 투명 봉투에 담긴
상훈의 다이어리가 있다.

명석 끈은 큰아드님 목에 난 자국과 대조해보려고 국과수에 보냈습니다. 결과 나오는 대로 알려드리겠습니다. 그리고… 큰아드님 다이어리를 읽어봤습니다. 몇 부분은 회장님과 사모님도 보셔야 할 것 같아 따로 정리했습니다.

명석이 출력물을 내민다.
왠지 내키지 않는 듯 읽어보려 하지 않는 진평과 경희.

명석 다이어리에 따르면 작년에도 몇 번… 그런 일이 있었던 것 같습니다. 작은아드님이 목격한 적도 있었고요.

진평 '그런 일'이라니… 무슨 일 말씀입니까?

명석 자살 시도를 말씀드리는 겁니다.

진평과 경희의 표정이 어두워진다.

경희 같은 말을 몇 번이나 하게 하시네요. 우리 상훈이, 그럴 애 아닙니다.

명석 (출력물 보며) '제일 잘하는 게 공부였어. 지금은 공부가 뭔지도 몰라. 토할 때까지 외우는 게 공부인가? 나는 제일 잘하는 걸 제일 못하는 사람이다. 짧게 말해 루저.' (다른 부분) '시험은 계속되겠지. 나는 또 실패하겠지. 사는 것과 죽는 것의 차이를 모르겠다.' (다른 부분) '죽으면 돼. 죽으면 다 편해져.'

경희 일기장에 무슨 말을 못합니까? 힘들면 그럴 수 있잖아요?

명석 중요한 부분은 여기입니다. '이제는 습관처럼 한다. 동생이 봐도 상관없어. 내가 목매는 걸 본 이후로 동생은 잠을 설쳐. 악몽 꾸나? 매일 밤 나를 감시해. 죽는 게 뭔지도 모르는 바보가 내가 죽을까 봐 벌벌 떨어. 그게… 나한테 위로가 돼.'

진평 지금 우리 벌주는 겁니까? 비참하게 세상 떠난 아이, 살아서도 힘들었다는 거 알려주려고 불렀습니까?

명석 사건 당일도 어쩌면 작은아드님이 큰아드님을 말리려고 했던 것일 수 있습니다. 자살 시도를 반복하는 형의 모습에 분을 못 이겨 폭행한 것일 수도 있습니다.

진평 그러면 뭐가 달라지는데요? 공부 잘하기로 전국에서 유명했던 녀석이 고작 학업 스트레스 때문에 자살 시도를 밥 먹듯이 했다? 이게 알려지면 상훈이는 뭐가 됩니까? 죽은 애 망신 주는 거 밖에 더 됩니까?

영우 죽은 김상훈 씨의 명예보다는 살아있는 김정훈 씨의 감형이 더 중요하지 않습니까? 특별한 이유도 없이 형을 때려 죽인 동생으로 보이면 안 됩니다. 분노가 폭발할 만한 구체적인 이유가 있었고, 그 이유가 제거된 지금은 김정훈 씨가 더 이상 폭력을 저지르지 않을 것임을 재판에서 보여줘야 합니다.

진평 너 좀 조용히 해!!!

진평의 갑작스런 고함에 영우와 명석이 놀란다.

진평 넌 뭐가 그렇게 잘나서 남의 귀한 아들을 누구 씨 누구 씨 건방지게 불러가며 평가질이야? 그래봤자 너도 자폐잖아!

경희 여보… 왜 이래요?

진평 됐고. 그냥 관둡시다. 내 아들 모욕하지 않는 변호사한테 사건 다시 맡길 겁니다. 상정이랑 한바다 관계도 끝입니다.

진평이 벌떡 일어나 나가버린다. 경희도 뒤따라간다.
한 방 세게 맞은 듯 멍하니 앉아있는 영우와 명석.

S#18. 준호/민우의 집 거실 (내부/밤)

준호가 집 안으로 들어온다. 기분이 좋지 않은 듯 표정이 무겁다. 부엌에서 라면 물을 올리면서도 서류를 읽던 민우가 준호를 돌아본다.

민우 나 지금 라면 끓이는데. 하나 더?

준호 아니. 난 괜찮아.

준호가 자기 방으로 들어간다.

S#19. **준호의 방 (내부/밤)**

외투도 벗지 않고 침대 위에 털썩 주저앉는 준호.
주머니 속에서 핸드폰을 꺼내 문자를 쓰기 시작한다.
'우영우 변호사님. 저번에 제 후배가 한 실수가'
준호가 '실수'를 '잘못'이라 고쳐 쓴다.
'제 후배가 한 잘못이 계속 마음에 걸려서요.
제대로 사과를 드리고 싶은데'
준호가 뒷말을 적지 못하고 망설인다.

준호 (혼잣말) 드리고 싶은데, 뭐. 어쩌라고.

결국 문자 보내기를 포기하는 준호.
핸드폰 화면을 꺼버린다.

S#20. **영우의 사무실 (내부/밤)**

책상 등 하나만 켜진 어두운 사무실.
영우가 컴퓨터로 정훈에 관한 뉴스 영상을 보고 있다.
'형을 때려 숨지게 한 자폐 장애인 기소'라는 제목 아래

영상 속 **아나운서**(30대/남)가 뉴스를 보도한다.

아나운서 친형을 폭행해 숨지게 한 20대 남성이 상해치사죄로 기소됐습니다. 자폐 스펙트럼 장애를 가진 21살 A씨는 부모가 외출한 사이 만취한 형 B씨를 구타해 갈비뼈 22군데를 부러뜨리는 중상을 입혔습니다. B씨는 귀가한 부모에 의해 병원으로 옮겨졌지만 결국 사망했습니다. B씨는 지난 2018년도 수능에서 만점을 받고 서울대학교 의과대학에 재학 중이던 수재로 알려져 세간의 아쉬움을 더하고 있습니다.

영우의 시선이 뉴스 영상 밑 베스트 댓글들에 멈춘다.
'의대생이 죽고 자폐아가 살다니 국가적 손실 아님?'
'보나마나 심신미약 웅앵하며 무죄 때림.
한국에선 자폐증=살인 면허.'
댓글에 달린 수백 개의 '좋아요'들에 영우의 마음이 무겁다.

S#21. 승강기 (내부/낮)

영우와 수연, 민우가 승강기에 타고 있다.

민우 (펭수 목소리 흉내 내며) 펭하! 노래까지 불렀는데 잘렸다면서요?

민우가 키득키득 웃는다. 영우가 말없이 한숨을 쉰다.

수연　재수 없다는 소리 많이 듣죠?
민우　착한 척한다는 소리 많이 듣죠?

민우와 수연이 서로를 노려본다.
승강기 문이 열린다.

S#22. 한바다 1층 로비 (내부/낮)

명석이 로비에서 신입 변호사들을 기다리고 있다.
명석을 보자 바로 낯빛을 바꾸는 민우.

민우　상정약품 회장님 일, 얘기 들었습니다. 속상하시겠어요.
명석　나야 뭐. 우변이 애 많이 썼는데 아쉽게 됐지.
민우　그러게요. 우영우 변호사 파이팅!

민우가 영우에게 힘내라는 손짓을 하며 수연을 약 올린다. 민우의 능글맞음에 기막혀 하는 수연. 그때 영우가 빌딩 앞에서 **택시 기사**(50대/남)와 실랑이하는 정훈을 본다.

S#23. 법무법인 한바다 (외부/낮)

영우가 밖으로 달려 나온다. 빌딩 안으로 들어가려는 정훈과 정훈의 옷자락을 붙잡는 기사. 영우를 보자 정훈이 반가워 몸부림친다.

정훈 우르르르르~ 우르르르르~

기사 야! 야!!! 어딜 그냥 가!

영우 왜 그러십니까? (정훈이 계속 '우르르르르' 하며 보채자) 우르르르르~

'얘는 또 뭐야?' 하는 얼굴로 영우를 빤히 볼 뿐
대답하지 않는 기사. 명석과 수연이 뒤따라 나온다.

명석 왜 그러십니까?

영우와 달리 명석은 믿음직했던 걸까?
기사가 얼른 하소연한다.

기사 아니~ 무턱대고 차에 타서는 "한바다! 한바다!" 하잖아요. 여기 말하나 싶어 왔더니 돈을 안 내!? 돈 있냐고 물어봤을 땐 "네! 네!" 했다고!

명석 제가 드릴게요, 택시비.

명석이 지갑에서 돈을 꺼내 기사에게 건넨다.
'펭수로 하겠습니다' 3인방과 재회한 정훈.
펄쩍펄쩍 뛰며 기뻐한다.

정훈　　또 한다! 노래 또 한다!

명석　　(영우에게) 사모님한테 전화해요. 아드님 데려가시라고. 오실 때까지 우변이 좀 같이 있어주고.

영우　　네, 알겠습니다.

S#24. 한바다 휴게실 (내부/낮)

편안하면서도 세련되게 꾸며진 한바다의 휴게실.
영우와 정훈이 소파에 나란히 앉아 번갈아 "우르르르르~" 한다. 간식을 잔뜩 먹은 듯 정훈 주변이 과자 봉지와 부스러기로 지저분하다. 그때 경희가 헐레벌떡 달려온다.

경희　　정훈아!

정훈　　엄마!

이산가족상봉 분위기로 서로를 격하게 반기는 모자.

경희　　정훈이가 민폐네요. 죄송합니다.

영우　　괜찮습니다.

경희 저, 생각해봤는데요. 상훈이가 그런 선택 하려고 했다는 걸 재판에서 꼭 밝혀야 하나요? 어차피 정훈이는 감형 받을 수 있잖아요. 자폐가 있으니까 심신미약 같은 걸로요.

왜 이 얘기를 다시 하는지 몰라 영우가 머뭇거린다.

경희 저는 변호사님들이 사건 다시 맡아주시면 좋겠어요. 변호사님들만큼 정훈일 진심으로 대하시는 분들 또 없을 거 같아요. 상훈이 그 얘기만 안 꺼내주신다면… 남편은 제가 설득할게요.

영우 아, 네. 정명석 변호사님께 말씀드려보겠습니다.

아직 할 말이 남은 듯 우물쭈물하는 경희.
용기를 낸다.

경희 남편이 막말해서 미안해요. 참 못난 말인 거 아는데 변호사님 보니까 우리 부부, 마음이 복잡했어요. 정훈이도 변호사님도 똑같은 자폐인데 둘이 너무 다르니까 비교하게 되더라고요. 자폐가 있어도 머리 좋은 경우가 종종 있다고 듣긴 했는데 실제로 보니까 기분이 이상했어요. 왜, 자폐는 대부분 우리 정훈이 같잖아요. 나아질 거라는 희망을 갖기에는… 너무 오래 걸리잖아요.

S#25. 승강기 (내부/낮)

영우와 정훈, 경희가 승강기에 타고 있다.

영우 (N) 자폐를 최초로 연구한 사람 중 하나인 한스 아스퍼거는 자폐에 긍정적인 면이 있다고 생각했습니다. 그는 말했어요. '일탈적이고 비정상적인 모든 것이 반드시 열등한 것은 아니다.' '자폐아들은 새로운 사고방식과 경험으로 훗날 놀라운 성과를 이룰 수도 있다.'

S#26. 한바다 1층 로비 (내부/낮)

경희의 손을 잡고 뒤뚱뒤뚱 걸어가는 정훈.
영우가 한발 뒤에서 따라간다.

영우 (N) 한스 아스퍼거는 나치 부역자였습니다. 그는 살 가치가 있는 아이와 없는 아이를 구분하는 일을 했어요. 나치의 관점에서 살 가치가 없는 사람은 장애인, 불치병 환자, 자폐를 포함한 정신질환자 등이었습니다.

S#27. **법무법인 한바다** (외부/낮)

빌딩 밖으로 나온 셋.

경희 정훈아, 인사해! '오늘 실례 많았습니다. 안녕히 계세요.' 해.

정훈 (오른손을 들며) 펭빠!

경희가 어이없어 웃는다. 영우도 오른손을 든다.

영우 펭빠!

정훈과 경희가 걸어간다.
멀어지는 두 사람을 가만히 지켜보는 영우.

영우 (N) 80년 전만 해도 자폐는 살 가치가 없는 병이었습니다. 80년 전만 해도 나와 김정훈 씨는 살 가치가 없는 사람들이었어요. 지금도 수백 명의 사람들이 '의대생이 죽고 자폐인이 살면 국가적 손실'이란 글에 '좋아요'를 누릅니다.

정훈이 뒤를 돌아보더니 영우를 향해 또 "펭빠!" 한다.
영우도 손을 들어 "펭빠!" 한다.

영우 (N) 그게 우리가 짊어진 이 장애의 무게입니다.

S#28. 법정 (내부/낮)

첫 공판. 판사석에 **재판장**(40대/여)을 포함한 판사 3명이 앉아있고 증인석에는 정신과 **의사**(40대/남)가 앉아있다. 영우가 신문한다.

의사 저는 김정훈 씨가 '멜트다운(Meltdown)'을 일으켰다고 생각합니다.

영우 멜트다운이 무엇인지 설명해주시겠습니까?

의사 자폐인들에게 종종 나타나는 현상인데요. 억눌려 왔던 스트레스를 더 이상 감당할 수 없을 때 폭발해버리는 겁니다. 일부러 그러는 게 아니에요. 극도의 무력한 감정에 압도당해서 자기도 모르게 그렇게 되는 거죠. 유형은 다양합니다. 의사소통을 다 끊고 침잠하는 형태도 있지만 아주 공격적인 모습으로 나타나기도 합니다. 소리 지르기, 울기, 자해하기, 폭력적인 행동 같은 걸로요.

영우 그렇다면 사건 당시 피고인이 형을 때린 행동은 피고인이 스스로 결정하거나 통제할 수 없었던 멜트다운, 즉 자폐 스펙트럼 장애의 증상이란 뜻인가요?

의사 네. 저는 그렇게 생각합니다.

영우 이상입니다.

영우가 자리로 돌아가자 **검사**(30대/남)가 느릿느릿 일어서 증인석으로 나온다.

검사 증인은 정신과 의사시죠? 자폐증에 대해 잘 아시는?

의사 뭐, 네.

검사 지금 이 법정 안에 자폐 환자가 몇이나 있습니까?

의사 네?

검사 제가 보기엔 피고인 말고도 한 명이 더 있는 것 같아서요. 방금 증인에게 질문한 변호인은 어떻습니까?

영우가 놀란다. 명석이 벌떡 일어선다.

명석 이의 있습니다. 검사는 사건과 무관한데다 차별적이기까지 한 발언으로 변호인을 모욕하고 있습니다.

명석 생각엔 당연한 이의 제기인데도, 재판장이 머뭇거린다.

재판장 음… 기각합니다.

명석 네? 기각하신다고요?

재판장 검사의 질문이 변호인에게 공격적일 수는 있겠으나 사건과 무관하다거나 차별적이라고 보진 않습니다.

명석 네?

재판장 변호인, 앉으세요. 검사는 계속 신문하시고요.

어쩔 수 없이 자리에 앉는 명석.
검사가 의기양양하게 미소 짓는다.

검사　방금 증인을 신문한 변호인은 자폐 환자입니까?

의사　자폐가 있다고 모두 치료를 받아야 하는 게 아닌데 자폐 '환자'라는 표현은 적절하지 않은 것 같습니다.

검사　법정에서… 저러고 있는데도요?

검사가 손으로 영우를 가리키자 모두의 시선이 영우에게로 향한다. 불안을 다스리고자 손등 누르기를 하며 몸을 좌우로 흔들고 있는 영우. 그 모습이… 무척이나 '자폐인처럼' 보인다.

명석　(진짜로 화가 나 벌떡 일어서며) 검사! 지금 뭐하는 짓입니까?

검사　뭐하는 짓이라뇨? 피고인을 변호하는 우영우 변호사가 자폐 환자인지 아닌지 묻고 있을 뿐입니다!

의사　우영우 변호사가 자폐 스펙트럼 장애를 갖고 있는 건 압니다. 하지만 들어서 아는 거지 진단한 게 아닙니다. 제가 무슨 감별사도 아니고 사람을 보자마자 이거다 저거다 그러진 않습니다.

검사　분명하게 답하세요! 우영우 변호사한테 자폐가 있습니까, 없습니까?

의사　하아, 있습니다…

검사　증인은 피고인이 심신미약자라고 생각합니까?

의사　네.

검사　피고인에게 자폐가 있기 때문입니까?

의사　네…

검사 그렇다면 증인은 변호인도 심신미약자라고 생각합니까?

명석 이의 있습니다! 피고인에 대한 재판을 하고 있는데 왜 자꾸 변호인 이야기를 합니까? 변호인의 병력은 피고인과도, 사건과도, 재판과도 무관합니다.

검사 무관하지 않습니다. 변호인이 피고인을 감형해달라고, 자폐가 있으니 봐달라고 주장하기 때문에 무관하지 않습니다. 자폐 피고인이 심신미약자라면 자폐 변호사도 마찬가지 아닙니까?

명석 검사는 심신미약이 뭔지도 모릅니까? 심신장애가 있다고 해서 전부 다 심신미약인 게 아닙니다. 그 장애로 인해 사물을 변별할 능력과 의사를 결정할 능력이 미약한 경우에만 심신미약인 겁니다!

검사 자폐가 있는 피고인은 다른 범죄자들과 차등을 둬 감형해야 한다면서 자폐가 있는 변호사의 주장은 다른 법조인들과 동등하게 인정해라? 이상하지 않습니까? 저는 변호인의 주장에 모순이 있음을 지적하는 겁니다!

명석의 말문이 막힌다. 방청석에 앉은 진평과 경희가 판사들의 표정을 살핀다. 검사의 말이 먹히는 것 같은 분위기에 불안해하는 부부.
영우가 고개를 푹 숙인다. 뒤쪽에 앉은 준호가 걱정스러운 표정으로 영우를 본다.

S#29. 11층 복도 (내부/낮)

준호가 복도를 걷는다. 영우의 사무실 문 앞에 도착하자 왠지 마음이 무거워 머뭇거리는 준호. 가볍게 심호흡을 한 번 하더니 똑똑. 사무실 문을 연다.

S#30. 영우의 사무실 (내부/낮)

준호의 시선에 공중에 뜬 영우의 몸이 보인다.
영우가 천장 레일조명의 봉에다 끈을 걸어 목을 매고 있다.
준호가 놀라 영우에게 달려간다.

준호 변호사님!!!

준호가 한 손으로 영우의 엉덩이 밑을 잡고 안아 올리며
다른 손으로는 끈 매듭에서 영우의 목을 빼낸다.
준호가 영우의 엉덩이를 계속 붙잡고 있는 바람에
영우의 상체는 뒤로 젖혀져 등부터 바닥으로 떨어진다.
그러자 준호가 재빨리 팔을 뻗어 영우의 등을 감싼다.
쿵! 바닥에 떨어진 두 사람. 영우는 바닥에, 영우의 등을 감싸 안은 준호는 영우 위에 있는 상황. 마주한 두 얼굴이 가깝다.

영우 이준호 씨의 손이 아직도 제 엉덩이를 붙잡고 있습니다.

준호 아…!

준호가 얼른 손을 빼며 일어나 앉는다.
얼굴이 조금 붉어진다.

영우 그래서 제가 등부터 떨어졌던 겁니다.

뭔가 깨달은 듯 영우의 눈빛이 반짝인다.

INSERT :

커다란 고래가 푸른 바다 위로 힘차게 뛰어오른다.

CUT TO :

현재, 영우의 사무실.
영우가 벌떡 일어나 밖으로 나간다.
준호가 영우를 따라간다.

S#31. 명석의 사무실 (내부/낮)

급한 와중에도 '똑똑 한 박자 쉬고 똑' 노크를 한 영우가 벌컥! 문을 연다. 소파에 마주 앉아있던 명석과 진평이 깜짝 놀란다.

영우 방금 제가 목을 매고 있었는데 이준호 씨가 저를 구했습니다.

명석 뭐?

영우 이준호 씨는 먼저 오른손으로 제 엉덩이를 붙잡아 올렸습니다. 그러면서 왼손으로는 목을 맨 끈을 풀려고 했습니다. 그랬더니 어떤 일이 생긴 줄 아십니까? 제 몸이 젖혀져 등부터 바닥에 떨어졌습니다.

영우가 양손으로 엉덩이 붙잡는 동작과 끈 푸는 동작을 시연한다. 옆에서 그걸 보는 준호는… 부끄럽다.

진평 지금 무슨 소리 하는 겁니까?

영우 부검 감정서에 따르면 김상훈 씨… (진평의 눈치를 보더니) 아니, 피해자의 갈비뼈는 총 스물두 군데 부러졌습니다. 오른쪽 갈비뼈 앞쪽 3번에서 7번까지 5개, 왼쪽 갈비뼈 앞쪽 2번에서 7번까지 6개, 그리고… (준호에게) 갈비뼈 좀 잠깐 가리켜도 되겠습니까?

준호 네…? 아, 네.

본인 갈비뼈를 여기저기 가리키며 설명하던 영우. 뒤쪽 갈비뼈를 가리킬 방법이 없자 준호의 갈비뼈를 빌리고자 부탁한다. 준호가 허락하자 준호의 몸을 돌려세우더니,

영우 (준호의 갈비뼈를 가리키며) 오른쪽 갈비뼈 뒤쪽 2번에서 12번까지 11개입니다. 다른 부위에는 골절이 전혀 없어요. 이상하지 않습니까?

슬슬 감이 오는 듯 명석이 생각에 잠긴다.
반면 진평은 어리둥절하다.

영우 갈비뼈 앞쪽 좌우 골절은 심폐소생술을 하다가 생긴 것일 가능성이 높습니다. 문제는 오른쪽 등 뒤 2번에서 12번까지 일렬로 생긴 골절입니다. 피고인이 피해자의 등을 한 줄로 나란히 가격하지 않는 이상 이런 형태의 골절이 생기긴 어렵습니다. 하지만 피고인이 이준호 씨와 같은 방법으로 피해자를 구하려고 했다면 가능합니다. 피고인이 피해자의 엉덩이를 붙잡고 있었기 때문에 피해자는 등부터 바닥에 떨어졌던 겁니다!

진평 (궁금한 마음에 다급하게) 그래서요? 그렇게 되면 뭐가 달라집니까?

명석 그렇게 되면 작은아드님은 상해치사 무죄입니다.

진평이 놀란다.

명석 물론 폭행죄는 인정되겠죠. 하지만 작은아드님이 큰아드님을 죽였다는 혐의는 벗을 수 있습니다. 형량도 훨씬 가벼워질 테고요. 그런데 저희가 이 내용으로 무죄 주장을 하려면 큰아드님이 자살 시도를 한 사실을 숨길 수는 없습니다. 회장님의 결단이 필요합니다.

진평이 한숨을 내쉰다.

진평 안 그래도 이 문제, 많이 생각해봤습니다. 내 나이쯤 되면 자식이 꼭 인생 성적표 같아서… 상훈이가 그렇게 불행했다는 걸 애비로서 인정하기가 싫었습니다. 하지만 정훈이를 위해서라면 내가 못할 게 뭐가 있겠습니까? 방금 말씀하신대로, 그렇게 진행하세요.

명석과 영우, 준호의 표정이 밝아진다.

진평 한 가지… 나도 할 이야기가 있어요. 원래는 정 변호사님이랑 둘이 나누려 했던 얘긴데 이렇게 되었으니 그냥 하겠습니다.

명석 아, 네. 두 사람도 앉아요.

명석의 지시에 영우와 준호가 소파에 앉는다.

진평 앞으로는 우 변호사 없이 재판했으면 합니다.

진평을 뺀 모두가 놀란다.

진평 나야 우 변호사가 애쓰는 것 압니다. 하지만 지난번 재판 때 검사가 하는 말 들으셨지요? 어떤 것이 정훈일 위한 최선인지 생각해주세요.

명석 회장님, 방금 우영우 변호사가 말씀드린 내용 들으셨잖습니까? 저번 재판 때와는 다르게 풀어갈 수 있습니다. 작은 아드님의 심신미약만 강조하는 것이 아닌, 부검 감정에 관한 과학적 근거를 가지고 무죄 주장을 할 수 있습니다.

영우 제 생각엔… 회장님 말씀이 맞습니다.

쑥 들어온 영우의 말에 모두들 영우를 쳐다본다.

영우 제가 이준호 씨와 함께 걸으면 사람들은 이준호 씨가 장애인을 위해 봉사를 하고 있다고 생각합니다.

준호의 표정이 무거워진다.

영우 택시 기사가 피고인을 붙잡았을 때, 저한테도 돈은 있었지만 기사는 제가 상황을 해결할 수 있는 사람이라고 보지 않습니다.

무슨 말을 하는지 알 것 같아,
이번엔 명석의 표정이 어두워진다.

영우 저의 자폐와 피고인의 자폐가 무엇이 같고 무엇이 다른지,

저한테는 보이지만 검사는 보지 못합니다. 그렇다면 판사들도 마찬가지일 겁니다. 저는 피고인에게 도움이 되는 변호사가 아닙니다.

자기가 한 말에 스스로 놀라는 영우. 조용히 되뇌어본다.

영우　저는 피고인에게 도움이 되는 변호사가 아닙니다…

S#32. 선영의 사무실 (내부/낮)

선영의 책상 앞에 비장한 표정으로 서있는 명석.

명석　회장님을 설득해주십시오.

선영　뭐라고? 우영우 변호사 법정 내보내자고?

명석　네. 일을 못한 것도 아니고 실수를 한 것도 아닙니다. 자폐가 있으니까 변론이 효과적이지 않을 거라는 이유로 재판에 못 서게 하는 건… 차별입니다.

선영　아니, 언제는 또 (명석 성대모사하며) "이력서 뒷장 못 보셨습니까? 이런 애를 어떻게 가르칩니까?" 했잖아요. 무슨 일이야, 그사이에?

명석　그때는 우리 팀이 아니었지만 지금은 우리 팀이잖습니까?

선영이 웃는다.

선영 상정 회장님의 요구가 부당하고 차별적이라는 거, 나도 동의해요. 하지만 나는 대표잖아? 클라이언트가 원하는 대로 할 수밖에 없어요. 그러니까… 정명석 변호사님도 나가지 마세요, 법정.

명석 네?

선영 '우리 팀'이라며. "니가 안 가면 나도 안 간다!" 보여줘야지. 나, 신입 변호사의 권리를 위해서 끝까지 싸워주는 투사는 못 돼요. 그러니까 정 변호사님이라도 보여주세요. 둘이 한 팀이라는 거.

잠시 생각하던 명석. 고개를 끄덕인다.

명석 네, 알겠습니다.

선영 장승준 변호사한테 맡길 테니까 사건 자료는 직접 넘겨주고.

명석 하필 장승준입니까…?

선영 그 정도 페널티는 받아야지. 회장님 보기엔 이거 불쾌할 수 있어요. 본인 말에 삐져서 항의하는 것 마냥.

명석의 표정이 어두워진다. 하지만 하는 수 없이,

명석 네, 알겠습니다…

S#33. 승준의 사무실 (내부/밤)

문 앞에 서서 숨을 들이쉬는 명석. 잠시 망설이다 결심한 듯 노크한다. "네~" 안에서 들려오는 **장승준**(43세/남)의 느긋한 목소리. 명석이 문을 열고 들어간다. 불 꺼진 어두운 사무실. 책상 의자와 소파 어디에도 승준이 없다.

승준 이게 누구야?

사무실 구석에서 들려오는 소리에 깜짝 놀라는 명석.
돌아보면, 승준이 거꾸리에 탄 채 물구나무를 서고 있다.
180도 엇갈린 자세로 마주 서서 대화하는 둘의 모습이 이상하다.

명석 대표님 연락 받았지?
승준 대표님 연락 받았지~ 무슨 일인데?
명석 대표님 연락 받았으니까 알 거 아냐.
승준 대표님 연락 받았으니까 알긴 알지. 명석이가 나한테 직접 부탁하는 게 듣고 싶어서 그러지.
명석 부탁한다.
승준 안 들려. 머리가 밑에 있어서 그런가? 안 들려.

그 말에 화가 난 사람처럼 승준에게 저벅저벅 걸어가는 명석. 거꾸리의 버튼을 누른다. 위잉— 느린 기계음과 함께 승준의 몸이 바로 세워진다.
승준의 머리가 위로 올라오자 명석이 크게,

명석 부탁한다.

승준 명석이는 나 없으면 안 돼? 언제까지 내가 뒷수습해줘야 돼?

이런 소리 할 줄 알았다는 듯 명석이 한숨을 쉰다.
승준이 한참 쿡쿡 웃더니,

승준 사건 자료 놓고 가. 내가 해줄게.

S#34. **법정** (내부/낮)

재판 중인 법정.
증인 선서를 마친 **법의관**(30대/여)이 증인석에 앉는다.

재판장 변호인, 증인 신문하세요.

승준이 일어나 증인석으로 걸어간다.
승준 뒤쪽 방청석에는 영우와 명석이 나란히 앉아있다.

승준 증인의 직업은 뭐죠?

법의관 법의관입니다. 국립과학수사연구소에서 부검 관련 업무를 합니다.

승준 피해자의 사인은 뭡니까?

법의관 갈비뼈가 부러져 가슴 안에 피가 나 사망했습니다.

승준 갈비뼈가 왜 부러졌을까요?

법의관 갈비뼈 전면 골절은 심폐소생술 때문으로 보입니다. 구급대원이 갔을 때 피해자는 이미 호흡이 없었고 심정지 상태였으니 사망 후에 생긴 골절이라고 봐야겠죠. 문제는 갈비뼈 후면인데요. 비스듬한 사선 형태의 연속적인 골절이 발견됩니다. 이 위치와 형태를 고려하면 독립적인 각각의 충격보다는 1회의 연속적인 충격 때문인 것 같습니다.

승준 독립적인 각각의 충격보다는 1회의 연속적인 충격 때문이라고요? 어휴, 말이 너무 어렵네요. 쉽게 설명해주시겠습니까?

법의관 갈비뼈 하나하나가 따로따로 부러졌다고 보기는 어렵다는 뜻입니다. 골절이 한 줄로 나란히 나 있으니까요. 그보다는 한 번의 큰 충격이 원인일 것입니다.

승준 한 번의 큰 충격이요? 예를 들면 어떤 것일까요?

법의관 사건 당시 피해자는 천장에 목을 매고 있다가 바닥에 떨어졌던 것으로 보입니다. 방에서 발견된 끈과 피해자 목의 삭흔이 일치하거든요. 게다가 혈중 알코올 농도가 0.3%나 됐으니 떨어질 때 손을 짚는 등의 반사적 방어 행동이 없었을 겁니다. 그렇다면 낙상으로 인한 골절일 가능성이 큽니다.

승준 피고인의 폭행으로 인해 갈비뼈가 부러졌을 가능성은 없습니까?

법의관 가능성이야 물론 있습니다. 하지만 좀 어색합니다. 당시 피고인은 극도로 흥분해 피해자를 난타했다고 들었습니다. 그런 상태에서 피해자의 갈비뼈를 한 줄로 맞춘 듯 반듯하게 때리기는 어렵기 때문입니다.

승준 네, 이상입니다.

법의관의 말이 먹히는 듯 판사들이 고개를 끄덕거린다.
검사가 증인 신문을 위해 일어서는데 재판장이 끼어든다.

재판장 잠깐만요. 질문 하나 먼저 하겠습니다. (정훈에게) 피고인?

피고인석에 앉아있는 정훈. 대답 없이 멍하다.
방청석의 진평과 경희가 긴장한다.

재판장 (크게) 김정훈 씨?

정훈 네!

재판장 방금 법의관의 증언 들으셨죠? 혹시 피고인이 형을 바닥으로 떨어뜨렸습니까?

모두의 시선이 정훈에게 향한다.

정훈 네!

예상 밖의 명쾌한 대답에 법정 안이 술렁거린다.

재판장 형의 목숨을 구하려고 그랬습니까?

정훈 네!

재판장 끈이 저절로 끊어진 건 아니고요?

정훈 네!

재판장 분명하게 말해보세요. 형을 떨어뜨린 게 피고인입니까, 아닙니까?

정훈 네!

정훈의 혼란스러운 대답에 재판장이 고개를 갸웃거린다.

재판장 김정훈 씨, 그날 밤 형을 구하려고 한 겁니까? 아닙니까?

정훈 (잠시 머뭇대다가) 네!

재판장 흠, 피고인이 질문을 이해하고 답할 능력이 있는지, 사건 당시 상황을 증언할 수 있는지 확인해보려고 질문했습니다. 일단 피고인이 지금 심신미약 상태인 건 확실한 것 같네요.

여전히 멍한 표정으로 앉아있는 정훈.
진평과 경희가 한숨을 쉰다.
이를 보는 영우의 마음이 왠지 복잡해진다.

S#35. 법정 앞 복도 (내부/낮)

재판이 끝난 법정의 출입문 앞.
영우와 명석이 문을 열고 나와 걸어간다.

명석 재판 결과 잘 나올 거 같다.

영우 그렇습니까? 저는 검사가 무려 징역 7년을 구형하고 치료감호까지 청구해 놀랐습니다.

명석 검사가 얼마를 불렀든 우리는 우리 주장 잘 증명했으니까. 무엇보다 판사들 분위기가 좋던데? 상해치사는 무죄 받을 확률이 높을 것 같고 폭행죄로도 집행유예 나올 거야. 안 돼도 뭐, 항소하면 되니까 너무 걱정하지 말고.

영우 네.

그때, 승준이 출입문 밖으로 걸어 나오며 진평, 경희와 인사를 나눈다. 명석 들으라는 듯 일부러 큰 소리를 내는 승준.
영우와 명석이 뒤를 돌아본다.

승준 에이, 수고는요~ 회장님 사건, 제 손으로 직접 마무리할 수 있어서 영광이었습니다.

명석을 향해 빙글빙글 웃어 보이는 승준에 명석의 심기가 불편하다. 진평과 경희가 명석과 영우에게 다가온다.

경희 재판 준비하느라 두 분 정말 애쓰셨는데… 미안해요. 특히 우리 우영우 변호사가 많이 아쉬울 것 같아.

미안함의 제스처로, 경희가 영우의 손을 끌어당겨 꼭 쥔다. 이를 보는 영우의 눈빛이 무척이나 차분하다.

영우 괜찮습니다.

진평 수고하셨습니다.

명석 네, 회장님.

진평과 경희가 영우와 명석을 지나쳐 걸어간다.
승준이 다가온다.

승준 (영우를 보며) 아~ 이 친구가 그…

명석 (이상한 소리할까 봐 말을 자르며) 고맙다. 우영우 변호사, 갑시다.

명석이 저벅저벅 걸어 나간다. 영우가 따라간다.
승준이 피식 웃으며 명석의 뒤통수에 대고 크게,

승준 어~ You're welcome!

S#36. 조명가게 (내부/낮)

여러 종류의 전등이 전시되어있는 조명가게.
보기엔 전등이라기보다 꼭 블루투스 스피커 같은 작은 전자제품을 든 준호. 계산대의 **직원**(20대/여)에게 내민다.

준호 이거 포장해주실 수 있나요? 선물할 건데.

직원 아, 네.

S#37. 영우의 사무실 (내부/밤)

방금 포장한 선물을 들고 영우의 사무실로 가는 준호.
노크한 뒤 문을 열어보지만 아무도 없다.
지나치게 깨끗하게 치워져 텅 빈 느낌이 나는 사무실.
선물을 주지 못한 아쉬움에 준호가 한숨을 쉰다.

S#38. 한바다 OA실 (내부/밤)

복사기, 팩스 등의 사무기기가 있는 OA실.
헤드셋을 낀 영우가 혹등고래의 노래를 들으며 커다란 프린터 앞에 서있다.
프린터에서 출력되어 나온 한 장의 종이. 사직서다.

사직 사유 칸에는 '개인 사정으로 인한 퇴사'라고 적혀있다.
그걸 물끄러미 보는 영우의 눈빛이 담담하다.

S#39. 영우의 사무실 앞 (내부/밤)

퇴근 복장으로 사무실 문 앞에 선 영우.
'변호사 우영우' 명패를 가만히 보더니 이름이 적힌 판을 빼낸다. 빈 프레임만 덩그러니 남은 자리가 허전하다.

〈끝〉

"나는 변호사님이랑 같은 편 하고 싶어요.

변호사님 같은 변호사가 내 편을 들어주면 좋겠어요."

4화

삼형제의 난

4

S#1. PROLOGUE : 동삼의 집 (외부/낮) - 과거

두 대의 차가 강화도의 어느 농가 주택 앞에 선다.
대형차에서는 **동동일**(63세/남)이, 중형차에서는
동동이(60세/남)가 내린다.
주택 안으로 향하는 둘의 표정이 심각하다.

S#2. PROLOGUE : 동삼의 집 마당 (외부/낮) - 과거

마을 이장 **최진혁**(51세/남)이 긴 사다리에 올라타 지붕 수리를 하고 있다. 사다리 아래 서있던 **동동삼**(51세/남)과 그의 아내 **김은정**(40대)이 대문 안으로 들어서는 동일과 동이를 보고 놀란다.

동삼 형들이 어쩐 일입니까? 강화엘 다 오시고!

동일 얘기 좀 하자.

동일의 칼 같은 목소리에 쭈뼛대는 동삼과 은정.
싸한 분위기에 진혁이 눈치를 보며 사다리에서 내려온다.

진혁 지붕은 다음에 손봐야겠네. 오랜만에 형들 왔으니까는!

은정 네에, 이장님. 이따가 연락할게요.

S#3. PROLOGUE : 동삼의 집 거실 (내부/낮) - 과거

동일과 동이는 소파에, 동삼과 은정은 그 맞은편
바닥에 앉아있다. 동삼이 각서를 들여다본다.

동삼 이게 뭐예요?

동일 토지 수용 보상금 제대로 나눠야 할 것 아니냐? 설마 너, 논이 네 명의로 되어있다고 보상금도 다 네 거라고 생각하는 건 아니지?

동삼 에이, 아니에요! 그렇게 생각했음 내가 먼저 형들한테 연락했겠어요? 아버지가 물려주신 논이니까 보상금도 형들이랑 공평하게 나눠야죠.

동일 이렇게 하자. 장남이 5할, 차남이 3할, 막내가 2할.

동삼과 은정이 당황한다. 하지만 티를 내지 않으려 노력하며,

동삼 작은 형 생각은요?

동이 장남이 많이 가져가는 게 맞지. 부모님 제사도 큰형이 지내잖아.

동일 형이 욕심 부리는 게 아냐. 민법에 상속법이라고 있다. 그 상속법에 따르면 장남이 차남보다, 차남은 막내보다 많이 가져가게 되어있어.

동삼 법이… 그렇다고요?

동일 왜? 못 믿겠냐? 전문 변호사한테 다 감수 받고서 하는 소리다.

법이 그렇다니 할 말이 없어진 동삼. 돋보기를 쓰고
각서를 읽어보려 하지만 내용이 눈에 들어오지 않는다.

동삼 생각 좀 해보고… 다시 얘기하면 안 되겠습니까?

동일 (피식) 생각해봐? 뭘 생각해봐? 어디 시골 변호사라도 구해서 자문 받으려고? 아님, 아까 그 동네 이장? 진혁이한테 물어보려고?

동이 네가 평생 농사만 지어서 뭘 몰라 이러는가본데… 큰형은 서울서 큰 사업했던 사람이고 나도 직장생활 오래 했다. 알아볼 만큼 알아보고 고민할 만큼 고민해서 얘기하는 거야.

동일 얼른 도장 찍어! 돌아가신 부모님도 이렇게 하길 원하셨을 거다.

형들의 강압적인 태도에 하는 수 없이 도장을 꺼내는 동삼. 각서를 보는 눈빛이 막막하다.

동이 (각서의 한 부분을 가리키며) 요기. 요기다 찍어.

떨리는 손으로, 동삼이 결국 도장을 찍는다.

TITLE :

〈이상한 변호사 우영우〉

S#4. 영우의 사무실 앞 (내부/낮)

두 달 뒤, 현재.
출근하던 수연이 영우의 사무실 문 앞에 멈춰 서 한숨을 쉰다. 주인의 이름 없이 빈 프레임만 남은 명패 자리가 허전해 보인다. 이제 막 출근한 민우가 수연을 보고 말을 건다.

민우 우영우 변호사는 오늘도 출근 안 했어요?

수연 그런 것 같아요.

수연이 영우의 사무실 문을 열어본다.
개인 물건 하나 없이 정리된, 영우의 빈 책상과 의자.

CUT TO :

수연이 있던 자리에 서서 영우의 빈 사무실을 보고 있는 준호. 착잡한 듯 한숨을 내쉬더니 3화에서 주려다 못 준 선물을 영우의 책상 위에 올려놓는다.

S#5. 명석의 사무실 (내부/낮)

의자에 앉은 명석이 책상 위에 놓인 뭔가를 물끄러미 본다. 서류철 속에 든 영우의 사직서다. 한숨을 푹 내쉬며 서류철 덮개를 덮어버리는 명석.

S#6. 우영우 김밥 (내부/낮)

영우가 늘 앉는 자리에 앉아 김밥을 먹는다.
출근용 정장 대신 상하 추리닝에 머리를 대충 묶은 모습이 누가 봐도 백수다.

손님 여기 계산이요.

광호 네!

손님의 카드를 결제하며 영우를 슬쩍 살펴보는 광호.
며칠째 출근하지 않는 딸 걱정에 한숨이 절로 나온다.

그때, 창밖으로 누군가 달려오는 것이 보인다.
한숨 가득 침울한 분위기 따위 날려버릴 기세에,
광호가 슬며시 웃는다.

광호　영우 친구 오네.

광호의 말에 영우가 고개를 든다.
순간 그라미가 분식집 문을 박차고 안으로 들어온다.

그라미　우영우영우!!!
영우　동동그라미.

둘만의 인사인 '댑' 동작을 하는 영우와 그라미.
그라미가 영우 맞은편에 앉는다.

광호　그라미 아침 안 먹었지? 아저씨가 김밥 줄게.
그라미　아, 그럼 저는 돈까스요.
광호　그냥 김밥 먹어.
그라미　아, 네.
영우　지금 아침인데… 왜 안 자고 여기 왔어?
그라미　아, 우리 아빠 짜증 나서! 삼촌들한테 속아가지고 이상한 각서에 도장 찍었대. 우리 집 완전 망했다.
영우　각서?
그라미　어. 토지 보상금 나오면 삼촌들한테 나눠주겠다는 각서.

광호가 그라미에게 김밥을 갖다 주며
영우 옆자리에 앉는다.

광호 그라미 아버님, 토지 보상금 받으셔? 강화도에 있는 논 말하는 거지?

그라미 네. 원래는 할아버지 땅이고 5천 평쯤 되는데 할아버지 돌아가시면서 아빠 이름으로 해놨어요. 얼마 전에 거기가 개발지역이 돼가지고 정부에서 보상금이 나온대요. 100억이요.

엄청난 액수에 광호와 영우가 놀란다.

광호 이야~ 정말?! 대박이네!

영우 대박이네.

광호 우리도 강화도에서 3년을 넘게 살았는데! 그때 땅을 샀어야 했구나! 아이고, 아까비!

그라미 근데 이 바보 아빠가 삼촌들한테 돈을 다 주기로 해서 빚만 남아요. 동일 삼촌이 50프로, 동이 삼촌이 30프로, 우리 아빠가 20프로.

영우 삼촌들 성함이 다 외자야? '일'이랑 '이?'

그라미 아니. '동일' '동이' '동삼'이야. 성까지 붙이면 '동동일' '동동이' '동동삼' 우리 아빠가 동동삼. 할아버지가 지었다는데 뭔 개 이름도 아니고 완전 대충 아니냐? 자식들 이름은 그렇게 지어놓고 할아버지 이름은 뭔 줄 알아?

영우 뭔데?

그라미 ‘원빈.’ ‘동원빈.’ 어우, 이름이 막 잘생겼어.

그라미와 광호가 웃는다.
반면 웃음의 포인트를 찾지 못해 진지한 영우.

광호 근데 왜 빚만 남아? 아버님 몫이 20프로여도 보상금 총액이 100억이나 되니까 20억은 받으시는데.

그라미 바보 같은 동동삼 씨가! 세금까지 다 자기가 내기로 했대요! 얼만지도 모르면서! 그저께서야 얼만지 알고 지금 충격 먹고 누워있어요.

영우 세금이 얼만데?

그라미가 핸드폰을 열어 메모해둔 액수를 확인한다.

그라미 양도소득세랑 지방소득세 합쳐서… 22억 6천만 원. 황당하지 않냐? 보상금을 100억 받아서 삼촌들은 50억, 30억씩 가져가는데 아빠는 빚만 2억 6천이 생겨. 와~ 세상에 이런 일이.

영우와 광호의 표정이 심각해진다.

광호 그렇게 불리한 각서에 아버님은 왜 도장을 찍으신 거야?

그라미 우리 아빠는 삼촌들이 대단하다고 생각해요. 자기는 많이 못 배우고 평생 농사만 지었어도 형들은 서울에서 대학 나왔다고 자랑하거든요. 나이 차이도 많이 나서 동일 삼촌이랑 아빠는 띠동갑이고… 아빠는 삼촌들이 하는 말에 꼼짝 못해요.

안타까운 마음에 광호가 한숨을 쉰다.

그라미 삼촌들은 우리가 가마니 보자기 개밥에 도토리 줄 알아. 아는 변호사 하나 없는 줄 알고. 그래서 내가 그랬지. 나! 아는 변호사 있다!

영우 누구?

그라미 (답답) 아, 너!

영우 아… 나 이제 변호사 안 해.

그라미 뭐!? 왜?

광호 그래. 아빠도 이유 좀 알자. 도대체 왜 안 한다는 거야?

그때까지도 영우로부터 제대로 된 속사정을 듣지 못해 그라미만큼이나 그 이유가 궁금한 광호가 영우를 쳐다본다. 두 사람의 시선 앞에 머뭇거리며 대답을 못 하는 영우.

영우 대신 내가 아는 변호사 소개해줄게. 그 각서, 지금 갖고 있어?

그라미 아니? 아빠한테 있는데?

왠지 모르게, 이 일이 영우의 마음을 돌릴 기회라는 예감이 드는 광호. 벌떡 일어나 선언하듯 외친다.

광호 그럼 가자! 가게 문 닫고 다 같이 각서 가지러 가자!

영우 네?

그라미 아싸! 같이 강화도 간다! 오예! 오~예!!!

S#7. 광호의 차 (내부/낮)

광호의 낡은 경차가 강화도를 달린다.
광호가 운전을 하고 영우는 조수석에,
그라미는 뒷자리에 앉아있다.

광호 강화도 오랜만이다! 영우 대학 가면서 서울로 왔으니까 7년 만인가? 그라미도 그때쯤 서울 왔지?

그라미 아, 네. 고등학교 졸업하고 나서요.

광호 어떻게, 읍내로 잠깐 들어갈까? 너희들 다녔던 학교 가볼래?

그라미 왜요?

광호 어? 추억이니까. 모교가 잘 있나, 안 궁금해?

그라미 안 궁금한데.

영우 안 궁금합니다.

광호 그래?

왠지 자기가 더 아쉬워하는 광호. 영우가 창밖을 내다본다.
7년 만에 만나는 강화도의 풍경이 낯설다.

영우　(N) 내가 학교에서 괴롭힘을 당했기 때문에 아버지는 강화도로 이사했습니다. 시골에 있는 작은 학교에 다니면 괜찮을까 해서요.

S#8. 화문고등학교 운동장 (외부/낮) - 과거

10년 전.
전교생이 백여 명 정도인 작은 고등학교 운동장.
43세 광호가 무릎을 꿇고 앉아 17세 영우의 얼굴을 보며 말한다.

광호　시골 애들이라 순하고 착하대. 괜찮을 거야. 서울이랑은 다를 거야.

영우　네.

광호를 전혀 보지 않는 채로, 영우가 대충 고개를 끄덕인다.
10년 전의 영우는 현재의 영우보다 자폐 증상이 더 심하다.
시선 처리, 몸동작, 목소리, 억양, 안 어울리는 교복까지 모든 게 어수룩하다.

광호　곧장 교무실로 가. 담임 선생님이 영우 기다리고 계셔.

영우　네.

영우가 학교 건물을 향해 걸어간다. 지금보다 훨씬 더 어색한 걸음걸이로 비틀비틀 멀어지는 모습이 꼭 갓 태어난 사슴이 호랑이 굴로 가는 것 같아서, 광호의 마음이 아프다.

영우 (N) 시골이라고 다를 건 없었습니다. 학교에서 나는 '찐따'라고 불렸어요. 나를 상대로 한 장난도 유행했는데 '아, 미안!' 놀이였습니다.

S#9. 화문고등학교 교실 (내부/낮) - 과거

쉬는 시간. 영우가 자리에 앉아 우유팩을 뜯는다.
입에 대고 마시려는 순간, **학생 1**(여자)이 지나가며 우유팩을 퍽! 친다. 영우의 얼굴과 몸에 우유가 끼얹어진다.

학생 1 아, 미안!

학생 1이 싱긋 웃으며 지나간다.

S#10. 화문고등학교 복도 (내부/낮) - 과거

영우가 복도를 걸어가는데 **학생 2**(남자)가 발을 건다.
우당탕! 세게 넘어지는 영우.

학생 2 아, 미안!

학생 2와 주변 남자 아이들이 키득거린다.

S#11. 화문고등학교 식당 (내부/낮) - 과거

식판을 든 영우가 빈자리에 앉으려는데 **학생 3**(여자)이 뒤에서 기다리고 있다가 의자를 빼버린다.
우당탕! 영우가 뒤로 자빠지며 식판에 있던 음식을 뒤집어쓴다. 뜨거운 국에 데여 움찔거리는 영우.

학생 3 아, 미안~!

학생 3과 아이들이 영우를 보며 웃는다.

S#12. 화문고등학교 교무실 (내부/낮) - 과거

교무실 정수기 옆에 놓인 작은 의자에 정자세로 앉아있는 영우.

영우 (N) 안전한 장소를 찾아야 했습니다. 그래서 쉬는 시간엔 교무실로…

교사 1(30대/여자)이 정수기 쪽으로 왔다가
영우를 보고 놀란다.

교사 1 아, 깜짝이야! 왜 자꾸 여길 와있어~ 그러고 있음 안 불편해?

영우 네. 저는 괜찮습니다.

교사 1이 믹스커피가 담긴 컵에 뜨거운 물을 받자
영우가 자연스럽게 옆에 놓인 티스푼을 건넨다.

S#13. 화문고등학교 수위실 (내부/낮) - 과거

수위실 벤치에 나란히 앉은 영우와 **수위 아저씨**(50대).
영우는 집에서 싸온 김밥을, 수위 아저씨는 컵라면을
먹는다.

영우 (N) 점심시간에는 수위실로 도망쳤습니다.

S#14. 화문고등학교 교실 (내부/낮) - 과거

하늘하늘 여리여리한 인상의 **교생**(20대/여)이
수업 중인 교실.

영우 (N) 하지만 아무리 도망쳐도 수업시간에 교실에서 일어나는 일까지 막을 수는 없었어요.

영우 옆에 앉은 **학생 4**(여자)가 영우에게 쪽지를 보여주며 뭔가를 속삭인다. 뒷자리엔 17세의 그라미가 앉아 영우와 학생 4를 보고 있다. 학생 4의 부추김에 등 떠밀려, 영우가 손을 든다.

교생 질문 있나요?

영우가 일어난다.
옆에서 '파이팅!'의 눈빛을 보내는 학생 4.

영우 네, 질문 있습니다.
교생 응~ 뭔데?
영우 교생 선생님은 어디에서… (학생 4가 준 쪽지를 다시 보고) 쌍수를 하셨습니까?

학생들이 웃는다.
당황한 듯 교생의 얼굴이 빨갛게 달아오른다.

영우 앞트임도 하신 것 같은데 같은 병원인가요? 수술이 꽤 잘된 것 같아 궁금해하는 학생들이 많습니다.

영우의 한 마디 한 마디에 자지러지게 웃는 학생 4와 아이들. 그라미만이 웃지 않는다.
교생이 붉으락푸르락한 얼굴로 영우를 향해 다가오더니 영우의 뺨을 때린다. 영우가 놀라 자기 뺨을 붙잡는다.
학생들이 조용해진다. 교생이 씩씩거리며 교실 밖으로 나가버린다. 많이 당황한 듯 몸을 좌우로 흔들며 오른손으로 왼손 손등을 누르는 영우.
호흡이 점점 더 거칠어진다.

학생 4 아, 미안! 전교 1등이 질문하면 안 혼낼 줄 알았지~

그라미가 벌떡 일어나 영우 손에 들린 쪽지를 빼앗아 본다. '쌍수, 앞트임, 병원' 등의 단어들이 낙서처럼 마구 적혀있다.
그라미가 학생 4의 뺨을 철썩 때린다.

그라미 (학생 4 성대모사) 아, 미안! 돌대가리라 맞아도 안 아플 줄 알았지.

학생 4 뭐래! 이 또라이 같은 년이!

그라미 (학생 4 성대모사) 뭐래! 다음 생에 드럼으로 태어나서 스틱으로 대가리 대따 뚜들겨 맞을 년이!

학생 4 뭐…?

학생 5 왜 저래? 둘이 사귀냐?

학생 5(남자)의 말에 아이들이 웃는다.

그라미가 의자를 번쩍 들더니 교실 전체를 향해 휘두른다.

그라미 그래! 사귄다! 찐따랑 또라이랑 사귀는데 불만 있는 새끼 나와!

진짜로 의자를 내던질 것 같은 기세에 학생들이 주춤한다.
영우가 그라미를 쳐다본다.

영우 (N) 동그라미는 학교에서 '또라이'라고 불렸습니다.

S#15. 노래방 복도 (내부/낮) - 과거

교사 2(40대/남)가 노래방에 있던 그라미의 뒷목을 붙잡아 복도로 끌어낸다.

그라미 아아아아! 아, 아파요!

교사 2가 복도 벽에 그라미를 몰아세우고 혼낸다.

교사 2 넌 노래방으로 등교 하냐? 너 앞으로 한 번만 더 수업시간에 노래방 갔다 걸리면 죽는다! 알았냐?

그라미 아, 알았어요.

교사 2 이 자식이 건방지게! 대답은 '다, 나, 까'로만 해라. 알았냐?

그라미 아, 알았다.

교사 2 뭐…? 대답 똑바로 안 해?

그라미 아, 알았다니까!

교사 2 이놈이!

교사 2가 그라미의 등짝을 퍽퍽 때린다.

영우 (N) 노래방에 못 가게 하자 그라미는 노래를 부를 장소로…

S#16. 화문고등학교 방송실 (내부/낮) - 과거

방송 장비들이 제법 그럴듯하게 갖춰진 방송실.
그라미가 안으로 들어와 문을 잠근다.

영우 (N) 학교 방송실을 선택했습니다.

익숙하지 않아 더듬거리면서도 마이크를 켜고 음악을 트는 그라미. 2NE1의 '내가 제일 잘 나가'를 부르기 시작한다.

S#17. 화문고등학교 교실 (내부/낮) - 과거

교사 2가 수업을 하고 있는 교실.

스피커에서 난데없이 음악이 터져 나와 영우를 포함한 모두가 놀란다. 곧이어 우렁차게 들려오는 그라미의 목소리.

그라미 (소리) 내가 제일 잘 나가~ 내가 제일 잘 나가~ 제제제일 잘 나가~

교사 2 저저저! 저 또라이 새끼! 저거!

혀를 차는 교사 2와 달리 학생들이 빵 터져 깔깔댄다.
영우도 피식 웃는다.

S#18. 버스 정류장 (외부/낮) - 과거

등교시간이 한참 지난 오전.
버스 정류장에 놓인 벤치에 영우가 정자세로 앉아있다.
방금 도착한 버스에서 그라미가 내리자 영우가 일어선다.

영우 음… 너 48분 지각이다.

그라미 아, 어쩌라고. 난 원래 아무 때나 가, 학교.

그라미가 걷기 시작하자 영우가 따라간다. 그게 거슬리는 듯 그라미가 우뚝 멈추더니 영우를 돌아본다.

그라미 뭐야, 왜 따라와?

우물쭈물 바로 대답하지 못하는 영우.
그라미가 다시 걷는다. 영우가 또 따라간다.

그라미 아, 왜 따라오냐고!

영우 너랑 있으면… 내가 안전해.

솔직한 대답에 왠지 할 말이 없어진 그라미.
잠시 생각하다가,

그라미 그럼 나는? 너랑 있으면 내가 얻는 건 뭔데?

영우 (곰곰이 생각해보고) 친구가 돼줄게. 너 친구 없잖아.

그라미 와~ 어이가 없네. 찐따한테 이런 소리나 듣고. 와~ 동그라미 신세.

그라미가 다시 걷기 시작한다.
한참 지나도 영우가 따라오지 않자 뒤를 돌아보며,

그라미 아, 뭐해? 지각이라며!

영우가 그라미를 따라간다. 두 사람이 함께 걷는다.

S#19. 동삼의 집 (외부/낮)

10년 후 현재.
광호의 차가 동삼의 농가 주택에 도착한다.
영우와 그라미, 광호가 차에서 내려 대문 안으로 들어간다.

S#20. 동삼의 집 거실 (내부/낮)

마음고생으로 수척해진 동삼이 각서를 펼쳐
영우에게 건넨다. 꼼꼼히 읽어보는 영우.

광호 어때?

영우 그라미가 말한 대로 동동삼 씨에게 매우 불리한 각서입니다. 보상금 수령 시 부과될 세금을 동동삼 씨가 전부 부담하겠다는 부분이 특히 치명적인 독소 조항입니다.

광호 (각서를 직접 보며) 각서 자체가 허술하게 작성된 부분은 없고?

영우 없습니다. 법적 효력을 갖기에 충분한 각서입니다.

동삼과 은정이 한숨을 내쉰다.

영우 왜 이런 각서에 동의하셨습니까?

동삼 아니, 뭐. 내가 자발적으로 동의를 했다기보다는…

은정 이이가 원래 형들한테 꼼짝을 못해! 부모님보다 더 무서워

하는 거 같아. 형들 말이라면 법인 줄 알고 그냥.

광호　혹시 형님들이 그라미 아버님을 위협했습니까?

동삼　아이고, 우리 형들 그런 사람들 아니에요. 다 서울에서 대학 나왔고. 말도 나랑은 다르게 조곤조곤, 얼마나 교양 있게 하는데.

그라미　교양 있는 사람들이 동생 돈 뺏으려고 구라를 까?

영우　구라? 어떤 구라?

동삼　아니… 큰형 말로는 법이 원래 이렇다 하더라고. 상속법에 따르면은 장남이 차남보다, 차남이 막내보다 재산을 많이 갖게 되어 있다고.

영우　동원빈 씨가 사망한 게 1991년 이전인가요?

동삼　아니. 울 아버지 20년 전에 돌아가셨으니까 2001년이지.

영우　그렇다면 사실이 아닙니다. 1991년에 개정돼 현재까지 적용되는 상속법에 따르면 출생 순서와 성별, 혼인 여부에 상관없이 자녀들의 상속분은 모두 동일합니다.

그라미　오올~ 쏼라쏼라! 내 친구 똑똑한데!

동삼　에휴, 큰형이 상속법 어쩌고 들먹이지만 않았어도 내가 도장부터 덜컥 찍지는 않았을 텐데…

동삼의 얼굴에 후회가 가득하다.

영우　다행입니다.

상황에 어울리지 않는 말에 모두들 영우를 쳐다본다.

영우　동동일 씨가 상속법에 관해 거짓말을 한 것은 법적으로 기망 행위에 해당합니다.

동삼　기만… 행위?

영우　기… 망입니다. 신의칙에 반해 진실이 아닌 것을 진실이라고 하거나 진실을 은폐하는 행위를 말합니다.

무슨 말인지 몰라 혼란스러운 동삼. 광호가 끼어든다.

광호　한마디로 사기 쳤다, 이 소리지요.

영우　민법 제110조에 따르면 사기나 강박에 의한 의사표시는 취소할 수 있습니다. 동동일 씨가 상속법에 대해 한 말은 '사기'입니다. 평소 동동삼 씨가 형들을 어려워했다는 점을 고려하면 '강박'까지도 주장할 수 있을 것 같습니다. 그렇다면 각서를 취소하는 것도 가능합니다.

영우의 말에 은정과 그라미의 표정이 밝아진다.

동삼　그럼 형들을 고소해야 하는 거네?

영우　'고소'는 형사사건일 때만 씁니다. 이 경우는 '소를 제기'하는 겁니다.

동삼이 한숨을 쉰다.

광호　왜요? 마음에 걸리는 게 있으세요?

동삼 형들이랑 재판을 해야 하니까요.

그라미 와~ 이 아빠가 그렇게 당해놓고도 정신을 못 차렸네! 빚져, 그럼! 돈 삼촌들 다 나눠주고 아빠랑 엄마는 평생 빚이나 갚으면서 살아!

동삼 이 녀석이… 아빠한테!

은정 딸 얘기 틀린 거 하나 없어! 형들 걱정만 하고 우리 생각은 안 해?

동삼이 한숨을 내쉬며 고민한다.

동삼 그래. 재판해야지. 이제 어떡하면 되니? 영우가 변호사 해주는 거야?

광호 해야죠! 남 일도 아니고 동그라미네 가족 일인데. (영우에게) 그렇지?

그라미 그래! 하나밖에 없는 친구의 아버지가 형들의 꼬임에 속아 거지가 되는 꼴을 그냥 지켜볼 거냐?

'이때다!' 싶은 광호와 그라미가 한 번 더 밀어붙여 보지만, 영우는 완강하다.

영우 아니요. 저는 더 이상 변호사 일을 하지 않습니다. 대신 다른 변호사를 소개하겠습니다.

S#21. 법무법인 한바다 (외부/낮)

그라미가 영우와 통화를 하며
한바다 빌딩 앞으로 걸어온다.

그라미 와— 씨! 회사 대따 커!

영우 (소리) 어. 별로지. 조심해서 들어가.

회전문으로 씩씩하게 돌진하는 그라미. 영우 친구 아니랄까 봐 "어우, 씨!" 하며 한 바퀴를 헛돌고 겨우 들어간다.

S#22. 명석의 사무실 (내부/낮)

명석의 사무실 앞에 도착한 그라미.

그라미 아, 찾았다! 정명석!

영우 (소리) 들어가. 노크하고.

이미 노크 없이 문을 벌컥 연 그라미가 멈칫한다.

그라미 노크? 안 했는데?

영우 (소리) 아…

그라미 근데 없어. 방에 아무도 없어.

그라미 말대로 텅 빈 명석의 사무실.

영우 (소리) 그럼 송무팀에 가서 이준호 씨를 찾아.

그라미가 주위를 둘러보다 천장에 매달린 '송무팀' 팻말을 발견한다.

S#23. 한바다 11층 복도 (내부/낮)

그라미가 송무팀을 향해 걸으며 통화를 이어간다.

그라미 근데 이준호가 누군지 내가 어떻게 알아? 여기 사람 대따 많은데.
영우 (소리) 음… 이준호 씨는 인기가 많아.
그라미 어우, 그걸로 사람을 어떻게 찾아? 특징을 말해야지.
영우 (소리) 특징은 키가 크고…
그라미 키가 크고?
영우 (소리) 잘생겼어.

그라미의 눈앞에, 복도에 서서 대화 중인
두 명의 키 큰 남자가 보인다. 준호와 민우다.

그라미 어? 찾았다! 끊어.

그라미가 전화를 끊고 곧장 민우에게 간다.

그라미　　이준호 씨?

준호　　제가 이준호인데요.

그라미　　(의아) 아…? 진짜요?

민우　　(준호에게) 그럼 부탁해!

그라미의 눈에만큼은 키 크고 잘생긴 남자인 민우가 멀어져간다. 민우의 뒷모습을 바라보는 그라미의 눈빛이 왠지 좀 아쉽다.

준호　　무슨 일이세요?

그라미　　아, 영우가 가보라고 해서요.

준호　　네?

그라미　　영우요. 우영우.

'우영우'라는 말에 준호가 놀란다.

준호　　우영우 변호사님 지인이세요?

그라미　　아, 친구요.

준호　　어떻게 지내고 계세요? 우영우 변호사님은?

영우에 대한 걱정으로 한껏 진지해진 준호의 표정. '뭐야, 이 사람 우영우한테 관심 있어?' 싶어 그라미가 준호를 유심히 본다.

그라미 아, 뭐. 잘 지내요. 원래는 영우가 정명석을 찾아가라고 했는데 방에 없어서…

그때 외근 나갔던 명석이 두 사람 쪽으로 걸어온다.

준호 저기 오시네요. 정명석 변호사님.

S#24. 우영우 김밥 (내부/낮)

'우영우 김밥'이라 새겨진 앞치마를 입고 김밥과 국 쟁반을 나르는 영우. 국을 너무 많이 뜨는 바람에 넘칠까 봐 한 발 한 발 느리게 걷는다. 자리에 앉아 이를 지켜보는 **손님**(20대/남)의 마음이 조마조마하다. 겨우 도착한 영우가 테이블 위에 쟁반을 천천히 내려놓는다.

영우 주문하신 '게살김밥'입니다.

손님 네.

손님이 게살김밥을 향해 손을 뻗는 순간,
영우가 참지 못하고 덧붙인다.

영우 엄밀히 말하면… 게살김밥이 아닙니다.

손님 네?

영우 게살김밥은 게맛살로 만드는데 게맛살의 주원료는 명태살 원육이지 게살이 아니니까요. '게맛살김밥'이라 표기하도록 제가 건의를…

광호가 얼른 달려와 손님에게 사과하고 영우를 끌고 간다.
카운터에 놓여있는 영우의 핸드폰이 진동한다.
그라미의 전화다.

광호 알바 님아, 쓸데없는 소리 말고 전화나 받으세요.

영우가 전화를 받는다.

영우 여보세요.

그라미 (소리) 나 정명석이랑 아니, 정명석 변호사님이랑 같이 있는데… 안 된대.

영우 어?

그라미 (소리) 변호 안 해준대.

S#25. 명석의 사무실 (내부/낮)

명석은 책상 의자에, 준호는 소파에 앉아있다.

그라미가 핸드폰을 들고 둘 사이를 서성거린다.

명석 아니, 안 해주는 게 아니라… 승소하긴 어려울 거라고 말씀드린 거죠.

그라미 그게 그거잖아요.

영우 (소리) 왜 안 한대?

그라미 아, 몰라. 짜증 나. 질 것 같대.

CUT TO :

분식집.
영우가 당황한다. 옆에서 안 보는 척
영우의 안색을 살피는 광호.

영우 사기나 강박에 의한 의사표시는 취소할 수 있다고 말해봤어? 동동일 씨의 기망 행위는?

그라미 (소리) 사기나 강박… 뭐?

영우 민법 제110조 말이야.

그라미 (소리) 아, 자기도 민법 그거 안대. 근데 안 된대.

영우 왜?

영우의 귀에, 핸드폰 너머로 명석이 뭐라 웅얼거리는
소리가 들린다. 명석의 말을 한 마디씩 바로바로
옮겨주는 그라미.

그라미　(소리) 우영우 변호사는… 실무를 모르는… 애송이라는데?

영우　어?

그라미　(소리) 아, 둘이 직접 말해.

CUT TO:

명석의 사무실.
그라미가 스피커폰으로 돌린 핸드폰을
명석의 책상 위에 놓는다.

명석　우영우 변호사. 나 한바다에서만 14년째 일하는데… 14년차 변호사로서 가장 난감한 게 뭔 줄 알아요?

영우　(소리) 음… 회전문?

명석　뭐?

무슨 말인지 모르는 명석과 달리 영우가 회전문 통과를
어려워한다는 것을 아는 준호가 피식 웃는다.

명석　'의뢰인이 이미 서명 날인해버린 문서'예요. 로스쿨 졸업장에 잉크도 안 마른 애송이들은 몰라. 처분 문서가 얼마나 무서운지.

CUT TO:

다시 분식집.

영우 동동삼 씨가 날인한 건 맞지만 그래도 형들의 기망 행위 및 강박에 대해서 민법 제110조를 적용해 취소를 주장할 수 있지 않습니까?

명석 (소리) 증거 있어요?

영우 네?

명석 (소리) 기망 행위와 강박을 어떻게 입증할 건데?

말문이 막힌 영우. 대답하지 못한다.

명석 (소리) 난 이 사건 안 맡습니다. 더 할 말 있으면 직접 와서 하세요.

명석이 전화를 끊어버린다.
끊긴 핸드폰을 들고 있는 영우의 표정이 멍하다.

광호 뭐가 잘 안 돼? 회사 가봐야 할 것 같아?

영우 응. 회사 가봐야 할 것 같아.

그러자 광호가 기다렸다는 듯,
준비해둔 영우의 외투를 스윽 내민다.

영우 아… 언제…?

광호 가봐, 얼른.

S#26. 한바다 구내식당 (내부/밤)

그라미와 준호, 명석과 신입 변호사들이 다 함께 식사한다. 민우의 잘생김에 설레느라 밥이 잘 안 넘어가는 그라미. '우영우 김밥' 앞치마를 그대로 입은 채 외투만 걸치고 달려온 듯, 식당 입구에 서서 두리번대는 영우를 발견한다.

그라미 (손을 흔들며) 어? 우영우영우!

영우 어. 동동그라미.

영우의 등장에 제각각의 감정을 느끼는 사람들.
작전에 걸려든 영우를 보니 내심 기쁜 명석, 반가운 수연,
갑자기 나타나 주목을 끄는 영우가 눈꼴신 민우,
너무나 반갑지만 아무렇지 않은 척하느라 애쓰는 준호.
그런 준호의 표정에 '오, 이 사람 우영우 좋아하네!' 확신하는 그라미.

수연 (반가워서 활짝) 우영우! 밥 먹었어?

영우 아니.

명석 (앞치마 보며) '우영우 김밥?' 사직서 놓고 나간 지 며칠이나 됐다고 그새 창업을 했어?

영우 각서를 취소하지 못하면 동동삼 씨는 억대의 빚을 지게 됩니다. 하나밖에 없는 친구의 아버지가 형들의 꼬임에 속아 거지가 되는 모습을 지켜볼 수 없습니다.

'하나밖에 없는 친구'라는 말이 왠지 조금 서운한 수연. 영우의 말에 열심히 고개를 끄덕이고 있는 그라미를 쳐다본다.

영우 정명석 변호사님이 사건을 맡지 않겠다면 최수연이나 권민우 변호사에게 부탁하겠습니다.

명석 최수연, 권민우가 해도 안 될 사건이라니까? 질 게 뻔해도 해야 되는 사건이면 직접 해야지, 왜 동료들한테 떠넘깁니까? 무책임하게?

영우 왜냐하면… 저는 더 이상 변호사를 하지 않으니까요.

영우의 말에 민우가 어이없다는 듯 헛웃음을 웃는다.

명석 왜요? 왜 안 한다는 겁니까? 여기 있는 사람들 다, 그래도 몇 달을 같이 일한… 팀이라면 팀인데. 왜 관두는지 설명도 없이 사직서 한 장 달랑 놓고 가는 게 말이 돼?

할 말이 없는 영우. 얼마 전까지 함께 일한 동료들을 돌아본다. 그 시선을 따라 그라미도 한바다 사람들을 쳐다본다.

명석 제대로 된 사직 사유를 듣지 못해서 아직 퇴직 처리도 못 했습니다. 우영우 변호사는 여전히 한바다에 소속된, 무단결근을 엄청 하고 있는 변호사예요.

이 상황이 왠지 아니꼬워 견딜 수 없는 민우.

자리에서 벌떡 일어난다.

민우 저 먼저 일어나겠습니다.

명석 (민우에게 고개 끄덕한 후 영우에게) 일단 급하니까 이 사건은 우영우 변호사가 담당하세요. 나도 시니어로서 재판에는 함께 갑니다. 하지만 보기만 할 거야. 도와주지도 않고 참견도 안 해. 퇴사 여부는 나중에 다시 얘기합시다.

S#27. 한바다 1층 로비 (내부/밤)

여전히 '우영우 김밥' 앞치마를 입은 채 로비에 서있는 영우. 영우를 찾아다녔던 준호가 반갑게 다가간다.

준호 우영우 변호사님!

영우 네.

막상 부르고 나니 딱히 할 말이 없는 준호. 우물쭈물하다가,

준호 그동안 아쉬웠어요. 점심 같이 못 먹어서.

영우 (뭐라 답해야 하는지 몰라 망설이다가) 네.

준호 혹시 사무실 가보셨어요? 제가 변호사님 책상에 뭐 갖다놨는데.

영우 아? 그거…

준호 (기대) 풀어보셨어요?

영우 그거… 이준호 씨가 준 건 줄 모르고 쓰레기통에 버렸습니다.

준호 (충격) 아… 벌써… 빠르기도 하지.

그라미가 1층 화장실에서 나와 영우에게 다가온다.

그라미 우영우, 가자!

영우 어. (준호에게) 안녕히 계십시오.

영우가 준호를 향해 허리 굽혀 인사한다.
준호 얼굴에 가득한 아쉬움을 그라미가 또 놓치지 않는다.

S#28. 법정 (내부/낮)

첫 변론기일.
판사석에 **재판장**(50대/여)을 포함한 판사 3명이 앉아있고 원고 측엔 동삼과 원고 대리인인 영우와 명석, 방청석엔 그라미와 은정, 피고 측엔 동이와 피고 대리인인 **이병주**(50대/남)가 있다. 동일은 증인석에 앉아있다.

재판장 원고 대리인, 피고 신문하세요.

영우가 자리에서 일어나 동일에게 간다.
방청석에 앉은 그라미가 그 모습을 초조하게 지켜본다.

영우 피고는 원고에게 "장남이 5할, 차남이 3할, 막내가 2할의 비율로 토지 보상금을 나누자"고 말했습니다. 맞습니까?

동일 네.

영우 원고가 주저하자 피고는 "상속법에 따르면 장남이 차남보다, 차남은 막내보다 많이 가져가게 되어있다. 전문 변호사에게 감수를 받았다."고 말했습니다. 맞습니까?

동일 아니요. 기억이 나지 않습니다.

눈 하나 깜빡하지 않는 동일의 발뺌.
영우도 어느 정도는 예상했지만 실제로 보니 당황스럽다.

영우 피고, 진실만을 말해주십시오. 거짓 진술을 하면 처벌받습니다.

병주 이의 있습니다. 원고 대리인은 부정확한 법 지식으로 피고를 협박하고 있습니다.

영우 부정확한 법 지식이요?

병주 민사소송의 당사자인 피고는 증인 능력이 없으므로 거짓 진술을 해도 위증죄로 처벌할 수 없습니다. 이거 대법원 판결인데, 공부 안 했나봐요?

영우 지금 피고 대리인은 피고가 거짓말을 했다는 걸 인정하는 겁니까?

병주 아니요. 부정확한 법 지식으로 피고를 협박하지 말라, 이겁니다.

영우 당사자라 할지라도 거짓 진술을 하면 법원은 과태료 처분을 내릴 수 있습니다. 민사소송법 제370조 제1항인데, 공부 안 했습니까?

과열되는 분위기에 재판장이 한숨을 쉰다.

재판장 자자, 진정하세요. 피고, 처벌이 되든 안 되든 법정에 나왔으니 사실만을 말하세요. 알겠습니까?

동일 네.

재판장 다시 묻습니다. "상속법 상 첫째와 둘째가 막내보다 많이 가져가는 게 맞다. 변호사 감수를 받았다." 이런 말들, 원고한테 했습니까?

동일이 동삼을 쳐다본다.
진실을 말해주길 바라는, 동삼의 간절한 눈빛.

동일 안 했습니다.

그라미 (벌떡 일어서며) 아, 삼촌! 구라 까지 마요!

재판장 앉으세요. 동동이 씨도 현장에 있었죠? 큰형의 말이 사실입니까?

난처한 듯 동이가 고개를 숙인다.

그라미 (동이에게) 삼촌!

재판장 조용히 하세요. 또 그러면 퇴정 조치합니다. 동동이 씨, 대답하세요.

동이 상속법이 어떻다, 그런 말… 한 적 없습니다. 큰형 말이 다 맞습니다.

뻔뻔하게 거짓말을 하는 형들의 모습에 동삼의 눈에서
눈물이 떨어진다. 영우의 어깨가 축 처진다.
옆에서 지켜보는 명석도 한숨을 내쉰다.

재판장 원고, 이 각서가 원고한테 불리한 내용이라는 건 알겠습니다. 하지만 이게 사기, 강박에 의한 의사표시였다고 주장하려면 자료가 필요해요. 증거를 가져오세요.

S#29. 법정 앞 복도 (내부/낮)

재판이 끝난 법정의 출입문 앞.
영우와 명석, 그라미와 동삼, 은정이 나와 보니
복도에 동일, 동이가 서있다.

동이 형들이랑 재판하니 좋냐? 돈 욕심에 눈에 뵈는 게 없어?

동일 돌아가신 부모님이 보시면 놀래 살아 돌아오실 일이다!

그라미 뭐래? 살아 돌아오면 완전 좋은 거 아닌가?

분한 마음에, 멀어지는 동일과 동이의 뒤통수에 대고
외쳐보는 그라미. 보다 못한 명석이 묻는다.

명석　증거가 될 만한 게 정말 없을까요? 형들이 보낸 협박 문자라든지, 통화를 녹음한 파일이라든지, 상황을 본 목격자라든지… 뭐라도요.

동삼　그런 건 없죠. 말도 없이 갑자기 들이닥쳐 각서부터 내밀었는데…

은정　저기, 혹시… 이장님이 뭔가 듣지 않았을까?

동삼　진혁이가? 진혁이는 형들 왔을 때 갔잖아.

은정　이장님 성격에… 그냥 갔을까? 무슨 얘기하는지 엄청 궁금했을 텐데.

동삼　그렇지… 진혁이 성격이 그냥 갈 성격이 아니지. 우리 몰래 엿듣고 갈 성격이지!

새로운 희망에 모두의 표정이 밝아진다.

S#30.　진혁의 집 마당 (외부/낮)

강화도의 농가 주택.
쾅쾅! 쾅쾅! 대문 두드리는 소리에
진혁이 집 안에서 나온다.

동삼 진혁아! 진혁아!

진혁이 대문을 연다. 문 밖에 동삼, 은정, 그라미, 영우, 준호가 서있는 걸 보고 놀란다.

S#31. **진혁의 집 거실** (내부/낮)

진혁을 중심으로 빙 둘러앉은 사람들. 거실이 꽉 찬다.

동삼 왜, 진혁이가 지붕 고쳐주러 우리 집 왔었잖아.
진혁 응, 그랬지.
동삼 근데 갑자기 우리 형들이 와 가지고 지붕을 못 고쳤잖아.
진혁 응, 그랬지.
동삼 그때 진혁이, 바로 집으로 갔나?
진혁 응?
동삼 나랑 형들이랑 하는 얘기, 좀 듣다 가지 않았어?

진혁이 놀라 눈을 끔벅거린다.

그라미 아, 제발! 엿들었다고 해줘요. 제발!
진혁 어이! 무슨 소리 하는 거야. 나 엿듣고 그런 사람 아니야!

진혁을 뺀 모두가 실망한 바로 그때,

진혁　　신발 끈을 다시 맸지. 그러는 동안에 말소리가 조금 들린 것뿐이야. 내가 볼 때 동삼이네는 지붕이 문제가 아냐. 방음에 문제가 있어.

동삼　　그래? 신발 끈 매는 동안 우리 얘기가 들렸어? 혹시 상속법 어쩌고 하는 얘기도?

진혁　　아우, 그 대목에서 내가 답답해서 뛰어 들어갈 뻔 했어. 동삼이는 TV도 안 봐? 어째 그렇게 잘 속아?

기쁜 나머지, 동삼이 진혁의 손을 덥석 붙잡는다.
모두의 표정도 밝아진다.

동삼　　고마워! 고마워! 신발 끈 매줘서 고마워!

S#32.　　진혁의 집 (외부/낮)

진혁의 집 앞.
준호가 운전해서 온 한바다 소유의 차에 타려는
영우와 그라미.
동삼과 은정이 배웅을 하려고 옆에 서있다.

동삼　　서울까지 가려면 고생이겠네. 조심해서들 가.

영우　　안녕히 계십시오.

문득 뭔가가 생각난 그라미. 열었던 차문을 닫는다.

그라미 (들으라는 듯 크게) 아, 나는 내일 가야지! 오늘은 엄빠랑 자고.

은정 (반가워) 아이고, 그럴래?

그라미가 준호에게 가 어깨동무를 하더니 뭔가를 속삭이기 시작한다.

그라미 차로 30분 딱 가면 낙조마을. 낙조가 유명.

준호 네?

그라미 강화도 데이트. 낙조마을. 내가 빠져준다.

준호 네?

그라미 파이팅!

그라미가 준호의 어깨를 팡팡 두드린다.
벙찐 표정의 준호.

S#33. 차 (내부/낮)

한바다로 돌아가는 길의 차 안.
준호가 운전을 하며 조수석에 탄 영우를 슬쩍 본다.

준호 저 강화도 처음 와 봐요.

영우 (뭐라 답할지 몰라 머뭇대다가) 네.

둘 사이 침묵이 흐른다.

준호 오늘, 이후에 다른 일정 있으세요?

영우 아니요. 없습니다.

준호가 머뭇머뭇 망설인다. 그러다 용기를 내,

준호 그럼… 낙조 보러 가실래요?

S#34. 강화도 낙조마을 (외부/밤)

해질녘, 강화도 장화리의 낙조마을.
갯벌 너머로 바다가 펼쳐져 있다.
영우와 준호가 둑길을 걷는다.

영우 서해에서 자주 발견되는 고래로는 '상괭이'가 있습니다. 얕은 물에서 살거든요. 상괭이는 주둥이가 뭉툭한 돌고래로, 등에 폭이 좁은 융기가 있습니다. 얼굴 모양이 꼭 웃는 것 같아서… 귀엽습니다.

준호 (웃음) 변호사님은 고래를 실제로 본 적 있으세요?

영우 아니요. 없습니다.

준호　(의외) 그래요? 수족관 안 가보셨어요?

갑자기, 들어서는 안 될 말이라도 들은 것처럼
영우가 우뚝 멈춰 선다.
어리둥절하며 따라 서는 준호.

영우　(비장) 고래에게 수족관은 감옥입니다. 좁은 수조에 갇혀 냉동 생선만 먹으며 휴일도 없이 1년 내내 쇼를 해야 하는 노예제도예요. 평균 수명이 40년인 돌고래들이 수족관에서는 겨우 4년밖에 살지 못합니다. 정신적 스트레스가 얼마나 큰지 아시겠습니까?

준호　아… 네. 몰랐네요.

괜히 수족관 얘기를 꺼냈다가 혼이 난 준호, 머쓱하다.
영우가 다시 걷기 시작한다. 준호가 따라간다.

영우　제주도 서귀포시 대정읍에 가면 삼팔이, 춘삼이, 복순이가 아기 돌고래들과 함께 헤엄치는 모습을 자주 볼 수 있다고 합니다.

준호　삼팔이, 춘삼이, 복순이요?

영우　수족관에 붙잡혀 돌고래 쇼를 하다가 대법원 판결에 의해 제주 바다로 돌아간 남방큰돌고래들입니다. 언젠가는… 꼭 보러 갈 겁니다.

해가 지기 시작한다. 잠시 말없이 걷는 두 사람.
낙조에 붉게 물든 신비로운 하늘이 영우와 준호를 감싼다.

준호 저기요, 변호사님. 실례가 안 된다면 왜 변호사를 그만두려고 하는지 물어봐도 될까요?

영우 아…

준호 저번 사건 이후로 사직서를 내셔서 걱정했어요. 현장 조사 나갔을 때 제 후배가 변호사님한테 실수했던 것도 자꾸 생각나고… 마음이 무겁더라고요.

영우 제가 '변호사 우영우'로서 일하고 있을 때도 사람들 눈에 저는 그냥… '자폐인 우영우'인 것 같습니다.

예상보다 더 솔직한 대답에, 준호가 놀라 영우를 본다.

영우 자폐인 우영우는… 깍두기입니다. 같은 편 하면 져요. 내가 끼지 않는 게 더 낫습니다.

준호 나는 변호사님이랑 같은 편 하고 싶어요.

이번엔 영우가 놀라 준호를 본다.

준호 변호사님 같은 변호사가 내 편을 들어주면 좋겠어요.

준호의 잘생긴 얼굴이 영우를 보며 웃는다.
이를 보는 영우의 가슴이 조금, 두근거린다.

S#35. 명석의 사무실 (내부/밤)

명석이 앉아있는 책상 맞은편에 선 민우.
조금은 망설이는 것 같으면서도 결연하게,

민우 저 여쭤보고 싶은 게 있습니다.

명석 응. 말해요.

민우 우영우 변호사는 페널티를 받습니까?

명석 페널티?

민우 꽤 오랜 기간 무단결근을 했고 지금도 출근하지 않는 걸로 알고 있습니다. 기본적인 근태 관리도 하지 않으면서 본인이 하고 싶은 사건만 딱 맡아서 하는 게, 같은 신입 변호사로서 보기가 좀 불편합니다.

명석 (고개를 끄덕이며) 그럴 수 있지. 근데 이거는 우영우 변호사가 낸 사직서를 내가 아직 처리하지 않는 바람에 생긴 일시적인 상황이에요. 조만간 어떤 식으로든 정리할 겁니다.

민우 사직서는 왜 처리를 안 하시는 겁니까?

살짝 선을 넘는 질문에 명석이 민우를 빤히 본다.
민우가 변명하듯 덧붙인다.

민우 물론 우영우 변호사한테는 장애가 있으니까 특별히 배려해주시는 것도 이해는 합니다. 하지만…

명석 (말 끊으며) 배려가 아니라… 난 우영우 변호사가 꽤 잘하고 있다고 보는데? 사건에 집요하게 매달리는 힘도 좋고 발상도 창의적이고. 잘 보면 권민우 변호사도 우변한테 배울 점이 있을 거예요. 원래 동료들끼리도 배우는 거잖아, 서로서로.

'우변한테 배울 점이 있을 거'라는 말에
민우의 표정이 굳는다.

S#36. **법정 (내부/낮)**

두 번째 변론기일.
철 지난 양복 차림에 머리를 곱게 빗은 진혁이
증인석에 앉아있다. 영우가 진혁을 신문한다.

영우 피고들이 원고의 집에 찾아와 지붕 수리를 못 하게 되었을 때, 증인은 본인의 집으로 곧장 돌아갔습니까?

진혁 아니요.

영우 그럼 어디에서 무엇을 했습니까?

진혁 동삼이네 댓돌에 앉아서 신발 끈을 맸습니다.

영우 증인이 신발 끈을 매는 동안, 집 안에서 원고와 피고들이 나눈 얘기가 들렸나요?

진혁 아니요.

영우 네?

진혁 안 들렸다고요.

영우 안 들렸다고요?

진혁 상식적으로 어떻게 들려요, 그게. 나는 집 밖에 있고 동삼이랑 형님들은 집 안에 있는데.

태연하게 딴소리를 하는 진혁의 모습에 놀라는 동삼과 그라미. 동일과 동이가 쿡쿡 웃는다.

영우 증인, 전에 원고가 같은 질문을 했을 때는 분명히 들었다고 대답했습니다. 왜 갑자기 말을 바꾸시죠?

진혁 아니~ 그때는 동삼이가 나한테 좀 그런 방향으로 이야기를 해줬으면 하고 바라는… 그런 느낌적인 게 느껴져서 그렇게 말한 거죠. 사실은 나 아무 소리도 못 들었어요.

'나 잘했지?' 하는 눈빛으로 동일을 보는 진혁.
미소를 머금은 동일이 고개를 살짝 끄덕인다.
이를 보는 동삼. 둘 사이에 뭔가 거래가 있었음을
짐작하고 한숨을 쉰다.

영우 이상입니다.

자리로 돌아가는 영우의 뒷모습이 휘청거린다.

S#37. 털보네 요리주점 (내부/밤)

오늘도 손님이 없는 털보네 요리주점.
영우와 그라미가 바 테이블에 나란히 앉아있다.
그라미가 영우 앞에 놓인 맥주를 집어 벌컥벌컥 마신다.

민식 어우, 그만 마셔~ 뭔 알바가 손님 맥주를 자꾸 뺏어?

그라미 어차피 얘는 마시지도 않는 거, 내가 매상 올려주고 있잖아요!

민식 (영우에게) 새로 한잔 드릴까요?

영우 괜찮습니다.

그라미 아아, 빡쳐! 얘도 구라, 쟤도 구라! 구라 까는 인간들만 살아 숨 쉬는 이 드럽게 아름다운 생태계!

영우 미안해. 사람들이 법정에서 거짓말을 할 걸 예상하지 못했어. 확실한 증거를 먼저 찾았어야 했는데…

그라미 없는 증거를 니가 무슨 수로 찾냐? 녹음 하나 안 해놓은 우리 엄빠 잘못이지. 어우, 그 놈의 증거! 내가 만들 수도 없고.

영우 음… 증거를 만든다?
좋은 생각이 떠오르는 듯 영우의 눈빛이 반짝인다.

INSERT :

돌고래 세 마리가 푸른 바다 위로 힘차게 뛰어오른다.

S#38. 동일의 집 거실 (내부/밤)

원빈의 제삿날. 아파트 거실 한복판에 제사상이 차려져 있다. 동이가 술을 따르고 동일이 절을 한다. 그 뒤편으로 정장을 차려 입은 동일과 동이의 가족들이 주르륵 서있다.
그때 쾅쾅쾅쾅! 현관문 두드리는 소리가 들린다.

그라미 (소리) 할—아—버—지—이!!! 손녀 왔어요!

동일의 아내가 현관문을 연다.
그라미와 동삼, 은정이 집 안으로 들어온다.
청주 대병을 통째로 들고 벌컥벌컥 마시는 그라미.
술 냄새가 진동한다.

동일 너 이게 뭐하는 짓이야? 할아버지 제삿날!
그라미 아, 죄송합니다~
동일 하여간 애비나 딸이나 못 배워가지고는!
그라미 역시! 우리 삼촌! 많이 배운 동동일 씨! 존경합니다! 내 인생의 멘토! (과한 동일 성대모사) "원래 법이 그렇다~ 상속법이 그렇다~ 전문 변호사가 말했다아~" 그래놓고 재판하면 (과한 동일 성대모사) "글쎄요. 기억이 나지 않습니다." 한 번 사는 인생! 동동일처럼 뻔뻔하게 살자! 그래야 50억을 번다!

그라미의 비꼬기에 동일의 얼굴이 붉으락푸르락한다.
뒤편에 선 다른 가족들도 모두 놀라 입만 떡 벌리고 있다.

동이 미쳤어? 지금 뭐하는 짓이야?

그라미 아, 늬예~ 늬예~ (과한 동이 성대모사) "큰형이 다 맞습니다! 큰형이 다 옳습니다!" (마이크 잡아 넘기는 시늉) I say 큰! You say 형! 큰! 형! 큰! 형!

이번엔 동이의 얼굴이 붉으락푸르락한다.

동일 (화를 참으려 애쓰며) 동동삼! 니 딸 끌어내. 당장!

동삼 왜요? 그라미가 뭐, 틀린 말 했습니까?

동이 야! 동동삼!

그라미 삼촌들! 우리 아빠한테 사기친 거 맞잖아요. 벼밖에 모르는 파머라고 가마니 보자기 개밥에 도토리로 봤잖아! 보상금 100억을 받아서 삼촌들은 50억, 30억씩 가져가는데 아빠는 빚만 2억 6천이 생겨요. 세상 어디 (욕처럼 발음) 이런 상! 속 같은 법이 있어? 아우, 이런 증~여!

동일이 그라미에게 다가가더니 있는 힘껏 뺨을 후려친다.
얼마나 세게 때렸는지 휙! 돌아간 그라미의 얼굴.
그런데 그라미의 얼굴에 맞은 사람 특유의 당황과 분함이 없다. 오히려 계획대로 되기라도 한 듯 새어나오는 웃음을 참느라 애쓴다.

동삼 니가 뭔데 내 딸을 때려?! 니가 뭔데에!!!

동삼이 달려들어 동일을 밀치고 그라미를 감싸 안는다.

동일 '니?' 니라고 했냐?

동삼 그래! 했다, 이 새끼들아! 니들이 그러고도 형이냐?

동삼의 말에, 동일과 동이의 눈이 동시에 뒤집힌다. 누가 먼저랄 것도 없이 달려들어 막내를 때리기 시작하는 형들.

그라미 우리 아빠 건들지 마아!!!

그라미도 끼어들어 함께 얻어맞는다. 다른 가족들이 달려와 말리지만 쉽게 잦아들지 않는 형들의 난타.
우당탕! 제사상이 엎어지고 한바탕 난리가 난 아수라장
속에서 은정이 차분하게 경찰에 신고를 한다.

은정 112죠? 아주버님들이 우리 남편이랑 딸을 때려요! 네에! 지금요!

S#39. 법정 (내부/낮)

세 번째 변론기일. 재판장이 동삼의 얼굴을 보고 놀란다.

여기저기 붓고 멍든 자국에 머리엔 붕대를 감고 있다.

재판장　원고, 다치셨어요?

동삼　아, 예…

뒤쪽 방청석에 앉은 그라미의 상태도 심상치 않다. 동삼만큼은 아니지만 군데군데 멍과 상처, 반창고로 뒤덮인 얼굴.

재판장　따님도 다쳤네요?

영우　재판장님, 두 사람의 부상에 관련해 준비서면과 증거를 추가로 제출하고자 합니다.

영우가 일어나 재판장에게 서류를 제출한다.
동일, 동이와 병주가 긴장한다.
그때 민우가 조용히 법정 안으로 들어와 방청석에 앉는다.

영우　최근 피고들은 원고와 원고의 딸인 동그라미 씨를 폭행해 각각 전치 2주와 전치 1주의 상해를 입혔습니다. 원고와 동그라미 씨의 진단서와 폭행 당시 경찰에 신고했던 기록을 증거로 제출합니다.

병주　이 재판은 원고와 피고들 사이에 체결된 증여 계약에 관한 것입니다. 진단서와 신고 기록은 본 사건과 무관합니다.

영우　무관하지 않습니다. 민법에는 증여를 해제할 수 있는 경우가 규정돼 있는데 그중 하나가…

'그중 하나'가 뭔지 이미 아는 그라미가 조용히 웃는다.

영우 민법 제556조 제1항 제1호. 수증자가 증여자나 그 직계혈족에게 범죄행위를 했을 때 증여자는 증여 계약을 해제할 수 있습니다. 수증자인 피고들은 증여자인 원고와 그 직계혈족인 동그라미 씨를 폭행했습니다. 2인이 공동으로 했으므로 이것은 폭력행위 등 처벌에 관한 법률 제2조 제2항에 해당하는 범죄입니다. 이에 원고는 피고들과의 증여 계약을 해제하고자 합니다.

재판장이 서류를 읽어보며 고개를 끄덕인다.

재판장 그럼 청구원인을 변경하겠다는 건가요?

영우 본래의 청구원인인 '사기와 강박에 의한 의사표시 취소'는 유지하되, 민법 제556조 제1항 제1호에 따른 '증여 계약의 해제'를 주위적 청구원인으로 추가하고자 합니다.

병주가 벌떡 일어선다.

병주 잠깐만요, 혹시 증여 해제를 노리고 폭행을 유도한 것은 아닙니까?

그러자 영우가 병주를 쳐다보지도 않은 채로
무심한 듯 시크하게,

영우 그렇다는 증거 있습니까?

말문이 막힌 병주.
조용히 지켜보던 명석이 자기도 모르게 피식 웃는다.

재판장 청구원인 변경을 허락합니다. 앞으로 새로 추가된 내용에 근거해서 판결하겠습니다.

동일 (병주에게만 들리도록 작게) 뭡니까? 뭐가 어떻게 된 겁니까?

병주 (작게) 망했습니다…

동일과 동이의 얼굴이 굳는다. 동삼과 그라미가 씨익 웃는다.
상처투성이 미소가 바보들처럼 해맑다.
한편, 영우가 얼마나 잘하나 보러 온 민우. 잘하는 모습을 보자 속이 상한다. '살리에리의 심정이 이런 거였을까?'
민우가 한숨을 푹 내쉰다.

S#40. 한바다 대회의실 앞 복도 (내부/낮)

영우와 준호가 대회의실을 향해 걷는다.

준호 대회의실은 처음 가보시죠?

영우 네. 하지만 오늘 회의 장소는 대회의실이 아닌데 왜 가보자는 건지 모르겠습니다.

준호 아, 제가 꼭 보여드리고 싶은 게 있어서요.

준호가 씨익 웃으며 대회의실 문을 연다.
'대체 보여주고 싶은 게 뭘까?' 궁금하면서도, 영우는
언제나처럼 눈을 감고 속으로 '하나 둘 셋' 숨을 고른다.

S#41. 한바다 대회의실 (내부/낮)

이름 그대로 커다란 대회의실. 영우가 안으로 들어간다.
통유리 창 너머로 서울 시내가 시원하게 내려다보인다.

영우 음, 전망이 좋습니다.
준호 제가 보여드리고 싶었던 건 뒤에 있어요.

그 말에 영우가 뒤를 돌아본다.
벽에는 대회의실만큼이나 커다란 대왕고래 액자가 걸려 있다. 준호가 영우의 소감을 물어보려고 영우를 쳐다보는데, 너무나 놀라고 또 감격한 나머지 영우의 눈에 눈물이 맺혀있다.
그걸로 영우의 소감을 십분 이해한 준호. 말없이 함께 고래를 바라본다. 그 순간, 두 사람은 보지 못하지만 한바다 빌딩 밖으로 대왕고래 한 마리가 유유히 지나간다.

S#42. 한바다 회의실 (내부/낮)

잠시 후.
일반 회의실에 동삼과 그라미, 영우가 나란히 앉아있다.
똑똑. 힘없는 노크 소리와 함께 동일과 동이가 들어온다.
기세등등하던 모습은 사라지고 축 처진 어깨로 고개를 들지 못한다.

동일 동삼아!

동일이 동삼에게 다가가 덥석 무릎을 꿇는다.
동이도 큰형을 따라 한다.

동일 미안하다.

동이 미안해. 형들이 미안해.

동일 사실 형들… 폼만 잡았지 그렇게 잘 살지 않아. 나 사업하다 생긴 빚 아직도 갚고 있고 동이도 월급쟁이로 그냥저냥 산다. 그러다 보상금 억대로 나온다는 소리 들으니… 사람 마음 참 요상하지? 감사한 마음은 금방 없어지고 너무 아까운 거야. 형제들끼리 나눠야 하는 것도 아깝고, 세금 내는 것도 아깝고… 그래서 못난 생각을 했다.

동이 그라미도… 많이 아팠지? 삼촌들이 미안해.

그라미 아, 네. 뭐.

동삼 그만들 앉으세요.

동삼이 동일과 동이를 일으켜 맞은편 의자에 앉힌다.
늦게나마 사과를 받은 그라미도 마음이 좀 풀린 듯 삼촌들을 바라본다.

동삼 (영우를 가리키며) 우리 변호사 말이, 법대로 하면 100억이 다 내 꺼래요. 그거면은 우리 그라미 평생 고생 안 해도 되고. 아빠가 제대로 호강시켜줄 수 있고.

그라미 시켜줘! 시켜주라! 호강!

동삼이 그라미를 보며 웃는다.

동삼 근데 나는 형들하고는 다르니까. 원래 내 몫이 아닌 돈에는 욕심 안 부릴 겁니다. 돌아가신 부모님 뜻도 그렇지 않을 거 같고.

피어오르는 희망에 다시 밝아지는 동일과 동이의 얼굴.

동삼 세금 제하고 남은 돈을 셋으로 나눕시다. 장남, 차남, 막내가 똑같이 삼등분. 어떻습니까?

동일 고맙다, 동삼아.

동이 형들이 평생 감사하며 살게.

영우 모의 계산을 해봤습니다. 세금은 최초 100억이 동동삼 씨에게 배정될 때 한 번, 그 돈 중 일부가 다시 동동일 씨와 동동이 씨에게 지급될 때 또 한 번 부과되죠. 100억에서 이

세금들을 전부 제하면 60억 4백만 원이 남습니다. 오차가 있음을 감안하면 결과적으로 동동일, 동동이, 동동삼 씨는 대략 20억 원씩을 각각 받게 될 겁니다.

동일 네에… 감사합니다.

동이 감사합니다.

영우 합의서입니다. 읽어보시고 신중하게, 서명 날인해주세요.

영우가 합의서를 건넨다. 동일과 동이가 서명을 하는 동안 그라미가 영우에게 속삭인다.

그라미 (작게) 이거 봐.

그라미가 한쪽 팔의 소매를 걷어 올린다. 팔뚝 안쪽에, '민법 제556조 제1항 제1호. 수증자가 증여자 또는 그 배우자나 직계혈족에게 범죄행위를 했을 때에 증여자는 그 증여를 해제할 수 있다.'라는 문구가 문신으로 새겨져 있다.

그라미 (작게) 우리 집 망할 뻔한 걸 구해준 게 이건데. 평생 기억해야지!

그라미가 문신이 새겨진 팔로 영우를 감싸며 과격한 어깨동무를 한다. 그라미의 품에 안긴 영우의 마음이 행복하다.

S#43. 명석의 사무실 (내부/낮)

똑똑 한 박자 쉬고 똑. 영우 특유의 기계음 같은 노크 소리. 밤새 일하다 아침을 맞은 명석이 놀란다.

명석 네. 들어오세요.

출근 복장의 영우가 문을 연다. 눈을 감고, 하나 둘 셋 숨을 고른 뒤 입장하는 한결같은 모습.

영우 정명석 변호사님, 저 퇴사 처리되었습니까?

명석 아니. 아직 안 됐어요.

영우 그렇다면 오늘부터 다시 출근해도 되겠습니까?

명석이 영우를 물끄러미 본다. 그러다가,

명석 네, 그러세요.

영우 네.

명석 대신 우변은 앞으로 월차 못 씁니다. 결근으로 다 땡겨 썼으니까.

영우 음… 월차는 원래도 못 썼습니다.

그 와중에도 사실 관계를 바로 잡은 영우. 명석에게 꾸벅 목례한 뒤 나간다. 혼자 남은 명석이 피식 웃는다.

S#44. **영우의 사무실 앞** (내부/낮)

사무실 문 앞에 선 영우.
가방에서 '변호사 우영우'라 적힌 판을 꺼내 만지작거리다, 빈 프레임만 남아있던 명패 자리에 끼워 넣는다.

S#45. **EPILOGUE : 우영우 김밥** (내부/밤) **- 과거**

몇 달 전.
선영이 분식집 안으로 들어온다.
마감 청소를 하던 광호가 놀라 돌처럼 굳는다.

선영 광호 선배, 오랜만이네.

선영이 광호에게 미소 짓는다.
이를 보는 광호의 표정이 묘하다.

광호 한선영…?

선영을 알아본 광호의 표정이 금세 반가움으로 바뀐다.

CUT TO :

광호가 쟁반 가득 분식과 맥주를 담아

선영이 앉은 테이블로 가져간다.

선영 선배 딸, 한바다에 원서 냈었지?

광호 (살짝 씁쓸하게) 으응. (바로 톤 올려서) 선영이는 어떻게 그런 것까지 알아? 한바다는 다르네~ 대표님이 신입들 원서까지 직접 챙기고.

선영 그러게 말이야. 내가 잠깐 신경 안 썼더니 그새 선배 딸을 떨어뜨렸더라? 인재 볼 줄 모르고. 지금이라도 한바다로 보내요.

광호가 놀란다.
괜한 희망에 섣부르게 기뻐하지 않으려고 애를 쓰며,

광호 한 번 떨어뜨렸던 애를 왜…? 너희 신입사원 채용 다 끝나지 않았어?

선영 말했잖아. 내가 잠깐 신경 못 쓴 사이에 우리 인사팀이 실수했다고. 아니, 서울대 로스쿨을 수석 졸업하고 변호사시험을 만점 가까이 받은 변호사를 한바다가 안 받으면 누가 받아?

광호 선영아, 우리 딸 똑똑하지만… 자폐가 있어. 그래서 로스쿨 졸업한 지 반년이 지나도록 아무 데도 못 간 거야.

선영 알아. 다른 로펌들도 다 실수하고 있는 거지, 지금.

선영의 제안이 진짜라는 생각이 들자
광호의 눈에 눈물이 맺힌다.

S#46. EPILOGUE : 차 (내부/밤) - 과거

우영우 김밥 앞.

선영이 광호의 배웅을 받으며 운전기사가 몰고 온 차에 탄다. 차가 출발하자 핸드폰으로 신문기사를 보는 선영. '대한민국 최초의 자폐인 변호사, 우영우'라는 제목 아래 학사모를 쓴 채 어색하게 웃고 있는 영우의 사진이 보인다.

선영 닮았네, 지 엄마랑.

〈끝〉

'소송만을 이기는 유능한 변호사가 되고 싶습니까?

아니면 진실을 밝히는 훌륭한 변호사가 되고 싶습니까?'

5화

우당탕탕 VS 권모술수

5

S#1. **PROLOGUE : 은행 본점 회의실 (내부/낮)**

제1금융권인 어느 은행 본점의 회의실.
영업 부장 **황두용**(46세/남)이 5명의 은행원들 앞에서 프레젠테이션을 한다. 발표 화면에는 현금자동입출금기(이하 ATM)의 사진이 커다랗게 떠 있다. 두용이 다니는 회사인 '이화 ATM'에서 만든 신제품이다.

두용 이화 ATM에서 개발한 2022년형 현금자동입출금기의 가장 큰 장점!

능숙한 영업 부장답게 잠시 말을 끊고 뜸을 들이는 두용.
하지만 은행원들의 반응은 무덤덤하다.

두용 …을 공개하기 전에! 여러분 보시기에 조금은 속 쓰릴 수 있는 뉴스 먼저 준비했습니다. (주사 놓기 전 간호사처럼) 자, 갑니다~ 따끔해요.

그제야 살짝 집중하는 은행원들.
무슨 뉴스인가 궁금해 화면을 본다.
두용이 리모컨을 누르자 뉴스 기사 서너 건이 차례로 뜬다.
'간 큰 은행원, ATM 조작 현금 10억 원 횡령'
'연이은 내부자 횡령에 은행들 골머리'
'횡령 행원 색출했다더니… 시중 은행들 얼치기 감사'
기사가 하나씩 뜰 때마다 은행원들의 표정이 점점 더 어두워진다.

두용 올 한 해 ATM 관련 횡령만 총 42건, 피해 금액이 백억이 넘습니다. 언론에서는 맨날 그러지요. 은행의 관리 감독이 소홀했다, 감사 시스템이 문제다… 아니, 근데 사람이 작정하고 속이는데 무슨 수로 안 속습니까? 열 길 물속은 알아도 한 길 사람 속은 모르는 거예요.

공감한다는 듯, 은행원들 몇몇이 고개를 끄덕이며 한숨을 쉰다.

두용 여러분의 고민, 이화 ATM이 해결해드리겠습니다.

두용이 리모컨을 누른다.

화면에 ATM 뒷면 내부를 찍은 사진이 뜬다.

두용 자, 은행원이라면 다 아는 ATM의 속살, 그중에서도 여기. 현금을 채워 넣는 '카세트'입니다.

두용이 리모컨을 누르자 카세트만 단독으로 찍은 사진이 뜬다. 카세트는 직육면체 모양의 지폐 보관함으로 앞에 초록색 손잡이가 달려있다.

두용 담당자가 카세트에 5천만 원 넣고서 전산엔 1억 넣었다고 기록해요. 그럼 우리가 알까요? 모르죠. 감쪽같이 속는 겁니다. 그래서 이화 ATM은 생각했습니다. 새로운 카세트를 만들자. 거짓말과 속임수가 통하지 않는 정직한 카세트를 만들자.

두용이 실물 카세트를 꺼내 은행원들에게 직접 보여준다. 초록색 손잡이 옆에 계산기처럼 생긴 작은 번호판이 붙어있다.

두용 지폐의 무게는 균일합니다. 심하게 훼손되지 않는 이상 비슷하지요. 이화 ATM은 바로 그 점에 착안했습니다. 이제 담당자는 자신이 채워 넣을 지폐의 매수를 전산뿐 아니라 이 번호판에도 입력해야 합니다. 만 장을 넣겠다, 입력해놓고 5백 장만 넣으면? 카세트의 문이 닫히지 않습니다. 이 정직한 카세트가 지폐의 무게를 스스로 계산하기 때문이지요. 단 한 장의 오차도 허용하지 않을 만큼 정확합니다.

은행원들이 카세트를 들여다보며 고개를 갸웃거린다.

은행원 1　이게… 말씀하신 그 장점이에요?

두용　네! 이화 ATM의 기술력이 집약된 신제품입니다.

은행원 1　'금강'에서도 이런 거 쓰던데?

두용　네?

은행원 2　'리더스' 제품에도 있었어요. 왜, 작년에 전량 리콜 됐던 모델 있죠? 거기 카세트에도 이거 있었어.

두용　이 기술은 저희 겁니다. 2년 전에 개발해 실용신안권도 출원했는데…

은행원 4　실용신안권? 아, 그 특허 같은 거요?

두용　네. 특허를 낼 만큼 대단한 발명은 아니어도 저희가 열심히 궁리해서 고안한 겁니다. 실용신안 받기에는 충분한 기술이에요.

은행원 3　아이고, 그럼 기술 유출된 거 아니야? 부장님 한번 알아보셔야겠다. '이화'에서 개발한 거를 딴 데서 훔쳐간 건지 뭔지.

두용　네… 확인하겠습니다.

은행원 1　은행한테 중요한 건 사실 가격이에요. 베꼈든 어쨌든 '금강 ATM'에도 똑같은 기술이 있는데 기기 값도 싸. 그럼 별 수 있나? 금강이랑 계약해야지. 이 기술의 원조가 누구냐, 그건 우리 관심사는 아니니까.

은행원 1의 말에 살짝 한숨 쉬는 두용.
축 처진 어깨가 안쓰러워 보인다.

TITLE :

〈이상한 변호사 우영우〉

S#2. 한바다 휴게실 (내부/낮)

수연이 커피를 내리고 있는데
영우가 휴게실 안으로 들어온다.

수연 우영우~ 좋은 아침!
영우 어… 최수연. 좋은 아침.
수연 너 권민우 변호사한테 얘기 들었어?
영우 어?
수연 하아, 아직도 말 안 했냐? 내가 이럴 줄 알았다.

영우가 냉장고에서 생수병을 꺼낸다.
어설픈 손동작으로 뚜껑을 열어보지만 힘이 모자란다.

수연 ATM 회사 사건, 너랑 권민우 변호사랑 같이 하게 됐어.
영우 아…
수연 정명석 변호사님이 너한테 전화해서 얘기하려는 걸 권민우 변호사가 말리더라고. 자기가 말하겠다고. 수상했는데 역시… 말 안 했구나.

도와주지 않으면 결코 물을 마시지 못할 것 같은 영우.
보다 못한 수연이 영우에게서 생수병을 빼앗아 드르륵 열어준다.

수연 연대 로스쿨 다닌 친구가 해준 얘긴데… 권민우 변호사 로스쿨 시절 별명이 뭐였는지 알아?

영우 몰라.

수연 권모술수 권민우.

영우 권모술수 권민우?

수연 조심해라. 벌써 시작된 거 같네, 권민우의 권모술수.

영우 그래?

수연 그럼! 아님 너랑 같은 사건 맡은 걸 왜 지금까지 말 안 했겠어?

S#3. 민우의 사무실 (내부/낮)

똑똑 한 박자 쉬고 똑.
평소보다는 박력이 조금 더 실린 영우의 노크 소리.
책상 위 산더미처럼 쌓인 자료를 보던 민우가 대충 대답한다.

민우 네—

따지러 온 와중에도 눈을 감고,
하나 둘 셋 숨을 고른 뒤 입장하는 영우.

영우 권민우 변호사님. 저랑 같은 사건 맡은 걸 왜 말 안 했습니까?

민우 내가 말 안 했어요?

영우 말 안 했습니다.

민우 아, 미안해요. 깜박했나?

미안하다니 할 말이 없어진 영우.
학창시절 '아, 미안' 놀이에 그렇게 당해놓고도 또 당한다.
민우가 일어서 화이트보드에 가득 붙여둔 ATM 도면과 사진을 떼어낸다.

민우 이 사건, ATM 구조 같은 걸 알아야 돼서 볼 게 많네요. (피식하며) 뭐, 우영우 변호사한테는 껌인가? 천재니까. 그죠?

떼어낸 도면과 사진에다 책상 위 서류더미까지 합쳐 영우에게 안기는 민우.
너무 무거워 영우가 휘청거린다.

민우 아, 맞다! 내가 얘기했나? 오늘 의뢰인 잠깐 만난다고?

영우 네?

민우 오늘 2시.

영우가 벽에 걸린 시계를 본다. 2시가 되기 5분 전이다.
이 많은 자료를 언제 다 보나 싶어 난처한 영우.
민우가 그런 영우를 보며 씨익 웃는다.

S#4. 회의실 앞 복도 (내부/낮)

자신감 넘치는 걸음걸이로 회의실을 향해 저벅저벅 걷는 민우. 양팔 가득 서류더미를 안은 영우가 종종거리며 뒤따라간다. 한 글자라도 더 보려는 마음에 서류에서 눈을 떼지 못하는 영우. 둘의 모습이 꼭 여유만만 베테랑 변호사와 어리바리 신입 비서처럼 보인다.

맞은편에서 명석이 걸어온다.
회의실 앞에 먼저 도착해 두 사람을 기다리는 명석.

명석 자료들 좀 봤어요?

영우 아…

민우 (영우의 말 가로채며 잽싸게) 네. 모르는 말들이 많아 어렵더라고요. 그래도 한 번은 정독했습니다.

명석 그래요. 들어갑시다.

S#5. 회의실 (내부/낮)

명석과 민우, 영우가 회의실 안으로 들어간다.
먼저 와있던 두용이 자리에서 일어선다.

명석 안녕하십니까? 이번 사건을 맡은 정명석입니다.

영우 안녕하십니까? 우영우입니다. 똑바로 읽어도 거꾸로 읽어도…

민우 (일부러 말 끊으며) 저는 권민우입니다.

미처 끝내지 못한 "기러기 토마토…"를 혼잣말처럼 중얼거리는 영우. 두용이 살짝 어리둥절해하자 명석과 민우가 싱긋 웃으며 얼른 명함을 건넨다.
중얼거림을 마친 영우도 뒤늦게 자기 명함을 꺼내 내민다.
자리에 앉는 네 사람. 두용이 작은 병에 담긴 오디즙을 변호사들에게 준다.

두용 오디즙 한 병씩들 하시죠. 양구에서 기른 오디예요. 100% 유기농.

민우 아, 양구. 오랜만이네요. 저 군 생활 양구에서 했습니다.

두용 어? 나돈데?

민우 백두산 부대 출신이십니까?

그때, 부드러운 노크 소리와 함께 준호가 자료를 들고 회의실로 들어온다. 동시에 민우가 일어서더니 두용에게 "충성!" 하고 경례를 한다.
두용도 벌떡 일어서 "충성!" 하고 경례한다.
준호가 자료를 책상 위에 내려놓는다.

두용 이야~ 우리 변호사님, 눈 좀 치워보셨구나!

민우 총칼은 녹슬어도 삽날은 빛나지 말입니다.

두용 아하하! (일어선 채로 명석에게) 변호사님은 어디 출신이십니까?

명석 저는 칠성 부대 출신입니다. (일어나 경례) 단결! 할 수 있습니다!

두용 아이고~ 메이커 사단 나오셨네!

명석 네. 전생에 7가지 죄를 지어야만 갈 수 있다는 7사단 출신입니다.

두용 (기분 좋아 준호에게) 이 분은 어디 나오셨을까? 포스를 보면 혹시… 해병대?

준호 아… 아닙니다. (적당히 미소 지으며 명석에게) 나가보겠습니다.

명석이 준호에게 그러라는 눈빛을 보낸다.
두용과 민우, 명석이 껄껄 웃으며 다시 자리에 앉는다.

두용 아이, 술을 한잔 해야 되는데~ 아쉽지만 오디즙으로 건배할까요?

민우 그럴까요?

명석 그러죠, 뭐.

두용, 민우, 명석이 동시에 드르륵! 오디즙 병을 딴다.
영우도 병뚜껑을 열어보지만 힘이 모자란다.
그러거나 말거나 영우에게는 관심도 없는 두용, 민우, 명석이 건배를 한다. 보다 못한 준호가 슬쩍, 영우의 오디즙 병을 열어 영우 앞에 놔준다.
그 병을 들고 뒤늦게나마 건배에 참여해보려는 영우.
하지만 이미 남자들은 건배를 마치고 오디즙을 맥주처럼 들이켜고 있다. 우물쭈물하는 영우의 모습에 준호가 가볍게 한숨을 쉬며 밖으로 나간다.

명석 금강 ATM을 상대로 판매 금지 가처분 신청을 원하신다고요.

두용 네. 저희 이화 ATM이랑 금강 ATM은 뭐랄까… 로펌으로 치면 한바다랑 태산이죠.

명석 (웃음) 막상막하, 숙명의 라이벌인가요?

두용 그렇죠! 워낙 다이다이라 하나를 딱 고를 수가 없어. 바다냐 산이냐?

명석 짜장면이냐 짬뽕이냐?

민우 부먹이냐 찍먹이냐?

영우 대왕고래냐 혹등고래냐…?

그건 좀 아니라는 듯 일제히 영우를 보는 두용, 민우, 명석.

분위기마저 살짝 가라앉았지만 영우는 전혀 눈치채지 못한다.

두용 어쨌든 이화랑 금강도 딱 그런 관계예요. 그사이에 '리더스 ATM'이라고 좀 젊은 회사도 하나 있었는데 거긴 작년에 망했고.

민우 그렇구나. 이런 이야기 재밌습니다.

두용 이번 기회에 금강 애들 혼 좀 났으면 좋겠습니다. 우리가 피땀 흘려 기술 개발 해놓으면 날름날름 갖다 쓴 게 한두 번이 아니에요. 이 카세트도 그렇고요.

명석 (영우에게 작게) 카세트가 뭡니까?

영우 아…

방금 자료를 받은 탓에 답을 모르는 영우가
당황해서 허둥거린다.

두용 아, 카세트가 뭐냐 하면요.

민우 카세트, 압니다. 지폐 넣는 통이죠? 앞에 손잡이 달려있고. 부장님 뵙기 전에 예습했습니다.

두용 역시… 우리 변호사님!

민우를 향해 엄지 척! 하는 두용.
이 모습에 명석도 미소 짓는다.
반면 영우는 카세트가 뭔지 알아내느라

여전히 서류더미를 뒤적이고 있다.

두용 그 카세트는 우리가 개발해서 실용신안까지 출원한 겁니다.

명석 실용신안권은 출원만 하신 건가요? 아직 등록이 된 건 아니고?

두용 네. 출원 후에도 심사다 뭐다 절차가 엄청 많더라고요. 우리가 얼마 전에야 심사 청구를 해서 지금 특허청이 심사하는 중입니다.

명석 아쉽네요. 심사 다 받고 등록까지 된 상태였다면 더 확실했을 텐데.

민우 실용신안권 출원하실 때 자료들이 별로 없던데 혹시 좀 더 볼 수 있을까요?

두용 아, 그럼요. 가진 거 다 드리겠습니다.

민우 명함에 있는 연락처로 보내주시면 감사하겠습니다.

두용 네. 제가 오늘은 변호사님들 얼굴만 잠깐 뵈러 들른 거라서요. 먼저 일어나도 되겠습니까?

명석 그럼요. 물론입니다.

다시 우르르 일어서는 네 사람.
두용이 목례를 한 뒤 회의실 밖으로 나간다.

명석 아까도 말했지만 이 사건은 권민우 변호사랑 우영우 변호사 두 사람이 주도적으로 진행합니다. 나는 옆에서 멘토링만 할 거예요.

민우 네.

영우 네.

영우와 민우의 표정이 명령을 받은 군인들처럼 결연하다.

명석 낯선 용어들이 많겠지만 자료 내용 잘 숙지하세요. (영우에게) 카세트 실용신안이 핵심인 사건인데 카세트가 뭔지도 모르면 되겠어?

영우 아…

영우가 당황해 머뭇거린다.
자신이 자료를 늦게 줬다는 이야기를 할까봐 옆에서
살짝 긴장하는 민우.

영우 안 되겠습니다.

명석 다음에는 이런 일 없도록 하세요.

명석이 잘들 하라는 눈빛을 남긴 채 회의실 밖으로 나간다.

영우 사건 자료를 미리 보지 못해서 힘들었습니다. 다음부터는 깜박하지 말고 공유해주십시오.

민우 음… 싫은데?

예상 밖의 말에 영우가 당황한다.

민우 내가 왜 경쟁자랑 자료를 공유해야 되지? 한바다랑 태산, 이화랑 금강만 경쟁하는 거 아니잖아요. 우리도 경쟁해요. 우변이나 나나 1년짜리 계약직들이고 재계약하려면 고과 잘 받아야죠. 우리가 하는 행동 하나하나 맡은 사건 하나하나 다 채점된다고요. 하긴 우영우 변호사는 재계약 관심 없죠? 관심 있는 사람이 무단결근을 그렇게 하나?

영우 그건… (우물쭈물 설명하려다 포기) 나도 재계약에 관심 있습니다.

민우 그럼 경쟁자 맞네. 내가 또 이기고 있는 거 같지만.

영우 네?

민우가 턱으로 두용이 앉았던 자리를 가리킨다.
무의식중에 깜박한 듯 두용이 영우의 명함만
책상 위에두고 갔다.

민우 어떡해요? 우변은 다음 자료도 못 받겠네.

민우가 피식 웃으며 밖으로 나간다.
빈자리에 덩그러니 놓인 자신의 명함을 보며
영우가 한숨을 내쉰다.

S#6. 법정 (내부/낮)

첫 심문기일.
판사석에 **재판장**(50대/남)을 포함한 판사 3명이 앉아있고 원고석에는 채권자인 이화 ATM의 두용과 채권자 대리인인 명석, 민우, 영우, 피고석에는 채무자인 금강 ATM의 사장 **오진종**(50대/남)과 채무자 대리인인 **김우성**(30대/남)이 있다.

재판장 채무자 대리인, 오늘 추가로 제출하신 자료가 있네요.

우성 네, 재판장님. 이화 ATM의 실용신안 출원이 그 자체로 거짓된 행동임을 소명할 자료입니다. 화면을 봐주시겠습니까?

호기롭게 자리에서 일어서는 우성.
법정 안에 설치된 커다란 스크린에 우성이 제출한 자료가 뜬다. 바짝 긴장한 명석과 신입 변호사들이 스크린을 본다.

우성 2020년 10월, 이화 ATM은 '현금자동입출금기 카세트의 보안 장치'라는 이름으로 실용신안을 출원했습니다. 하지만 이 기술, 표절입니다.

영우가 놀라 옆자리 두용을 쳐다보지만,
놀란 건지 뜨끔한 건지 억울한 건지, 두용의 표정을 알 수가 없다.

우성 매년 4월 미국에서는 '시카고 국제 엔지니어링 페어'라는 박람회가 열립니다. ATM 관련 기술이 많이 소개되기 때문에 국내 ATM 회사들 사이에서 유명합니다. 재판장님, 이 두 개의 도안을 비교해서 봐주십시오. 하나는 2019년 박람회에서 한 미국 회사가 발표한 것이고, 다른 하나는 이화 ATM이 2020년에 자체 개발했다고 주장하는 것입니다.

스크린에 미국 회사와 이화 ATM의 도안 두 개가 나란히 펼쳐진다. 부품 이름만 영어에서 한글로 옮겼다고 봐도 될 만큼 비슷하다.

우성 미국 회사는 이 기술을 오픈 소스로 공개했습니다. 누구나 특별한 제한 없이 자유롭게 사용하고 수정할 수 있도록 한 겁니다. 이화 ATM은 이 기술을 그대로 가져다가 스스로 개발한 것처럼 속이고, 다른 회사들이 사용하지 못하도록 실용신안까지 출원했습니다.

영우 음… 미국 회사의 것을 그대로 가져오지 않았습니다. 두 도안은 얼핏 비슷해 보이지만 분명한 차이가 있습니다. 이화 ATM의 카세트 보안 장치는 지폐 무게 측정 센서가 미국 회사 것보다 훨씬 세분화돼 있습니다. 공개된 기술을 그대로 베낀 것이 아니라 새로운 기술을 더해 발전시킨 것이므로 실용신안을 출원할 근거가 충분… (하지는 않다는 생각에 머뭇) 하지는 않을 수도 있지만 아무튼 근거는 있습니다.

그 짧은 사이에 도안을 파악한 영우의 지적에 재판장이 자료를 다시 본다. 그러자 답답하다는 듯 진종이 끼어든다. 백발이 성성한 진종은 투박하고 거친 기술자 느낌의 사장으로 양복쟁이 영업 부장 느낌의 두용과 대비된다.

진종 아이고, 변호사님. 그 정도 세분화는 누구나 다 합니다. 미국이랑 다르게 한국은 만 원짜리 오만 원짜리, 단위마다 돈 크기가 다르잖아요. 그래서 세분화하는 겁니다. 그 정도 기술 보탠 거 가지고 실용신안 내면 정말 양심 없는 거예요. 핵심 기술은 미국 회사가 개발한 건데.

두용 양심이 없다니요! 저도 그렇고, 우리 회사 사람 그 누구도 저 박람회 간 적이 없어요. (미국 회사 도안을 가리키며) 저런 게 있는 줄, 저는 지금 처음 알았습니다.

민우 금강 ATM이 카세트 보안 장치를 처음 만든 건 2021년입니다. 반면 이화 ATM은 이미 2020년에 실용신안을 출원했고요. 채무자는 미국 회사의 오픈된 기술을 썼다고 주장하지만 사실은 이화의 기술을 베낀 것 아닙니까?

진종 아니, 그렇게 제작년도로 따지자면은 리더스가 원조죠. 리더스 ATM은 박람회 끝나자마자 만들었어요. 무려 2019년에! 리더스 제품 보면 이화 꺼랑 완전히 똑같습니다.

재판장 (솔깃) 그래요? 방금 말한 사실, 소명할 수 있습니까?

이에 대해 이미 알아본 듯,
진종과 우성의 표정이 어두워진다.

우성 재판장님, 저희도 자료를 찾으려 노력했습니다만 안타깝게도 리더스 ATM은 작년에 도산했습니다. 제품 불량으로 전량 리콜이 된 후 도산한 것이라 시중에 리더스 제품이 남아있지 않습니다.

재판장이 한숨을 쉰다. 반면 잔뜩 긴장하고 있던 두용, 명석과 신입 변호사들은 안도한다.

재판장 이 기술을 이화 ATM이 자체 개발했다고 봐야 할지, 아니면 이미 공개된 기술의 근소한 변형에 불과하다고 봐야 할지 이 자료들만 가지고는 판단하기 어렵습니다. 실용신안에 대한 특허청의 심사 결과가 나오지 않은 상태라 더 어려워요. 뭐 더 보여줄 자료는 없습니까?

명석 재판장님, 채무자는 심문기일 당일인 오늘에서야 채권자의 기술이 표절이라는 주장을 하며 자료를 늑장 제출했습니다.

우성 그건… 시카고 박람회 쪽 자료 협조가 늦어서 어쩔 수 없었습니다.

명석 (우성의 말을 자르듯 바로) 이화 ATM이 출원한 실용신안의 신규성을 소명하려면 저희에게도 자료를 준비할 시간이 필요합니다.

재판장 인정합니다. 그럼 다음 심문기일을 잡도록 하고 오늘은 마치겠습니다.

판사들이 우르르 일어나 밖으로 나가자
혼란스러운 표정의 영우가 두용에게 묻는다.

영우　금강 ATM의 주장이 사실입니까?

쑥 들어온 질문에 당황하는 두용.
마침 두용의 핸드폰이 울린다.

두용　아, 전화 좀 받고 오겠습니다.

두용이 핸드폰을 들고 법정 밖으로 나간다.
명석이 바쁜 듯 시계를 보며 서둘러 일어선다.

명석　난 다른 일정이 있어서 먼저 갑니다. 마무리하고 오세요.
영우　네, 알겠습니다.

명석이 밖으로 나가자 민우도 자기 짐을 챙긴다.

민우　나도 먼저 가요. 일이 많아서.
영우　네? 의뢰인에게 사실관계를 확인해야 하지 않습니까?
민우　사실대로 말을 해야 사실관계를 확인하죠.
영우　그럼 권민우 변호사는 황두용 부장님이 거짓말을 한다고 생각합니까?
민우　모르겠어요. 어쩌면 금강이 사기 치는 걸 수도 있고. 사업하는 사람들 다 그렇지 않나?

영우 이화 ATM이 기술을 자체 개발했는지 아닌지에 따라 변론 방향이 바뀝니다. 진실이 뭔지 확인해야 합니다.

민우 그럼 우영우 변호사는 확인해요. 나는 나대로 할 테니까. 근데 진실이 뭐냐고 의뢰인을 추궁하듯이 너무 막 그러지 마요. 나까지 잘릴라.

영우 네?

민우 의뢰인은 갑이고 우리는 을. 그건 알죠? 가만 보면 우영우 변호사는 조용히 해결하는 사건이 없는 거 같아. 상정약품 회장님한테도 심기 거스르는 소리 하다가 잘렸었잖아요. 무슨 우당탕탕 우영우도 아니고.

영우 (빠직) 우당탕탕 우영우요? 이… 이… 권모술수 권민우가?

오랜만에 소환된 옛 별명에 민우도 빠직한다.
그때 우당탕탕! 법정 밖에서 소란스러운 소리가 들린다.
민우와 영우가 밖으로 나가본다.

S#7. 법정 앞 복도 (내부/낮)

허리춤에 양손을 척 올린 두용과 진종이 싸우고 있다. 바닥엔 두 사람이 내던진 것 같은 핸드폰과 가방이 굴러다닌다. 오가는 고성에 지나던 사람들 몇몇이 멈춰 구경한다.

진종 거짓말 좀 하지 마! 우리나라 ATM 회사 중에 시카고 박람회 안 가는 업체가 어디 있어? 시카고에서 새 기술 발표되면 다들 따라 했잖아!

두용 금강은 그런가 보죠! 이화는 아닙니다. 개발부 직원들 다 달려들어서 몇 년을 고생고생 만든 거예요. 기술 훔쳐간 걸로 부족해요? 왜 남의 노력까지 후려쳐요, 왜!

진종 노력? 무슨 노력? 다른 회사 망하게 하려고 더러운 수 쓰는 노력?!

두용 근데 아까부터 이 양반이 왜 반말이실까? 사장이면 다야!

진종 뭐, 이 양반? 이 양반?!

점점 유치해져가는 두 사람의 싸움에 영우와 민우가 한숨을 쉰다.

민우 (영우에게만 작게) 봐요. 둘 중에 누가 거짓말하는지 알겠어요?

민우의 말에 영우가 두 사람을 다시 유심히 본다.
자기 말이 옳다고 발을 쾅쾅 굴러대는 두용과 거짓말하지 말라며 답답한 듯 자기 가슴을 쿵쿵 치는 진종.
어느 쪽이 참이고 어느 쪽이 거짓인지 알 수가 없다.

민우 모르겠죠? 근데 뭘 물어봐요? 사실인지 거짓인지 구분도 못 하면서.

S#8. 털보네 요리주점 (내부/밤)

영우와 그라미가 바 테이블에 나란히 앉아 마주 보며 '참참참' 게임을 한다. 예상외로 영우, 이 게임을 되게 잘한다.

그라미 참참… 참!

영우의 시선을 끌려고 애쓴 그라미의 노력이 무색하게 로봇처럼 차분한 얼굴로 그라미가 가리킨 쪽과 반대 방향을 보는 영우.

그라미 어우, 씨!

그라미가 바 테이블에 올려둔 양은냄비를 집어 머리를 가린다. 영우는 그라미의 동작이 끝나길 가만히 기다렸다가 망치로 냄비를 툭 친다. 돈가스 고기 두드릴 때 쓰는 망치인데 나무로 되어있어 얼핏 법봉 같다.

그라미 와—씨, 너 이거 왜케 잘해? 대회 나가.

영우 그런데 참참참을 잘하는 것과 참과 거짓 구분을 잘하는 것이 과연 상관이 있을까?

그라미 너 지금 내 방법을 의심해? 저 책들은 뭐라는데?

그라미가 바 테이블 위에 놓인 서너 권의 책들을 가리킨다. '당신은 이미 읽혔다' 'FBI 행동의 심리학' '거짓말 까발리기' 등, 참과 거짓 구분하기에 도움이 될까 싶어 영우가 읽은 책들이다.

영우 음… 사람이 거짓말을 하면 카테콜아민이라는 화학물질이 분비돼 코 내부 조직이 부풀어 오른대. '피노키오'는 사실에 근거한 동화였던 거야. 또 거짓말을 하면 혈압이 상승해 코끝 신경조직이 자극을 받아 코가 간지러운 느낌이 든대.

그라미 그 말 들으니까 갑자기 코 완전 간지러워. (코끝을 벅벅 긁으며) 지금 내가 한 말 참이야, 거짓이야?

영우 음…

그라미 야, 구라 좀 쳤다고 코가 커지고 긁어대는 사람이 어디 있냐? 난 그런 사람 한 번도 못 봤다. 다 필요 없고 참참참 하나만 기억해. 상대의 눈을 딱 봐.

영우 상대의 눈을 딱 보는 게 자폐인한테는 세상에서 제일 어려운 일이야.

그라미 아, 맞네. 그럼 미간을 봐. 진실의 미간.

영우가 그라미의 미간을 보려고 노력한다.
그 또한 쉽지는 않지만 눈을 보는 것보다는
훨씬 덜 고통스럽다.

그라미 그러고 있다보면 느낌이 온다. 상대 말이 참이면 '참참참…' 하는 느낌이 오고 구라면 '구라구라구라…' 하는 느낌이 온다고. 알겠냐?

영우 응.

그라미 자, 내가 먼저 맞혀본다. 너 아무거나 말해봐.

영우 음…

무슨 말을 할지 고민하는 영우.
그라미가 영우를 뚫어지게 쳐다본다.

영우 나는 권민우 변호사에게 지고 싶지 않다.

갑자기 들려온 반가운 이름 '권민우'에 그라미가 놀란다.

그라미 권민우…? 그 잘생긴 사람?

영우 어? 아니? 이준호 말고 권민우.

그라미 그래. 이준호 말고 권민우. 그 잘생긴 사람.

민우가 잘생겼다고 생각해본 적 없는 영우가
고개를 갸웃거린다.

그라미 근데 권민우는 왜?

영우 이 사건 권민우 변호사랑 같이 하고 있는데 음, 권민우 변호사는…

그라미 권민우 변호사는?

영우 재수 없어.

그라미 참이네. 너 지금 완전 이기고 싶네, 권민우.

영우 음… 맞아.

그라미 좋아. 이번엔 너 차례다. 집중해! 참참참의 정신으로.

영우 집중해! 참참참의 정신으로.

영우가 참참참의 정신으로 그라미의 미간을 본다.

그라미 이준호는. 우영우를. 좋아한다.

뜻밖의 말에 영우의 집중이 흐트러진다.

영우 뭐야, 그게.

그라미 맞혀보라고. 안다고, 내가. 정답을.

영우 네가 그걸 어떻게 알아?

그라미 너네 낙조마을 갔어, 안 갔어?

영우 낙조마을? (잠시 생각해보고) 갔어.

그라미 자, 이준호는 우영우를 좋아한다. 참이야, 거짓이야?

진지하기 짝이 없는 얼굴로 영우에게 문제를 내는 그라미.
이를 보는 영우의 표정이 멍해진다.

S#9. 야외 농구장 (외부/밤)

준호와 민우가 집 근처 야외 농구장에서 농구를 한다.
핸드폰이 울리자 잠깐 기다려달라는 손짓을 하며 전화를 받는 민우.

민우 (통화) 네, 장 변호사님! (사이) 우영우 변호사요? 알죠. 지금 사건 같이 합니다. (사이) 음··· 우변한테는 그··· 핸디캡이 있잖아요? 어쩔 수 없이 제가 안고 가야 하는 부분이 생기네요. (사이) 에이, 수고는요~ 남들은 시간 내서 봉사도 가는데 저도 이 정도는 해야죠!

아마 "우영우 변호사 어때?"였을 질문에 저런 대답을 늘어놓는 민우. '핸디캡?' '안고 가야 하는 부분?' '봉사?'
준호의 마음이 불쾌하다.
민우가 전화를 끊고 농구를 하러 돌아온다.
준호가 공을 튕기며 골대 쪽으로 가자 민우가 막아선다.
거친 몸싸움으로 민우를 밀어버리는 준호.
민우가 나동그라진 사이 준호가 골을 넣는다.
일어난 민우가 공을 잡기가 무섭게 준호가 또 달려들어 공을 뺏는다. 민우가 따라붙자 준호는 다시 힘으로 민우를 밀치고 기어이 골을 넣는다.

민우 어우, 왜 이래? 페어플레이 합시다, 페어플레이!

준호 페어플레이?

기가 막힌 듯 피식하는 준호.
민우를 향해 엄청 세게 공을 던지며,

준호 너나 하세요, 페어플레이!

공을 받느라 아픈 민우.
준호가 왜 저러는지 몰라 어리둥절하다.

S#10. 우영우 김밥 (내부/낮)

아침부터 꽤 많은 손님들로 북적이는 우영우 김밥.
광호가 부지런히 김밥을 싸는데 한 **손님**(50대/여)이
들어와 메뉴판을 본다.

손님 아휴~ 무슨 김밥이 3,500원 4,000원씩 해? 무서워서 못 먹겠네!

광호 (김밥 싸는 와중에도) 요즘 물가가 다 그렇죠. 재료값이 얼만데요.

손님 재료값이 얼마든 그래봤자 김밥인데! 김밥이 무슨… 아휴~ 비싸.

늘 앉는 자리에 앉아 우영우 김밥으로 아침식사를 마친 영우. 출근 가방에서 돈가스 망치를 꺼내들고 광호에게 간다. 광호가 영우를 돌아보자 참참참의 정신으로 광호의 미간을 보더니,

영우 방금 속으로 저 여성이 진상이라고 생각했습니까?

광호 어?

손님 뭐라는 거야? 지금 나보고 진상이라고 한 거예요?

영우 (광호에게) 대답해보십시오. 그럼 제가 참인지…

손님 (버럭) 아니! 김밥이 비싸니까 김밥이 비싸다고 한 거지! 진상이라니 아침부터 사람 기분 나쁘게!

광호 죄송합니다.

손님 둘이 뭐야? 아저씨 딸이야? 딸 입 빌려서 손님 욕한 거야, 지금?!

광호 아휴, 딸 아니에요. (영우에게) 손님도 이만 나가세요. 네?

'내가 딸이 아니라니 거짓인데… 왜 거짓을…?'
생각해보다 어렴풋이 광호의 의도를 깨달은 영우.

영우 네. 아저씨.

영우가 광호에게 꾸벅 인사하고 밖으로 나간다.

S#11. 차 (내부/낮)

경기도 김포시에 있는 이화 ATM 본사로 가는 길의 차 안. 준호가 운전하고 영우가 조수석에 앉아있다.

준호 송무팀에 전직 형사였던 분이 계셨어요. 그분이 늘 하시던 말씀이, "사람의 몸에서 가장 정직한 부분은 다리, 그다음은 손이다."

영우 다리, 그다음은 손이요?

준호 네. 머리에서 멀어질수록 완벽하게 통제하기가 어렵대요. 얼굴 표정은 꾸며내도 다리가 떨리고 손바닥이 축축한 건 조절하기 힘드니까요. 또 뭐 있더라? 당장이라도 튀어나갈 것처럼 앉아있다든가, 꼭 의자에 묶인 사람처럼 양팔을 몸에 붙이고 있다든가, 손으로 허벅지를 계속 쓸어내린다든가… 이런 게 거짓말의 신호일 수 있다고 하셨어요.

영우 (한숨) 동그라미는 미간을 보라고 했는데 전직 형사님은 다리와 손이 중요하다 하시고… 결국 온몸을 다 봐야하는 겁니까? 참 어렵습니다.

준호 그냥 편안하게 대화하시면 어때요? 변호사님 직감을 믿고요.

영우 제 직감은 꽝입니다. 자폐인들은 남의 말에 잘 속고 거짓말을 못하기로 유명합니다. 만약 남에게 속아 넘어가기 대회가 있다면 자폐인이 1등할 거예요.

준호 그래요? 왜죠? 자폐를 가진 분들이 순수해서 그런 걸까요?

영우 그렇다기보다는… 사람들은 '나와 너'로 이루어진 세계에 살지만 자폐인은 '나'로만 이루어진 세계에서 사는 데 더 익숙해서 그렇습니다. 사람들이 나와는 다른 생각을 할 수 있다는 거, 다른 의도를 갖고 날 속일 수도 있다는 걸 머리로는 이해하지만 자꾸만 잊어버려요. 거짓말에 속지 않으려면 매순간 의식적으로 노력해야 합니다.

담담하게 풀어놓는 영우의 이야기.
영우의 옆얼굴을 살며시 보는 준호의 눈빛이 따뜻하다.

준호 이런 이야기… 도움이 돼요.
영우 도움이 돼요…?
준호 네. 제가 변호사님을 이해하는 데 도움이 돼요.

어느덧 이화 ATM 본사 정문 앞에 도착한 차.
준호가 **경비 아저씨**(50대/남)를 향해 창문을 내린다.

준호 영업부 황두용 부장님 만나러 왔습니다!

경비가 고개를 끄덕이자 준호가 차를 몰아 정문 안으로 들어간다. 영우가 창밖을 내다본다.
넓은 부지에 세워진 커다란 공장형 건물이 꽤 번듯해 보인다.
준호가 주차장에 차를 세우더니 영우를 향해 돌아앉는다.

준호 변호사님, 우리 연습해볼까요? 지금부터 제가 황두용 부장님이에요. 변호사님이 질문하면 제가 대답할게요. 사실인지 아닌지 맞혀보세요.

그러자 영우가 가방에서 돈가스 망치를 꺼낸다.
그라미와 참참참 훈련을 할 때처럼 진지한 표정으로
준호의 미간을 본다.

영우 해보겠습니다. 참참참의 정신으로.

준호 참참참이요?

영우 이준호는 우영우를 좋아한다. 사실입니까?

난데없이 훅 들어온 말에 눈빛이 흔들리는 준호.
얼굴이 거짓말처럼 붉어진다.

준호 그건…

정지 화면처럼 꼼짝하지 않고 서로만 바라보는 두 사람.
둘 사이 공기마저 멈춰있는 것 같다.
간신히 정적을 깨는 준호.

준호 황두용 부장님이 대답하기엔 너무 어려운 질문이네요.

영우 아, 네. 연습 문제였습니다.

여전히 서로를 쳐다보길 그만두지 못하는 두 사람.
준호에게서 '참참참'과 '구라구라구라' 중 어떤 느낌을 받은 걸까? 영우의 표정이 묘하다.

S#12. 커피숍 (내부/낮)

한 **남자**(30대)가 커피숍 안으로 들어와 두리번거리자 미리 와있던 민우가 일어선다.

민우 혹시 리더스…

남자 아, 네네!

민우 와주셔서 감사합니다. 전화 드렸던 권민우입니다.

남자 아휴, 제 연락처를 어떻게 찾으셨어요?

민우와 남자가 커피숍 테이블에 마주 앉는다.

민우 아는 분한테 물어물어 과장님 번호 겨우 얻었습니다. 다들 어디로 숨으셨는지 연락처 찾기 너무 어렵더라고요.

남자 회사가 빚더미에 앉아서 파산했으니까요. 다 도망자 신세죠, 뭐. 저도 변호사님 전화 받고 얼마나 놀랐는데요. "리더스에서 일하셨죠?" 하는데 와, 이젠 나한테까지 빚 받으러 왔나, 싶어서.

민우 놀라게 해드려서 죄송합니다.

남자 에이, 아니에요. 용건 말씀해주시죠.

민우 카세트 보안 장치 아시죠? 이렇게 생긴.

민우가 핸드폰 속 사진을 꺼내 남자에게 보여준다.
이화 ATM의 신제품인, 앞면에 번호판이 달린 그 카세트다.

남자 알죠, 알죠. 이건 이화에서 만든 건가요?

민우 네. 리더스에서도 이거랑 비슷한 카세트를 만드셨던 걸로 아는데요.

남자 비슷… 하다기보다는 똑같죠. 똑같은 카세트죠.

민우 2019년 시카고 박람회에서 공개된 기술로 만드신 건가요?

남자 네. 그때 우리가 업계 1위 한 번 해보자고 일 진짜 빡세게 했어요. 시카고 박람회가 4월에 열리는데 우리는 같은 해 10월에 벌써 제품 생산했으니까. 미국 기술 들여와서 반년 만에 상품화까지 해낸 거죠. 지금 생각하면 그렇게 무리하질 말았어야 했는데… 후회합니다.

민우 왜죠?

남자 그때 너무 달렸어. 맨날 밤새서 공장 돌리느라고 정작 중요한 데서 미스가 난 거예요. 수표 인식 오류가 생겼거든요. 그거 때문에 야심차게 만든 신제품을 다 반품 처리했고… 결국 회사가 망했죠.

민우 그럼 현재 시중에 남아있는 리더스 제품은 하나도 없습니까?

남자 카세트 보안 장치 달린 그 제품은 없죠. 전량 반품됐으니까.

민우 반품된 기기들은 어디에 있죠?

남자 폐기됐죠, 뭐. 이제는 이 세상에 없는 거지. 아이고, 왠지 슬프네요. 정말 열심히 만들었는데…

남자의 눈가가 살짝 촉촉해진다.
반면 민우의 얼굴에는 안도의 미소가 슬며시 떠오른다.

S#13. 이화 ATM (내부/낮)

한 **직원**(20대/남)의 안내를 받으며 영우와 준호가 이화 ATM 본사 안으로 들어간다. 중소기업답게 생산 공장과 사무실, 연구 개발실 등이 모두 한 건물에 있다. 들어서자마자 십여 명의 직원들이 부품 조립을 하고 있는 모습이 보인다.

직원 황 부장님 사무실은 저쪽이에요.
준호 네, 감사합니다.

영우와 준호가 직원이 가리킨 쪽을 향해 간다.

S#14. 두용의 사무실 (내부/낮)

사무실 안으로 들어선 영우와 준호.

두용의 모습을 보고 놀란다.
두용은 미간 위엔 반창고를, 한쪽 팔과 다리엔
석고 붕대를 하고 있다.
두용을 관찰할 수 없게 돼, 충격에 빠진 영우.

영우 미간도 다리도 손도…

두용 다쳤습니다. 교통사고가 났어요.

준호 많이 다치신 거 아닌가요? 이렇게 일하셔도 괜찮으세요?

두용 괜찮아요. 변호사님이랑 한바다 분이 회사까지 오신다는데 제가 어떻게 병원에 누워있나요.

영우 (여전히 충격에 빠져 멍하게) 미간도 다리도 손도…

준호 (두용이 이상하게 볼까 얼른 뒤이어) 다치셔서 정말 힘드시겠습니다.

두용 아이고, 네에. 제품 개발 관련해서 물어본다고 하셨죠? 제가 몸도 좀 이런 데다 아무래도 영업부라 잘 몰라요. 담당자 만나게 해드릴게요.

S#15. 이화 ATM 연구 개발실 (내부/낮)

두용이 영우와 준호를 데리고 연구 개발실로 들어온다.
설계도와 컴퓨터, 샘플 부품으로 가득한 곳에서 5명이 일하고 있다. 그중 **배성철**(38세/남)이 엉거주춤 자리에서 일어선다. 통통한 몸매에 뿔테 안경을 쓰고 체크무늬 셔츠를 입은 모습이 누가 봐도 공대 출신 개발자다.

두용 연구 개발부의 배성철 팀장입니다. 우리 신제품 개발한 주역이죠.

성철 에이, 주역은요. 에이.

두용 한바다 변호사님이랑 직원 분. 신제품 개발한 얘기 들으러 오셨어.

두용과 성철, 영우와 준호가 연구 개발실 한쪽에 놓인 테이블에 둘러앉는다. 영우가 성철을 유심히 본다.
전직 형사가 말했다는 거짓말의 신호를 죄다 보여주는 성철. 다리는 당장이라도 튀어나갈 것처럼 문 쪽을 향해 돌아가있고 양팔은 의자에 묶인 사람처럼 몸통에 착 붙이고 있다.

영우 카세트 보안 장치는 언제 고안하셨습니까?

성철 네? 아, 언제냐고요? 어… 2019년 말? 2020년 초? 그쯤입니다.

영우 정확히 말씀해주십시오.

성철 2019년 말! 2019년 말입니다.

영우 고안하시게 된 계기가 있습니까?

성철 계기요?

준호 저희야 이화 ATM 분들이 외국 기술을 그냥 가져온 게 아니라 자체 개발하셨다는 걸 알지만 의심하는 사람들도 있으니까요. 고안하시게 된 계기나 과정이 구체적이면 더 신빙성이 있으니까 변호사님이 질문하시는 것 같습니다.

성철 아, 계기요? 계기…

긴장한 성철이 양손으로 허벅지를 쓸어내리기 시작한다.
손바닥이 축축한 듯 면바지에 땀자국이 묻어난다.

두용 배 팀장 오늘 왜 이렇게 수줍어? 말을 해, 말을. (영우와 준호에게) 저 친구가 원래 저런 친구가 아니에요. 배 팀장 우리 회사 오기 전에 뭐했는지 알아요? (뜸들이다 정답 발표하듯) 연극! 무려 배우였다고.

준호 연극배우요? 와~ 대단하시네요.

성철 아, 그거 뭐 옛날에 잠깐. 단역, 단역.

준호의 감탄에 머쓱해하면서도 씩 웃는 성철.
긴장이 겨우 풀어졌나 싶은 틈에 영우의 건조한 질문이
분위기를 깬다.

영우 배성철 팀장님, 2019년에 열린 시카고 국제 엔지니어링 페어에 가셨습니까?

순간 테이블 위에 정적이 감돈다.
몸속에서 카테콜아민이 분비된 걸까?
갑자기 성철이 코끝을 벅벅 긁는다.

두용　에이~ 근데 변호사님은 너무 검사 같으시다. 자꾸 심문하듯이 하니까 우리가 꼭 범인이 된 거 같네. 변호사님 우리 편이잖아요. 맞죠?

그때, 두용의 핸드폰이 울린다.

두용　어? 권민우 변호사님이네? 여기서 받을게요. 일 때문일 테니까.

두용이 전화를 받아 스피커폰으로 돌린다.

두용　충성!
민우　(소리) 충성!
민우　(소리) 부장님이 연락처 주신 분 방금 만났습니다. 리더스 ATM에서 일하셨던 분이요.
두용　그래요?
민우　(소리) 네. 리더스 제품들, 전량 반품해서 폐기된 게 맞다고 합니다. 시중에선 못 찾을 거라 하시네요. 그러니까 너무 걱정 마세요. 금강이 아무리 트집을 잡고 싶어도 제시할 수 있는 증거가 없습니다.
두용　역시 우리 권민우 변호사님! 최고십니다!
민우　(소리) 그럼 또 연락드리겠습니다.
두용　네에! 들어가세요!

기분이 좋은지 전화를 끊고 나서도 허허 웃는 두용.
질문하는 게 꼭 검사 같다며 영우를 못마땅해하던 것과는 딴판이다.

준호　　좋은 소식이네요.

두용　　네. 그럼 변호사님, 우리 심문당하는 거는 이제 그만할까요? 권민우 변호사님은 이렇게 걱정 말라고 하시는데.

두용이 영우를 빤히 쳐다본다.
민우를 더 신뢰하는 게 역력한 두용의 태도가 영우의 경쟁심을 자극한다. 영우의 눈빛이 바뀐다.

영우　　금강 ATM이 제시할 증거가 없다는 건 다행입니다. 하지만 우리는 우리대로, 주장하는 바가 사실임을 소명해야 합니다. 배성철 팀장님이 개발 과정을 직접 들려준다면 긍정적인 효과가 있을 것입니다.

성철　　네? 저더러 증인이 되라고요?

두용　　(한숨) 이거, 다른 변호사님들도 허락한 거 맞아요? 내가 권민우 변호사한테 전화를 해서 한번…

두용이 민우에게 전화를 걸려고 핸드폰을 집어 드는데
영우가 두용의 말을 잘라버리고 성철에게,

영우　　이 사건은 가처분 심리 사건이라 사용하는 말이 조금 다릅니다. 원고 대신 채권자, 피고 대신 채무자, 증인 대신 참고인이라고 부릅니다. 그리고 참고인은…

말을 할까 말까, 잠시 망설이는 영우.
결국 하기로 마음먹는다.

영우 증인 선서를 하지 않습니다. 다시 말해 위증을 하더라도 위증죄로 처벌 받지 않습니다.

'지금 거짓말을 하라고 알려주는 건가?'
준호가 놀라 영우를 본다.
두용도 멈칫하며 들고 있던 핸드폰을 슬쩍 내려놓는다.

영우 손으로 허벅지를 쓸어내리는 행동은 거짓말을 하는 것처럼 보입니다.

영우의 말에, 손으로 허벅지를 쓸어내리고 있던 성철이 동작을 멈춘다.

영우 증인의 손이 증인석 책상 밑에 숨겨져 있으면 배심원들이 싫어한다는 연구 결과가 있습니다. 가처분 사건엔 배심원이 없지만 손을 감추는 참고인을 신뢰하지 않는 건 판사도 마찬가지일 것입니다.

그러자 성철이 움찔하며 양손을 테이블 위로 올린다.

영우 무엇보다 코끝을 긁지 마십시오. 카테콜아민이 분비된 피노키오처럼 보입니다.

두용 이야~ 우리 변호사님, 제대로 코치해주시네. 배 팀장, 잘 들어둬!

영우 연극배우셨으니까. 잘하실 거라 기대하겠습니다.

성철 아…! 네.

잊었던 연기 본능을 자극 받은 성철. 눈빛이 결연하게 빛난다. 이 상황을 지켜보는 준호가 조용히 한숨을 쉰다.

S#16. **법정** (내부/낮)

두 번째 심문기일이 진행 중인 법정.
그라미가 안으로 들어와 두리번대며 민우가 어디 있는지 찾는다. 문득 뒤를 돌아본 민우와 눈이 마주친 그라미.
민우의 잘생김에 수줍어진 채로 얌전히 방청석에 앉는다.

재판장 참고인 나오세요.

그라미 옆에 앉아있던 성철이 벌떡 일어나 앞으로 나간다.
깔끔한 정장 차림에 안경을 벗고 올백 머리로 훤히 드러낸 이마까지, '공대 출신 개발자' 대신 '성공한 IT 벤처 사업가' 느낌으로 변신한 성철. 씩씩하게 걸어가 증인석에 앉는다.

재판장 채권자 대리인, 참고인 신문하세요.

영우가 일어나 성철에게 간다.

영우 참고인, 자기소개해주십시오.

성철 저의 이름은 배성철. 이화 ATM의 연구 개발부 팀장입니다.

자신만만하다 못해 살짝 느끼한 성철의 연극 톤.

영우 이화 ATM이 만든 2022년형 현금자동입출금기의 핵심 기술은 보안 장치가 달린 카세트입니다. 맞습니까?

성철 네. 제가 이 두 손으로 직접 개발한 카세트입니다.

영우 언제 처음 개발하셨습니까?

성철 때는 2019년 겨울, 무척이나 추웠던 11월의 어느 날이었습니다.

영우 카세트 보안 장치를 개발하게 된 특별한 계기가 있습니까?

성철 그 겨울엔 유독, ATM을 조작한 횡령 사건이 많았습니다. 그러다보니 상부에서 지시가 내려왔어요. 새로운 카세트를 만들어라. 거짓말과 속임수가 통하지 않는 정직한 카세트를 만들어보아라.

영우 개발 과정을 설명해주시겠습니까?

성철 이화 ATM 연구 개발부 사람들의 피와 땀, 그보다 더 정확한 설명이 가능할까요? 다음 해인 2020년 10월, 카세트 보안 장치로 실용신안을 출원할 때까지 우리의 도전은 지칠 줄 모르고 계속되었습니다.

성철의 말을 들을수록 점점 더 화가 나는 진종.
자기도 모르게 버럭,

진종 지금 무슨 연극합니까? 남의 기술 갖다 쓴 걸 뻔히 아는데!

재판장 채무자, 발언 기회는 충분히 드릴 테니까 신문 중엔 끼어들지 마세요.

영우 참고인, 단도직입적으로 묻겠습니다. 2019년 미국에서 열린 시카고 국제 엔지니어링 페어에 가셨습니까?

진종의 일갈 탓인지 갑자기 '공대 출신 개발자'로 돌아온 듯 머뭇대는 성철. 우물쭈물하는 모습에 영우가 긴장한다.

영우 참고인?

성철의 코끝이 서서히 붉어진다. 참지 못하고 벅벅
긁어버릴까 봐 영우가 걱정하던 바로 그 순간,

성철 재판장님!

성철이 울기 시작한다. 재판장이 당황해 성철을 쳐다본다.

재판장 참고인?

성철 이화 ATM, 정말 작은 회사입니다. 연구 개발부라 해봐야 5명이에요. 그 다섯이 머리를 맞대고 마음을 모아서 몇날 며칠을 연구하고 개발했습니다. 남의 기술 갖다 썼다는 모함이나 받기에는 우리의 노력이 너무 아깝습니다. 사람들 생각은 다 비슷하니 비슷한 시기에 비슷한 제품이 나올 수 있지요. 하지만 남의 꺼 베껴놓고 자체 개발했다고 거짓말하는, 우리 그런 회사 아닙니다. 저기 앉아계신 황 부장님이나 저나! 그런 사람들 아니라고요!

성철의 절절한 호소에 두용의 눈시울도 붉어진다.
두 사람의 눈물과 간절한 표정에, 그때까지 둘의 말이 거짓일 거라 생각했던 영우가 또 혼란스러워진다.
'이들의 말이… 정말로 사실인 걸까?'

진종 재판장님. 남의 기술 갖다 쓰는 데에도 몇날 며칠 밤새는 노력은 필요합니다. 원래 다 그래요.

재판장 아까도 말했지만 지금은 참고인 신문 중이니까…

옆자리 우성이 진종의 옷자락을 당기며 말리는데도
진종은 막무가내로 재판장의 말을 끊는다.

진종 이게 지금 쇼하는 거지 무슨 참고인 신문입니까!? 저 사람들 새빨간 거짓말 밝힐 증거 찾으려고 내가 지금 전국 고물상을 뒤지고 있어요. 리더스에서 만든 그 카세트, 그거 하나만 찾으면…

재판장 그래서 찾았습니까?

진종의 말을 끊고 쏘아붙이듯 묻는 재판장.
그제야 진종이 움찔한다.

재판장 그래서 증거 찾았냐고요.

진종 찾으려고 지금 전국을…

재판장 그럼 찾은 후에 다시 얘기하세요. 지금은 앉으시고요. 채권자 대리인, 신문할 내용 더 있습니까?

영우 없습니다. 이상입니다.

진종이 허탈하게 주저앉는다.
방청석의 그라미가 자리로 돌아가는 영우를 향해 엄지 척! 한다.

명석 (영우, 민우에게만 들리도록 작게) 잘했어요. 분위기 좋네.

민우 감사합니다. 참고인 신문 준비 많이 했는데 효과가 있어 다행입니다.

영우에게 가야 할 칭찬을 천연덕스럽게 가로채는 민우.

의뢰인도, 참고인도, 민우도 믿지 못할 이 상황이 영우는 그저 혼란스럽다.

S#17. 영우의 사무실 (내부/낮)

똑똑! 경쾌한 노크 소리와 함께 두용이 안으로 들어온다. 책상에 앉아 일하던 영우가 엉거주춤 일어선다.

두용 변호사님! 소식 들으셨죠? 가처분 결정 난 거요!

영우 아, 네.

두용 금강 애들, 지금 꽤 난처하겠는데요? 제작이며 판매며 전부 금지돼 버렸으니! 감사합니다. 이게 다 변호사님들 덕분이에요.

두용이 싱글벙글 웃으며 영우에게 포장된 선물을 내민다.

두용 이화 ATM이 변호사님께 드리는 선물입니다! 한번 뜯어보세요.

영우가 포장지를 뜯는다. 노란 해바라기가 그려진 그림 액자다.

두용 '돈 들어오는 그림' 하면 또 해바라기 아니겠습니까? 쑥쑥

자라는 해바라기처럼 쑥쑥 돈 버십시오!

영우 네… 감사합니다.

두용이 액자를 들고 사무실을 둘러보더니 벽에 박힌 못을 찾아낸다.

두용 여기 좋다! 변호사님, 여기 괜찮죠?

영우가 대답하기도 전에, 해바라기 액자를 척 걸어보는 두용. 한 발짝 떨어져 감상하고선 대만족한 듯,
해바라기처럼 활짝 웃는다.

두용 변호사님! 부자 되세요!

멍한 표정으로 두용과 액자 속 해바라기를 번갈아 보는 영우. 그때 노크 소리와 함께 영우의 담당 **비서**(20대/여)가 안으로 들어온다.

두용 변호사님, 그럼 전 가보겠습니다.

영우 네.

두용이 나가자, 비서가 영우에게 다가와 우편물을 건넨다.

비서 변호사님 앞으로 온 우편물이에요.

영우가 우편물 맨 앞에 놓인 편지 봉투를 보고 멈칫한다.
봉투 겉면에 투박한 손 글씨로 '금강 ATM 사장, 오진종'이라 적혀있다.

S#18. 명석의 사무실 앞 복도 (내부/낮)

한 손에 편지 봉투를 쥔 영우가 명석의 사무실로 다급히 걸어간다. 노크하고 문을 열어보지만 안에는 아무도 없다.
어떻게 할지 잠시 망설이는 영우. 곧 문을 닫고 발길을 돌린다.

S#19. 민우의 사무실 (내부/낮)

똑똑 한 박자 쉬고 똑. 노크 소리에 언제나처럼 "네—" 대충 대답하는 민우. 영우가 문을 열고 안으로 들어온다.
두용이 다녀간 듯, 사무실 벽에 영우의 것과 같은 해바라기 액자가 걸려있다.

영우 권민우 변호사님, 편지 받았습니까?

민우 무슨 편지요?

영우가 민우에게 방금 받은 편지 봉투를 건넨다.

민우가 봉투에서 편지를 꺼내 펼쳐 본다.
진종이 손으로 꾹꾹 눌러 쓴 글자들이 담긴
한 장짜리 편지다.

민우 (편지 낭독) 변호사님 보세요.

S#20. 금강 ATM 사무실 (내부/낮)

화면 가득 망연자실한 진종의 얼굴.
원래도 백발성성하던 머리가 더 하얗게 새
10년은 늙어 보인다.
편지를 읽는 진종의 목소리가 화면 위로 들려온다.

진종 (N) 변호사님 보세요.

금강 ATM 사무실 내 사장 책상에 앉아있는 진종.
진종을 제외한 직원들 모두가 끝없이 걸려오는 전화를 받느라 바쁘다. 가처분으로 인한 피해를 걱정하는 투자자들의 전화다.

진종 (N) 몇 번이나 말했듯이 그 기술은 미국 회사가 개발해 박람회에서 공개한 겁니다. 금강도 이화도 그 기술을 가져와 제품을 만들었어요. 그러다 이화 ATM이 혼자만 독점하려고 실용신안을 낸 것인데 왜 진실을 외면합니까?

한 **직원**(40대/남)이 난처한 얼굴로 진종에게 온다.

직원 사장님, 판매 금지 가처분됐단 얘기가 너무 빨리 퍼져서요. 투자자들 몇몇은 당장 여기로 쳐들어올 분위기라… 일단 잠깐만 피해 계시면 어떻겠습니까?

진종이 멍한 표정으로 자리에서 일어나더니 밖으로 나간다.

S#21. 금강 ATM 공장 (내부/낮)

사무실 바깥은 제품 생산 공장과 바로 이어져 있다.
이화 ATM보다 작은 규모에 장비와 시설 등이 낙후된 모습.
가처분으로 인해 작동을 멈춘 기계들을 보는 진종의 마음이 무너진다.

진종 (N) 이번 가처분으로 제작과 판매 금지가 길어지면 이화보다 영세한 우리 금강은 금방 문을 닫게 될 겁니다.

그때 쾅쾅쾅! 투자자들 몇몇이 닫힌 공장 문을 부서져라 두드린다. 문을 열어주지 않자 밖에서 고래고래 소리를 지르는 투자자들.

투자자 1 (소리) 문 열어! 니들 안에 있는 거 다 알아!

투자자 2 (소리) 사장 나와! 오진종! 나와!

직원들이 하나둘 진종 옆으로 모여든다.
난리통 한가운데 얼어붙은 듯 우뚝 선 진종.
절망한 얼굴 위로, 편지의 끝부분을 읽는
진종의 담담한 목소리가 들린다.

진종 (N) 변호사님은 소송만을 이기는 유능한 변호사가 되고 싶습니까? 아니면 진실을 밝히는 훌륭한 변호사가 되고 싶습니까?

CUT TO :

민우의 사무실.
다 읽은 편지를 영우에게 돌려주며 어깨를 으쓱하는 민우.

민우 왜 나한테는 편지 안 보냈지? 존재감이 없었나, 내가?

영우 만약 이 편지의 내용이 진실이라면 우리가 뭔가 해야 하지 않습니까?

민우 뭘 해요? 의뢰인 입장 잘 변론해서 원하는 가처분 받아줬으면 됐지. 우리가 뭘 더 합니까?

영우 만약 이 편지의 내용이 진실이라면…

민우 우영우 변호사, 언제까지 진실이냐 거짓이냐 타령할 거예요? 그거 알아본다고 이화 본사까지 직접 찾아갔던 거 아니었어요?

영우 이화 ATM 분들한테도 이 편지를 보여주고 설득해보면 어떻습니까? 가처분 집행 취소를 신청해달라고요.

민우 네…? 도대체 왜요?

영우 이 편지의 내용이 진실일 수도 있으니까요.

민우 그렇다는 증거 있어요?

할 말이 없어 영우가 머뭇거린다.

민우 아니, 의뢰인을 못 믿겠으면 처음부터 사건을 맡지 말았어야죠. 이제 와서 편지 한 통에 마음 흔들려가지고 다 뒤엎자는 게 말이 됩니까? 아, 진짜. 우당탕탕 우영우 아니랄까 봐 왜 사고 칠 생각만 하지?

영우 우당탕탕 우영우라고 부르지 마십시오. 권모술수 권민우라고 부르면 좋습니까?

민우 권모술수는… 우변이 쓴 거 같은데?

영우 네?

민우 참고인 증언, 코치해준 거 맞죠? 어우, 난 무슨 미드 보는 줄 알았어. 참고인이 연습을 장난 아니게 해왔던데? 질문이며 대답할 거 대본도 다 있었던 거 같고.

말문이 막힌 영우.

민우 우영우 변호사야말로 솔직하게 말해봐요. 참고인 말이 사실이라고 생각했어요? 아니죠? 아니라고 생각했으니까 진짜처럼 들리게 도와준 거 아닌가? 그런 게 바로 권모술수죠.

허를 찔린 영우의 표정이 멍하다.

민우 사실이라고 생각했든 아니든, 의뢰인을 믿기로 했으면 끝까지 믿어요. 그게 변호사가 의뢰인한테 지켜야하는 예의잖아요.

S#22. **한바다 11층 복도 (내부/낮)**

민우의 사무실에서 나와 멍하게 걷는 영우.
맞은편에서 핸드폰을 보며 걸어오던 명석과 마주친다.

명석 우영우 변호사, 전화했었네? 왜요?

영우 아…

명석에게 전화했었던 이유인 진종의 편지를 만지작거리는 영우. 말을 할까 말까 고민하다가 하지 않기로 결심하고 손에 든 편지 봉투를 숨기듯 감싸 쥔다.

영우 아까는 여쭤보고 싶은 것이 있었는데…

명석 있었는데?

영우 지금은 없습니다.

명석 (피식) 알았어요.

명석이 영우를 지나쳐 걸어간다.

S#23. 영우의 사무실 (내부/낮)

사무실로 돌아온 영우.
벽에 걸린 해바라기 그림과 손에 들린 진종의 편지를 번갈아 보다가 결국 편지를 서랍 깊숙이 넣어버린다.

S#24. 한바다 구내식당 (내부/밤)

수연이 혼자 저녁을 먹고 있는데
영우가 식판을 들고 와 맞은편에 앉는다.

수연 우영우가 웬일이야? 구내식당 밥을 다 먹고?

영우 오늘 저녁 메뉴가 김밥이라서.

수연이 영우 식판에 가지런히 놓인 김밥을 보며
피식 웃는다.

수연 김밥 나오는 날은 말해줘야겠네.

영우가 생수병 뚜껑을 열기 위해 애쓴다.
그러자 수연이 당연하다는 듯 영우의 생수병을 빼앗아 드르륵 열어준다.

수연 너 권민우 변호사한테 그거 말했나보더라?
영우 어?
수연 권모술수 권민우.
영우 아, 나를 자꾸 우당탕탕 우영우라고 불러서.
수연 뭐야, 사건 하나 같이 하더니 서로 별명 부르는 사이 됐냐?
영우 우당탕탕 우영우는 내 별명 아니야.
수연 나도 그런 거 만들어줘. (잠시 고민하더니) '최강동안 최수연' 어때? 아니면 '최고미녀 최수연?'
영우 아니야.
수연 아니야?
영우 응. 너 그런 거 아니야.
수연 (살짝 삐짐) 그럼 난 뭔데?
영우 너는…
수연 (기대) 나는?
영우 봄날의 햇살 같아.

예상 밖의, 너무나 진지한 표현에 수연이 놀란다.

수연 어?

영우 로스쿨 다닐 때부터 그렇게 생각했어. 너는 나한테 강의실의 위치와 휴강 정보와 바뀐 시험범위를 알려주고 동기들이 날 놀리거나 속이거나 따돌리지 못하게 하려고 노력해. 지금도 너는 내 물병을 열어주고 다음에 구내식당에 또 김밥이 나오면 나한테 알려주겠다고 해. 너는 밝고 따뜻하고 착하고 다정한 사람이야. '봄날의 햇살 최수연'이야.

담담하게 늘어놓는 영우의 말에 왠지 눈물이 날 것 같은 수연. 그때 지나가던 민우가 영우를 발견하고 다가온다.

민우 우영우 변호사, 금강 ATM이 가처분 이의 신청했잖아요.

영우 네.

민우 이젠 현장 검증을 하자네요? 금강 사장님, 증거 찾겠다고 전국 고물상을 다 뒤진다 어쩐다 하더니 결국 뭔가 찾아냈나봐요.

영우 현장 검증이요?

민우 네. 중랑구 망우동에 있는 은행으로 오랍니다.

S#25. 은행 ATM 부스 (내부/낮)

중랑구 망우동에 위치한 제2금융권 '종현저축은행'의 ATM 부스. 서너 대의 ATM이 놓인 좁은 공간이 정장 입은 사람들로 북적인다. 평소와 달리 법복 대신 양복을 입은 3명의 판사들 양쪽으로, 두용 옆에는 명석과 신입 변호사들이, 진종 옆에는 우성이 서있다. 두용은 팔과 다리에 여전히 석고 붕대를 감고 목발을 짚고 있지만 전체적으로 많이 회복된 모습이다.

재판장 지금부터 사건번호 2022 카합 1547 지식 재산권 침해 금지 가처분의 이의 절차에 대한 현장 검증을 진행하겠습니다. 채무자 대리인, 현장 검증 신청하셨는데 검증의 목적물을 보여주시겠습니까?

우성 네, 재판장님.

우성이 한 ATM 앞으로 다가가 선다.
다른 기기들에 비해 오래된 듯,
조금은 낡은 느낌이 나는 ATM이다.

우성 리더스 ATM이 제작한 현금자동입출금기입니다. 같은 모델 대부분이 폐기됐지만 다행히 이 기계 하나가 망우동 지점에 남아있었습니다. (은행원에게) 내부를 열어 카세트를 보여주시겠습니까?

그러자 **은행원**(40대/남)이 **은행 경비원**(40대/남)과 함께 ATM을 꺼내 뒤로 돌려 그 내부를 보여준다. 처음 보는 모습이 신기한 듯 집중해서 보는 판사들과 변호사들.

은행원 2　　이게 카세트입니다.

은행원이 카세트를 꺼내 판사들 앞으로 가져오자,
우성이 따로 준비한 카세트를 꺼내 그 옆에 나란히
들어 보인다.

우성　　이건 이화 ATM이 자체 개발했다고 주장하는 카세트입니다. 두 카세트를 비교해서 봐주십시오. 이 카세트들이 기존 카세트와 다른 점은 전면에 있는 번호판과 안쪽 하단에 있는 지폐 무게 측정 센서입니다.

우성의 안내에 따라, 판사들이 두 개의 카세트를 비교해본다. 초록색 손잡이 옆에 있는 번호판과 안쪽 바닥에 있는 무게 측정 센서. 그 모양과 크기 등이 같은 제품이라 해도 믿을 만큼 비슷하다.

우성　　두 카세트는 겉보기만 비슷한 것이 아닙니다. 두 회사의 카세트 도안을 봐주십시오. 내부 설계 역시 유사합니다.

종이에 출력된 이화와 리더스의 카세트 도안들을
나란히 비교해보는 영우.
다른 부분을 찾기 어려워 한숨이 절로 나온다.
영우가 옆에 서있는 두용을 본다.
놀란 건지 뜨끔한 건지 억울한 건지, 두용의 표정은

여전히 알 수가 없다.

우성 이화 ATM은 2020년 10월에 실용신안권을 출원했습니다. 그렇다면 리더스 ATM은 언제 이 제품을 만들었을까요? 여기, 안쪽에 표시된 납품 일자를 확인해주시겠습니까?

재판장이 ATM으로 걸어가 납품 일자를
보기 위해 무릎을 꿇고 앉는다.
우성이 재판장을 위해 돋보기를 척 갖다대준다.

재판장 납품 일자가… 2019년 10월 23일이네요?
우성 네. 이화 ATM보다 무려 1년이나 앞서 이 제품을 생산한 것입니다.

명석과 영우, 민우의 표정이 일제히 어두워진다.
반면, 정작 두용의 얼굴은 무덤덤하다.

우성 실용신안권 등록의 가장 중요한 요건은 신규성입니다. 선행 기술과 동일하지 않아야 하는 것입니다. 이는 특허법 제29조에도 명시되어 있는 사항인 만큼 이화 ATM은 이 기술로 실용신안권을 획득할 자격이 없습니다. 금강 ATM에 내려진 제작 및 판매 금지 가처분을 취소해주십시오.

알았다는 듯 재판장이 고개를 끄덕인다.

영우가 우성과 진종을 본다. 이겼다는 생각에 기세등등한 우성과 달리 담담하고 차분한 진종. 지난한 싸움의 끝이 보이는 이 상황이 허탈한지 그저 한숨만 내쉰다.

S#26. 거리 (외부/낮)

은행 앞의 거리.
현장 검증을 마치고 돌아가는 사람들로 어수선하다.
한편에 두용과 명석, 영우, 민우가 모여 서있다.

명석 이대로라면 가처분은 취소될 것 같습니다.

두용 아, 네.

명석 실용신안권 역시 심사를 통과하지 못할 가능성이 높아 보입니다.

두용 네. 그렇겠죠.

너무나 아무렇지 않은 두용의 반응에 명석이 의아하다.

명석 괜찮으신 겁니까?

두용 괜찮습니다. 가처분 내려진 사이에 은행들이랑 공급 계약을 대부분 마쳤어요. 취소돼도 이제는 뭐, 큰 영향 없습니다.

'역시 그런 거였구나…'
두용의 말에 한 방 맞은 듯 영우의 표정이 아득해진다.

영우 처음부터 이럴 계획이셨던 겁니까? 자체 개발한 기술이라는 이야기는 그럼 다…

'거짓말이냐'며 두용에게 따질 것 같은 영우의 기세에
민우가 영우를 막아서며 말을 돌린다.

민우 괜찮으시다니 다행입니다. 금강이 결국 재판에 이긴 꼴이라 저희는 걱정이 되어서요.

두용 에이, 요 전투에서 이기면 뭐 해요? 전쟁에서 졌는데. 금강 사장님도 우리가 은행들 계약 다 따낸 거 알고 있어요. 분하니까 그냥 끝까지 하는 거죠. 이번엔 타격이 좀 클 겁니다. 아~ 이러다 금강도 리더스 따라가는 거 아닌지 몰라? 하하! 이게 다 변호사님들 덕분입니다!

두용이 껄껄 웃자 명석과 민우가 적당한 영업용 미소로
응답한다. 한편 당황한 영우.
문득 시선을 돌렸다가 멀찍이 선 진종과 눈이 마주친다.
진종은 아무런 말도 표정도 행동도 없이 그저 우두커니
서있을 뿐이지만, 영우의 귀에는 진종이 쓴 편지의
마지막 부분이 생생하게 들려온다.

진종 (N) 변호사님은 소송만을 이기는 유능한 변호사가 되고 싶습니까? 아니면 진실을 밝히는 훌륭한 변호사가 되고 싶습니까?

혼란스러운 마음에 영우가 두 눈을 질끈 감아버린다.

S#27. 한바다 휴게실 (내부/밤)

휴게실로 들어온 영우.
생수병을 꺼내려고 냉장고 손잡이를 잡았다가 그대로 멈춘다. 몰려드는 갖가지 생각과 감정에 고장 난 기계처럼 굳어버린 영우의 몸.
휴게실에 왔다가 이 모습을 본 준호가 걱정스레 영우에게 다가간다.

준호 변호사님?
영우 결국 저는 이화 ATM이 법을 이용하도록 도와준 셈입니다.
준호 네?
영우 실용신안권 출원도, 가처분 신청도 모두 계약을 독점하기 위한 거짓된 행동이었는데 저는 그 행동을 말리지 못하고 오히려 도왔습니다.

무슨 이야기인지 이해한 준호가 한숨을 쉰다.

영우 게다가 저는… 그걸 이미 알고 있었던 것 같습니다.

드디어, 영우가 냉장고 손잡이에서 손을 떼고 준호 쪽으로 돌아선다.

영우 이화 ATM에 방문했을 때 이준호 씨는 황두용 부장님과 배성철 팀장님이 진실을 말한다고 생각했습니까?

준호 음, 저는…

영우 (대답을 듣지도 않고 이어서) 그럴 리가 없습니다. 당시 배성철 팀장님이 어땠는지 떠올려보십시오. 당장이라도 튀어나갈 것처럼 앉아있는 다리, 의자에 묶인 사람처럼 몸통에 딱 붙인 팔, 손으로 허벅지를 쓸어내리는 연속적인 동작에 코끝을 긁는 행동까지… 거짓말 그 자체였습니다.

준호 네.

영우 결국 저는 진실을 알면서도 모르는 척, 저 자신을 속였던 겁니다. 이기고 싶어서요.

영우가 그랬다는 걸 이미 알고 있는 준호가
조용히 대답한다.

준호 네.

영우 부끄럽습니다.

영우가 고개를 푹 숙인다. 준호가 영우에게 다가가려다가,

그냥 제자리에서 영우를 보고 있기로 한다.

S#28. 영우의 사무실 (내부/밤)

혼자 사무실로 돌아온 영우.
벽에 걸린 해바라기 그림 액자를 잠시 바라보다가 결심한 듯, 서랍 깊숙이 넣어두었던 진종의 손 편지와 테이프를 꺼내 벽으로 간다. 해바라기 액자를 떼어내고 그 자리에 편지를 붙이는 영우.
'변호사님은 소송만을 이기는 유능한 변호사가 되고 싶습니까? 아니면 진실을 밝히는 훌륭한 변호사가 되고 싶습니까?'
다시는 이 편지 앞에 부끄러운 변호사가 되지 않겠다는 결심이 영우의 담담한 눈빛을 통해 전해진다.

영우가 책상으로 돌아간다.
문득, 책상 밑 쓰레기통에 버려놓고 잊었던 준호의 선물이 눈에 들어온다. 영우가 선물을 꺼내 포장을 푼다.
'뭘까?' 정체를 짐작할 수 없는 작고 하얀 전자기기.
영우가 전자기기의 버튼을 누른다.
그러자 기기에서 파란 빛이 뿜어져 나와 사무실 전체를 바다처럼 물들인다.
빛이 나오는 순간 깜짝 놀라 몸을 움츠렸던 영우.
하지만 곧 깊은 바닷속에 잠긴 것처럼

몸과 마음이 편안해진다.
사무실 벽마다 일렁일렁, 흔들리는 빛 번짐이 황홀하다.
민우와의 경쟁에만 정신이 팔렸던 영우가
자기다움을 되찾는 시간. 영우의 귓가에
혹등고래의 노랫소리가 들려오는 것만 같다.

S#29. EPILOGUE : 수미의 사무실 (내부/낮)

똑똑 노크 소리.
책상에 앉아 일하던 수미가 대답한다.

수미　네. 들어오세요.

사무실 문이 열리고, 청와대 공직기강비서관실의
행정관 **김영일**(40대/남)이 안으로 들어온다.
군인처럼 짧은 머리에 절도 있는 동작이 강직한 느낌을 준다. 수미는 언제나처럼 여유로운 미소로 영일을 맞는다.

행정관　태수미 후보자님, 처음 뵙겠습니다. 전화 드렸던 청와대 공직기강비서관실 김영일 행정관입니다.
수미　태수미입니다. 앉으세요.

수미와 영일이 소파에 마주 앉는다.

영일 법무부 장관 후보자가 되신 것, 진심으로 축하드립니다.

수미 후보가 된 거뿐인데요, 뭘. 앞으로 넘어야 할 산이 높아 걱정입니다. 오늘은 서류 받으러 오신 거죠?

수미가 미리 준비해둔 서류봉투를 영일에게 건넨다.
영일이 서류를 꺼내 하나하나 확인해본다.

수미 자기검증진술서 작성하는데 떨리더라고요. 누구보다 반듯하게 살아온 삶이라 자부하는데도 검증을 하신다니 긴장이 돼서요.

영일 우리나라 최고 로펌의 대표였던 분이 법무부 장관 후보가 되신 적은 없었으니까요. 파격적인 선정인 만큼 저희도 더 꼼꼼하게 검증해서 보고서 작성하려 합니다. 결국엔 인사청문회를 무사히 통과하는 게 목표니까요.

수미 네. 잘 부탁드립니다.

영일이 확인을 마친 서류를 다시 봉투 안에 집어넣더니
잠시 머뭇거린다.

영일 한 가지… 여쭤볼 게 있습니다.

수미 말씀하세요.

영일 후보자 검증에서 무시할 수 없는 것이 세평입니다.

수미 세평? 제 평판 말씀이신가요?

영일 네. 후보자님 대학 동기들 사이에 오래된 소문이 하나 떠

돌더라고요.

수미　　그래요? 뭐죠?

영일　　태수미 후보자님께 혼외자식이 있다는 소문입니다. 들어 보셨습니까?

수미의 표정이 미세하게 굳는다. 하지만 곧 회복하고,

수미　　(웃음) 전 또 뭔가 했네요. 신경 쓰기엔 너무 시시한 가십 아닌가요?

영일　　시시한 가십 맞습니다. 하지만 아시잖습니까? 공직자를 무너뜨리는 건, 언제나 이렇게 작은 것들입니다.

수미　　정말 말도 안 되는 얘긴데 왜 자꾸 이런 소문이 돌까요? 어디 저를 닮은 친구가 하나 살고 있나 봅니다.

영일　　혼외자식은 없다는 말씀으로, 믿고 가도 되겠습니까?

수미　　그럼요.

영일을 향해 조용히 미소 짓는 수미.
그 미소 뒤의 눈빛에 묘한 긴장감이 서려있다.

〈끝〉

"'그깟 공익 사건' '그깟 탈북자 하나'라고

생각하진 말자. 수십 억짜리 사건처럼은 아니더라도…

암튼 열심히 하자."

6화

내가 고래였다면…

6

S#1. PROLOGUE : 보육원 사무실 (내부/낮) - 과거

한 달 전.
서울 근교에 위치한 어느 작은 보육원의 사무실.
앳된 얼굴의 **계향심**(31세/여)이 **직원**(30대/여)의 책상 맞은편에 앉아있다. 향심의 품에는 딸 **계하윤**(8세)이 안겨있다. 깊이 잠들어 축 늘어진 하윤의 몸이 덩치 작은 향심에겐 무거워 보인다.

직원 성함이 어떻게 되세요?

향심 계향심. '계란' 할 때 계.

직원 따님 이름은요?

향심 (또박또박) 계―하―윤. 이름 참 세련되지 않습니까? 한국에서 인기 많은 이름이라 해서 하윤이로 했습니다. 성이 유별나니까 이름이라도 모 안 나게, 둥글둥글 어울려 살라고.

자기 이름을 말할 때의 심드렁한 태도와 달리,
딸 이야기에 신난 향심.
시키지도 않은 말을 늘어놓는 표정이 환하게 밝다.

직원 (하윤을 보며) 안 무거우세요? 저 옆 소파에 눕힐까요?

향심 아닙니다. 아닙니다. 내가 안고 있을 거예요.

누가 딸을 뺏기라도 할 것처럼
향심이 하윤을 꼭 끌어안는다.

직원 엄청 깊이 잠들었네요. 한낮인데.

향심 내가 약을 먹였어요.

직원 (놀람) 약을요? 따님한테요?

향심 하윤이가 깨어있으면 나랑 떨어지려고 안 할 거예요.

해맑은 얼굴로 딸한테 약 먹인 얘기를 하는 향심.
쌔근쌔근 잠든 딸의 얼굴을 가만히 들여다본다.
이 귀여운 모습을 한동안 못 볼 거라 생각하니
향심의 마음이 아프다.

직원 주소가 어떻게 되세요?

향심 나, 하윤이 버리는 거 아닙니다. 입양 보내면 안 돼요. 내가 꼭 다시 찾으러 올 겁니다.

직원 아, 네. 일단 근데 주소가…

향심 내 말 가볍게 듣습니까? 하윤이 버리는 거 아닙니다. 내가 교화소에 가야될 거 같아서 잠깐만 맡기러 온 겁니다.

직원 교화소요?

향심 아, 교도소 말입니다. 교도소.

직원 어머니 혹시 탈북민이세요?

향심 우리 하윤이, 탈북자 딸이라고 차별 말고 범죄자 딸이라고 구박 마요. 내가 하윤이 찾으러 꼭 다시 옵니다.

직원의 말은 제대로 듣지도 않고 으름장부터 놓는 향심.
세 보이려 힘을 잔뜩 준 눈빛이 위협적이기보다는
오히려 안쓰럽게 느껴진다.

S#2. PROLOGUE : 보육원 마당 (외부/낮) - 과거

보육원 앞마당을 비틀비틀 걸어 나오는 향심.
잠에서 깬 하윤이 건물 밖으로 뛰쳐나오자
직원이 따라 나와 하윤을 붙든다.

하윤 엄마! 엄마!

향심이 놀라 뒤를 돌아본다.

하윤 엄마! 가지 마! 엄마!

직원에게 붙잡힌 채 엉엉 울면서 몸부림치는 하윤.
이를 보는 향심의 마음이 찢어진다.

향심 엄… 엄마가…

뭐라 말을 해보려 하지만 목이 메여 말을 잇지 못하는 향심.
억지로 뒤돌아서 황급히 보육원을 빠져나간다.
향심의 슬픈 두 눈에서 눈물이 흐른다.
하윤이 발버둥 치며 있는 힘껏 엄마를 부른다.

하윤 엄마! 엄마!!!

TITLE:

〈이상한 변호사 우영우〉

S#3. 한바다 복도 (내부/낮)

한 달 뒤 현재.
영우가 회의실 앞 복도에 서있다.
안에서 사람들의 웃음소리가 들려온다.
똑똑 한 박자 쉬고 똑. 노크한 뒤 가만히 기다리는 영우.
잠시 후, 안에서 회의 중이던 명석이 밖으로 나온다.

영우 정명석 변호사님, 호출하셨습니까?

명석 네. 최수연 변호사가 공익 사건을 하나 맡았어요. 강도상해로 기소된 탈북자 사건.

영우 강도상해로 기소된 탈북자 사건.

명석 내가 보기엔 변호사가 해줄 수 있는 일이 많지는 않은 사건인데 최수연 변호사가 뭐랄까… 지나치게 열정적이라고 할까? 피고인한테 감정이입을 과하게 하는 느낌이라 우영우 변호사가 사건 같이 하면서 좀 워워 시켜주면 어떨까 하고.

영우 워워요…? 워워?

명석 최수연 변호사가 사건을 너무 감정적으로 대하지 않게 식혀주라고요. (양손을 들어 가라앉히는 손짓하며) 워—워.

영우 (명석의 손짓을 따라 하며) 워—워.

명석 (한 번 더 손짓하며) 워—워.

마주 보고 선 채 똑같은 동작을 하며 '워워'거리는 명석과 영우. 지나가던 비서가 의아한 눈으로 둘을 쳐다본다.

S#4. 수연의 사무실 (내부/낮)

영우가 수연의 사무실 안으로 들어간다.
수연의 사무실은 꽃, 향초, 인형 등 아기자기한 소품들로 한껏 꾸며진 동시에 대충 벗어둔 옷들과 하이힐들, 간식

먹은 흔적들로 지저분하다.

앞머리에 헤어 롤을 만 수연은 수면바지에 티셔츠 차림으로 책상 앞에 화석처럼 앉아 일하고 있다.

영우 음… 출근을 안 한 거야, 퇴근을 안 한 거야?

수연 퇴근? 퇴근이 뭐야? '저녁이 있는 삶' 같은 건가? 환상 속에만 있고 실제 존재하진 않는다는?

영우 (뭐라 답할지 몰라 우물쭈물) 음…

수연 넌 괜찮냐? 일 안 많아?

영우 일… 많아. 어제는 10시간 넘게 타이핑을 했더니 손목이 아팠어. 나는 이미 아스퍼거증후군을 갖고 있는데 이대로라면 곧 손목터널증후군까지 생길 것 같아.

수연 난 흰색 코털이 나기 시작했어. 잠을 못자서.

수연이 일어나 옷장 앞으로 가더니 훌렁훌렁 옷을 갈아입는다. 영우가 그 모습을 보지 않으려고 몸을 조금 돌려 선다.

영우 네가 맡은 공익 사건, 나도 같이 하게 됐어. 강도상해로 기소된 탈북자 사건.

수연 뭐, 향심 언니 사건?

영우 향심 언니?

수연 그 사건 피고인 이름이 계향심이야. 한 번 만났는데 성격 완전 시원시원해. 터프한 큰언니 느낌?

영우 정명석 변호사님은 네가 그 사건에 지나치게 열정적이라고 생각해. 피고인에게 과하게 감정이입한다고.

수연 (살짝 민감) 흠, 그래?

영우 응. 나한테 너를 워워 시키라고 했어. (가라앉히는 손짓하며) 워—워.

정장으로 다 갈아입은 수연이 '워워' 하는 영우를 보며 피식 웃는다.

수연 우영우, 구치소 가봤어?

영우 아니. 아직 한 번도 안 가봤어.

수연 얼른 접견 신청해. 향심 언니 만나러 가자.

S#5. 구치소 (내부/낮)

수많은 철창들로 가로막힌 엄숙한 분위기의 구치소.
출입증을 목에 건 수연과 영우가 교도관과 함께 접견실로 간다.
영우의 얼굴이 살짝 긴장돼 보인다.

S#6. 구치소 접견실 (내부/낮)

교도관이 문을 열자 유리벽으로 칸칸이 나누어진 좁은 접견실들이 보인다. 변호인 접견용이라 피고인과의 사이에 유리 막 같은 차단 장치가 없다. 여성 미결수가 입는 연두색 죄수복을 입고 의자에 앉아있던 향심. 수연을 보고 반갑게 일어선다.

향심 아이고, 변호사 동생 왔어?

수연 네~ 잘 지내셨어요?

친자매 저리 가라 할 살가운 분위기에
영우가 놀라 두 사람을 본다.

수연 여기는 우영우 변호사. 이 사건, 나랑 같이 하기로 했어요.

영우 안녕하십니까? 법무법인 한바다의 우영우입니다. 똑바로 읽어도 거꾸로 읽어도 우영우. 기러기 토마토 스위스 인도인 별똥별 우영우.

향심 응? 우향우?

영우 네? 아니요…

수연 우리… 일단 그냥 앉을까요?

약간의 혼란 속에 세 사람이 일단 그냥 의자에 앉는다.

수연 지내시는 건 좀 어때요? 많이 힘들죠?

향심 지내는 거? 야, 먹여주고 재워주고 이만하면 호텔이다! 하윤이 보고 싶은 거… 그게 좀 마음이 아파 그렇지.

딸에 대한 그리움으로 어두워진 향심의 표정.
이를 보는 수연의 얼굴에 안쓰러움이 묻어난다.

영우 계향심 씨는 탈북민이라고 들었는데 왜 북한 사투리를 안 쓰십니까?

영우의 뜬금없는 질문에, 향심이 무표정한 얼굴로 영우를 빤히 본다. 싸해진 분위기. 수연이 수습할 말을 찾는 순간,

향심 우향우 동무! 내래 탈북한 지가 언젠데 그런 소릴 합니까? '이야~ 고조 남조선은 구치소도 호텔 같구나야~' 이래야 탈북자다운 겁네까?

영우를 놀리듯 과장된 북한 사투리를 선보이는 향심.
피식 웃는 수연과 달리 당황해 허둥거리는 영우.

영우 아, 죄송합니다.

수연 사건 이야기 좀 해볼까요? 우영우 변호사는 처음 왔으니까 시작부터 짚어볼게요. 피해자 이순영 씨랑은 원래부터 아는 사이셨어요?

향심 아니. 이순영은 탈북자도 아니고 나랑은 만날 일 없는 사이였지. 그날 돈 받으러 가서 처음 봤어. 엄마가 알려줘서 알게 된 애야.

영우 '엄마'요? (자료 보며) 탈북 브로커인 최영희 씨 말씀이십

니까?

향심 진짜 엄마는 아니고 양 엄마인데 다들 그냥 '엄마'라고 불러. (한숨) 엄마가 나한테 빌려간 돈만 제대로 갚았어도…

수연 정리해볼게요. 5년 전 계향심 씨는 엄마, 그러니까 탈북 브로커인 최영희 씨에게, 빌려준 돈 천만 원을 돌려 달라고 했어요. 그러자 최영희 씨는 계향심 씨한테 돈을 직접 갚는 대신, 자신이 이순영 씨에게 받을 돈이 있으니 계향심 씨더러 대신 받아가라고 했고요.

향심 응. 이순영이 엄마한테 빚진 돈 천만 원을 나랑 정희한테 넘긴 거지.

영우 '정희'요? 공범인 김정희 씨 말씀입니까?

향심 (또 과장된 사투리로) 우향우 동무, 등장인물이 많아서 골 아픕네까?

영우 (또 당황) 아, 아닙니다.

수연 김정희 씨랑은 친구 사이셨죠?

향심 진짜 친구는 아니고 엄마가 소개해준 앤데 그냥 친구라고 부른 거지. 정희도 탈북자고 나랑 동갑이니까.

수연 이순영 씨한테 천만 원을 받으면 김정희 씨와 나눠가지려 하셨고요?

향심 응. 문제는 이순영 걔가 엄마한테도 안 준 돈을 우리한테 순순히 내놓겠느냐 그거였지. 돈 없다고 잡아떼지 못하게 하려면 정희랑 나랑 여간내기로 보이면 안 됐다고.

S#7. 순영의 집 앞 골목 (외부/밤) - 과거

5년 전.
26세의 향심과 정희가 낡고 허름한 2층짜리 단독주택 앞에 서있다. 2층 현관문이 열리더니 **이순영**(33세/여)이 나와 쓰레기를 내놓고 들어간다.

향심 문도 안 잠그고 사네, 저년은.

정희 아주 용감한 년이다, 야.

향심 너 정신 똑바로 차려야 된다. 웬만큼 해서는 돈 안 내놓을 거야. 엄마 돈을 떼먹을 정도면 얼마나 독한 년이란 말이니?

정희 너나 잘하라. 독하기로 치면 조선반도에서 나만한 년이 없다.

정희가 골목 귀퉁이에 버려진 각목을 주워들더니 순영의 집을 향해 걸어간다. 이에 자극받은 향심.
자기도 깨진 벽돌 하나를 집어 들고 정희를 따라간다.

S#8. 순영의 집 거실 (내부/밤) - 과거

정희가 현관문을 부술 듯이 박차고 순영의 집 안으로 들어간다. 향심도 당차게 뒤따른다.

정희 이순영! 당장 나오라!

향심 나오라!

부엌에서 일하던 순영이 깜짝 놀라 거실로 나온다.
가까이에서 본 순영의 얼굴과 팔다리는
시커먼 피멍과 상처로 뒤덮여있다.
예상과 다른 순영의 상태에 향심이 조금 주춤한다.

정희 엄마 돈 내놓으라!

순영 네? 무슨 돈이요?

정희 무슨 돈?! 너 엄마 돈 천만 원 떼먹고 안 갚고 있지 않니!

정희가 들고 있던 각목으로 유리로 된 소파 테이블을 내리친다. 와장창! 테이블 유리가 박살난다.
향심이 안방 쪽으로 간다.

향심 돈 어디 숨겼어? 방 안에 감췄니?

순영이 잽싸게 달려가 향심을 가로막더니 무릎을 꿇고 앉아 빈다. 향심이 순영을 밀쳐내지만 순영이 필사적으로 버틴다.

순영 한 번만 봐주세요. 형편이 안 좋아서 그래요.

정희 야, 이 날강도 같은 년아! 우린 뭐 형편이 좋아서 이러는 줄 아니?

정희가 각목을 휙 내던지고 다가와 순영의 머리채를 붙잡는다. 옥신각신 두 사람의 힘겨루기가 시작된다.
이를 보며 잠시 주춤하던 향심. 곧 손에 들고 있던 벽돌을 내던져버리고 순영에게 달려들어 함께 때린다.

S#9. 순영의 집 1층 (외부/밤) - 과거

순영이 사는 단독주택 1층 현관문이 열린다.
핸드폰을 들고 나와 위층을 올려다보는 **집주인**(60대/여).
이런 소란이 익숙한 듯 한숨을 푹푹 쉬며
경찰에 신고를 한다.

집주인 경찰이죠? 동백길 52번지인데요. 아휴, 윗집이 또 저러네, 또 저래. 아휴~ 지겨워.

CUT TO :

5년 뒤 현재. 접견실.
수연이 향심의 이야기를 들으며 이것저것 메모한다.

수연 피해자 아래층에 살던 집주인의 신고로 경찰이 왔고… 계향심 씨랑 김정희 씨는 현장에서 붙잡힌 거네요. 맞죠?

향심 우리, 사실 별로 안 때렸어. 근데 경찰이 보기에는 뭐, 유리 깨져 있고 각목 굴러다니고 짱돌 굴러다니고 하니까 심각해보였겠지.

영우 (자료를 보며) 그 당시에 김정희 씨와 함께 국민참여재판을 신청하셨던데요. 김정희 씨는 재판에 출석해 강도상해죄로 4년 형을 받았는데 계향심 씨는 재판 전에 도주하셨습니다. 왜 그러셨습니까?

향심 4년 형이라… (한숨) 그럼 정희는 벌써 출소했겠구나.

수연 네. 그랬겠네요.

영우 왜 도망치셨습니까?

대답을 하려니 마음이 무거운 듯, 향심이 한숨을 쉰다.

향심 정희는 애가 없지만 나는 딸이 있잖아. 우리 하윤이 그때 겨우 세 살이었는데 내가 교화소에 가면 하윤이는 그냥 버려지는 거야. 나는 탈북자라… 아무도 없어. 엄마도 진짜 엄마가 아니고 친구도 진짜 친구가 아니야. 하윤이 아빠도 하윤이 낳고 얼마 안 돼 차 사고로 세상 떴고… 내가 없을 때 내 딸을 봐줄 사람이 아무도 없어.

수연 지금은요? 하윤이는 지금 어디에 있어요?

향심 보육원에 맡겼지. 그러고 나서 경찰서에 간 거야.

영우 보육원에 맡기는 거라면 5년 전에도 가능하지 않았습니까?

향심 그때 맡겼으면 하윤이가 나를 잊어버릴 거 아니야. 너무 어렸으니까. 지금은 8살이니 다시 찾으러 갔을 때 엄마를 기억하겠지.

향심의 말에 영우가 조금 놀란다.

영우 엄마를 기억할 수 있는 나이가 될 때까지 키우려고 도망쳤던 겁니까?

향심 응. 또 이젠 하윤이가 학교엘 가야하니까. 도망자 딸로 계속 살 수가 없지. 내가 얼른 감옥에 갔다 오는 게 맞지.

영우 (혼잣말처럼) 어미 고래처럼.

향심 응?

영우 고래의 모성은 헌신적인 것으로 유명합니다. 그들은 그래야만 해요. 바닷속에는 새끼를 키울 만한 안전한 장소가 별로 없으니까요.

고래 생각에 빠진 듯 멍해지는 영우.
향심의 모성이 영우의 마음속 뭔가를 건드린 것 같지만,
워낙 무표정한 탓에 영우의 속내가 잘 드러나지 않는다.

수연 도망치신 후에는 어떻게 지내셨어요? 5년 동안 국가보조금도 못 받으셨을 테고 취직도 어려우셨을 텐데.

향심 모텔 청소해주면서 남는 방 하나 얻어가지고 하윤이랑 둘이 지냈지. 그런 거 생각하면 마음이 좀 그래. 남들은 유치원도 가고 놀이방도 간다는데 하윤이는 엄마 잘못 만나 종일 모텔 방에 갇혀서… 에휴.

영우 (불쑥) 그래도 엄마와 함께였으니까 좋았을 겁니다.

향심 그래? 그랬을까…?

영우 (단호하게) 네. 그랬을 겁니다.

뭔가 어려운 말을 꺼내려는 듯, 향심이 머뭇거린다.

향심 혹시 정희처럼 나도 4년 형 받게 되면… 변호사 동생이 면회 한번 와줄 수 있을까? 바쁘겠지만 우리 하윤이 데리고 딱 한 번만이라도…

영우 그런 약해빠진 소리 하지 마십시오. 4년 형은 무슨 4년 형입니까?

갑작스러운 영우의 호통에 향심과 수연이 놀라 영우를 본다. 영우의 결연한 눈빛이 세상 단호하다.

S#10. 명석의 사무실 (내부/낮)

영우 계향심 씨는 반드시 집행유예를 받아야 합니다.

수연 저희는 피고인이 집행유예를 받을 수 있도록 최선을 다할 것입니다.

명석이 앉아있는 책상 맞은편에 나란히 선 영우와 수연.
이글이글한 눈빛으로 명석을 향해 웅변한다.

'지나치게 열정적인 변호사'가 두 명이 된 상황에 한숨이 절로 나는 명석.

명석 피고인한테… 뭔가 마성의 매력이 있나봐? 피고인을 만나기만 하면 왜 다들 이렇게… 뜨거워져? '워워'시키기로 한 미션은 어디가고.

명석이 영우를 노려본다.
하지만 언제나처럼, 명석의 눈빛에 담긴 의미를
알아채지 못하는 영우.

명석 변호사한테는 강도상해죄를 변호하는 게 살인죄만큼 힘들어. 왤까?

수연 음… 법정형이 높아서요?

명석 맞아. 강도상해죄의 법정형이 어떻게 돼?

수연 무기징역 또는 7년 이상의 징역형입니다.

명석 다시 말해 최소 7년이야. 여기서 판사 재량으로 감형할 수 있는 최대치는 얼마지?

영우 작량 감경은 법률상의 감경 범위를 벗어날 수 없고 유기징역의 경우 그 형기의 절반으로 제한되므로 최소 3년 6개월입니다.

명석 그런데 집행유예를 받으려면 3년 이하의 형을 받아야 돼. 작량 감경뿐 아니라 법률상 감경 사유까지 닥치는 대로 찾아 가중 감경되지 않으면 집행유예를 받을 수가 없다고.

이래서 강도상해로 걸리면 무조건 실형이란 소리가 나오는 거야. 게다가 피고인은 도주했었잖아? 감형은커녕 가중처벌될 수 있어.

영우와 수연이 한숨을 쉰다.
명석이 책상 위에 놓인 사건 자료를 물끄러미 본다.

명석 (생각에 잠겨 혼잣말처럼) 이 사건 참 특이해. 우린 시작도 안 했는데 벌써 답이 나와있어. 피고인은 이미 재판을 받은 거나 마찬가지야.

영우 공범이 있기 때문입니까?

명석 그렇지. 계향심 씨랑 김정희 씨. 이 두 사람의 쟁점은 거의 동일해. 김정희 씨가 먼저 재판을 받는 과정에서 주장할 만한 건 다 주장했고 기각될 만한 건 다 기각됐어. 그 답이 바로 4년 형인 거야.

영우 사건 당시 계향심 씨는 피해자의 옷자락을 붙잡아 몇 대 때렸을 뿐이라고 진술하고 있습니다. 이런 정도의 폭행으로는 법률상 상해로 볼 수 없다는 주장을 하면 어떻겠습니까?

영우의 말에, 명석이 자료를 뒤적여 순영의 상처 사진들을 찾아낸다. 사진 속 순영의 몸에 난 시커먼 피멍 자국과 터진 상처가 심각해 보인다.

명석 이렇게 심하게 다쳤는데 무슨 소리야.

수연 음… 그런데요, 이렇게 다시 보니까… 너무 심하게 다쳤는데요?

뭔가 영감이 온 듯, 눈빛이 반짝이는 수연.

수연 피고인은 몸집이 작아요. 물론 공범의 체격이 클 수도 있지만 아무리 그래도 여자 두 명이 맨손으로 때린 거잖아요. 피해자 집에 간 지 얼마되지 않아 경찰에 붙잡혔으니 시간도 별로 없었을 텐데 저 정도로 심한 상처를 입힐 수 있었을까요?

명석 좋아. 어떻게 된 일인지 한번 확인해볼 필요는 있겠네.

수연 네. 그리고 김정희 씨 변론했던 변호사도 한번 만나볼 생각입니다. 앞선 재판 때 아쉬웠던 점이나 놓쳤던 부분이 있지 않을까 해서요.

명석 뭐, 나쁘지 않은 생각인데… (단호하게) 변호사한테는 시간이 제일 중요한 자원이에요. 사건 하나에 너무 많은 시간 쓰지 않게 균형 잡고.

수연 아, 네. 알겠습니다.

영우 네. 알겠습니다.

S#11. 준호/민우의 집 거실 (내부/밤)

준호와 민우가 거실 바닥에 앉아 라면을 안주삼아 술을 마신다. 꽤 많이 마신 듯, 둘 다 취했다.

준호 어떤 사람이 있어. 있는데… 내가 그 사람을 안 좋아한다고… 그 사람이 그렇게 생각을 하게… 만든 거 같네, 내가?

민우 실제로는 좋아하는데?

준호 (잠깐 머뭇하다가) 응.

민우 그럼 좋아한다고 해.

준호 그게… 그렇게 간단하지가 않어.

민우 왜? (생각해보더니) 사내 연애구나?

취한 와중에도 은근히 촉이 좋은 민우의 질문에
준호의 말문이 막힌다.

민우 한바다의 인기남이 고민할 게 뭐가 있지?! 그냥 번호표 쭉 나눠주고 순서대로 사귀어!

준호 어휴~ 진짜! 됐어. 나 말 안 해.

민우 변호사?

준호 너는 그게 중요하냐? 그냥 자주 보는 사이라고.

민우 아—하! 송무팀이네! 보자보자~ 설마 우영우는 아니겠고 그럼…

준호 ('우영우'에 흠칫) 아, 됐어! 너는 바보야. 누군지밖에 모르는 바보.

준호가 벌러덩 거실 바닥에 누워버린다.

민우　　아니~ 내가 너 도와줄라고 그러지~ 누군지 알아야 도와주지~

민우도 더 이상 몸을 가누지 못하고 준호처럼
벌러덩 눕는다. 금세 잠들어버리는 민우와 달리,
준호의 얼굴에는 걱정이 가득하다.

S#12. **법정 앞 복도** (내부/낮)

재판이 끝난 직후의 법정 앞 복도.
국선 전담 변호사인 **권주호**(40대/남)와 **피고인**(50대/남)이 복도로 나온다. 노숙자인 피고인에게서 풍기는 악취에 주변을 지나던 사람들이 인상을 쓴다. 주호를 기다리던 수연과 영우가 다가간다.

주호　　아까 판사가 하는 말 들으셨죠? 2주 후에 여기 또 오셔야 돼요.

피고인　　잔돈 있으면 좀 줘. 나 집에 갈 차비가 없어.

주호　　에이~ 또 이러시네. 집도 없으시면서 무슨 집에 갈 차비예요. 가세요.

호락호락하지 않은 손길로 피고인의 어깨를 툭툭 치는 주호. 피고인이 투덜대면서도 더 조르지 못하고 멀어진다.

수연 권주호 변호사님? 전화 드렸던 최수연입니다. (영우 가리키며) 여기는 우영우 변호사고요.

주호 아, 한바다?

수연 네. 5년 전에 권주호 변호사님이 담당하셨던 김정희, 계향심 씨 사건 때문에 연락드렸습니다.

주호 제가 바로 다음 재판에 가야해서요. 걸으면서 얘기할까요?

주호와 수연, 영우가 함께 걷기 시작한다.

주호 계향심 씨가 다시 나타난 건가요? 그때 재판 안 받고 도망쳤었는데.

수연 네, 맞습니다.

주호 근데 내가 도움이 될지 모르겠네. 5년 전 사건이라 기억나는 게 별로 없어요. 게다가 국선 전담 변호사들은 담당하는 사건 수가 워낙 많으니까요. 하루하루 쳐내듯이 사건 수행하며 삽니다.

수연 그래서 더 아쉬운 점이 있지 않으세요? 좀 더 알아보고 싶으셨는데 상황이 되지 않아서 그냥 넘기셔야 했던 부분들 같은 거요.

주호 글쎄요…

영우 계향심 씨는 몸집이 작은 편인데 김정희 씨는 어땠습니까?

주호 몸집이요? 제 기억에는 두 분 다 작았습니다.

수연이 순영의 상처 사진들을 꺼내 주호에게 보여준다.

수연 사건 당시 피해자 이순영 씨의 상처를 찍은 사진들인데 기억나세요? 몸집이 작은 두 여자가 짧은 시간 폭행한 결과라기엔 다친 정도가 너무 심하지 않나요?

주호 흠, 듣고 보니 그러네요. 하지만 아시죠? 형사 재판에서 제일 힘이 세고 뒤집기 힘든 증거가 바로…

영우 바로?

주호 의사의 진단서죠. 사실 생각해보면요. 형사 재판에 제출되는 진단서 대부분은 의사가 환자의 말만 듣고 쓰는 임상적 추정이에요. 객관적 검사 결과까지 뒷받침된 진단서는 많지 않거든요. 그러니 의심스럽고 모호한 부분이 있는 게 당연한데도 여간해선 반박하기가 어렵죠.

주호가 다음 재판이 열릴 법정 앞에 도착해 멈춰 선다.

주호 아! 그러고 보니까… 그 의사가 좀 편파적인 사람이었던 거 같아요.

수연 그 의사요?

주호 피해자한테 진단서 발급해준 의사요. 재판 끝나고 한참 뒤에 우연히 신문을 보는데 그 의사가 쓴 칼럼이 있더라고요. 탈북자에 관한 거였는데 내용이 좀 뭐라 그럴까… 탈북자에 대한 편견이 느껴진다 할까?

영우 칼럼 제목이 뭐였는지 기억하십니까?

주호 (핸드폰을 꺼내 검색하며) 잠깐만요. 한번 찾아볼게요. 아, 여깄네요.

주호가 수연과 영우에게 핸드폰을 내민다.
화면에는 의사 **권병길**(50대/남)이 어느 신문에
게재한 칼럼이 떠 있다.
'범죄 집단이 되어가는 탈북자들'이란 제목 옆에
병길의 증명사진이 보인다.

주호 (칼럼 첫 문장 낭독) '탈북자들에게 폭행을 당한 한 한국인 여성이 필자를 찾아왔다.' 이 사건 얘기하는 거잖아요? 이거 읽고 나서 좀 씁쓸했어요. 피고인들이 다 탈북자인 사건에 하필 이런 사람이 피해자 진단서를 썼던 건가, 싶어서.

핸드폰 속 칼럼을 들여다보는 수연과 영우.
새로운 방향의 정보에 눈빛들이 초롱초롱하다.

S#13. 순영의 집 앞 골목 (외부/낮)

5년 전 사건이 일어났던 2층짜리 단독주택 앞 골목.
향심과 정희가 서있던 자리에 영우와 수연, 준호가 서있다.
영우가 자신을 좋아하냐고 물었던 이후,
준호는 영우를 대하는 게 불편하다.
그러다보니 마치 이곳에 영우가 없는 것처럼,
수연을 상대로만 말하는 준호.

준호　이순영 씨 집은 2층이라고 하셨죠?

수연　네. 가볼까요?

세 사람이 발걸음을 옮기려는 순간,
순영의 **남편**(42세/남)이 고함을 치며 2층 현관문을
벌컥 열어젖힌다. 이에 놀란 준호와 수연이
동시에 팔 하나씩을 뻗어 영우를 보호한다.
그러다 손이 맞닿은 준호와 수연, 서로의 눈을 마주본다.
수연이 두근거린다.
한편, 갑자기 난 큰소리에 그 누구보다도 놀란 영우.
눈을 질끈 감고 양손으로 귀를 막더니
몸을 좌우로 흔들며 진정하려 애쓴다.

수연　우영우, 괜찮아?

그때, **이순영**(38세/여)이 남편을 따라 현관문 밖으로 나온다.
그러자 남편이 욕설을 내뱉으며 순영을 세게 밀친다.
우당탕! 순영이 뒤로 넘어지자 발로 순영을 걷어차는 남편.
씩씩거리며 1층으로 내려와 대문 밖으로 나간다.
영우가 더욱 심하게 몸을 좌우로 흔든다.

수연　경찰에 신고해야겠어요.

준호　잠깐만요, 누가 벌써 신고하고 있는데요?

준호의 말에 수연이 전화하기를 멈추고 준호가 가리키는 곳을 본다. 5년 전처럼 여전히 1층에 살고 있는 **집주인**(60대/여)이 핸드폰을 들고 나와 위층을 올려다보며 경찰에 신고를 한다.

집주인 경찰이죠? 여기 동백길 52번지. 시끄러워서 못 살겠어, 윗집 때문에!

S#14. 순영의 집 (외부/낮)

수연이 순영의 집 현관문을 두드린다.
수연 뒤쪽으로는 영우가 멀찍이 떨어져 서있다.
가까스로 진정했지만 또 큰소리가 날까 봐
헤드셋을 쓴 채 긴장하는 모습.

수연 이순영 씨! 안에 계시죠? 저희는 계향심 씨 변호사들이에요. 잠깐 드릴 말씀이 있어요!

현관문을 계속 두드리고 소리를 쳐보지만 묵묵부답인 순영.
수연이 한숨을 내쉰다.

S#15. 순영의 집 1층 (외부/낮)

같은 시간,

1층 현관문 앞에서는 준호가 집주인과 대화를 나누고 있다.

집주인　나 일찍 죽잖아? 윗집 아저씨 탓이야! 허구한 날 깨고 부수고 던지니 내가 심장이 떨려 제명까지 살아? 못 살아? 저것들 어떻게든 쫓아내자 싶다가도 또 맞고 사는 아줌마 보면 불쌍해! 그렇게 하루 이틀 봐주다보니까 이 지겨운 세월 벌써 5년이 흘렀네. 아휴, 지겨워!

준호　윗집이 저럴 때마다 매번 경찰에 신고하신 거예요?

집주인　했지! 마누라 패는 놈이 내가 말린다고 듣겠어? 경찰이 오면 그래도 잠잠해지거든. 잠깐뿐이긴 해도.

준호　그럼 5년 전에도 윗집이 시끄러우면 신고를 하셨겠네요?

집주인　그럼! 그러다보니까 이제는 우리 집 주소만 대지? 짜장면 배달 오듯 파출소에서 경찰을 보내준다고.

그때 수연과 헤드셋을 낀 영우가 1층으로 내려온다.

준호　(수연에게) 이순영 씨는 만나셨어요?

수연　아니요. 대답이 없으시네요.

집주인　남편한테 그리 맞고 쪽팔려서 어디 나오고 싶겠어? 아휴, 지겨워~

집주인이 혀를 끌끌 차며 집 안으로 들어간다.

준호　이순영 씨 집에서 소란이 있을 때마다 집주인 분께서 신고를 하신 것 같아요. 그럼… 사건 전에도 신고하신 기록이 있지 않을까요?

수연　그러네요! 신고 기록을 확보해야겠어요.

S#16. 한바다 휴게실 (내부/낮)

수연이 휴게실에서 커피를 내리는데 민우가 다가온다.

민우　이준호 씨, 어때요?

수연　네?

민우　우리 준호. 남자로서 어떠냐고요.

수연　권민우 변호사, 요새 한가한가 봐요?

민우　아무리 봐도… 최수연 변호사 같아. 우리 준호가 좋아한다는 사람.

수연　네?

민우　한바다 다니고, 송무팀 변호사에, 자주 보는 사이… 그럼 최수연이지! 왜요? 우리 준호, 변호사 아니라서 싫어?

수연　준호 씨가 무슨 말을 한 거예요? 나에 대해서? 권민우 변호사한테?

민우　그럼요. 우리 같이 사는데. 많은 말을 하지, 서로.

'준호 씨가 나를 좋아한다고?'
수연의 마음이 살짝, 두근거린다.

S#17. 법정 (내부/낮)

공판준비기일.
피고인 없이 수연과 영우, 검사 **김정봉**(40대/남자)만 출석해있다. 판사석에 앉은 세 명의 판사들 중 재판장의 인상이 만만치 않다. 꼬장꼬장한 어르신처럼 깐깐해 보이는 분위기의 **류명하**(60대/남자).

수연　따라서 피해자 이순영 씨를 증인으로 신청하고자 합니다.
정봉　재판장님, 5년 전 재판에서 피해자는 이미 대질까지 마쳤습니다. 또다시 피해자를 증인으로 소환하는 것은 불필요하고 또 부당합니다. 제멋대로 도망쳤다 나타난 피고인이 무슨 권리로 피해자를 자꾸 오라 가라 합니까? 이것은…
영우　(정봉의 말 끊으며) 공정한 재판을 받을 권리는 국민의 기본권입니다. 도망쳤다가 나타난 피고인은 대한민국 국민이 아닙니까?

이에 정봉이 다시 반박하려는데 갑자기 명하가 손을 번쩍 들어 올린다. 재판장의 돌발 행동에 조용해진 법정.
명하가 영우를 빤히 보더니,

명하 변호인은 본적이 어디입니까?

영우 네?

명하 본적이요. 변호인의 성씨 말입니다.

영우 아… 단양 우 씨입니다.

명하 단양이면 충청북도네? 근데 뭐가 그리 급해서 남의 말을 뚝뚝 잘라 먹습니까? 충청도 사람 같지 않게?

영우 네?

명하 남의 말 자르는 거 보기 안 좋습니다. 하지 마세요. 내가 재판장으로 있는 법정에서는 남의 말 끊기 금지입니다.

영우 아, 네.

정봉 저, 외람된 말씀입니다만… 재판장님은 혹시 풍산 류 씨 아니십니까?

명하 어라? 검사가 그걸 어떻게 압니까?

정봉 풍산 류 씨라면 안동 하회마을에 자리 잡은 유서 깊은 성씨잖습니까? 재판장님께 풍기는 느낌이 딱 그랬습니다.

명하 (멋쩍지만 기분 좋아) 아, 그래요?

정봉 저는 안동 김 씨입니다. 풍산은 안동시에 속한 지역이니 넓게 보면 재판장님과 저는 동향이라 할 수 있겠습니다.

명하 아! 정말 그러네요! 반갑습니다!

껄껄! 허허! 명하와 정봉이 사이좋게 웃는다.
'이게 대체 무슨 상황인가?' 싶어 영우와 수연이 멍해진다.

수연 재판장님, 피해자 이순영 씨를 증인으로 부르는 것은…

명하 (수연의 말 끊으며 수연에게) 변호인은 본적이 어디입니까?

영우 어? 재판장님? 방금 재판장님이 남의 말을 잘랐습니다.

명하 뭐요?

영우 재판장님이 재판장으로 있는 법정에서는 남의 말 끊기 금지입니다. 규칙 위반입니다.

명하가 영우를 노려본다.
뭐가 문제인지 몰라 어리둥절한 영우.
수연이 작게 한숨을 쉬고,
검사는 웃음을 참으려고 입술을 깨문다.

명하 지금부터 이 재판 끝날 때까지 변호인들은 할 말 있으면 손들고 말하세요. 내 허락 없이는 입 열지 못합니다.

'이래선 안 되겠다' 싶어, 수연이 용기 내 손을 든다.

명하 뭡니까?

수연 재판장님, 저는… 원주 최 씨입니다.

'그래서 어쩌라고?' 하는 뚱한 표정으로 수연을 보는 명하.

수연 재판장님과 같은 층 판사실 쓰시는 최보연 판사님도 원주 최 씨입니다. (말을 할까 말까 망설이다) 제… 아버지시거든요.

명하 어라? 최보연 부장판사 딸이요?

수연 네.

순간 명하의 표정이 환하게 밝아진다.
수연도 활짝 미소 짓는다.

명하 최보연 부장판사, 내가 참 좋아하는 후배예요. 우리 종종 밥도 같이 먹어. 아들이 의사라는 얘기는 얼핏 들었었는데 딸은 또 변호사구나! 자식 농사 참 예쁘게 지었네! 허허!

수연 감사합니다. 아버지께 재판장님 안부 전하겠습니다.

명하 그래요, 그래!

또다시 껄껄! 웃는 명하.
이를 보는 정봉의 얼굴이 뾰로통하다.

명하 우리 무슨 얘기하고 있었지?

수연 피해자 증인 소환에 대해 이야기하고 있었습니다.

명하 아! 그래요. 뭐, 부릅시다.

정봉 네?

명하 이왕 재판하는 거 제대로 해야죠. (정봉에게) 왜요? 문제 있습니까?

정봉 아, 아닙니다.

S#19. 한바다 복도 (내부/낮)

11층 탕비실 앞 복도.
영우가 컵을 들고 탕비실에서 나오는데,
복도에 선 민우가 뭔가를 보고 있다.

민우 (혼잣말처럼) 맞구만 뭐가 아니래? (영우에게) 저 둘, 잘 어울리죠?

민우가 가리키는 곳을 보는 영우. 복도 저쪽 끝에,
준호와 수연이 나란히 걸어가며 화기애애하게 웃고 있다.

민우 아주 그냥 선남선녀네. 준호가 최수연 변호사 좋아하는 거 같죠? 아, 우변은 그런 거 잘 모르나?

'아, 그런가?' 왠지 멍해지는 영우. 동시에 조금… 섭섭하다.

S#20. 법정 (내부/낮)

첫 공판. 재판장인 명하를 포함한 판사 3명이 판사석에 앉아있고 피고인석에 앉은 향심 옆으로는 변호인들인 명석, 수연, 영우가, 그 맞은편에는 검사 정봉이 앉아있다.
국민참여재판이라 7명의 남녀 배심원들이 배심원석에 앉

아있다.

명하 다음 증인은 피해자 이순영 씨입니다. 증인, 앞으로 나오세요.

방청석 맨 뒷자리에 앉아있던 순영.
쓰고 있던 짙은 색 안경과 모자를 벗고 앞으로 걸어간다.
남편의 지속적인 폭력 탓에, 비쩍 마른 순영의 얼굴과 목엔 감출 수 없는 멍과 상처 자국이 남아있다.

순영 양심에 따라 숨김과 보탬이 없이 사실 그대로 말하고 만일 거짓말이 있으면 위증의 벌을 받기로 맹세합니다.

순영이 증인 선서를 하는 동안 명석이 배심원들의 표정을 살핀다. 순영의 상처를 자세히 보려고 눈을 찡그리는 배심원, 자기도 모르게 탄식하며 고개를 절레절레 젓는 배심원 등 대부분의 배심원들이 순영의 상처 가득한 모습에 반응하고 있다.

명하 변호인, 증인 신문하세요.

영우가 증인 신문을 하러 일어서려는데 명석이 속삭인다.

명석 최수연 변호사가 나가세요.

영우 네?

명석 배심원들이 피해자를 동정하고 있어서 딱딱하게 하면 안 될 것 같아. 최수연 변호사가 나가서 부드럽게 하세요.

수연 아, 네.

영우가 딱딱하게 자리에 앉고,
수연이 부드럽게 증인석으로 걸어간다.
긴장한 순영에게, 봄날의 햇살처럼 환한 미소부터
발사하는 수연.

수연 이순영 씨, 안녕하세요?

순영 네…

수연 5년 전 사건을 다시 떠올리는 것만으로도 힘드셨을 텐데 이렇게 증인으로 나와주셔서 감사합니다.

순영 네…

수연이 순영의 상처들을 가만히 보더니 조심스럽게 묻는다.

수연 멍과 상처 자국이 많으시네요. 어쩌다 다치신 거예요?

정봉 이의 있습니다. 본 사건과 무관합니다. 언제까지 인사만 할 겁니까?

수연 재판장님, 조금만 더 질문하게 해주십시오. 사건과 관련이 있습니다.

명하 그래요. 관련이 있다니 계속 들어보겠습니다. (정봉에게) 기각합니다.

수연을 향해 할아버지처럼 푸근한 미소를 짓는 명하.
정봉의 얼굴에는 불만이 가득하다.

수연 어쩌다 다치셨는지 말씀해주시겠어요?

순영 아, 그냥 뭐…

수연 혹시 남편 분이 때리셨나요?

정봉 이의 있습니다! 사건과 무관합니다!

수연 (이의가 인정될까 빠르게) 사건 이틀 전인 2017년 11월 6일, 이순영씨의 남편이 이순영 씨를 폭행해 경찰이 출동했던 기록이 있습니다. 이순영 씨가 입은 상해가 전부 피고인의 폭행에 의한 것인지 아니면 남편의 폭행에 의한 것인지 구분하는 것은 중요합니다. 사실관계를 확인하게 해주십시오.

명하 변호인의 뜻은 알겠습니다. 그렇다면 사건 당시의 상황만 질문하세요. 현재 상처에 대한 질문은 더 이상 하지 마시고요.

수연 네. 그럼 다시 묻겠습니다. 증인, 지난 2017년 11월 6일, 경찰이 증인의 집으로 출동했던 것 기억하십니까?

순영 2017년이라면 벌써 5년 전이잖아요. 기억이 나지 않습니다.

수연 그날, 남편이 이순영 씨를 때려 아래층에 사는 집주인이 경찰에 신고했습니다. 여기, 신고 기록이 있는데 기억이 나지 않으세요?

수연이 신고 기록을 출력한 문서를 순영에게 내민다. 하지만 순영은 문서를 제대로 보려고 하지 않는다.

순영 기억이 나지 않습니다.

향심 순 거짓말! 남편한테 맞고 살아 골이 나빠졌니?

갑작스러운 향심의 외침에 순간 찬물 끼얹은 듯 조용해진 법정. 수연이 당황해 얼굴에 핏기가 가신다.

명석 (향심에게 작게) 뭐하시는 겁니까!? 조용히 하세요.

명하 피고인, 뭐라고요?

향심 쟤, 우리한테 별로 안 맞았어요. 더 패주고 싶어도 경찰이 들이닥쳐 시간이 없었다고요. 그런데 저년 검은 속셈 좀 보십시오! 보통 때 지 남편한테 맞은 것까지 싹 다 긁어모아서 나한테 뒤집어씌우려고 하지 않습니까? 내가 어찌 가만히 있습니까?

정봉 재판장님! 피고인은 피해자를 모욕하고 이 법정을 우롱하며 자신의 잘못을 전혀 반성하고 있지 않습니다!

명하 (화가 나서) 네! 그래 보입니다. 정말로 그러네요!

명석 재판장님…

혼란한 상황을 수습하고자 명석이 일어서려는데 영우가 속삭인다.

영우 손을 먼저 들어야 합니다.

명석 뭐?

영우 이 재판에서 변호인들은 할 말이 있으면 손을 들고 말해야 합니다. 재판장님의 허락 없이 먼저 말할 수 없습니다.

명석 뭐…? 왜요?

영우 음… 아마도 재판장님이 풍산 류 씨라서 그런 것 같습니다.

무슨 소리인지 몰라 어리둥절하면서도
일단 손을 번쩍 들고 보는 명석.

명하 (명석을 향해 통명스럽게) 뭐요?

명석 재판장님, 죄송합니다. 피고인이 재판에 익숙하지 않아 흥분한 나머지 진심과는 다른 실언을 했습니다. 피고인이 진정할 수 있도록 잠시만 휴정해도 되겠습니까?

명하 (매섭게) 검사, 증인 신문할 거 있습니까?

정봉 (명하의 기에 눌려) 아, 아니요. 없습니다.

명하 증인은 집에 가셔도 좋습니다. (수연을 노려보며) 다시는 이 법정에서 피해자와 피고인을 만나게 하지 않겠습니다.

준비한 신문 내용을 제대로 풀지 못하게 된 수연이 한숨을 쉰다. 변호인석에 앉아있는 영우의 표정도 어두워진다.

명하 10분간 휴정합니다. (향심 향해 호통) 피고인! 정신 차려요!

불쾌한 듯 벌떡 일어나 나가버리는 명하.
다리에 힘이 풀린 명석이 털썩 주저앉는다.

S#21. **법정 앞 복도** (내부/낮)

휴정 시간. 복도에 놓인 벤치에 앉아있는 향심을 둘러싸고 명석, 영우, 수연이 서있다.

명석 저희를 방해하시면 안 됩니다.

향심 방해라니요? 뻔한 말을 빙빙 돌려 하니까 내가 콱 집어준 건데!

명석 콱 집어주셨다가 이 꼴이 나지 않았습니까? 재판에는 순서가 있고 형식이 있습니다. 시장통 싸움이 아니에요. 저희가 저희 전략대로 할 수 있게 도와주세요.

향심 시장통 싸움? 변호사가 하면 전략이고 내가 하면 시장통 싸움이에요? 지금 나 무시합니까?

수연 변호사님 말씀은 그게 아니라…

향심 아니긴 뭐가 아니니! 동생도 변호사라고 끼리끼리 편드는 거야? 가만 보고 있자니 내가 답답해서 그래, 답답해서!

영우 워—워.

쑥 들어온 영우의 워워에 향심이 멈칫한다.

영우 이 재판은 계향심 씨의 속 풀이를 위한 것이 아니라 감형을 받기 위한 것입니다. 보육원에서 기다리는 딸을 생각하십시오. 계하윤 양을 하루라도 더 빨리 만나려면 저희 말을 들어야 합니다.

영우의 말이 먹힌 걸까? 향심이 잠잠해진다.

명석 다음은 그 의사지?

수연 네.

명석 남편의 폭행으로 인한 상처일 수도 있다고 순순히 수긍하면 다행인데 만약 이상하게 굴면 우리도 세게 나가야 해. 증인한테 탈북자에 대한 편견이 있다는 걸 강조해서 신빙성을 떨어뜨려야 한다고. 이번에는… (영우와 수연을 번갈아 보더니) 우영우 변호사가 하자.

영우 저는… 딱딱하니까요?

명석 응.

영우 네.

S#22. 법정 (내부/낮)

병길이 증인석에 앉아있다. 정봉이 5년 전 병길이 썼던 상해 진단서를 병길 앞에 내민다.

정봉 5년 전, 증인이 이순영 씨를 직접 진찰한 뒤 작성했던 상해 진단서입니다. 밑줄 친 부분을 읽어주시겠습니까?

병길 '진단일로부터 14일간의 치료를 요하는 경추의 염좌 및 긴장. 무차별 폭행으로 인해 전신에 나타난 타박상과 열상. 머리채를 잡고 심하게 흔들어 생긴 모근 및 두피 손상.'

정봉 증인은 이러한 증상들의 원인이 뭐라고 판단하십니까?

병길 저기 앉아있는 피고인과 그 공범의 폭행 때문이라고 판단합니다.

병길의 손가락질에 배심원들이 일제히 향심을 쳐다본다. 이에 놀란 향심이 욱해서 한마디 하려다가… 참는다.

정봉 이상입니다.

명하 변호인, 반대 신문하세요.

영우가 일어나 병길에게 간다.

영우 사건 이틀 전인 2017년 11월 6일, 이순영 씨의 남편이 이순영 씨를 폭행해 경찰이 출동했던 기록이 있습니다. 진단을 내릴 당시 증인은 이 사실을 알고 있었습니까?

병길 몰랐습니다.

영우 그럼 이 사실을 알게 된 지금, 증인은 이순영 씨가 입은 상해가 피고인이 아닌, 남편의 폭행 때문일 수도 있다고 생각합니까?

병길이 잠시 뜸을 들이더니,

병길　아니요. 저는 여전히 피고인 때문이라고 생각합니다.

영우　왜죠? 상처에 때린 사람 이름이 남는 것도 아니지 않습니까?

병길　상처를 보면 알 수 있습니다. 저는 의사니까요.

영우　어떻게 알 수 있는지 의학적 사실에 근거해서 설명해주시겠습니까?

병길　이미 의사로서 의사의 소견을 말했는데 의학적 사실에 근거하라니… 뭘 더 어떻게 하란 말입니까?

병길이 난처하다는 듯 어깨를 으쓱하며 재판장과
배심원들을 둘러본다. 영우가 변호인석으로 돌아간다.
명석이 병길의 칼럼을 출력한 문서를 영우에게 주며
권투 코치처럼 속삭인다.

명석　몰아붙여요.

링 위에 오르는 권투선수처럼 결연하게 고개를 끄덕이는 영우. 병길에게 돌아가 문서를 내민다.

영우　2018년 초 증인이 신문에 쓴 칼럼입니다. 제목을 읽어주시겠습니까?

정봉　이의 있습니다. 사건과 무관합니다.

그러자 영우가 명하를 보며 말하게 해달라는 뜻으로 손을 번쩍 든다.

명하 말하세요.

영우 이 칼럼의 첫 문장은 '탈북자들에게 폭행을 당한 한 한국인 여성이 필자를 찾아왔다.'입니다. 증인이 본 사건을 직접 언급하고 있는 만큼 이 칼럼은 사건과 무관하지 않습니다.

명하 (잠시 고민하다) 이의 기각합니다. 변호인, 계속하세요.

영우 증인, 칼럼의 제목을 읽어주십시오.

병길 재판장님, 이 얘기는 안 하면 안 되겠습니까?

명하 증언을 거부하시는 겁니까? 사유는요?

병길 이거 쓰고 나서 제가 욕을 많이 먹었습니다. 악플도 많이 달렸고 항의 전화에 협박 편지까지 받았습니다.

명하 안타깝지만 말씀하신 부분은 증언 거부 사유에 해당하지 않습니다. 칼럼 제목을 읽어주세요.

병길 (마지못해) '범죄 집단이 되어가는 탈북자들.'

영우 증인은 '한국 사회에서 탈북자는 이미 커다란 사회적 문제'라면서 '정부가 탈북자들에게 정착 지원금을 주는 것은 범죄자들에게 범죄 격려금을 주는 것과 같다'고 주장했습니다. 맞습니까?

병길 아니, 그게…

칼럼 내용에 놀란 배심원들 몇몇이 병길을 유심히 본다. 한숨을 푹 내쉬는 병길. 결국 미끼를 물고 본인의 생각을 말하기 시작한다.

병길 내가 뭐, 편견을 갖고 있어서 그러는 게 아니라 통계가 말해주잖아요. 탈북자들의 강력범죄율이 얼마나 되는지 아세요? 무려 10%입니다. 한국인의 평균 범죄율보다 두 배나 높은 수치예요. 재범 비율 역시 우리나라 전체 재범률보다 다섯 배 이상 높습니다. 이래도 탈북자들이 범죄 집단이 아니란 말입니까?

영우 그렇다면 피해자의 상처만 보고도 누가 때린 것인지 알 수 있다는 증인의 소견은, 탈북민에 대한 증인의 평소 생각과 무관합니까?

병길 네?

영우 증인은 피해자의 남편보다는 피고인의 죄가 더 크다고 말하고 싶은 것 아닙니까? 남편은 한국인이지만 피고인은 탈북민이니까?

정봉 이의 있습니다! 유도 신문입니다!

명하 인정합니다.

병길 아니, 근데 솔직히… 멀쩡한 한국 남자 하나 폭력 남편 만들어가면서 탈북자들 좋은 일 시켜주는 게… 그게 맞는 일입니까?

영우 네?

병길 지금 이 재판도 다 국민 세금으로 하는 거잖아요. 그럼 한국인을 보호하는 재판을 해야죠. 저 탈북자가 아니라!

결국 터져 나온 병길의 혐오 발언에 향심의 표정이 붉으락 푸르락한다. 명석이 향심을 진정시키며 속삭인다.

명석 (작게) 참으세요. 배심원들이 우리 편이에요.

명석의 턱짓을 따라 배심원들을 보는 향심.
향심의 눈에도 병길을 보는 배심원들의 눈빛이 차가워 보인다.

명하 음… 증인의 생각은 한 개인의 의견으로서는 존중합니다만 탈북민도 대한민국 국민입니다. 그러니까 재판도 하는 거지요.

병길 (조금 머쓱) 아, 네. 뭐 물론 그렇겠죠.

'망했구나…' 싶어 조용히 한숨 쉬는 정봉.
반면 영우의 표정은 밝다.

S#23. 한바다 구내식당 (내부/밤)

명석과 영우, 수연이 모여 저녁식사를 한다.
그때, 식당으로 들어온 승준.
두리번대며 명석을 찾더니 씩씩대며 다가온다.
걸음걸음마다 엄청난 분노가 서려있다.

승준 이 멍청한 새끼!

승준이 다짜고짜 명석의 멱살을 잡고 위로 끌어올린다.
명석이 승준의 손을 뿌리치며 맞선다.

명석 뭐하는 짓이야? 미쳤어?

승준 내가 '정의모' 우리 고객 만들려고 얼마나 공을 들였는지 알아, 몰라?

명석 정의모?

승준 그래, 이 새끼야! 너 때문에 물 건너간 '정의로운 의사들의 모임!'

승준이 명석의 식판 위에 인터넷 기사 출력한 것을 내던진다. '정의로운 의사들의 모임 임원, 탈북자 혐오 발언으로 논란 재점화'라는 기사.
이를 본 명석과 영우, 수연이 움찔한다.

승준 권병길이 정의모 임원인 것도 모르고 증인석에 앉혔냐? 나 지금 거기 회장한테 얼마나 깨지고 왔는지 알아? 권병길이 그 칼럼에 대해서는 말하기 싫다고 했다며! 근데도 한바다 변호사들이! 끝까지 고집을 부려서 말하게 시켰다며!!!

끝까지 고집을 부려서 말하게 시켰던 장본인인 영우가 당황한다. 승준이 영우와 수연을 돌아보며 혀를 끌끌 찬다.

승준 너 애들 데리고 공익 사건 하다가 그런 거지? 명석아! 경력이 몇 년인데 아직도 이런 실수를 하니? 그깟 공익 사건 하나 때문에 수십 억짜리 고객을 놓쳐?

구내식당 안이 쩌렁쩌렁 울리도록 소리치는 승준.
밥 먹던 한바다 사람들이 승준과 명석을 보며 수군수군 한다.

명석 알았으니까 이제 그만해.

승준 동기랍시고 하나 있는 게 도와주진 못할망정 팀 킬을 해? 아악! 짜증 나! 회사 걱정은 나 혼자 하지!

끝까지 투덜거리며 식당 밖으로 나가는 승준.
명석이 털썩 자리에 주저앉는다.

수연 죄송합니다. 증인 신원 확인도 제대로 안 하고…

영우 수십 억짜리 고객을 놓치게 만들어서 죄송합니다.

명석 이건 신입들이 사과할 일이 아니야. 내 불찰이지.

명석이 일어선다.

명석 이거 내 잘못도 맞고 나 지금 되게 쪽팔린 것도 맞는데… 그래도 '그깟 공익 사건' '그깟 탈북자 하나'라고 생각하진 말자. 수십 억짜리 사건처럼은 아니더라도… 암튼 열심히 하자.

수연 아… 네!

영우 네.

명석 마저 먹어. 난 쪽팔려서 먼저 갈게.

쓸쓸히 구내식당을 빠져 나가는 명석.
그 뒷모습을 바라보는 수연과 영우의 눈빛이
존경심으로 반짝인다.

S#24. 구치소 가족 접견실 (내부/낮)

구치소 안에 마련된 가족 접견실.
밝은 색 벽지와 가구에 여러 장난감까지,
제법 어린이집 분위기가 난다.
하윤을 가운데 두고 앉아 향심이 오길 기다리는
영우와 수연. 드디어, 문이 열리고 향심이 들어온다.

하윤 엄마!

향심 하윤아!

서로를 뜨겁게 끌어안고 감격의 상봉을 하는 모녀.
누가 먼저랄 것도 없이 엉엉 울기 시작한다.

향심 (흐느끼며) 미안해. 엄마가 미안해…

이를 보는 수연의 눈에도 눈물이 맺힌다.
반면 언제나처럼 무표정한 영우.
어린 시절의 기억을 떠올린다.

S#25. 초등학교 운동장 (외부/낮) - 과거

18년 전.
영우가 다녔던 초등학교 운동회 날의 점심시간.
9세 영우와 35세 광호가 돗자리에 앉아있다.

광호 영우야. 참외 먹어.

광호가 방금 깎은 참외 한 조각을 영우 손에 쥐어준다.
하지만 영우는 운동장 곳곳에 가득한 '엄마'들을 보느라 정신이 팔려있다. 아이의 입에 김밥을 넣어주는 엄마, 아이를 앞세워 나 잡아봐라 놀이를 하며 자기가 더 신난 엄마, 아이의 볼에 뽀뽀를 하고 환하게 웃는 엄마…
그러다 갑자기, 영우가 깨닫는다.

'아, 나는 엄마가 없구나.'

영우　　아빠.

광호　　응?

참외를 깎던 광호가 영우의 얼굴을 다정하게 바라본다.
하지만 영우는 언제나처럼 아빠와 눈을 맞추지 않는 채로,

영우　　나는 왜 엄마가 없어?

갑자기 총에 맞은 사람처럼,
광호의 얼굴에서 핏기가 사라진다.

S#26. 차 (내부/낮)

다시 현재. 한바다 사무실로 돌아가는 길.
수연이 운전을 하고 영우는 조수석에 앉아있다.

수연　　강도상해죄 법정형은 너무 높아! 살인죄가 최소 5년인데 강도상해죄가 최소 7년이라는 게 말이 되냐? 우리, 이거에 대해서 위헌 법률 심판 제청을 해보는 건 어때? 헌법 재판소에서 위헌 결정을 하면 향심 언니는 무죄 받을 수 있잖아.

영우　　그거 이미 여러 차례 있었어. 2001년과 2006년, 2016년에도…

수연 근데? 다 안 됐어?

영우 응. 전부 합헌 결정 났어.

한숨 쉬는 수연. 다른 방법은 없을지 궁리하다가,

수연 탈북자는… 말하자면 일종의 난민이잖아? 난민이나 이민자, 외국인은 잘못해도 좀 봐주는 법 규정은 없어?

영우 없어.

수연 잘 생각해봐. 진짜 없어?

영우 (잘 생각해보고) 진짜 없어. 그리고 있어서도 안 돼. 난민, 이민자, 외국인에게 범죄 면허를 주는 거나 마찬가지잖아.

수연 아악! 그럼 뭐가 있을까? 어? 우영우, 너 천재잖아. 생각 좀 해봐.

수연의 성화에 영우가 생각을 해본다.

INSERT :

수면이 잠잠한 푸른 바다.
고래 한 마리가 바다 위로 머리를 쑤욱, 수직으로 내밀더니 주위를 살핀다.
고래들의 공중 행동 중 일명 '머리 내밀고 살피기'다.

CUT TO :

다시 차 안.

영우 음… 조금 억지스럽지만, 하나 떠오른 건 있어.

수연 뭔데?

S#27. **법정** (내부/낮)

영우 북한 법입니다.

두 번째 공판.
영우의 말에 어이없어 하는 정봉.
반면 명하는 흥미로운 듯 귀를 기울인다.

명하 북한 법이요?

영우 네. 북한에도 강도죄는 있습니다. 북한 형법 제288조 '개인 재산 강도죄'가 그것입니다. '사람의 생명과 건강에 위험을 주는 폭행, 협박을 하여 개인의 재산을 강도한 자는 4년 이하의 로동 교화형에 처한다.'

수연 하지만 '김일성 종합 대학 출판사'가 펴낸 '형법학'에 따르면, 북한의 강도죄는 한국의 강도죄와 비교했을 때 매우 고강도의 폭행과 협박을 요구합니다. 폭행은 사망 혹은 중상해를 일으킬 만큼 강력해야 하며 협박 역시 범죄자의 요구에 응하지 않으면 즉시에 즉석에서 사망 및 중상해에 이르는 폭행을 가할 것이라 예고해야 합니다. 만일 폭행과 협박이 이러한 정도에 이르지 못하면 강도죄가 성립할 수 없으며 기껏해야 '개인 재산 빼앗은 죄'에 해당한다고 합니다.

명하 개인 재산 빼앗은 죄요?

영우 '북한 형법 제284조 개인 재산 빼앗은 죄. 개인의 재산을 빼앗은 자는 1년 이하의 로동 단련형에 처한다.' 재판장님, 형량에 주목해주십시오. 개인 재산 강도죄는 4년 이하의 로동 교화형, 다시 말해 4년 이하의 징역형이지만 개인 재산 빼앗은 죄의 형량은 1년 이하의 로동 단련형에 불과합니다. 한국으로 친다면 고작 1년 이하의 사회봉사명령을 받게 되는 것입니다.

명하 북한 법 강의는 이만하면 됐습니다. 그래서 변호인들이 주장하려는 건 뭡니까?

영우 피고인은 한국 법보다는 북한 법에 더 익숙합니다. 피고인은 자신이 받아야 할 돈을 돌려받으려 했을 뿐, 피해자의 자유로운 의사를 억압해 돈을 강취할 의도까지는 없었고 더욱이 본인이 저지른 행위가 무기징역 또는 7년 이상의 징역형을 받게 되는 강도상해죄에 속한다고 생각하지 못했습니다. 왜냐하면 북한에서는 피고인의 행위 정도로는 강도죄가 성립하지 않기 때문입니다.

정봉 그럼 변호인들은 피고인이 '아, 북한 법으론 강도죄가 아니니까 나는 지금 강도를 하는 게 아니다' 뭐 이렇게 생각했다 주장하는 겁니까? 재판장님, 이건 정말 듣도 보도 못한 억지 논리입니다.

명하 (피식 웃으며) 듣도 보도 못한 건 맞는데… 한번 확인해볼 필요는 있겠습니다. 피고인?

명하의 다음 말을 기다리는 검사와 변호사들.
모두의 얼굴에 긴장감이 가득하다.

향심 네…?

명하 피고인은 북한 법의 해석에 더 익숙한 나머지 피고인의 행위가 강도가 아니라고 생각했습니까?

향심 (무슨 말인지 잘 모르겠지만 변호인들과 약속한 대로) 아… 네.

명하 흠, 그래요? 만약 피해자가 돈을 안 주면 어떻게 할 생각이었습니까? 강제로라도 꼭 받아내야겠다고 생각한 거 아니었나요?

명석 (손을 번쩍 들고) 재판장님, 피고인에게 진술을 거부할 권리가 있음을 다시 고지해주시겠습니까?

명하 물론입니다. 피고인은 대답하지 않아도 됩니다. 그래도 공정한 판결을 위해 묻고 싶네요. 피고인, 대답해주시겠습니까?

모두의 시선이 향심에게 집중되자 당황해서 우물쭈물하는 향심. 변호사들이 향심에게 열심히 고갯짓 손짓을 하며 아니라고 대답하거나 대답하지 말라는 신호를 보내지만 솔직한 향심은 결국,

향심 무슨 수를 써서라도 받아내려고 갔지요. 그거… 내 돈이잖

아요.

명하　방금 변호인들이 한 주장에 대해서는 어떻게 생각하십니까? 피고인은 정말로 북한 법상 강도죄가 성립되지 않을 만큼만 피해자를 위협해야겠다고 생각했어요?

향심　모르겠습니다… 북한 법이 어떻고 그런 거… 솔직히 모르겠습니다.

알았다는 듯 명하가 고개를 끄덕인다.
'역시 그러면 그렇지' 싶은 표정의 정봉과 배심원들.
마지막 희망까지 잃어버린 변호사들의 표정이 어둡다.

CUT TO :

최종 변론을 마친 후의 법정.

명하　그럼 이상으로 변론을 종결합니다. 배심원들은 평의를 시작해주시고 그 후에 판결 선고하겠습니다.

판사들이 법정 밖으로 나간다.
명석이 짐을 챙겨 일어서지만 영우와 수연은
그 자리에 우두커니 앉아있다.

명석　나 사무실 들어가는데 같이 안 갑니까?

영우　저는 판결 선고 보고 가겠습니다.

수연　저도요.

명석　(그 마음 알겠다는 듯) 그래요. 그럼 끝까지 피고인 옆에 있어 주세요. 결과가 어찌 되든 두 사람은 최선을 다했습니다.

명석이 향심에게 인사한 뒤 밖으로 나간다.
경위가 향심에게 다가오자 향심이 수연과 영우에게
서둘러 인사를 한다.

향심　(애써 농담) 변호사 동무들, 왜 이리 코가 쑥 빠졌습네까?

향심의 말에, 영우가 손으로 자기 코를 잡아 코가 쑥 빠졌는지 확인한다. 그대로 있자 그럼 수연의 코가 빠진 건지 확인하려고 수연을 본다.

수연　(영우에게 작게) 그 말 그런 뜻 아니야. (향심에게) 죄송합니다.
향심　뭐가 죄송합네까? 나 교화소 가는 거 벌써 확정된 겁니까?
수연　(애써 밝은 표정) 아니에요. 쉬시다가 이따 판결 선고 때 봐요.

향심이 경위와 함께 멀어진다.
그 모습을 보는 영우. 곰곰이 생각에 잠긴다.

INSERT:

고래 한 마리가 머리 위 분수공을 통해 물을 뿜는다.
푸른 하늘로 치솟는 물방울들이 시원하다.

CUT TO :

다시 법정.

영우 (혼잣말처럼) 아직… 안 해본 주장이 있어. 위헌 법률 심판 제청.

수연 어? 다른 사람들이 여러 번 시도했고 다 합헌 결정 났다며?

수연의 말이 귀에 들어오지 않는 듯,
자기만의 계산을 끝낸 영우가 황급히 법정 밖으로 나간다.

수연 잠깐! 우영우! 야!

S#28. **법정 앞 복도 (내부/밤)**

나름대로 빠르게 걷는 영우와 따라가는 수연.

수연 벌써 배심원들이 평의 중이야. 이제 와서 뭘 어쩌려고?

영우 아직 판결 선고가 완료되지 않았잖아. 그럼 변론 재개 신청을 할 수 있어. 재판장님을 만날 거야.

수연 방문증 없으면 판사실 못 들어가는 거 몰라?

영우 방문증 달라고 하면 되지.

수연 (답답) 방문증이 무슨 식권이냐? 달라고 하면 주게? 판사 허락이 있어야 돼. 재판장님이 허락할 것 같아? 어? 야!

수연의 만류에도 눈 하나 깜짝하지 않는 영우.
제법 결연한 걸음걸이로 저벅저벅 앞장선다.

S#29. 법원 청사 1층 (내부/밤)

판사실이 있는 또 다른 법원 청사 1층.
영우가 안으로 들어와 출입 데스크의 경위에게 간다.
수연이 한발 늦게 뒤따른다.

영우 안녕하십니까? 저희는 변호사들입니다. 판사실에 방문하고자 합니다.

경위 어느 판사실이요?

영우 류…

수연 (영우의 말을 낚아채며) 8층 최보연 부장판사님 판사실입니다.

경위 방문 목적은요? 판사님이랑 얘기 되신 건가요?

수연 아, 판사님 개인 심부름이에요. (경위가 의아하게 보자) 최보연 판사님이 제 아버지시거든요. 여긴 동료인데 같이 심부름 왔습니다.

경위 잠시만요.

경위가 최보연 판사실에 전화를 걸어 실무관과 통화한다.

경위 1층 출입 데스크입니다. 최보연 판사님 따님이라는 분이 방문 희망하시는데 미리 얘기된 상황인가 해서요. (수연에게) 이름이?

수연　최수연입니다.

경위　최수연 변호사. (실무관이 알아보는 듯 기다리더니) 네, 알겠습니다.

경위가 전화를 끊고 출입명부와 펜을 내민다.

경위　이름이랑 방문 목적 쓰시고 들어가세요.

S#30. 8층 판사실 입구 (내부/밤)

판사실 입구에는 유리문 형태의 슬라이딩 도어가 설치돼 있다. 수연이 아까 받은 신분증을 갖다 대자 문이 열린다. 수연과 영우가 명하의 판사실을 향해 걷는다.

수연　저거 왜 해놨는지 알아? 우리 같은 애들 막으려고 설치한 거야. 법정 밖에서 판사한테 따로 변론하는 거 막으려고.

영우　법정 밖에서 판사한테 따로 변론하려는 게 아니야. 우린 변론 재개 신청을 하려는 것뿐이야.

수연　과연 검사도 그렇게 생각할까? 우당탕탕 우영우한테 말려서 어휴…

S#31. 판사실 (내부/밤)

명하가 일하고 있는 형사 합의부 부장판사실.
수연과 영우가 안으로 들어간다. **실무관**(30대/여)을 향해,

영우 류명하 판사님 만나러 왔습니다.

실무관 누구…신데요?

그때 명하가 안쪽에 있는 자기 방문을 열고 나온다.

명하 (놀람) 뭡니까? 여기는 어떻게 들어왔어요?

영우 (손 번쩍 들고) 재판장님, 변론 재개 신청을 하고자 합니다.

명하 (골치 아파) 하아… 지금 배심원들이 평의 중인 거 모릅니까?

수연 알고 있습니다. 그래서 외람된 줄 알지만 어쩔 수 없이 재판장님을 찾아왔습니다. 변론 재개 신청서를 제출하기엔 너무 늦어서요.

명하 안 됩니다. 뭐가 정 그렇게 계속 불만이면 항소하세요.

명하가 자기 방으로 들어가버리자 지나치게 열정적인
두 명의 변호사들이 명하 뒤를 따라간다.

S#32. **명하의 방 (내부/밤)**

서류더미들이 산처럼 쌓여있는 명하의 방.
책상으로 가는 명하를 뒤쫓으며 말하게 해달라고
손을 번쩍 번쩍 드는 영우.

명하 (너무 귀찮아 짜증) 뭐요? 뭐! 뭐!

영우 피고인은 결국 피해자에게 돈을 받아내지 못했습니다. 이런 경우까지 강도상해죄의 기수로 재판 받는 것은 위헌입니다. 위헌 법률 심판 제청을 하고자 하니 변론 재개를 허락해주십시오.

명하 (답답) 강도상해 미수는 강도가 미수인 걸 말하는 게 아닙니다. 상해가 미수여야 강도상해 미수죄가 성립하는 거예요!

영우 다르게 해석할 여지도 있지 않습니까? 강도상해죄보다 강도상해 미수죄로 처벌받는 것이 피고인에게는 유리하고, 형법은 피고인에게 유리한 규정을 아무런 근거 없이 축소해석하는 것을 금지하고 있습니다.

명하 아니, 무슨… 재판을 오기로 합니까? 열 번 찍어 안 넘어가는 나무 없다, 뭐 그런 거예요? 처음엔 피해자가 당한 상해가 피고인이 한 짓이 아니라더니, 그다음엔 북한 법까지 들먹이며 강도에 고의가 없다고 했다가, 이제는 결국 돈을 못 빼앗았으니 강도상해 기수로 재판하면 위헌이다? (버럭) 나랑 장난합니까! 지금!

명하의 고함에 영우가 놀라 눈을 질끈 감더니 양손으로 귀를 막는다. 명하가 책상 의자에 앉아 화를 가라앉히려 애쓴다. 그사이 조금 진정한 영우도 살며시 눈을 뜨고 양손을 내린다. 수연이 그런 영우를 걱정스럽게 쳐다본다.

명하 젊은 변호사들이라 열정 넘치는 거 이해합니다. 하지만 열정도 부릴 데가 있고 안 부릴 데가 있는 거예요.

영우 젊은 변호사들이라서가 아닙니다. 계향심 씨가 위대한 어머니라서 이러는 겁니다. 어미 고래처럼요.

명하 뭐요?

예상 밖의 말에 수연이 영우를 본다.

영우 계향심 씨는 상식이 부족하고 제멋대로입니다. 지금까지도 자신이 무엇을 잘못했는지 제대로 이해하고 있는 것 같지 않습니다. 하지만 계향심 씨는 자식을 버리지 않으려고 5년이나 도망자 생활을 했습니다. 모성애는 감경 사유가 아니지만, 딸이 엄마를 기억할 수 있는 나이가 될 때까지 키워놓고 교도소에 가야 출소 후 딸을 다시 찾을 수 있다는 생각 하나만으로 그 모든 시간을 견딘 위대한 어머니의 사정을… 헤아려주십시오.

영우의 변론에 방 안이 잠시 조용해진다.
명하가 상황을 정리한다.

명하 지금 이거… 법정 외 변론입니다. 더 듣지도 않을 거고 판결에 반영하지도 않을 겁니다. 변론 재개도 허락하지 않습니다. 둘 다 당장 나가지 않으면 경위를 부르겠습니다.

S#33. 법원 옥외 벤치 (외부/밤)

법원 앞마당 가로등 불빛 아래 벤치.
영우와 수연이 나란히 앉아있다.

영우 고래 사냥법 중 가장 유명한 건 '새끼부터 죽이기'야. 연약한 새끼에게 작살을 던져. 새끼가 고통스러워하며 주위를 맴돌면 어미는 절대 그 자리를 떠나지 않는대. 아파하는 새끼를 버리지 못하는 거야. 그때 최종 표적인 어미를 향해 두 번째 작살을 던지는 거지.

수연 어휴, 하여간 인간들이란…

영우 고래들은 지능이 높아. 새끼를 버리지 않으면 자기도 죽는다는 걸 알았을 거야. 그래도 끝까지 버리지 않아. 만약 내가 고래였다면… 엄마도 날 안 버렸을까?

처음 듣는 영우의 엄마 이야기에 수연이 놀라 영우를 본다.
언제나처럼 무표정한 영우. 어떤 마음인 건지 수연으로선 짐작하기 어렵다.

S#34. **법정** (내부/밤)

판결 선고.
판사들과 배심원들, 향심과 변호인들이
각자의 자리에 앉아있다.

명하 배심원 여러분, 평의 잘 마치셨지요? 평결서 주시겠습니까?

배심원 대표(40대/남)가 일어나 평결서가 담긴 봉투를 명하에게 준다. 명하가 평결서를 꺼내 펼친다.

명하 배심원단의 평의 결과를 말씀드리겠습니다. 공소 사실에 대해 배심원 7명 만장일치로 유죄. 양형에 관한 의견, 배심원 7명 만장일치로… 징역 4년.

각오했지만 막상 들으니 괴로운 듯 향심이 눈을 질끈 감는다. 수연이 향심의 손을 잡아준다.
옆에서 영우가 한숨을 쉰다.

명하 배심원 여러분, 수고하셨습니다. 본 재판부는 배심원단의 평결 내용을 진심으로 존중함을 알려드립니다. 이제 판결하겠습니다. 주문. 피고인을 징역 1년 9월에 처한다. 다만, 이 판결 확정일로부터 3년간 피고인에 대한 형의 집행을 유예한다. 피고인에게 보호관찰을 받을 것과 80시간의 사회봉사를 명한다.

수연이 너무 놀라 소리를 지를 뻔한 것을 겨우 참는다.
영우 역시 놀란 나머지 정지 화면처럼 굳어있다.

향심 (못 알아듣고 어리둥절) 뭐? 뭐?

수연 (작게) 집행유예예요!

다 포기하고 있던 향심. 깜짝 놀라 눈이 휘둥그레진다.

명하 피고인은 공범과 공모하여 재물을 강취할 목적으로 피해자를 폭행하고 위협했으므로 죄질이 불량하다. 범행 당시 피해자가 느꼈을 공포심과 범행 후 피고인이 재판을 받지 아니하고 도주한 점을 고려하면 피고인을 엄히 처벌할 필요가 있다. 다만, 피고인은 탈북민으로서 한국 사회의 법과 규범에 아직 익숙하지 않은 점, 형사 처분 전력이 없는 초범인 점, 무엇보다…

명하가 날카로운 눈빛으로 수연과 영우를 흘낏 본다.

명하 5년이 지난 후이긴 하나 자신이 저지른 죄를 잊지 않고 처벌을 받을 목적으로 자수한 점을 특별 양형 인자로 참작한다.

그제야 집행유예가 가능해진 감형의 비밀을 알게 된
영우와 수연. 조용히 탄식하며 속삭인다.

영우 아… 자수… 그래, 자수.

수연 엉뚱한 데만 꽂혀서 정작 향심 언니가 자수했단 걸 잊고 있었네.

영우 자수는 감경 사유의 기본 중의 기본인데 그걸 잊다니… 우리 바보다.

수연 재판장님이 똑똑한 거 아닐까? (명하를 보며) 저 짬에서 나온 묘수.

영우 (명하를 보며) 저… 짬에서 나온 묘수.

짬에서 나오는 바이브를 풍기며 판결문 낭독을 이어가는 명하. 그를 바라보는 영우와 수연의 눈빛이 존경심으로 반짝인다. 문득, 영우가 향심을 본다.
감격의 눈물을 글썽이며 판결문을 듣고 있는
향심의 얼굴이 모처럼 편안하다.

S#35. EPILOGUE : 백화점 여성복 매장 (내부/낮)

수미가 어느 명품 여성복 매장에서 옷을 고른다.
그날따라 매장 곳곳에 20대 딸과 쇼핑을 하는
수미 또래의 엄마들이 많다.

수미의 시선이 자기도 모르게 그 '딸'들에게로 향한다.
엄마의 목에 스카프를 둘러주며 잘 어울린다고 칭찬하는
딸, 엄마가 고른 옷이 별로라고 고개를 가로젓는 딸,
거울 앞에 서서 엄마랑 자기 몸에 번갈아 옷을 대보며
깔깔대는 딸…
'그 아이도… 저 나이쯤 되었을까?'
오랫동안 잊고 산 딸의 존재가 수미의 마음속에
제멋대로 떠오르는 순간,

점원 본사에서 젊은 층 대상으로 홍보한다더니 요즘 딸 데리고 오는 고객님들이 느셨어요. 고객님도 따님이 있으세요?

점원(30대/여)의 말에 바로 대답하지 못하는
수미의 눈빛이 복잡하다.

수미 아니요. 저는… 아들만 하나예요.

직원 어머~ 그럼 모녀가 다정하게 쇼핑하는 거 보면 부러우시겠다. (농담조로 속삭이듯) 딸 원하시면, 지금도 늦지 않으셨어요!

점원의 말에 피식 웃는 수미. 그 미소 끝이 쓸쓸하다.

S#36. EPILOGUE : 백화점 1층 (내부/낮)

영우와 수연이 백화점 안으로 들어온다.
내켜하지 않는 영우를 어르고 달래며 끌고 가는 수연.

수연 아, 그니까 넌 그냥 옆에서 구경만 하라고. 그 브랜드 정가로 하면 얼마나 비싼 줄 알아? 지금 할인할 때 안 사면 평생 못 사!

영우와 수연이 에스컬레이터에 오른다.
동시에 수미가 맞은편 에스컬레이터를 타고 내려온다.
손 내밀면 닿을 만큼 가까운 거리에서도
서로를 못 알아보는 영우와 수미.
두 사람이 무심하게 엇갈린다.

〈끝〉

"좌절해야 한다면 저 혼자서, 오롯이 좌절하고 싶습니다.

저는 어른이잖아요."

7화

소덕동 이야기 I

⑦

S#1. PROLOGUE : 주민 센터 강당 (내부/낮) - 과거

3년 전.
서울 근교에 위치한 시골 마을 '소덕동'의 주민 센터 내 강당. '행복로 도로 건설을 위한 주민 설명회'라 적힌 플래카드 아래 '동방 토지 주택 공사'의 **김명진**(30대/남)이 마이크를 잡고 서있다. 강당을 가득 메운 백여 명의 나이 지긋한 주민들과는 눈도 안 마주치는 명진. 손에 들린 서류에만 시선을 고정한 채 차갑고 건조한 목소리로,

명진 '행복로'는 '함운 신도시'의 교통 수요에 대응하고자 '경해도'와 저희 동방 토지 주택 공사가 함께 추진 중인 자동차 전용 도로입니다.

명진이 리모컨을 누르자 강당에 설치된 화면에 지도가

뜬다. 빨간 줄로 굵게 표시된 행복로의 계획 노선이 경해도 의주시 함운 신도시와 서울시 강연구 정암동을 잇는 모습이 보인다.

명진 전체 노선은 이렇게 되고요. 행복로가 소덕동을 지나는 모습은 여기.

명진이 다시 리모컨을 누르자 서울시 바로 옆에 위치한 '경해도 기영시 소덕동'의 지도가 뜬다.
행복로의 계획 노선이 소덕동 한가운데를 관통하듯 가로지르는 모습에 **조현우**(40대/남)와 주민들의 표정이 충격으로 잠시 멍—해진다.

현우 저건… 행복로가 소덕동을 "지나는" 정도가 아니잖아요. 마을 한가운데를 관통하고 있는데!
주민 1 우리 동네를 두 동강 낼 작정이구만!
주민 2 노선을 저 따위로 짜면 어떡합니까? 예?!
명진 노선 결정은 경해도랑 협의해서 하는 겁니다. 저희 동방은 이 사업을 대행 받아서 시행할 뿐이고요.

경해도 담당자인 **정찬일**(40대/남)이
앞으로 나와 마이크를 잡는다.

찬일 경해도 건설 본부에서 나왔습니다. 우리가요, 결정된 노선을 주민들한테 고지할 의무는 있지만요. 주민 설명회를 통해서 노선 변경을 할 수는 없습니다. 전문가들이 다 고민해서 결정한 거예요.

명진과 찬일의 말에 주민들의 항의가 거세진다.
뒷자리에 앉아있던 소덕동 이장 **최한수**(60대/남)가
일어나 목청 좋게 외친다.

한수 나, 소덕동 이장 최한수요!

한수에게서 풍기는 위풍당당한 기운에
주민들이 일제히 조용해진다.

한수 지금까지 경해도가 소덕동에 어떻게 했습니까? (머뭇) 뭐더라? 그…

현우 지하철 10호선이요?

한수 그래! 지하철 10호선 짓는다고 소덕동 토박이 수십 가구를 내쫓고 온 마을을 파헤치지 않았습니까?

주민들 (제각각) 맞습니다! 옳소!

한수 서울시는 또 소덕동한테 어찌 했습니까?

이번에도 다음 단어가 생각나지 않아 머뭇거리는 한수.
워낙 자주 있는 일이라 이런 상황에 익숙한 현우가 다시 나선다.

현우 쓰레기 소각장!

한수 그래! 쓰레기 소각장! 우리 쓰레기도 아니고 서울 사는 사람들 쓰레기 소각장을 소덕동에 지어놨어요. 우리가 아무리 반대를 해도 서울시나 경해도나 눈 하나 깜박하지 않았습니다.

찬일 그게 무슨 상관이에요? 우리는 지금 행복로 이야기를 하는 건데…

한수 우리는 지금 소덕동 이야기를 하는 겁니다! 지하철 공사 어제 끝났고 소각장 공사 그제 끝났습니다. 그런데 이제는 또 뭐야, 그…

현우 행복로!

한수 (현우 말 바로 이어) …를 위해서 자릴 내놓으라고요? 그만 좀 하십시오. 소덕동 사람들, 많이 묵었다 아입니까?

힘들었던 지난 시간에 대한 설움이 뚝뚝 묻어나는
한수의 말에 주민들의 원성이 다시 높아진다.
주민 설명회를 더 이상 진행하지 못할 정도로 소란스러워진 상황에 명진과 찬일이 한숨만 푹푹 내쉰다.

TITLE :

〈이상한 변호사 우영우〉

S#2. 한바다 회의실 (내부/낮)

3년 뒤 현재.
명석, 영우, 민우, 수연이 회의실 책상에 놓인
소덕동의 항공사진을 본다.
행복로 계획 노선이 빨간색 사인펜으로 그려져 있다.
변호사들의 맞은편에는 한수와 현우가 앉아있다.

현우 노선을 이렇게 정한 것은 우리더러 마을을 떠나라는 이야기입니다. 행복로 위를 매일같이 차들이 달린다고 생각해 보십시오. 그 소음, 매연, 분진을 주민들이 다 뒤집어쓰는 겁니다.

한수 우리가 이런 얘길 하잖아? 그럼 경해도랑 동방은… 뭐더라? 그…

현우 방음벽이요.

한수 그래! 방음벽을 치면 괜찮대. 근데 그걸 치잖아? 눈앞에 아파트 7, 8층 높이의… 뭐지? 그거?

영우 방음벽?

한수 아니! 그, 저…

현우 옹벽이요.

한수 그래! 옹벽이 생기는 거나 마찬가지야. 마을이 반으로 쪼개져서 따로따로 고립되는 거라고!

'정답은 옹벽이었구나' 깨달은 영우가 고개를 끄덕인다.

한수의 깜박거림이 만들어내는 퀴즈에 왠지 모르게 빠져드는 영우.

명석 혹시 보상금 관련해서 경해도나 동방 쪽과 이야기해보셨습니까? 말씀하신 어려움들을 금전적으로나마 보상해주겠다든지…

한수 (헛웃음) 땅이 수용돼서 마을을 떠나야 하는 사람들한테도 보상금을 제대로 안 주는데 남아있는 주민들한테 돈을 풀겠습니까?

명석 보상금을 제대로 안 주다니요?

현우 소덕동은 그린벨트 지역이라 주변에 비해 공시지가가 많이 쌉니다. 그래서 지하철 10호선 지을 때도 땅이 수용됐던 주민들의 재산 피해가 심각했어요. 집터 전체가 수용됐는데 보상금은 천만 원을 채 못 받는 경우가 허다했거든요. 평생을 소덕동에서만 살았던 사람이 서울선 월세 보증금도 안 될 그 돈을 들고 어디로 가겠습니까?

주민들의 답답한 상황에 명석과 신입 변호사들의 표정도 어두워진다.

한수 우리 할 만큼 다 해봤습니다. 주민 대책 위원회 만들어서 진정서도 수십 장 내봤고 항의 전화도 수백 통 걸어봤고 도청 앞에서 시위까지 했어요. 근데도 안 돼. 경해도는 우리 얘기를 들어줄 생각이 없어요. 그렇다면 이제 남은 건…

그, 뭐더라?

현우 재판이요?

한수 재판은 재판인데 왜, 그거 있잖아.

영우 소송이요? (틀렸다고 할까 봐 빠르게) 행복로 도로 구역 결정 취소 청구 소송이요?

한수 (영우의 열의에 의아해하면서도) 그래요. 그걸 할 생각입니다.

정답을 맞힌 기쁨에 영우의 표정이 흐뭇하다.

명석 두 분 뜻은 잘 알겠습니다. 그런데 저희가 도로 건설 쪽에 대해서는 전문가들이 아니라 행복로에 대해 알아볼 시간이 필요합니다. 수임을 결정하기 전에 사건 조사부터 해봐도 되겠습니까?

한수 그러세요. 대신 빠른 결정 부탁합니다. 신도시 쪽에서는 공사가 시작된 지 오래라… (손으로 땅 파는 시늉하며) 아, 그… 뭐더라?

명석 (자기도 모르게 퀴즈 참여) 삽…?

영우 유압식 굴착기!

현우 (다들 무슨 소리냐는 듯) 포크레인.

한수 그래! 포크레인이 우리 마을 덮칠 날이 멀지 않았습니다.

명석 네. 연락드리겠습니다.

한수와 현우가 회의실 밖으로 나간다.

두 사람을 배웅한 뒤 다시 자리에 앉는

명석과 신입 변호사들.

명석 (소덕동 항공사진을 보며) 어떻게 생각해?

수연 노선 계획을 왜 이렇게 짰을까요? 마을을 관통하는 대신 우회하는 방법도 있었을 텐데요.

민우 그야 뭐, 비용 때문이겠죠. 돌아가는 것보다는 질러가는 게 만들어야 하는 도로 길이가 짧으니까.

영우 오로지 비용 때문에 이런 결정을 했다면 행정법상 비례의 원칙 위반을 주장할 수 있습니다. 행정 기관은 여러 수단 중에서 상대방의 권리 침해가 가장 적은 수단을 선택해야 하는데 경해도는 우회 도로라는 대안이 있음에도 비용만을 이유로 그것을 선택하지 않은 거니까요. 비례의 원칙 중 최소 침해의 원칙을 위반한 것입니다.

수연 주민들이 입을 손해를 사회적 비용으로 계산해보면 행복로 건설로 인한 이익보다 클 수도 있지 않을까요? 그렇다면 이 계획 노선은 이익 형량에 하자가 있는 결정이고요.

명석 '비례 원칙 위반이다' '이익 형량에 하자가 있다' 다 좋아. 좋은데… 사법부는 원래 행정부가 하는 일에 대해서 판단하길 꺼리는 편이야. 게다가 이 사건처럼 전문적인 경우는 더 그렇지. 판사로선 잘 모르는 분야인데, 해라 마라 판결 때리기 너무 부담스럽잖아?

민우 (노트북으로 검색하며) 말씀하신 이유 때문인지 비슷한 행정 소송에서 주민들이 이긴 판례도 거의 없습니다.

명석 응. 나도 그런 경우는 못 들어본 것 같아.

가볍게 한숨을 내쉬며 고민하는 명석.

명석 일단 전문가들 찾아가서 의견을 좀 들어 봐. 이 계획 노선이 최선인지 대안 노선은 없는지. 그걸 먼저 알아야 사건을 맡을지 말지 결정할 수 있겠네.

S#3. 건축가 사무실 (내부/낮)

'건축가의 사무실'보다는 '예술가의 작업실'에 더 가까워 보이는 힙한 공간. 면바지에 폴로셔츠 차림으로 얼핏 대학생 같아 보이는 **건축가**(40대/남)가 행복로 계획 노선이 표시된 소덕동의 항공사진을 본다. 맞은편에는 영우, 수연, 민우가 앉아있다.

건축가 (피식) 우리나라 토목 하는 애들 참 단순해요. 땅 모양을 완전히 무시하고 이 끝에서 저 끝까지 그냥 자를 대고 그어 놓았잖아요? 유럽에 가보면요. 공항에서 수도로 가는 길은 '경관 도로'라고, 이렇게 직선으로 만들지 않아요. 땅의 굴곡을 최대한 살려 적당히 구불구불하게 만들죠. 가는 길을 천천히 즐기게 해서 길 자체가 목가적인 분위기를 연출하고 그 나라의 이미지를 홍보하는 거예요.

S#4. 교수 연구실 (내부/낮)

어느 대학의 교수 연구실.
전형적인 '교수의 방'으로, 건축가 사무실보다는 딱딱하고 보수적인 느낌이다. 정장 차림의 토목과 **교수**(50대/남)가 소덕동의 항공사진을 본다. 맞은편에는 영우, 수연, 민우가 앉아있다.

교수 토목 하는 입장에서 보기엔 이 계획 노선, 나쁘지 않아요. 나 이 동네 잘 알거든? 학생들한테 도시 설계해보라고 맨날 숙제 내주는 데니까. 여기 도로 낼 거라는 얘기를 내가 처음 들은 게… 2016년이었으니까 아이고, 벌써 6년 전이네요.

수연 행복로가 소덕동을 관통하는 대신 돌아가도록 설계하면 어떨까요?

교수 돌아가려면 소덕동 밑에 있는 자동차 전용 도로인 '평화로' 쪽으로 붙이거나 아니면 이 위쪽, 지하철 10호선에 바짝 붙여서 도로를 내야 하잖아요? 그런데 평화로 쪽으로 내려면 터널 공사가 많이 들어가고 교차로 만들기가 애매해요. 그나마 10호선 쪽으로 붙이는 게 나은데, 여긴 또 '군사 안보 대학교'가 있잖아? 그래서 어렵지.

CUT TO:

건축가의 사무실.

건축가 위도 아래도 어렵다면 방법이 있죠. 땅 밑으로 보내면 되잖아요. 그런 걸 도로를 '지하화'한다고 해요.

민우 그럼 비용이 더 드는 거 아닌가요?

건축가 아니요. 꼭 그렇지는 않아요. 땅값이 비싼 지역은 도로를 지상에 짓는 것보다 지하에 만드는 게 건설비가 훨씬 적게 들어요. 그리고 도로를 지하화하면 지상 공간은 그대로 활용할 수 있잖아요. 그 살아난 땅의 활용 가치를 따진다면 지하화로 변경하면서 생기는 추가 비용도 어느 정도 상쇄할 수 있죠.

수연 비용 면에서 큰 차이가 없다면 경해도나 동방은 왜 지하화하는 대안을 고려하지 않는 걸까요?

건축가 (씨익 웃으며) 그건 말이죠. 도로 만드는 사람들은 다 토목과거든요. 토목과는 지면만 다루잖아요. 지하화를 한다는 건 건축 개념이 들어가요. 단순하긴 해도 공간이니까요.

CUT TO :

교수의 연구실.

교수 아니, 아니. 그렇지 않아요. 냉정하게 생각해봐야죠. 과연 소덕동이 지하 도로를 만들면서까지 보존해야 할 만큼 가치가 있는 땅이냐? 아니라는 거예요. 소덕동은 서울 근교지만 군사적인 목적도 있고 해서 그린벨트가 풀리기 어려워요. 신도시가 될 가능성이 거의 없는 거죠.

S#5. 한바다 회의실 (내부/낮)

명석과 신입 변호사들이 한수, 현우와 마주 앉아있다.

현우 지금 변호사님 말씀은… 우리더러 아예 소송을 하지 말라는 건가요?

명석 저희가 알아본 바로는 이 계획 노선보다 월등하게 더 나은, 확실한 대안이 있다고 주장하기는 어려울 것 같습니다. 그렇다면 승소할 가능성은 매우 적습니다. 행정 소송은 판결까지 걸리는 시간이 짧아도 3개월, 길어지면 1년 반이 넘어가기도 하는데 이길 가능성이 적은 소송에 너무나 긴 시간과 에너지를 쓰시게 될까, 걱정이 됩니다.

한수 내가 이런 얘기까지는 안 하려고 했는데…

말하기 곤란하다는 듯, 뒷말을 삼키는 한수.
궁금한 마음에 명석과 신입 변호사들이 한수에게 집중한다.

한수 내가 좀 삽니다.

명석 네?

현우 우리 이장님, 알고 보면 대단한 재력가세요. 몇 대째 소덕동 토박이신데 대대손손 물려받으신 땅이 소덕동뿐 아니라 기영시 전체에… 이장님네 땅을 밟지 않고서는 기영시를 지나갈 수가 없다니까요?

명석 아…

한수 이 소송… 그 뭐라 그러지? 왜 속담 있잖아. 계란…

명석 계란은 한 바구니에 담지 마라?

한수 아니…

영우 계란으로 바위치기.

한수 그래! 계란으로 바위치기란 거 압니다. 그래도 합니다. 지더라도 하고 나 혼자서라도 합니다. 수임료는 얼마든지 드릴 테니 계란의 편에 서주세요.

명석이 머뭇거리자 현우가 밝은 표정으로 분위기를 바꿔,

현우 우리 이 얘기는 소덕동 가서 마저 할까요?

명석 네?

현우 아니~ 소덕동에 한 번 와보지도 않으시고 사건 수임을 할지 말지 어떻게 정합니까?

명석 아, 지금 보여주신 자료들로도 충분합니다. 저희들이 워낙 일이 많아 시간이 없기도 하고요.

현우 소덕동, 아주 가깝습니다. 여기서 차로 한 시간이면 갑니다.

한수 그래요. 거절을 하시더라도 소덕동에서 하세요.

한수와 현우의 진심 어린 초대에 명석과 변호사들의 표정이 난처해진다.

S#6. **승합차 (내부/낮)**

한바다 주차장에 세워진 현우의 낡은 승합차.
앞에는 현우와 한수, 뒤에는 신입 변호사들이 탄 채
명석과 준호를 기다린다.

준호 안녕하세요?

씩씩한 인사와 함께, 명석보다 먼저 온 준호가 승합차에 탄다. 맨 뒷자리 3인석에 영우와 함께 앉아있던 수연.
준호가 자기를 좋아한다는 민우의 말이 생각나
가슴이 두근거린다. 준호가 영우 옆 빈자리에 앉는다.
영우의 머릿속에도 준호와 수연이 잘 어울린다는
민우의 말이 떠오른다.

영우 저와 자리를 바꾸겠습니까? 선남선녀가 나란히 앉는 게 좋겠습니다.

준호 네?

수연 뭐?

영우가 엉거주춤 일어나 준호가 자리를 옮기길 기다린다.
하는 수 없이 수연 옆으로 붙어 앉는 준호.
앞자리에 타고 있던 민우가 뒤를 돌아보더니 씨익 웃는다.

민우 우영우 변호사가 뭘 좀 아네.

'권민우가 영우한테도 말했나? 준호 씨가 나 좋아한다고?'
수연이 부끄럽다. 한편 말이 '선남선녀가 나란히'지
실제로는 두 여자 사이에 앉게 된 준호.
뭐가 어떻게 꼬인 건지 생각해보느라 어리둥절하다.

CUT TO :

명석까지 모두 탄 채로 소덕동을 향해 달리는 승합차.
현우가 운전을 한다.

현우 저기 저 빨간 깃발들 보이시죠? 얼마 전에 동방 애들이 나와서 박아 놓고 간 거예요. 공사할 노선대로 미리 쭉 꽂아 놓은 거죠.

현우의 말에 변호사들과 준호가 창밖을 내다본다.
공사를 시작하기 위해 계획 노선대로 꽂아둔
빨간 깃발들이 논과 밭, 야산 위로 줄지어 박혀있다.

한수 여기서부터 우리 동네, 소덕동입니다. 내려서 좀 걸을까요?

S#7. 소덕동 마을 (외부/낮)

승합차가 소덕동 입구에 멈춰 선다.
변호사들과 준호가 차에서 내려 주위를 둘러본다.
맑고 화창한 날이라서인지 눈앞의 모든 것이
아름다워 보인다.
군데군데 펼쳐진 아담한 크기의 논과 밭,
알록달록 원색 지붕을 얹은 단층집들,
계절감을 한껏 드러내고 있는 나무와 꽃들까지…
화사하면서도 정겨운 시골 마을 풍경에 사무실에 갇혀
소처럼 일만 하던 변호사들의 마음도 산뜻해진다.

명석 마을이 참… 아름답습니다.

한수 마을도 아름답지만 여기 사는 사람들은 더 예뻐요. 저기, '소덕동 김장훈'이 있네.

한수가 가리키는 쪽을 보는 사람들.
논에서 일하는 '**소덕동 김장훈**(40대/남)'을 향해 현우가
"어이!" 인사한다. 장훈도 손을 흔들며 "어이!" 한다.

수연 소덕동… 김장훈이요?

현우 저 친구 별명이에요. 기부천사거든. 해마다 자기가 농사지은 쌀을 시청에 꼬박꼬박 기부해요. 기영시에 사는 불우이웃들 나눠주라고요.

주택들 사이로 무심히 꽂혀있는 깃발들을 따라 걷기 시작하는 한수와 현우. 변호사들과 준호가 뒤를 따른다.
한수가 어느 집 앞에 멈춰서 대문을 두드린다.

한수 홍민아! 홍민아!

민우 (농담) 이번엔 혹시 손흥민인가요?

현우 (진지) 네, 맞습니다. 소덕동 손흥민.

그냥 해본 말이 적중해버려 흠칫 놀라는 민우.

한수 기영시에서 뭐더라? 그…

현우 체육대회요?

한수 그래! 체육대회를 하면 줄다리기 같은 건 우리 소덕동이 우승도 하고 준우승도 하거든? 그런데 이상하게 축구만 했다 하면 예선 탈락, 영 맥을 못 춰. 그래서 소덕동 축구팀을 만들었어요. 주야장천 맹연습을 했더니 작년에는… 뭐지? 그…

영우 우승?

현우 (영우 말 이어) …까지는 못했지만 4강에 진출했어요. 그 주역이 바로 홍민이 형님! (대문 열리는 소리에) 어, 나오시네!

소덕동 축구팀 유니폼을 입고 나와 꾸벅 인사하는 '**소덕동 손흥민**(60대/남).' 희끗한 머리에 농사 일로 까맣게 탄 얼굴, 자글자글한 주름까지, 별명에 걸맞지 않게 나이 지긋한 모습에 변호사들과 준호가 놀란다.

홍민 뭐, 어떻게… 사인해드려?

한수 아냐. 인사했음 됐어. 들어 가.

홍민이 군말 없이 다시 꾸벅 인사하더니 대문 안으로 들어간다. 한수가 다음 집을 향해 발걸음을 옮긴다. 사람들이 뒤따른다.

명석 소덕동에 인물이 많네요. 김장훈 씨도 계시고 손흥민 씨도 계시고…

한수 저기, 저이는 '소덕동 테레사.'

명석 테레사… 수녀님이요?

한수 테레사 부녀회장.

집 앞 평상에 앉아있던 '**소덕동 테레사**(50대/여)'가 변호사들을 맞는다.

테레사 아이고! 변호사님들이시구나!

현우 소덕동에는 공중목욕탕이 없어요. 그래서 한 달에 한 번 테레사 부녀회장님이 마을 어르신들 싹 모시고 옆 동네 목욕탕에 다녀오십니다. 할머니들 등도 밀어드리고 목욕 후에는 설렁탕도 대접하시고요.

테레사 아이고~ 마을 회비로 다 같이 하는 건데요!

한수 솔직히 매달 그렇게 시간 내고 마음 내기가 쉽습니까? 부녀회장님이 테레사시니까 가능한 거지!

테레사 아이고! 뭘요~ 우리 변호사 선생님들! 소덕동 잘 부탁드려요~

쑥스러워하면서도 변호사들, 준호와
일일이 악수하며 당부하는 테레사.
한수가 테레사의 집을 지나 주택가 바깥쪽으로
사람들을 이끈다.

명석 그럼 이장님이랑 위원장님도 별명이 있습니까?

한수 응. 나는 그…

영우 '소덕동 뭐더라?'

한수 아니! '소덕동 이건희.' 말했잖아요, 내가 좀 산다고.

영우 아…

현우 저는… (수줍어) '소덕동 장동건'입니다.

수연 (자기도 모르게 놀라) 네?

한수 왜 놀랍니까? 이 친구 부리부리~ 하니 잘 생겼잖아요. 지금도 소덕동 처녀들은 동건이 집 앞을 지날 때면 그 뭐야, 옷고름을 가다듬는다고.

현우 에이~ 이장님도! 소덕동에 옷고름 가다듬을 처녀가 어디 있습니까? 주민들 평균 연령이 65세인데.

한수 아하~ 그런가? 그래서 우리 동건이가! 여태 장가를 못 갔구나!

주거니 받거니 농담하며 자기들끼리 허허 껄껄 웃는 한수와 현우. 이를 보는 변호사들과 준호의 입가에도 피식, 실없는 미소가 떠오른다.

한수 주민들 구경은 이쯤하고 이제 마을 조망을 해볼까요? (손짓하며) 저 언덕배기 느티나무 아래까지 걸어갑시다.

한수가 가리키는 쪽을 보는 사람들.
주택가 너머 야트막한 언덕 위에
커다란 느티나무 한 그루가 우뚝 서있다.
온 마을을 품을 것처럼 넓게 드리워진
가지와 잎이 예사롭지 않다.
"와…" 영우가 조용히 감탄한다.

한수 '소덕동 천연기념물'이에요.

준호 실제 천연기념물로 지정된 건가요?

현우 (웃으며) 아뇨, 아뇨! 그냥 소덕동 천연기념물. 소덕동 장동건처럼.

한수 그게 언제였지? 2016년이었나? 우리도 혹시나 싶어서 도청에 문의한 적이 있었어요. 근데 전문가들이 나와서 보더니 그 정도는 아니라 하대? 허허. 천연기념물 될 정도는 아니래.

명석 위풍당당한 게 최소한 보호수라도 될 것 같은데… 아쉽네요.

한수 무관이면 어떻습니까? 소덕동 사람들 중에 어린 시절 저 나무 타고 놀지 않은 사람 없고, 기쁜 날 나무 아래서 잔치 한번 안 열어본 사람 없고, 간절할 때 나무 향해 기도하지 않은 사람 없어요. 감투 하나 못 썼지만 우리 마을 지켜주는… 뭐라 그러지? 그…

영우 느티나무?

한수 당산나무입니다. 뭐… 행복로 들어서면 저 친구도 잘려나가겠지만요.

그러고 보니 느티나무 아래 언덕에도
빨간 깃발들이 꽂혀있다.
곧 잘려나갈 나무 생각에 심란한 듯 한숨을 내쉬는 한수.
이를 보는 변호사들과 준호의 표정도 어두워진다.

S#8. 소덕동 산길 (외부/낮)

한수와 현우의 뒤를 따라 언덕 아래 산길을 걷는 변호사들과 준호. 무채색 정장 차림으로 줄지어 걷는 변호사들의 모습이 자연 속 마을 풍경과 어울리지 않아 생경하면서도 왠지 귀엽다.

한수 이제 언덕을 오를 겁니다. 조금만 더 가면 돼요.

한수와 현우가 언덕 위로 향하는 좁은 산길을
성큼성큼 걸어 올라간다. 명석, 민우, 수연이 뒤따른다.
다들 구두를 신은 탓에 조금씩 미끄러진다.
한편, 다른 사람들보다 한발 늦게 산길을 오르는 영우.
미끄러지지 않으려 조심하지만
결국 발을 헛디뎌 산길 아래로 쭉 미끄러진다.
이를 본 준호가 황급히 영우에게 다가간다.

준호 괜찮으세요?

영우 아, 네.

준호의 시선에 영우의 셔츠 어깨 부분이
쭉 찢어진 것이 보인다.

준호 나뭇가지에 걸렸나봐요.

영우 아…

준호가 입고 있던 겉옷을 벗더니 영우에게 내민다.

준호 이거라도 걸치세요.

영우 아… 괜찮습니다.

준호 변호사님 일하시는 중인데 찢어진 셔츠는 좀 그렇잖아요.

준호가 영우의 어깨 위에 자신의 겉옷을 걸치듯 입혀준다.

자연스러우면서도 다정한 손놀림,
겉옷에서 풍기는 포근한 향수 냄새…
평소라면 남의 옷을 입는 것이 무척 싫을 영우지만
지금은… 싫지 않다.

S#9. 소덕동 언덕 (외부/낮)

언덕을 올라 느티나무 그늘 아래로 걸어오는 영우.
먼저 와있던 수연의 시선이 영우가 입고 있는
준호의 겉옷에 멈춘다.
영우를 보좌하듯 조심스레 뒤따라오는 준호의
셔츠 바람을 보자니 '이 상황은 뭐지?' 싶어
수연의 마음이 복잡해진다.

현우 다들 언덕 오르느라 힘드셨지요? 식혜 한잔씩들 시원하게 하세요. 테레사 부녀회장님이 주신 겁니다.

현우가 메고 있던 보냉 가방에서 식혜를 꺼내 사람들에게
따라준다. 그 옆으로 바이올린을 든 30대 남자,
'**소덕동 유진 박**'이 보인다.

명석 (한수에게) 저 분은 누구…
한수 소덕동 유진 박. 오늘 변호사님들 오시니까 바이올린 연주

해달라고 특별히 불렀어요. 소덕동 최고 인재입니다. 그… 어디지? 저기…

현우 경해도청이요?

한수 그래! 저 친구 경해도청 다녀.

경해도청 다니는 유진이 바이올린 연주를 시작한다.
'소덕동 천연기념물'의 넓은 그늘 아래,
'소덕동 테레사'의 식혜를 마시며
'소덕동 유진 박'의 연주를 듣고 있노라니
언덕을 오르느라 지쳤던 변호사들의 마음이 편안해진다.

한수 변호사님들한테 소덕동의 가치를 어떻게 보여줄까, 우리가 고민이 많았습니다. 종이에 적힌 숫자로만 놓고 보면 소덕동은 참 초라한 동네예요. 주민 수도 적고 땅값도 싸니까요. 그런데 직접 와서 보면 그렇지가 않거든? 김장훈도 살고 손흥민도 살고 테레사 부녀회장도 살고 유진 박도 사는 대단한 동네입니다. 보호수도 못 되는 주제에, 이 느티나무는 또 얼마나 멋있습니까? 그렇게 막 밀어버려도, 막 사라져버려도 괜찮은 동네는 아니란 말입니다.

'뭐더라?' 한 번 없이 유창하면서도 진솔한 한수의 말.
영우가 마을 전경을 내려다본다.
한눈에 들어오는 소덕동의 소박한 아름다움이
특별하게 느껴진다.

그 순간 쏴아—
느티나무 잎사귀들 사이로 시원한 바람이 불어온다.
변호사들의 마음이 살랑살랑 움직인다.

S#10. 한바다 11층 복도 (내부/낮)

명석과 신입 변호사들이 명석의 사무실을 향해 바쁘게 걸어간다. 씩씩한 걸음걸이에서 사건 해결을 향한 강한 의지가 느껴진다.

명석 행복로에 관한 모든 걸 알아야 돼. 건설 계획을 처음 세운 시점부터 도로 구역을 결정한 때까지를 시간 순서대로 정리해서 자료들을 샅샅이 살펴 봐. 관련 법규들, 판례들까지 싹 다 뒤져보라고.

변호사들 네, 알겠습니다.

명석 준호 씨가 내 방에 사건 자료 갖다놨다고 했으니까 각자 몫들 나눠서 가져가. 셋이 같이 보면 뭐, 금방 보겠지.

S#11. 명석의 사무실 (내부/낮)

명석이 사무실 문을 힘차게 열어젖힌다.
사무실 한가득, 사건 자료가 담긴 상자들이

그야말로 산처럼 쌓여있다.
너무나 방대한 양에 변호사들의 눈이 휘둥그레진다.

수연 이게 다… 행복로 관련 자료들이에요?

민우 셋이 같이 봐도… 금방은 다 못 보겠는데요?

영우 금방은 다 못 보겠습니다.

명석 음, 그래. 뭐… 파이팅.

MONTAGE:

각자의 사무실에서 각자의 방법으로, 밤낮없이 자료를 보는 신입 변호사들의 모습이 몽타주로 펼쳐진다.

영우의 사무실

영우 몫의 자료가 사무실 바닥에 마치 도미노처럼 배열되어 있다. 바닥에 앉은 영우가 눈으로 자료를 스캔하듯 쭉쭉 읽어나간다. 뻐근한 목을 좌우로 흔들고 눈에 인공눈물을 넣어가며 자료를 보는 모습들.

민우의 사무실

마치 테트리스처럼 자기 몫의 자료를 높이 쌓아둔 민우.
책상에 앉아 노트북으로 이것저것 검색해가며 자료를 읽는다. 식사하러 갈 시간도 없어 햄버거를 먹으며 자료를 보고 그러자니 또 소화가 안 돼 소화제를 삼키는 모습들.

수연의 사무실

자료가 온 사방에 마구 흩어져 있어 마치 폭탄을 맞은 것 같은 수연의 사무실. 정작 수연은 평온하게 수면바지 차림으로 소파에 누워 자료를 읽는다. 그러다 살짝 졸기도 하고 화들짝 놀라 소스라치기도 하는 안쓰러운 모습들.

S#12. 명석의 사무실 (내부/낮)

명석이 없는 사무실.
영우와 수연이 소파에 앉아 각자의 자료를 보고있다.
며칠 사이 제대로 못 먹고 못 잔 두 사람, 푸석푸석 피곤해
보인다. 그때 똑똑. 노크 소리와 함께 준호가 두툼한
서류 봉투를 갖고 들어온다. 수연이 머리를 만지는 척,
앞머리에 말고 있던 헤어 롤을 슬쩍 푼다.

수연 추가 자료는 아니죠? 읽어야 될 게 더 있다는 말은 말아주세요.

준호 앗, 어쩌죠? 추가 자료 맞아요. 주민 대책 위원회가 경해도에 보낸 민원서류들이랑 경해도가 답변한 처리 서면들이에요.

준호가 서류 봉투를 소파 테이블에 내려놓는다.
영우는 바로 옆에 있으면서도 준호를 쳐다보지 않고 본인 일에만 집중한다.
영우와 눈을 마주치고 싶은 마음에 준호가 자기도 모르게 잠시 머뭇대지만 끝내 고개를 들지 않는 영우.
다시 문가로 향하는 준호의 눈빛에 살짝 아쉬움이 묻어난다.

준호 그럼 고생하세요.

준호가 밖으로 나간다.
이 모든 상황을 지켜보던 수연.
준호의 겉옷을 입은 영우를 봤을 때와 같은 심정이 되어,

수연 넌 모르는 거야 아니면 모르는 척하는 거야?
영우 어?
수연 내가 보기엔… 준호 씨가 너 좋아하는 거 같은데?
영우 아… 그거 아닌 것 같아. 내가 물어봤어.
수연 물어봤다고?!

'그런 걸 물어볼 만큼 둘이 진도가 나간 건가?' 싶어 수연이 아찔하다.

수연 뭐라고 물어봤는데?

'뭐라고 물어봤더라?' 영우가 생각에 잠긴다.

FLASHBACK:

제5화. '이화 ATM' 주차장, 차 안에 탄 영우와 준호.

영우 이준호는 우영우를 좋아한다. 사실입니까?

영우의 질문에 눈빛이 흔들리는 준호.
얼굴이 거짓말처럼 붉어진다.

CUT TO:

현재, 명석의 사무실.

수연 헐… 취조를 했네. 준호 씨는 뭐랬는데?

영우를 질투하는 감정에서 그 상황이 궁금한 감정으로
서서히 넘어가는 수연. '이준호 씨가 뭐랬더라?'
영우가 다시 생각에 잠긴다.

FLASHBACK:

다시 제5화. '이화 ATM' 주차장, 차 안에 탄 영우와 준호.

준호 그건…

정지 화면처럼 꼼짝하지 않고 서로만 바라보는 두 사람.
둘 사이 공기마저 멈춰있는 것 같다.
간신히 정적을 깨는 준호.

준호 황두용 부장님이 대답하기엔 너무 어려운 질문이네요.

CUT TO :

다시 현재, 명석의 사무실.

영우 이준호 씨는… 그 문제에 대해 직접적으로 언급하길 피했어.

수연 아우, 너 무슨 재판하냐!? 사랑의 재판이야? "직접적으로 언급하길 피했"다니 말이 뭐 그래?

영우 (우물쭈물) 명확한 대답을 하지 않고… 말을 돌렸어.

수연 당연하지! (영우 성대모사) "이준호는 우영우를 좋아한다. 사실입니까?" 이 따위로 물어보는데 그럼 거기다 대고 "네, 그것은 틀림없는 사실입니다." 이러냐? 나라도 직접적인 언급을 피하겠다!

영우 (뭐라 해야 할지 몰라) 음…

수연 (왠지 약간 화가 나서) 너는 어떤데? 너는 준호 씨 좋아?

수연의 질문이 너무 어려워 영우가 눈을 꾹 감아버린다.
'나 혼자 준호 씨를 두고 무슨 착각을 했던 건가?'
현타가 몰려오는 수연.

냉수나 먹고 속 차릴까 싶어 한숨을 팍 쉬며 일어나려는데,

영우 쉽지 않아. 누군가 나를 좋아하는 건 쉽지 않아.

수연 뭐?

영우 나도 그 정도는 알아. 너는 선녀지만 나는… 자폐인이잖아.

영우의 말이 수연의 장점이자 약점인 '동정심'을 정통으로 건드린다. 치밀어 오르는 착한 마음에 수연이 울컥한다.

수연 너는 그런! 약해빠진 소리 하지 마! 쉽지 않긴 뭐가 쉽지 않아!

S#13. 털보네 요리주점 (내부/밤)

오늘도 손님이 별로 없는 털보네 요리주점.
영우와 그라미가 바 테이블에 나란히 앉아있다.

그라미 우영우가 이준호를 좋아하는지 아닌지, 그것이 알고 싶다?

영우 응.

민식이 방금 만든 김초밥을 영우에게 갖다 준다.

민식 근데 연애 상담도 할 만한 사람한테 해야지. 이 친구가 뭘

알까요?

그라미　아, 뭐래~ 강화도 팜므 파탈한테? 화문석 다음으로 치명적 이야, 내가! (영우에게) 자, 집중해. 이준호를 떠올려 봐.

영우　응.

그라미　어때?

FLASHBACK:

제1화, 한바다 1층 로비의 회전문 앞.

준호　쿵 짝짝. 쿵 짝짝.

회전문을 잡고 영우에게 들어오라는 손짓을 하는 준호.
머뭇거리던 영우가 용기를 내 회전문으로 다가간다.
준호가 영우와 함께 회전문에 타 빌딩 밖으로 나간다.
회전문을 통과하는 두 사람의 모습이 마치 왈츠를 추는 커플 같다.

CUT TO:

현재, 털보네 요리주점.

영우　이준호 씨는… 친절해.

FLASHBACK:

얼마 전, 소덕동 산길.

준호가 영우에게 자신의 겉옷을 내민다.

준호 변호사님 일하시는 중인데 찢어진 셔츠는 좀 그렇잖아요.

영우의 어깨 위에 겉옷을 걸치듯 입혀주는 준호.
자연스러우면서도 다정한 손놀림,
겉옷에서 풍기는 포근한 향수 냄새…

CUT TO :

현재, 털보네 요리주점.

영우 다정한 사람이야.
그라미 같이 있을 때는 어때? 떨려? 심장이 막 두근두근?

'그런가?' 영우가 생각해본다.

FLASHBACK :

제4화, 강화도 낙조마을.
낙조에 붉게 물든 신비로운 하늘이 영우와 준호를 감싼다.

준호 변호사님 같은 변호사가 내 편을 들어주면 좋겠어요.

준호의 잘생긴 얼굴이 영우를 보며 웃는다.
영우의 가슴이 살짝, 두근거렸던 기억.

CUT TO:

현재, 털보네 요리주점.

당시 기억에 영우의 얼굴이 조금 붉어진다.

영우 그런 적도 있어.

그라미 뭐야, 이 새끼! 얼굴까지 빨개지고. 너 완전 좋아하네.

영우 음…

그라미 잘 모르겠으면 이준호를 살짝 만져보는 건 어때?

영우 뭐?

그라미 만졌을 때 심장이 얼마나 빨리 뛰나 심박수를 재보는 거야. 분당 150 정도다, 이러면 그냥 호감. 근데 막 엄청나. 이건 뭐 심장이 터질 것 같이 쿵쾅쿵쾅! 최대 심박수! 그러면 진짜 좋아하는 거고.

민식 큰일 날 소리 한다! 살짝 만져보긴 뭘 살짝 만져 봐! 그거 범죄야!

그라미 어?

영우 맞아. 다른 사람의 몸을 허락 없이 만지면 안 돼.

그라미 그럼 허락 받고 만지면 되잖아.

그라미의 솔루션이 한심해 혀를 끌끌 차는 민식.

반면 영우는 가만히 생각에 잠긴다.

S#14. **법정** (내부/낮)

첫 변론기일, 판사들이 입장하기 전 준비 시간.
원고 쪽엔 주민 대표인 한수와 현우,
원고 대리인인 명석과 신입 변호사들,
피고 쪽엔 피고인 경해도를 대표해서 온 찬일과
보조 참가인인 동방 토지 주택 공사의 명진,
피고 대리인인 법무법인 태산의 **남자 변호사 2명**
(20대/30대)이 앉아있다.

민우　(상대 변호사들 보며) 태산 애들이랑 한판 붙어보는 건 또 처음이네.

수연　(살짝 빈정대며) '태산 애들'이요? 언제 봤다고 '애들'이에요?

민우　저 중 한 명은 나랑 로스쿨 동기예요. 그러니까 쟤는 신입이란 소리고. 다른 변호사도 뭐, 나이가 많은 것 같진 않은데?

명석　음… 그렇긴 하네. 시니어도 없이 저렇게 둘만 나온 건가?

그때 태산의 변호사들이 벌떡 일어나더니 방금 법정 안으로 들어온 '누군가'를 향해 허리를 90도로 숙여 인사한다.
이에 한바다의 변호사들도 고개를 돌려 '누군가'를 본다.
영화 〈관상〉의 수양대군 등장 장면을 떠올리게 할 만큼 압도적인 카리스마를 풍기며 걸어오는 '누군가' 바로 수미다.

수연 (놀라) 태수미 변호사… 맞죠?

민우 (역시 놀라) 뭐야, 왜 왕이 직접 나왔어?

영우 왕? 저 사람이… 왕입니까?

수연 얼마 전까지 태산의 대표였잖아. 사퇴하고 일반 변호사로 활동한다더니 진짜 재판에도 나오네요. 이름만 올리는 게 아니라.

민우 그러게. 법무부 장관 후보라는 소리도 있던데 안 바쁜가?

명석 자자. 그만 쑥덕대고 사건에 집중합시다.

명석의 지적에 수미를 향한 시선을 거두는 민우와 수연.
하지만 명석 역시 수미의 등장에 긴장한 기색이 역력하다.
영우가 수미를 본다.
머리부터 발끝까지 완벽하게 세련된 차림새,
은은한 미소를 띤 채 찬일, 명진과 인사를 나눌 때의 여유,
온몸에서 풍겨 나오는 우아하면서도 강력한 느낌.
영우의 시선을 느껴서일까?
수미가 문득 영우 쪽을 돌아본다.
수미와 눈이 마주치자 왠지 수줍어 시선을 피하는 영우.

CUT TO :

법정에 설치된 큰 스크린에 소덕동 항공사진이 떠 있다.
행복로의 계획 노선이 빨간 색으로,
3개의 대안 노선들이 파란 색으로 표시되어 있다.
명석이 일어나 **재판장**(50대/남)을 포함한 3명의

판사들에게 변론한다.

명석 피고가 설계한 행복로의 계획 노선은 원고들의 주거지인 소덕동을 관통해 마을을 두 동강 내고 있습니다. 이 대안 노선들을 봐주십시오. 행복로는 소덕동 남쪽 혹은 북쪽으로 우회하거나 지하에 지을 수도 있습니다. 얼마든지 다른 대안이 있음에도, 피고는 원고들의 권리를 과소평가하고 도로 건설로 인한 이익을 과대평가하여 이익 형량에 하자가 있는 결정을 한 것입니다.

재판장 피고, 원고의 주장이 사실입니까? 대안 노선들을 충분히 검토하지 않았어요?

수미 충분히 검토했습니다, 재판장님.

특유의 은은한 미소를 띠며 일어서는 수미.
'과연 수미는 어떤 변론을 펼칠까?'
한바다 변호사들이 일제히 긴장한다.

수미 (항공사진을 보며) 원고들이 주장하는 저 3개의 노선이 어째서 좋은 대안이 될 수 없는지, 직접 보여드리겠습니다.

수미가 리모컨을 누르자 스크린에 자동차 경주 게임 같은 화면이 뜬다. 그래픽 좋은 3D 게임처럼 사실적으로 구현된 행복로 위에 법복 차림의 귀여운 판사 캐릭터 3명이 탄 자동차가 서있다.

수미 죄송합니다. 미리 허락도 받지 않고 재판장님과 배석 판사님들을 출연하시게 했네요.

재판장 (스크린을 보며) 아, 저게 우리입니까? 저 법복 입고서 고개 까닥까닥 하고 있는 세 명이?

수미 네. 오늘 날씨가 아주 화창하던데요. 판사님들 모시고 법정 밖으로 나갈 수는 없으니 이렇게라도 행복로 위를 달려볼까요?

수미의 말에 가볍게 웃는 판사들.
뭘 보여주기도 전에 태산이 이미 이기고 있는 것 같은 분위기에 한수와 현우, 한바다 변호사들의 표정이 좋지 않다.

수미 우선 원고들이 주장하는 첫 번째 노선대로 달려보겠습니다.

수미가 리모컨을 누르자 화면 속 판사들이 탄 차가 달리기 시작한다. 부아앙! 엔진 및 주행 소리가 진짜처럼 생생하다. 재판장을 비롯한 판사들이 화면에서 눈을 떼지 못한다.

수미 행복로를 남쪽 평화로 옆에 짓게 되면 도로를 5km나 더 만들어야 합니다. 길이만 늘어나는 게 아닙니다. 평화로 주변에는 쓰레기 소각장이 있죠. 이설이 불가능한 시설입니다. 그러면 어떻게 해야 할까요? 이렇게, 터널과 고가를 만들어야 합니다. 서울시와의 접점에서 급커브를 만들게 되는 건 말할 것도 없고요.

화면 속 판사들이 탄 차가 터널과 고가, 급커브를 연이어 지난다. 마치 롤러코스터를 탄 듯 요동치는 화면에 판사들의 몸도 덩달아 들썩인다.

수미 추가 공사비만 3천억 원이 넘는데 길이는 5km나 늘어나고 도로는 롤러코스터처럼 덜컹거려 수많은 교통사고를 야기하게 되는 것입니다. 그럼 두 번째 노선은 어떨까요?

수미의 말에 맞춰, 화면 속 차가 이번엔
두 번째 대안 노선 위를 달린다.

수미 행복로를 북쪽 지하철 10호선 옆에 지으려면 군사 안보 대학교 부지를 지나가야 합니다. 대학이 동의하지 않으니 결국 이렇게 되겠네요.

화면 속 차가 군사 안보 대학교 운동장에 있는 축사를 뚫고 지나간다. 마치 액션 영화의 과격한 추격 장면처럼,
우당탕 축사 건물이 무너지고, 가축들은 비명을 지르며 차를 피해 도망친다.
너무나 생생한 재현에 화면을 보는 판사들이 놀라 인상을 찡그린다. '이래선 안 되겠다' 싶어 명석이 벌떡 일어난다.

명석 동의하지 않은 건 원고들도 마찬가지입니다. 축사 건물조차 내놓지 않겠다는 군사 안보 대학교의 뜻은 중요하고,

집터를 뺏길 수 없다는 소덕동 주민들의 반대는 무시하는 겁니까?

수미 재판장님, 함운 신도시는 내년 6월부터 입주를 시작합니다. 이 소송으로 인해 행복로 완공이 늦어지면 서울시와 경해도는 최악의 교통 대란을 피할 수 없습니다. 행복로 계획 노선에 포함된 다른 마을들은 모두가 이 사실을 이해하고 기꺼이 마을 부지를 내주었습니다. 그런데 경해도 전체에서 가장 인구수가 적은 마을인 소덕동만이 유달리 협조하지 않겠다며 지하 도로 이야기까지 꺼내고 있습니다. 이야말로 지역 이기주의이며…

한수 (기막혀 벌떡) 지역 이기주의라니! 우리 뜻을 어찌 그리 매도합니까?!

현우 (따라서 벌떡) 다른 동네는 보상금이라도 제대로 받으니 협조했겠죠! 우리 소덕동 하고는 상황이 다릅니다!

수미 아, 그럼 원고들은 보상금을 더 받으려고 이 소송을 하시는 겁니까? 수천억 원의 국민 세금이 낭비되고 우리 지역 전체에 교통 대란이 닥치더라도 보상금을 더 받을 수 있다면 상관없다? 소송을 해서라도 이 공사를 막겠다? 그게 바로 지역 이기주의의 정의 아닌가요?

수미의 페이스에 말려 졸지에 지역 이기주의자들이 된 한수와 현우. 분한 마음에 붉으락푸르락하면서도 말문이 막혀 버벅댄다.

수미 재판장님, 행복로 공사는 올해 말 완공을 목표로 이미 상당 부분 진행되었습니다. 지금 이 결정을 취소하게 되면 수백억 원의 손해가 나는 것은 자명한 일입니다.

수미의 변론에 고개를 끄덕이는 재판장과 한숨을 내쉬는 명석. 영우의 눈에는 그런 수미가 참 멋있어 보인다.

S#15. 영우의 방 (내부/밤)

똑똑. 노크 소리와 함께 빵이 담긴 접시를 든
광호가 들어온다.

광호 영우야, 빵 먹어. 우리 동네에 빵집이 새로 생…

영우가 뭘 하고 있는지 본 광호.
너무 놀라 온몸이 뻣뻣하게 굳는다.
인터넷으로 '태수미'를 검색한 듯 영우의 노트북엔
수미 관련 자료가 떠있고 책상 위에도 수미가 나온
신문기사와 잡지 등이 펼쳐져 있다.

광호 뭐… 뭐해…?

영우 태수미 변호사라고 아십니까?

안다고도, 모른다고도 할 수 없는 광호.
충격 받은 광호의 상태를 눈치채지 못하는 영우는
태연하기만 하다.

영우 얼마 전까지 법무법인 태산의 대표 변호사였다가 자진 사퇴했습니다. 태산 창립자의 딸이고 강천 그룹 회장과 결혼했으며 아들이 하나…

광호 (말 막으며) 왜… 태수미를 왜 알아보는 건데?

영우 아, 지금 하고 있는 사건의 상대 변호사입니다.

광호 (기막혀) 뭐…?!

영우 변론하는 모습을 봤는데 상대편이지만 멋있었어요. 나도 저렇게 되고 싶다는 생각이 들었습니다.

'저렇게 되고 싶다고? 제 친모처럼 되고 싶다고?'
영우의 말이 너무나 두렵게 다가오는 광호.
얼굴에서 핏기가 사라진다.

S#16. 소덕동 입구 (외부/낮)

변호사들이 소덕동을 방문했을 때 승합차가 멈춰 섰던
바로 그 마을 입구.
커다란 굴착기가 땅을 파기 시작한다.
한수와 현우를 포함한 마을 주민들이 달려 나와 항의하자 작업복 차림의 인부들이 맞선다.

현우 뭐하는 겁니까? 누구 맘대로 공사를 해요?

인부 1 누구 맘대로라니? 이거 나라에서 하는 도로 공사예요.

한수 도로 못 짓게 우리가 지금 소송 중이요. 공사 멈춰 달라고 그 뭐냐? 그거…

현우 효력 정지!

한수 그래! 효력 정지도 신청했단 말이오!

인부 2 아, 그럼 판사한테 가서 따져요! 왜 우리한테 이래?

인부 3 제때 공사 못해서 우리 돈 못 받으면 당신이 책임질 거야? 어?!

굴착기가 다시 움직이자 현우가 굴착기 앞을 온몸으로 가로막는다. 주민들과 인부들 사이에 옥신각신 몸싸움이 벌어진다. 난리 통에서 한걸음 빠져나온 한수가 명석에게 전화를 한다.

한수 (통화) 변호사님, 효력 정지는 언제 되는 겁니까? 공사하는 사람들이 마을 입구까지 들이닥쳐서 땅을 팝니다. 난리 났어요, 여기!

S#17. 명석의 사무실 (내부/낮)

책상에 앉아 한수와 통화하는 명석.
안타까워 표정이 좋지 않다.

명석 효력 정지 결정이 아직 안 났기 때문에 지금 공사를 막을 방법은 없습니다. 결정을 신속히 해달라고 재판부에 한 번 더 요청하겠습니다.

명석이 전화를 끊고 한숨을 쉰다.
회의 중이었던 듯, 소파에 앉아있던 신입 변호사들이
명석을 본다.

수연 행복로 얘기인가요?

명석 응. 소덕동 쪽에도 공사가 시작된 모양이야.

수연 효력 정지 결정이 이렇게 오래 걸리는 경우도 있나요? 재판부가 깜박한 건 아니겠죠?

명석 깜박할 리는 없고… 아마 안 받아주고 버티다가 나중에 본안 기각할 때 같이 기각하려고 하는 것 같아. 판사가 보기에는 그만큼 인용할 가능성이 거의 없다 싶은 사건이란 뜻이겠지.

민우 하긴 판사들 입장에서도 얼마나 부담스럽겠어요? 행복로가 있느냐 없느냐에 따라 함운 신도시 땅값이 엄청나게 차이 날 텐데. 함부로 취소했다가는 공공의 적이 될 수도 있잖아요.

명석 그러니까 더더욱 위법 사유를 찾아야 돼. 정부가 하는 일을 법원이 취소시킬 수 있는 건 그 일이 위법하다고 판단했을 때뿐이니까.

영우 저… 하나 찾았습니다. 위법 사유.

명석 (반색) 그래? 뭔데?

명석이 벌떡 일어나 소파 자리로 돌아온다.
민우와 수연도 영우에게 집중한다.

영우 '전략 환경 영향 평가' 절차를 위반했습니다.

민우 흠, 그래요? 전략 환경 영향 평가, 다 했던데?

영우 하긴 했는데 언제 했느냐가 문제입니다. '환경 영향 평가법'에 따르면 전략 환경 영향 평가는 '환경에 영향을 미치는 계획을 수립할 때' 해야 합니다. 하지만 행복로의 경우 도로 설계에 대한 계획을 수립한 건 2017년인데 전략 환경 영향 평가는 2019년에야 했습니다.

명석 그래? 경해도가 실수했네? 잘 찾았어요. 이걸로 한번 가봅시다.

민우 우리도 발표 자료에 공을 들여야 하지 않을까요? 태산에서 했던 것처럼 3D 게임 화면까지는 아니더라도 뭔가 화려하게…

명석 (웃음) 전략 환경 영향 평가를 늦게 했다는 걸 어떻게 화려하게 보여줄 수 있을까?

수연 피티 자료 만들어주는 외주 업체가 있다고 들었는데요. 그런 업체에 한번 문의해볼까요?

명석 글쎄, 우리는 오히려 반대로 가면 어때?

무슨 뜻인가 싶어 명석을 보는 신입 변호사들.

명석 경해도가 대형 로펌 앞세워서 삐까뻔쩍한 자료로 판사들을 홀리려 할수록 우리는 소덕동 주민들의 진정성을 앞세워서 우직하게 가야 하지 않을까? 우리도 물론 대형 로펌이지만 태산보다는 더 인간적인 느낌으로. 감성 전략.

영우 음… 그렇다면 소덕동으로 현장 검증을 신청하면 어떻겠습니까?

명석 현장 검증?

영우 네. 우리도 처음엔 소송을 맡지 않으려 했지만 소덕동에 직접 가보고 난 뒤 수임을 결정했으니까요.

명석 (피식) 그래. 현장 검증을 할 명분이 좀 없긴 하지만 일단 생각은 해보자고. 아무튼 우영우 변호사, 수고했어요.

똑같이 며칠 밤을 세워가며 고생했음에도 위법 사유를 찾아낸 것도, 좋은 의견으로 칭찬을 듣는 것도 다 영우인 상황.
'어차피 일등은 우영우인가' 싶어 민우와 수연의 온몸에 힘이 쭉 빠진다.

S#18. 선영의 사무실 (내부/낮)

선영과 광호가 소파에 마주 앉아있다.
밤새 잠을 못 잔 듯 퀭한 얼굴로 무겁게 입을 여는 광호.

광호 지금 영우가 하는 사건, 상대 변호사가 태수미인 거 알고 있어?

선영 (몰랐기에 조금 놀라) 그래?

광호 너… 다 알고 그런 거지?

광호가 선영의 눈을 뚫어지게 쳐다본다.
선영이 어색하게 웃으며 시선을 피한다.

선영 뭐가?

광호 이상했어. 서류에서 탈락시킨 신입 변호사 하나 다시 붙이겠다고 대표가 집까지 찾아온다는 게…

선영 내가 한바다 대표로서 간 거야? 모처럼 선배 얼굴 볼 겸 간 거지.

광호 선영아, 날 진짜 선배라고 생각하면 솔직하게 말해 줘. 영우 한바다에 취직시킨 거, 태수미 때문이야?

선영 이런 소리 하는 거 보니까 태수미랑 선배 사이 소문, 사실인가 봐?

광호 응.

작정하고 온 사람처럼 망설임 없이 대답하는 광호.
사실인 줄 알았지만 정말로 그렇다니 새삼 놀라운 선영.
광호가 결연하게 다음 말을 이어간다.

광호 한 번은 허락할게.

선영 뭘?

광호 태수미 잡으려고 우리 딸 써먹는 거, 한 번은 허락한다고. 취직시켜준 대가로.

선영 취직시켜준 대가? 써먹어? 선배, 무슨 말을 그렇게 해?

광호 너 한바다 1등 만들고 싶잖아. 태산 이겨야 하는데 태수미가 정계 진출하면 큰일이지. 지금도 못 이기는데 장관 되면 더 못 이기니까. 그래서 영우 취직시킨 거잖아. 아니야?

선영 뭐? 그럼 내가 선배 딸 받아놓고, 태수미 혼외자식이 한바다에 있다, 까발리기라도 할 작정이라는 거야?

광호 그런 꿍꿍이가 있어야만 우리 딸 받아줄 수 있는 거라면, 그렇게 해. 대신 한 번만 해. 결정적인 순간에 딱 한 번. 이렇게 아무 때나 막 둘을 한 법정에 집어넣지 말라고.

선영 이건 또 무슨 소리야? 선배, 무슨 아빠가 이래? 내가 선배 딸 이용한다고 생각했으면 못 하게 말려야지. 그게 부모 아니야?

광호 못 하게 말리면 너 결국 우리 딸 내보낼 거잖아. 어떤 핑계든 대서 한바다 못 다니게 할 거잖아.

선영 뭐?

광호 선영아. 이 세상은 영우한테 기회를 주지 않아. 서울대 로스쿨 수석을 하고 변호사시험을 만점 가까이 받아도… 자폐인은 안 된대. 로펌이며 개인 사무실이며 닥치는 대로 지원해봤지만 면접조차 볼 기회가 없다고. 딸이 그러고 있는 걸 보면서 아무것도 못해주는 내 마음은… (눈물 참고 독하게) 나 그냥 나쁜 아빠 할래. 영우한테 그 어떤 원망을 듣더라도 내 몫이야. 내 딸 이용할 생각으로 데려간 나쁜 후배랑 결탁을 해서라도 나 영우한테 기회를 줄래.

눈물 맺힌 광호의 눈빛이 너무나 간절해
선영의 말문이 막힌다.

S#19. **한바다 23층 복도 (내부/낮)**

선영의 사무실이 있는 곳과 같은 23층 복도를 걷는
영우와 민우. 민우가 명석과 통화를 한다.

민우 (통화) 저희 지금 23층입니다. (사이) 아, 그럼 그쪽으로 가겠습니다.

그때, 광호가 선영의 사무실에서 나오다 두 사람과
마주친다. 방금 전의 결연함은 사라지고 화들짝 놀라
어버버하는 광호.

영우 아버지가 여기 웬일이십니까?

광호 어, 영우야. 어…

민우 아버지? 우영우 변호사 아버지세요? (꾸벅 인사하며) 안녕하세요?

광호 아, 안녕하세요. (영우에게) 아빠 여기 뭐 아는 사람이 있어서 잠깐 왔어. 갈게. 이따 집에서 보자.

아무 말이나 대충 내뱉고 도망치듯 사라지는 광호.
'여기 뭐 아는 사람?' 민우의 눈빛이 날카로워진다.

민우 우변 아버지랑 대표님, 어떻게 아는 사이예요?

영우 네?

민우 대표님 방에서 나오셨는데 '여기 뭐 아는 사람'이 있다니… 대표님을 아신단 소리잖아요.

영우 아…

민우 뭐 아는 거 없어요?

영우 음…

민우 (추리하다 문득) 그러고 보니까 우변 아버지, 서울법대 나오셨다고 하지 않았어요? 저번에?

영우 아, 네.

민우 그럼 대표님이… 대학 후배겠네요? 뭐야, 우영우 변호사 낙하산 맞네.

영우 낙하산이요?

민우 어쩐지 이상하더라니. 역시 빽이 있었구나.

이제야 알았다는 듯 탄식하는 민우.
영우를 보는 눈빛이 매섭다.
'낙하산? 빽?' 영우의 표정이 혼란스럽다.

S#20. 한바다 휴게실 (내부/낮)

준호가 커피를 만들고 있는데 수연이 휴게실로 들어온다.
수연이 차례를 기다리며 서있자
준호가 다 만든 자기 커피를 내밀며,

준호 이거 먼저 드세요.
수연 아니에요. 저는 영우 꺼도 만들 거라서.
준호 아, 우영우 변호사님이랑 같이 계세요?

영우의 이름을 말하는 것만으로도 준호의 표정이 살짝 밝아진다. 준호가 영우를 좋아하는 게 확실하다는 생각에, 수연의 오지랖이 발동한다.

수연 준호 씨 요즘도 영우랑 둘이 점심 먹죠?
준호 아, 네.
수연 고래 얘기 듣는 거, 재밌어요? 진심?
준호 음…
수연 (준호 대답 듣지도 않고) 나도 처음엔 괜찮았어요. '일부러 시간 내서 자연 다큐도 보는데 나는 영우가 알아서 말해주니 얼마나 좋아?' 생각했다고요. 대왕고래, 혹등고래, 돌고래 정도까지는 솔직히 재미도 있었어. 근데 외뿔고래에 양쯔강돌고래까지 가면요. 지쳐요, 사람이. 나는 시험 망쳐서 울고 있는데 지는 1등하고 와가지고 고래의 조상이 파키케투스라는 소리 하잖아요? 진짜 한 대 쥐어박고 싶다고요! 지금도 봐. 나 잊어버리지도 않잖아요, 그놈의 파키케투스!

준호　변호사님, 지금 무슨 말씀을…

수연　고래 얘기 평생 들어줄 것처럼 굴다가 1년도 못 참고 닥치라고, 그렇게 영우한테 상처나 줄 거면 아예 시작도 하지 말아야죠. 준호 씨도 그래요. 얼마 못 갈 것 같은 마음이면 잘해주지 말라고요.

준호　(발끈해 자기도 모르게) 저, 얼마 못 갈 것 같은 마음. 아니에요.

수연　그럼 영우한테 가서 말해요! 얼마 못 갈 것 같은 마음 아니라고! 왜 사람 단체로 헷갈리게 해요?

준호　제가 뭘…

수연　우영우도! 권민우도! (머뭇) 나도! 다 헷갈렸잖아요, 준호 씨 때문에!

몰려오는 여러 감정에, 수연의 눈에 살짝 눈물이 맺힌다.
이를 보는 준호의 마음이 복잡해진다.

S#21. 법정 (내부/낮)

두 번째 변론기일. 명석이 변론한다.

명석 재판장님, 피고는 전략 환경 영향 평가 절차를 위반했습니다. 환경 영향 평가법에 따르면 전략 환경 영향 평가는 환경에 영향을 미치는 계획을 수립할 때 해야 합니다. 하지만 행복로의 경우 도로의 기본 설계 및 실시 설계는 2017년에 했음에도 전략 환경 영향 평가는 2019년에서야 했으므로 시기상 절차의 하자가 있습니다.

전략 환경 영향 평가, 기본 설계 및 실시 설계…
난무하는 전문 용어에 머리가 지끈거리는 재판장.
눈앞에 산더미 같이 쌓인 자료들을 뒤적이며 한숨 쉬더니,

재판장 피고 대리인, 답변해보세요.

수미 환경에 영향을 미치는 계획을 수립할 때 전략 환경 영향 평가를 해야 하는 건 맞습니다. 문제는 그 때가 정확히 언제인가? 하는 점입니다.

수미가 리모컨을 누른다. 스크린에 도로 계획의
전 과정이 일목요연하게 정리된 도표가 뜬다.

수미 도로 계획의 표준 절차입니다. 기본 설계니 실시 설계니

하는 복잡한 말들은 잠시 뒤로 하고 여기, 이 부분을 봐주십시오. '최적 노선 결정'은 전체 도로 계획의 후반 단계에서 이루어지는 것으로, 행복로의 경우 2019년 10월에 최적 노선이 결정되었습니다. 원고 대리인이 지적하는 전략 환경 영향 평가는 2019년 6월에 실시했고요. 행복로가 다른 도로 계획에 비해 전략 환경 영향 평가가 조금 늦게 이루어진 것은 사실입니다. 하지만 분명히 '환경에 영향을 미치는 계획을 수립하기 이전'에 실시했습니다. 위법하지 않습니다.

스크린에 뜬 도표를 유심히 보며 고개를 끄덕이는 재판장. 그때, 뭔가 떠오르는 듯 영우의 눈빛이 반짝인다.

INSERT :

돌고래 한 마리가 푸른 바다 위로 힘차게 뛰어오른다.

CUT TO :

다시 법정.

영우 음… 그렇지 않습니다. 피고 대리인의 주장이 맞다면 2019년 10월 전에는 원고들이 민원을 제기했을 때 도로의 건설 계획, 그러니까 노선을 변경할 수 있었어야 합니다. 하지만 그 당시 경해도의 회신을 보면 이미 설계가 완료돼 변경이 불가하다는 문구가 있습니다.

재판장 그래요? 정확히 어디에 그런 문구가 있습니까? 이거, 제출된 증거가 워낙 많아서…

재판장의 말에 수연과 민우가 동시에 바빠진다.
영우가 말한 그 문구가 담긴 정확한 증거를 찾기 위해 책상 위 서류는 물론, 바닥에까지 잔뜩 늘어놓은 자료들을 뒤지기 시작한 것. 영우도 차분하게 기억을 더듬어본다.

INSERT FLASHBACK :

영우의 시선에서 재현되는 얼마 전의 기억, 명석의 사무실.
영우와 수연이 함께 있을 때 준호가 갖고 들어온 두툼한 봉투 속 서류들. 영우의 기억이 그중 한 장에 적힌 문구를 사진처럼 정확히 찾아낸다.

CUT TO :

다시 현재, 법정.

영우 2019년 4월 3일, 경해도가 소덕동 주민 대책 위원회에 보낸 처리 서면 세 번째 문단 둘째 줄. '이미 기본 설계 및 실시 설계가 완료되어 도로 노선 결정을 변경할 수 없사오니…'라는 문구입니다. 갑제4호증 경해도지사 명의로 발송된 회신입니다.

영우의 말에, 민우가 해당 증거를 찾아내 재판장에게 갖다

준다.

재판장 (증거를 보며) 흠, 그러네요. 이 회신에 따르면 경해도는 이미 2019년 4월에 도로 노선이 확정되었다고 판단했던 거네요. 그렇다면 전략 환경 영향 평가를 그 이후에야 했다는 원고 대리인의 지적은… 타당해 보입니다.

그제야 안도의 한숨을 내쉬는 한바다 변호사들과
반대로 난처한 표정을 짓는 찬일과 명진,
태산의 두 남자 변호사들.
한편, 한 방 맞은 이 상황에서도 여유를 잃지 않는 수미.
'재는 뭐지?' 싶은 듯 흥미진진한 눈빛으로 영우를 본다.
유리해진 이 기세를 밀어붙이기 위해, 명석이 벌떡
일어선다.

명석 재판장님, 소덕동에 대한 현장 검증을 신청합니다. 행복로가 마을을 관통하는 것이 주민들에게 얼마나 심각한 피해를 주는지, 그 현장을 직접 보신다면 재판장님의 현명하신 판단에 큰 도움이 될 것입니다.

재판장 어휴, 제출된 자료만 해도 볼 게 너무 많은데… 사진을 내세요, 사진. 직접 가기엔 너무 멉니다.

현우 (벌떡 일어서며) 아닙니다. 소덕동, 여기서 아주 가깝습니다. 차로 한 시간이면 갑니다.

한수 (따라 일어서며) 마을에 오셔서 직접 보셔야만 알 수 있는 것들이 분명히 있습니다. 재판장님, 소덕동에 한번 와주세요.

주민들의 간절한 초대에 재판장의 표정이 난처해진다.
수미가 이에 대해 뭔가를 생각하더니 찬일과 명진에게
조용히 귓속말을 한다.

S#22. **법원 화장실 (내부/낮)**

세면대 앞에 서서 손을 씻는 영우.
수미가 화장실 안으로 들어왔다가 영우를 보고 다가간다.

수미 한바다 변호사 맞죠? 같은 사건 하는데 아직 이름도 모르네요. 태수미예요.

영우 아… 제 이름은 우영우입니다. 똑바로 읽어도 거꾸로 읽어도 우영우. 기러기 토마토 스위스 인도인 별똥별 우영우.

멋있다고 생각했던 바로 그 수미가 이름까지 물어보니
왠지 떨리는 영우.
긴장한 나머지 말투와 태도가 평소보다 더 어색하다.
그런 영우의 모습에 살짝 미소 짓는 수미.

수미 우영우 변호사? 왜 들어본 이름 같지? (잠시 생각하다) 암튼 만나서 반가워요. 아까 인상적이었어요. 기억력이 대단하던데요.

영우　아… 네.

수미가 싱긋 웃더니 화장실 안쪽으로 멀어져 간다.
그제야 긴장이 풀린 영우. 한숨을 내쉰다.

S#23. 법원 주차장 (외부/낮)

영우, 민우, 수연이 들고 온 자료 상자들을 한바다 소유의 차 옆에 내려둔다. 준호가 그 상자들을 차 뒷좌석과 트렁크에 차곡차곡 싣는다.

준호　다들 사무실로 가세요? 앞에 자리 하나 남는데.

민우　(차 쪽으로 가며) 아, 그럼…

수연　(모두 들으라는 듯) 우영우가 타면 되겠네. (영우에게) 너 가.

수연이 시키는 대로 조수석으로 가는 영우.
그 너머로 준호가 수연과 눈이 마주친다.
'똑바로 하라'는 듯 매섭기까지 한 수연의 눈빛에
준호가 움찔한다.
곧 차가 떠나고, 민우와 수연이 남겨진다.

민우　나 좀 편하게 가볼까 했더니 왜 그래요? 양보하려면 본인이나 하지.

수연 똥 촉은 편하게 갈 자격이 없어요.

민우 똥 촉? 나? 나한테 하는 말이에요?

수연 (핸드폰 택시 앱 켜며) 택시 탈 거죠? 부를게요.

민우 그나저나 우변 아버지, 서울법대 출신인 거 알고 있었어요? 대표님이랑 선후배 사이인 거 같던데.

수연 (피식) 와— 똥 촉이 그건 또 어떻게 알아냈대?

민우 (정색) 우변이 대표님 빽으로 들어온 낙하산인 게, 웃겨요? 다 같이 분노하고 긴장해야 할 일 아닌가?

수연 (여전히 빈정대며) 왜 분노를 하고 긴장을 해요? 그것도 다 같이?

민우 부정 취업이니까.

한없이 진지한 표정의 민우.
민우가 농담하는 게 아니라는 걸 깨달은 수연의 표정도
덩달아 진지해진다.

수연 무슨 소리 하는 거예요? 영우가 부정 취업을 했다는 증거 있어요?

민우 우변 아버지가 대표님 방에서 나오는 걸 봤어요. 생각해봐요. 한바다도 그렇고 태산도 그렇고, 대형 로펌들은 다 로스쿨 졸업 전에 취업을 확정해주잖아요. 근데 졸업한 지 6개월이나 지나서, 신입들 오티며 워크숍이며 다 끝난 뒤에 우변 혼자 달랑 입사했어요. 이게 안 이상해요? 빽이 있으니까 가능한 거죠.

수연 빽이 있으면 뭐 어쩌게요? 경찰에 신고할 건가? 아님 감사팀에라도 찾아가서 불 거예요?

거기까진 생각해보지 않은 듯 민우가 머뭇댄다.

수연 그런 식으로 따지면요, 대표님이 대표님 된 건 과연 실력으로만 된 건가요? 아버지가 한바다 창립자라서 대표 자리를 세습한 건 아니고?

민우 그래서요? 대표님부터 문제가 있는 회사에 다니면 이 정도의 부정은 눈감아야 한다는 거예요? 최수연 변호사, 아버지가 부장판사라서 찔려요? 아니면 지금 대표님, 우변이랑 동질감 느끼는 건가?

수연 (빠직) 내 말은요! 그냥 영우를 괴롭히고 싶은 거면서 정의로운 척하지 말란 말이에요. 진짜로 사내 부정을 문제 삼고 싶으면 대표님부터 문제 삼으세요. 왜 강자는 못 건드리면서 영우한테만 그래요?

민우 우영우가 강자예요! 모르겠어요? 로스쿨 때 별명도 '어차피 일등은 우영우'였다면서요. 이 게임은 공정하지가 않아요. 우영우는 우리를 매번 이기는데 정작 우리는 우영우를 공격하면 안 돼. 왜? 자폐인이니까! 우리는 우변을 늘 배려하고, 돕고, 차에 남은 빈자리 하나까지 다 양보해야 한다고요. 우변이 약자라는 거, 그거 다 착각이에요!

민우의 진심 어린 웅변에 수연이 할 말을 잃는다.

S#24. 차 (내부/낮)

한편, 그라미가 준 '이준호 만져보기' 미션 생각에
영우의 머릿속은 19금이다.
영우가 옆자리에서 운전하는 준호를 본다.
땀이 촉촉하게 맺힌 준호의 옆 이마,
걷어붙인 셔츠 소매 아래로 준호의 팔뚝,
그 근육 위에 도드라진 핏줄,
핸들 위에 무심하게 얹은 커다란 손…
아까부터 영우의 시선을 느낀 준호.
복잡한 마음 탓에 복잡한 표정으로,

준호 왜 그러세요?

영우 아… 아닙니다.

머릿속 19금을 몰아내려고 영우가 조용히 자기 쪽 창문을
연다.

S#25. 명석의 사무실 (내부/밤)

차에 싣고 온 자료들을 명석의 사무실에 갖다 둔 준호와 영우. 준호가 문가를 향해 앞장서 걸어간다.

준호 변호사님, 고생하셨어요.

영우 네. 고생하셨습니다.

준호가 문을 활짝 열고 그 옆에 서서 영우가 먼저 나가길 기다린다. 하지만 영우는 제자리에 멈춰 머뭇거린다.

영우 저어… 이준호 씨.

준호 네?

영우 제가 이준호 씨를 한번 만져 봐도 되겠습니까?

동공 지진을 일으키며 살짝 뒷걸음질 치는 준호.

준호 네?

영우 제가 이준호 씨를 좋아하는지 아닌지 확인하고 싶습니다.

준호 아… 저를 만져봐야만 확인하실 수 있나요?

영우 음…

준호가 문을 닫는다.
자료만 내려놓으려 잠깐 들어온 거라 불도 켜지 않은 어둑

한 사무실. 창을 통해 들어오는 도시의 불빛만이 두 사람을 어슴푸레 밝힌다.

영우 이준호 씨를 만질 때 제 심장이 얼마나 빨리 뛰는지… 분당 심박수를 재보려고 합니다.

준호가 영우를 향해 천천히 걸어온다.
만지게 해 달라할 땐 언제고, 막상 준호가 다가오자
뒷걸음질 치는 영우.

준호 음… 그럼 저를 만지지 않으면 심장이 빨리 뛰지 않는 건가요? 저랑 같이 있어도?

준호가 계속해서 다가온다.
영우가 계속해서 뒤로 물러서다
소파 등받이에 걸려 멈춘다.
영우와 몸이 거의 닿을 정도로 가까이 선 준호.
고개를 숙여 영우의 얼굴을 가만히 들여다본다.

준호 (나직하게) 섭섭한데요?

키스라도 할 것처럼 가까운 두 사람의 거리.
서로를 바라보는 눈빛과 숨결이 뜨겁다.
머리부터 발끝까지 몸이 닿은 곳은 한 군데도 없지만

영우의 심장은 쿵쾅쿵쾅!
그야말로 터질 것처럼 빠르게 뛴다.
'아, 나는 이 사람을 좋아하는구나…'
몰려오는 깨달음에 어지러운 영우. 두 눈을 꼭 감아버린다.

S#26. 우영우 김밥 (내부/밤)

다듬어야 할 시금치를 산처럼 쌓아두고도 그저 멍하니 앉아있는 광호.
퇴근한 영우가 분식집 문을 열자 그제야 정신을 차린다.

광호 어! 우리 딸! 왔어?
영우 다녀왔습니다. 먼저 들어갈게요.

준호와 두근두근했던 순간의 여운이 아직 가시지 않은 영우. 집이 있는 2층으로 가기 위해 다시 분식집 밖으로 나가려는데, 광호가 용기를 내 입을 연다.

광호 영우야. 아빠가 할 말이 있어.
영우 음… 내일 하십시오. 오늘은 많이 피곤합니다.
광호 (영우가 떠날까 재빨리) 한선영 대표, 아빠 대학 후배야.

영우가 광호를 돌아본다.

광호 대학 때는 꽤 친했는데 졸업하고는 뭐, 서로 바빠 연락 없었지. 암튼 선영이가 아빠를 찾아왔었어. 영우, 한바다에 다니게 해주겠다고.

영우 네?

광호 영우도 이제는 알아야 할 것 같아서.

영우 그럼 제가… 대표님 빽으로 들어온 낙하산이 맞는 겁니까? 저, 부정 취업을 한 겁니까?

광호 부정 취업이든 뭐든 아빠는 선영이한테 고마워. 아빠도 영우도 그동안 취직 안 돼서 정말 힘들었잖아. 영우도 부모가 되어보면 알 거야. 자식의 좌절을 보는 게, 얼마나 고통스러운지.

몰려오는 갖가지 생각에 혼란스러운 영우.
광호가 조심스럽게, 더욱 중요한 다음 고백을 이어간다.

광호 선영이가 영우를 취직시킨 데에는… 사실 다른 이유가 있어. 그건…

영우 (말 끊으며) 오롯이 좌절하고 싶습니다.

광호 뭐?

영우 좌절해야 한다면 저 혼자서, 오롯이 좌절하고 싶습니다. 저는 어른이잖아요.

광호 영우야…

영우 아버지가 매번 이렇게 제 삶에 끼어들어서 좌절까지도 대신 막아주는 거, 싫습니다. 하지 마세요.

쾅! 영우가 분식집 문을 세게 닫고 밖으로 나가버린다.
광호가 따라 나가 "영우야! 영우야!" 불러보지만 영우는 돌아보지 않는다.
'이 밤에 지 혼자 어디로 가는 걸까?'
저벅저벅 어색한 걸음걸이로 멀어지는 딸 걱정에 광호의 목이 멘다.

S#27. PC방 (내부/밤)

트레이닝 복 차림에 모자를 푹 눌러 쓴 남자가 PC방 안으로 들어온다. 자세히 보면 민우다.
컴퓨터 앞에 앉아 한바다의 사내 커뮤니티 사이트에 접속하는 민우. '익명 게시판'으로 들어가 '글쓰기' 버튼을 누른 뒤 잠시 망설인다.
그러다 결심한 듯 글을 쓰기 시작하는 민우.
'한바다의 취업 비리를 고발합니다.'라는 제목이다.

〈끝〉

"소덕동 언덕 위에서 함께

느티나무를 바라봤을 때… 좋았습니다.

한 번은 만나보고 싶었어요.

만나서 반가웠습니다."

8화

소덕동 이야기 Ⅱ

8

S#1. PROLOGUE : 지난 이야기

제7화의 내용이 요약된 지난 이야기.
행복로 도로 구역 결정 취소 소송과 소덕동 사람들,
재판에서 상대 변호사로 만나게 된 영우와 수미,
준호를 좋아하는 마음을 깨달은 영우,
영우를 질투하면서 또 응원하는 스스로의
양가적인 감정이 불편한 수연,
사내 익명 게시판에 영우의 부정 취업을 고발하는
글을 쓴 민우…

TITLE :

〈이상한 변호사 우영우〉

S#2. 그라미의 원룸 (내부/낮)

아담한 공간에 싱글 침대, 옷장, TV 등
있을 건 다 있는 그라미의 원룸.
적당히 널브러진 옷가지와 생활 소품이 소탈하다.
그라미의 것인 듯, 뜬눈이 그려진 안대를 쓴 채
바닥에 누워있던 영우.
서툰 도마질 소리가 들리자 부스스 일어나 앉는다.
그라미가 2인용 식탁 앞에 서서 김밥을 썰고 있다.

그라미 잘 잤냐?

영우 (뜬눈 안대를 쓴 채) 아니. 낯선 장소가 불편해서 한숨도 못 잤어.

그라미 어. 그래 보인다.

영우가 안대를 벗고 식탁으로 간다.
밥과 김치, 달걀 프라이만 넣어 투박하게 만든
그라미의 김밥이 접시 위에 삐뚤빼뚤 놓여있다.

영우 음… 햄이랑 시금치는 없어? 조린 우엉은?

그라미 조린 우엉 같은 소리 하네. 주는 대로 먹어. 동그라미 김밥이다.

하는 수 없이, 영우가 식탁 의자에 앉아 동그라미 김밥을 먹는다. 그런데 예상외로… 맛있다.

그라미 맛있지?

영우 (맛있음에 놀라) 어. 진짜. 이상하다.

그라미 그치? 이상하게 맛있다니까, 이게?

김밥 하나씩 입에 물고 바보들처럼 히죽거리는 두 사람.
그라미가 영우의 표정을 스윽 살피더니 나름 조심스럽게 묻는다.

그라미 너 아빠랑 싸웠냐?

영우 음… 아니.

그라미 그럼? 아빠가 너 나가래?

영우 내가 스스로 나왔어.

그라미 그래, 니가 스스로 나왔지. 나왔는데… 왜 나왔냐고?

영우 나 독립할 거야. 어른이니까.

영우의 난데없는 독립선언에 그라미의 표정이 멍해진다.

S#3. 한바다 11층 복도 (내부/낮)

승강기 문이 열리고, 출근하는 영우가 11층에 내린다.
근처에 서있던 송무팀 **직원들**.

핸드폰으로 뭔가를 보며 쑥덕대다가 영우를 발견하고 흠칫 놀란다. 두 사람이 보던 것은 간밤에 민우가 사내 게시판에 썼던 글이다.

FLASHBACK :

제7화. PC방.

한바다의 커뮤니티 사이트 익명 게시판에 글을 쓰는 민우.

'한바다의 취업 비리를 고발합니다.'라는 제목.

화면 위로, 자신의 글을 읽는 민우의 목소리가 흐른다.

민우 (N) 한바다의 취업 비리를 고발합니다.

CUT TO :

현재, 한바다 11층 복도.

영우가 자신의 사무실을 향해 걷는다.

그런 영우를 흘깃거리며 수군대는 **비서들**,

민우의 글을 보던 중이었는지 영우가 지나가자

황급히 노트북을 덮는 **변호사**,

커피 한잔씩 손에 들고 뒷담화하다 영우를 향해

혀를 차는 **변호사들**까지…

영우를 향한 사람들의 시선이 곱지 않지만,

영우는 이를 눈치채지 못한다.

이 불편한 출근길 풍경 위로 민우의 낭독이 이어진다.

민우 (N) 얼마 전 저는 한바다의 한 신입 변호사가 부정하게 취업한 정황을 알게 되었습니다. 다른 신입들과 달리, 그 변호사는 한바다의 정식 채용 기간이 끝난 뒤에 단독으로 입사했습니다. 신입들을 위한 교육 프로그램에도 참여하지 않았고요. 이런 일이 어떻게 가능할까요?

S#4. 선영의 사무실 (내부/낮)

선영이 책상에 앉아 컴퓨터로 민우의 글을 읽는다.
살짝, 불편한 표정.

민우 (N) 그 신입 변호사의 아버지가 한바다의 최고위직 변호사와 학연으로 연결된 사이기 때문은 아닐까요? 아버지의 부당한 청탁이 없었다면 과연 그 신입 변호사는 한바다에 입사할 수 있었을까요?

S#5. 명석의 사무실 (내부/낮)

명석이 책상에 앉아 컴퓨터로 민우의 글을 읽는다.
영우를 가리키는 것이 너무나 분명한 내용에, 심란한 듯 한숨을 쉰다.

민우 (N) 사내 고위직 인사와 아는 사이라는 이유로 일자리를 차지한다면 누가 그 사회를 공정하고 정의로운 사회라 하겠습니까?

한편 곧 시작될 회의를 위해 명석의 사무실 소파에 앉아 있던 수연. 핸드폰으로 민우의 글을 읽으며 코웃음을 친다.

민우 (N) 제가 청춘을 포기하며 얻어낸 '한바다의 변호사'라는 자리를, 누군가는 인맥이라는 낙하산을 타고 손쉽게 갖는 것을 보니 그야말로 도둑맞은 기분입니다.

똑똑. 냉정한 노크 소리와 함께 민우가 회의를 하러 들어온다. 수연이 명석 들으라는 듯 일부러 크게,

수연 어떻게, 도둑맞은 기분은 좀 나아지셨어요?

민우 (당황) 네?

수연 사내 익명 게시판에 영우 저격하는 글, 권민우 변호사가 쓴 거 맞죠?

수연의 말에 명석이 민우를 쳐다본다.
민우가 당황해 우물쭈물하는데 똑똑 한 박자 쉬고 똑.
노크 소리와 함께 영우가 들어온다.
순간 모두들 조용해지며 영우의 표정을 살핀다.
상황을 아는지 모르는지, 그저 무표정한 얼굴로

소파에 가서 앉는 영우.

명석 자자, 됐고. 다 왔으니까 회의 시작합시다.

명석이 책상에서 일어나 소파로 가 앉으려는데,
똑똑. 성질 급한 노크 소리와 함께 이번엔 선영이
안으로 들어온다. 이에 모두들 놀라 자리에서 일어선다.
'설마 익명 게시판의 글 때문에 온 건가?' 싶어
내심 불안한 민우.

명석 대표님? 어쩐 일이십니까?

선영 지금 하는 사건, 상대 변호사가 태수미라면서요?

선영이 소파에 앉자 모두들 따라 앉는다.

명석 네. 경해도가 짓는 행복로 도로 구역 결정을 취소하기 위한 소송입니다. 저희는 소덕동 주민들을 대리하고요.

선영 어떻게 되고 있어요?

명석 현재의 계획 노선보다 더 나은 대안이 있다는 걸 입증하는 데는 다소 어려움이 있지만 그래도 위법 사유를 하나 찾았습니다.

선영 위법 사유? 뭔데요?

명석 경해도가 전략 환경 영향 평가를 법에서 정한 때보다 늦게 했습니다.

선영　하긴 했고?

명석　네.

선영　그럼 도로 구역 결정 자체의 위법 사유라 보기는 좀 애매한데? 그냥 절차상의… 어찌 보면 작은 실수인 거지. 공사는 계속 하고 있어요?

명석　네. 효력 정지 신청을 했지만 아직 결정이 나지 않아 공사는 계속 진행 중입니다.

선영　뭐야? 지고 있네, 지금?

선영의 말에 명석과 신입 변호사들이 위축된다.

명석　쉽지 않은 사건인 것은 저희도 처음부터 알고 시작했습니다. 조금 엉뚱하게 들릴 수 있지만 소덕동이 꽤… 아름답습니다. 마을 주민들도 소탈한 매력이 있고요. 곧 현장 검증이 있는데 그때 이런 부분들을 어필해 재판부의 마음을 한번 움직여보려고 합니다.

선영　재판부를 감동시키겠다?

명석　네.

선영　(웃음) 그거 참 낭만적인 방법이네요. 근데 세상이 마냥 아름답지만은 않으니까. 정치적으로, 좀 덜 낭만적이게 푸는 방법도 고려해보세요.

수연　정치적으로… 덜 낭만적이게요?

선영　한바다랑 친한 언론사 기자들 중에 이 사건에 흥미 보일 법한 사람이 있지 않겠어요? 이 소송이 마치 다윗과 골리

앗의 싸움인 것처럼 프레임을 짜서 여론을 한번 만들어보는 거죠. 재판부가 경해도 편을 들기 부담스럽게.

민우　　아…

선영　　별거 아닌 거 같아도 이런 게 먹힐 때가 있어요. 익명 게시판에 있는 카더라 글 하나에도 술렁술렁하는 게 사람 마음이거든. 안 그래요?

선영이 의미심장한 눈빛으로 영우를 본다.
민우가 뜨끔해 자기도 모르게 살짝 고개를 숙인다.

선영　　아무튼 이기세요.

명석　　네?

선영　　지지 말라고요. 태수미한테.

농담인 듯 미소 띤 얼굴로 말하고 있지만 눈빛만은 진심인 선영. 명석과 신입 변호사들의 어깨가 무거워진다.

S#6.　　**한바다 11층 복도** (내부/낮)

회의가 끝난 뒤, 명석의 사무실에서 나와 자기 사무실로 걸어가는 영우. 뒤따라 나온 수연이 영우를 붙잡아 세우더니 핸드폰을 내민다. 화면에는 사내 익명 게시판에 쓴 민우의 글이 떠있다.

수연　너 이거 봤어?

영우　(핸드폰 화면 보며) '한바다의 취업 비리를 고발합니다?' 음… 이게…

수연　너야.

영우　어?

수연　니 얘기라고. 니가 부정 취업을 했다고, 누군가 널 저격해서 쓴 거야.

영우　이게 나라는 걸 어떻게…

수연　정식 채용이 끝난 뒤에 입사한 사람이 너밖에 없으니까. 사람들이 이거 가지고 아침 내내 수군수군하던데 넌 뭐 이상한 거 못 느꼈어?

솔직히 못 느꼈던 영우.
하지만 곧 몰려오는 여러 생각에 표정이 어두워진다.

영우　이거 다 사실이야. 아버지와 대표님은 대학 선후배 사이가 맞대. 나… 부정 취업했어.

복도를 지나가던 비서가 영우의 말에 귀를 쫑긋한다.
이를 본 수연이 모두 들으라는 듯 일부러 크게,

수연　서울대 로스쿨에서 성적 좋은 애들은 다 대형 로펌으로 인턴 나가서 졸업 전에 입사 확정 받아. 근데 너만, 정작 학교에서 맨날 1등 하던 너만 아무 데도 못 갔어. 그게 불공

평하다는 거 다들 알았지만 그냥 자기 일 아니니까 모르는 척 가만히 있었을 뿐이야. 나도 그랬고.

영우 아무래도 나한테는 자폐가 있으니까…

수연 (말 끊으며) 야! 장애인 차별은 법으로 금지돼 있어. 니 성적으로 아무 데도 못 가는 게 차별이고 부정이고 비리야! 무슨 수로 왔든, 늦게라도 입사를 한 게 당연한 거라고!

수연의 큰 목소리에, 저 멀리 앞서 걷던 민우가 두 사람을 돌아본다. 수연이 민우를 노려보자 민우가 자기 사무실 안으로 쏙 들어가버린다.

수연 이거, 권민우 변호사가 쓴 거 같아. 그러니까 단둘이 있을 때 뒤통수를 한 대 쳐. 명치를 세게 때리든가.

영우 음… 하지만 그것은 범죄…

수연 (말 끊으며) 당하고만 살지 말라고, 이 바보야! 부정 취업이 맞네 어쩌네, 청승 그만 떨고! 아까 대표님 말 들었지? 우리도 정치적으로, 어? 덜 낭만적이게, 어?

수연이 영우의 어깨를 팡! 치더니 저벅저벅 앞서 걸어간다. 제자리에 우두커니 남아있는 영우. 생각이 복잡해진다.

S#7. 소덕동 마을 입구 (외부/낮)

현장 검증 기일.
현우의 승합차와 한바다의 자동차가 소덕동 입구에 멈춰 선다. 현우와 한수, 준호와 변호사들이 차에서 내려 제각각 우산을 꺼내든다. 맑고 화창했던 지난 방문 때와는 달리 이 날은… 비가 온다.
구름이 잔뜩 낀 을씨년스러운 회색 하늘 아래 이미 시작된 공사 탓에 군데군데 파헤쳐져 질척거리는 땅,
마을 풍경을 다 가리고 선 굴삭기와 곳곳에 쳐진
공사 바리케이드까지… 눈앞에 모든 것이 우중충해
한바다 변호사들의 마음도 울적해진다.

한바다 변호사들의 시선에, 태산의 차가 맞은편에 와 멈추는 것이 보인다. 수미와 태산 변호사들이 차에서 내려 팡! 일제히 우산을 펴는데, 모두들 태산 로고가 박힌 빨간 우산을 들고 있어 척 봐도 한 팀처럼 보인다.
명석이 '자기네 팀'을 돌아본다. 크기도 모양도 색깔도 다 제각각인 우산을 쓴 모습이 왠지 초라하다.

명석 한바다는 우산 없나? 우리 너무 오합지졸처럼 보이는데?

준호 아, 있어요!

준호가 얼른 차 트렁크를 열어본다.

다행히 한바다 로고가 새겨진 파란색 새 우산들이 들어 있다. 준호가 변호사들에게 우산을 나눠준다.
심박수 체크 이후 처음 마주하는 터라 영우에게 줄 때는 살짝 어색해진다. 팡! 팡! 소리를 내며, 우산을 보란 듯이 펼치는 한바다 변호사들. 빨간 우산을 든 '태산 팀'과 파란 우산을 든 '한바다 팀'의 대결이다.

그때, 태산 변호사들의 시선에 유명 신문사인 '정의일보' 로고가 인쇄된 차가 다가오는 것이 보인다.

태산 변호사 1 정의일보가 여긴 왜 왔을까요?
태산 변호사 2 한바다에서 불렀나본데? 걔네 친하잖아. 한바다에 우호적인 기사 써준 거, 전에도 몇 번 본 거 같아.

태산 변호사들의 추측대로, **기자**(30대/남)가 차에서 내리자 민우가 다가가 맞이하는 것이 보인다.
정의일보의 등장에 긴장한 젊은 변호사들과 달리 여유가 넘치는 수미.

수미 (혼잣말처럼) 애쓰네. 오늘 취재할 것도 없을 텐데…

그때, 공무 수행 로고가 찍힌 법원의 관용차가 다가와 멈춘다. 판사들이 내리자 명석과 수미가 재판장에게 다가가 서로 자기네 우산을 씌워주려 한다.

명석 재판장님, 안녕하십니까?

수미 먼 길 오시느라 고생 많으셨습니다.

재판장 (한숨) 그러게요. 꽤 먼 길이네요. 비도 오고 이거 참…

현장 검증까지 오게 된 이 상황이 못마땅해 심기가 불편한 재판장. 명석과 수미의 우산을 모두 뿌리치고 팡! 자신의 검은색 우산을 편다.

재판장의 우산 한 귀퉁이에 새겨진 돌고래 로고가 영우의 눈에 띈다. 수연이 한수에게 속삭인다.

수연 (작게) 이장님, 저번에 하셨던 대로, 그대로만 안내해주세요.

한수 (고개 끄덕) 재판장님, 빨간 깃발들이 꽂힌 이 길이… 뭐더라? 그…

현우 (한수에게 작게) 행복로.

한수 행복로 계획 노선입니다. 주택가를 가로질러 꽂혀있으니 공사가 시작되면 이 집들은 모두 마을을 떠나야 하고요. 깃발 따라 가보실까요?

재판장 (여전히 심기불편) 네. 뭐, 가봅시다. 이왕 여기까지 왔는데.

한수가 앞장서자 재판장을 비롯한 나머지 사람들이 뒤를 따른다.

S#8. 소덕동 손흥민의 집 (외부/낮)

소덕동 손흥민의 집 앞에 멈춰 대문을 두드리는 한수.

한수 흥민아! 흥민아!

명석 (판사들에게 밝은 톤으로) 소덕동 주민들은 서로를 별명으로 부르는데 이 집에 사시는 분은 축구를 잘하셔서 손흥민이라고…

수미 (말 끊으며 크게) 아, 김정환 씨! 안녕하세요?

알고 보니 본명이 김정환이었던 흥민이 대문 밖으로 나온다. 소덕동 축구팀 유니폼을 입지 않은 모습이 낯설다.

한수 흥민아, 여기 재판장님. 인사드려.

흥민 에이~ 흥민이는 무슨… 장난하는 것도 아니고. (재판장에게) 안녕하십니까? 김정환입니다.

흥민의 정색한 본명 소개에 한수가 당황한다.
수미가 재판장에게 서류 한 장을 내민다.

수미 김정환 씨는 경해도가 새로 제시한 토지 수용 보상 금액에 동의하셨습니다. 여기, 김정환 씨가 서명한 동의서입니다.

현우 네? 무슨 소립니까? 흥민이 형님이 주민 대책 위원회 임원이신데… 토지 수용에 동의하다뇨?

말도 안 되는 소리라는 듯 펄쩍 뛰는 현우.
그러자 홍민이 머쓱해하며,

홍민 아, 했어. 내가 했어, 동의.

현우 네!?

홍민 아니~ 여기 변호사 선생님들이 오셔서 그러잖아. 경해도가 보상금을 올려줄지도 모른다고. 원래 준다던 거에 두 배는 더 받는다니까 일단 동의를 한 거지, 내가.

한수 너 우리한테 말도 없이 이러면 어떡해!

홍민 내가 말을 하면 뭐, 형님이 내 맘 알아줄 거예요? 형님은 워낙 잘 사시잖아~ 어차피 수용될 거면 한 푼이라도 더 받고 싶은 내 마음을 형님이 어떻게 알겠어요? 그리고 이거 나만 그런 거 아니에요. 저기! (손짓하며) 저 철민이도 동의했다고, 이거에.

홍민이 가리키는 쪽을 보는 사람들.
알고 보니 본명이 철민이었던 소덕동 김장훈이
오토바이를 타고 가다 멈춘다.

현우 장훈이가? 장훈이가 동의를 했다고? (장훈에게 크게) 어이! 장훈아! 너 동의했냐?

장훈이 난처한 듯 잠시 머뭇대더니 다시 오토바이를 몰고 쌩— 가버린다. 그사이 태산 변호사들이 잽싸게 장훈의 동의서를 찾아내고, 수미가 이를 재판장에게 보여준다.

수미 　장철민 씨 역시 경해도가 새로 제안한 보상 금액에 동의하셨습니다.

명석 　경해도가 보상금을 올리기로 결정했다면 제일 먼저 주민대책 위원회에 알렸어야 합니다. 이렇게 개별 가구에 몰래 접촉해서 동의서를 받는 것은 부당합니다.

수미 　보상금을 올리기로 한 결정이 아직 확정된 것은 아닙니다. 경해도는 보상금 인상에 동의하는 가구들의 숫자가 얼마나 되는지 먼저 확인해보고자 했을 뿐입니다. 동의서는 그 확인을 위한 형식이고요.

명석 　그렇다면 더 큰 문제입니다. 보상금을 실제로 올려줄 것도 아니면서 주민들만 떠보고 다녔다는 소리 아닙니까? 재판장님, 이것은 주민들을 분열시켜 소송에서 이기려는, 피고 대리인의 꼼수입니다.

수미 　소덕동은 이장님의 입김이 너무 세서 힘없는 주민들이 제 목소리를 내기 힘든 곳입니다. 동의서를 통해서나마 용기를 내, 자신들의 뜻을 전하려는 주민들의 마음을 헤아려주십시오.

한수 　(충격) 뭐요? 뭐…?!

현우 　(역시 충격) 이장님 입김이 세다뇨? 주민들이 제 목소리를 못 내다뇨? 지금 무슨 소리 하는 겁니까?

수미 　소덕동 내 토지 수용이 결정된 488 가구 중 현재까지 343 가구가 이 동의서에 서명했습니다. 서명을 받기 시작한 지 단 보름 만에 70%가 넘는 가구가 동의한 겁니다. 이게 주민들의 진정한 뜻이 아니면 뭐란 말입니까? 재판장님, 이 동의서들을 증거로 제출하겠습니다.

명석 저 동의서들은 만약 경해도가 보상금을 올려준다면 그 금액에 동의하겠다는 뜻일 뿐입니다. 보상금 인상이 확정되지도 않은 지금, 저 동의서들이 입증할 수 있는 것은 아무것도 없습니다.

재판장 자자, 알았으니까 진정들 하세요. 오늘은 현장 검증 기일이니 증거는 따로 제출하시고요. 일단은 현장을 보는 것에 집중하겠습니다.

말은 그렇게 하면서도 수미가 건네준 동의서 뭉치를 유심히 보는 재판장. 명석이 한수에게 다가가 속삭인다.

명석 (작게) 저쪽 변호사들이 어디까지 손을 써놨는지 알 수 없으니 주민들 소개는 그만하시는 게 좋겠습니다. 느티나무로 바로 가시죠.

한수 (고개 끄덕한 뒤) 재판장님, 그럼 마을 전체를 조망할 수 있는 곳으로 모시겠습니다.

S#9. 소덕동 산길 (외부/낮)

느티나무 언덕 아래 산길.

검은 우산을 쓴 재판장의 뒤를 파란 우산의 한바다 팀과 빨간 우산의 태산 팀이 평행선을 이루며 따라간다.
세찬 비바람을 묵묵히 맞으며 줄지어 걷는 사람들의 모습이… 웃프다. 기자가 민우에게 다가가 조용히 묻는다.

기자 지금 뭐가 잘 안 풀리고 있는 거 맞죠?

민우 네… 원래는 주민들끼리 단합도 잘 됐었고 참… 아름다운 마을이었답니다.

기자 태산 작전에 말린 거지, 뭐. 동의서 핑계로 주민들을 다 뿔뿔이 분열시켜 놨네요.

민우 (한숨) 네…

한수 자! 이제 언덕을 오를 겁니다. 조금만 더 가면 돼요.

한수와 현우가 언덕 위로 향하는 좁은 산길을 앞장 서 올라간다. 판사들이 뒤따른다.
빗길에 구두까지 신은 탓에 재판장이 쭈욱 미끄러진다.
"어이쿠!" 휘청거리는 재판장의 겉옷에 흙탕물이 튄다.
가뜩이나 짜증이 솟구치는데, 뒤에 서있던 영우가 눈치없이 말을 건다.

영우 이런 상황에 대비하여 저는 오늘 운동화를 신고 왔습니다.

재판장 (어이없어) 근데요? 자랑하는 겁니까, 지금?

영우 (당황) 아, 아닙니다. 제 옷을 벗어드릴까요? 재판장님께는 조금 작겠지만 걸치듯이 입으면…

재판장 (말 끊으며) 아휴, 됐어요.

S#10. 소덕동 언덕 (외부/낮)

되는 일 없는 날답게 언덕 위의 상황도 좋지만은 않다.
테레사 부녀회장이 미리 따라둔 식혜 잔들에는 빗방울이 튀고 유진 박은 비를 맞지 않고 바이올린을 켤 데가 마땅치 않아 방황 중이다.
재판장을 비롯한 사람들이 하나둘 언덕 위로 올라온다.

현우 (식혜 내밀며) 재판장님, 여기 식혜 한잔 하시죠.

재판장 (식혜 밀어내며) 됐습니다. 비도 오고 쌀쌀한데 식혜는 무슨…

'지금인가…?' 싶어 유진이 바이올린을 끼이잉↗ 켠다.
동시에 재판장이 한수에게,

재판장 원고, 우리가 여기서 봐야 할 게 뭡니까? 빨리 진행하시죠.

한수 아, 네.

한수가 유진에게 눈짓으로 그만하라는 신호를 보낸다.
다시 끼이잉↘ 유진의 바이올린 연주가 시무룩하게 끝난다.

한수 재판장님, 이 언덕에 서서 마을 전체를 내려다보니 한눈에 들어오지 않으십니까? 행복로가 소덕동을 관통하는 것이 주민들에게 얼마나 큰 부담이 되는지요.

한수의 말에 재판장이 마을 전경을 내려다본다.
공사가 시작된 탓에 엉망으로 파헤쳐진 마을 입구,
주택가 한가운데를 무심하게 가로질러 언덕 아래까지
이어지는 빨간 깃발들.
그 순간 쏴아 — 느티나무 잎사귀들 사이로 세찬 비바람이
몰아친다. 우산과 식혜 잔들이 바람에 날아가고,
판사들의 마음도 차갑게 닫힌다.

재판장 솔직하게 말씀드리면… 소덕동에 직접 방문해보니 원고들의 청구를 인용하는 것이 과연 옳은지 심각하게 회의가 듭니다. 일단 '원고들'이 누구인지 모르겠어요. 주민 대책 위원회는 소덕동 주민들 전체의 뜻을 제대로 반영하고 있는 게 맞습니까?

청천벽력 같은 재판장의 말에
한바다 팀의 얼굴이 하얗게 질린다.

현우 재판장님, 억울합니다. 주민 대책 위원회는 소덕동 주민들과 상시로 연락하고 긴밀하게 소통해왔습니다. 오늘 재판장님 앞에 못난 모습을 보인 것은 저쪽 변호사들이 우리를 분열시키려고 수작을 부려 그렇게 된 겁니다.

재판장 그 말을 증명할 수 있는 기회를 드리겠습니다. 원고, 피고 양쪽 다, 다음 변론기일 전까지 주민들 동의서를 받아오세요. 주민 대책 위원회의 뜻에 동의하는 주민 수가 많은지

경해도의 결정에 따르겠다는 주민 수가 많은지 내가 직접 봐야겠습니다. 지금 이 계획 노선대로 행복로를 짓는 것에 반대한다는 주민 수가 소덕동 전체의 과반수가 되지 않으면 우리 재판부는 원고의 청구를 기각할 수밖에 없습니다.

예상 밖의 요구에 바짝 긴장하는 한바다 팀과 태산 팀.
재판장 양쪽으로 나뉘어 선 파랗고 빨간 우산들 사이에 전운이 감돈다. 정의일보 기자가 민우에게 작게,

기자 아이고, 일이 복잡해졌네요. 지금으로선 뭐, 제가 쓸 수 있는 기사는 없을 것 같고… 상황 정리되면 다시 연락주세요.

민우 네… 헛걸음하시게 해서 죄송합니다.

기자 아니에요. 먼저 가보겠습니다.

말로는 아니라지만, 헛걸음으로 인한 짜증이
살짝 묻어나는 기자의 표정. 민우가 한숨을 쉰다.

S#11. 한수의 집 거실 (내부/낮)

한수의 집 거실에 모인 한수와 현우, 한바다 변호사들.
벽에 커다랗게 붙어있는 소덕동 지도를 본다.
지도 위에는 행복로 계획 노선이 빨간 줄로 그려져 있고
어떤 집들은 빨갛게, 또 다른 집들은 파랗게 색칠되어 있다.

민우　　파랗게 칠하신 집들이 우리 편일 가능성이 높다는 거죠?

한수　　그렇죠. 빨갛게 칠한 집들은 전부터… 뭐더라? 그… (손가락으로 돈 모양하며)

영우　　돈?

한수　　아니. 돈은 돈인데 그 있잖아요. 저기…

영우　　보상금!

한수　　그래! 보상금 받아 이사 나갈 거라고 하는 집들입니다.

수연　　역시 도로 구역에 편입되지 않는 집들이 파란 색인 경우가 많네요.

한수　　아무래도 그렇지요. 토지가 수용되는 집들은 아무리 헐값이래도 '보상금 챙겨서 이사 가면 그만이다' 이렇게 생각하기 쉬우니까요. 게다가 보상금을 올려줄 수도 있다니 더 솔깃하겠죠.

현우　　아휴, 근데 이제는 잘 모르겠어요. 홍민이나 장훈이도 철썩같이 우리 편인 줄로만 알았는데 그새 마음이 바뀌었다니… (한숨)

명석　　주민들을 설득할 시간은 아직 있습니다. 너무 걱정하지 마세요.

그때 준호가 두툼한 서류 봉투를 들고 집 안으로 들어온다.

준호　　동의서 출력해왔습니다.

명석　　아, 수고했어요. 우리도 이제 움직입시다.

준호　　네. 그런데 바깥에…

말을 잇지 못하고 난처한 표정을 짓는 준호.

이를 보는 한바다 변호사들과 한수, 현우가 의아해한다.

S#12. 한수의 집 (외부/낮)

어느덧 비가 그친 소덕동.

한수의 집 밖으로 나온 한바다 팀의 눈에 수십 명의 알바들이 태산의 동의서를 들고 마을을 도는 모습이 보인다.

민우 태산에서… 그새 알바를 푼 건가?

준호 저희도 얼른 사람들 좀 구해볼까요?

명석 (심란) 그래요. (변호사들에게) 일단 우리끼리라도 먼저 해봅시다.

태산의 빠른 일처리에, 한바다 팀의 기운이 시작부터 쭉 빠진다.

S#13. 주민 1의 집 (외부/낮)

어느 열린 대문 앞에 선 영우.

똑똑 한 박자 쉬고 똑. 노크를 하고 대문 안을 들여다보지만, **주민 1**(50대/남)은 태산의 **알바생 1**(20대/남)이 내민 동의서에 서명 중이다. 한발 늦은 영우가 한숨을 쉰다.

S#14. 주민 2의 집 (외부/낮)

수연이 굳게 닫힌 대문을 두드린다.

수연 계세요? 법무법인 한바다에서 나왔습니다!

벌컥! 대문이 열리며 **알바생 2**(20대/여)가 밖으로 나온다. **주민 2**(50대/여)에게 인사하느라 수연을 못 봐 본의 아니게 수연을 밀친다.

알바생 2 (수연에게 대충) 어머? 죄송해요. (주민 2에게) 그럼 가보겠습니다!

주민 2 으응! 가요!

수연 저기…

수연의 말은 듣지도 못한 건지 쾅! 대문을 닫아버리는 주민 2. 수연이 주위를 둘러본다.
태산 변호사 2의 지휘 아래 일사불란하게 동의서를 받으러 다니는 알바생들. 주위에 한바다 팀이라곤 자기 혼자뿐인 상황에 수연이 한숨을 쉰다.

S#15. 주민 3의 집 (외부/낮)

같은 집 대문에 도착한 민우와 태산 **알바생 3**(20대/남).
동시에 쾅쾅쾅! 대문을 두드린다.

주민 3 (소리) 누구세요?

알바생 3 태산…

민우 (말 끊으며) 한바다에서 나온 (강조) '변.호.사'입니다! 알바 아닙니다!

알바생 3이 살짝 주춤거리는 사이,
민우와는 로스쿨 동기인 태산 변호사 1이
뒤쪽에 서있다가 민우의 '변.호.사' 타령을 듣고
쏜살같이 대문으로 달려온다.

태산 변호사 1 무슨 소리! 태산에서도 '변.호.사'가 나왔습니다!

주민 3(60대/남)이 대문을 열고 나오자 민우와
태산 변호사 1이 동시에 각자의 동의서를 내민다.

주민 3 그… 보상금 준다는 데가 어디…

태산 변호사 1 (반가워) 여깁니다! 태산입니다! (동의서 건네며) 여기 보시면…

결국 경쟁에서 밀린 민우가 한숨을 푹 내쉰다.

S#16. 테레사의 집 (외부/낮)

동의서 받기에 실패한 영우, 수연, 민우가 명석, 한수, 현우와 함께 테레사 부녀회장 집 앞에 모여 있다.

민우 태산이 보상금 얘기를 얼마나 부풀려서 해놨는지 만나는 주민들마다 돈 얘기밖에 안 하네요.

영우 저는… 주민들을 만나는 것조차 쉽지 않았습니다.

수연 수적으로도 열세니까요. 태산은 어쩜 저렇게 빨리 사람을 구했죠?

명석 (한숨) 준호 씨는? 연락해봤어요?

민우 네. 알바들을 구하긴 했는데 여기까지 오는 데 시간이 좀 걸린답니다.

테레사 아이고, 그럼 내가 부녀회라도 소집해볼게요. 어떻게든 여기에 싸인만 받으면 되잖아요?

명석 아, '어떻게든'이라기보다는… (더 말하려다 포기) 네… 감사합니다.

S#17. 부녀회관 (내부/낮)

동네 할아버지 할머니들이 동의서 한 장씩 받아 들고 부녀회관에 모여 있다. 마을 행사 진행하듯, 동의서에 서명하는 방법을 설명하는 테레사.

테레사 다들 이름 썼지요? 그럼 그 밑에 주소! 자기 집 주소를 쓰는 거예요.

할아버지 1 (동의서를 흔들며) 뭔데, 이게?

명석 아, 그러니까 그게…

테레사 (말 싹둑) 그런 걸 뭘 물어봐요~ 내가 할아버지 나쁜 일 시킬까? 나 못 믿어? (명석 가리키며) 여기 변호사 선생님 못 믿어?

명석 아, 저를 믿어서 서명을 하신다기보다는… (더 말하려다 포기) 네… 믿어주세요.

할아버지 2 그럼 노래 하나 해라! 변호사는 얼마나 노래를 잘하나~ 좀 들어보자.

명석 네?

할머니 (박수로 장단 맞추며) 노래를 못하면 변호를 못해요~ 아~ 미운 사람~

할머니의 선창에 사람들이 다 같이 노래를 따라 한다.
명석이 난처해 옆을 돌아보지만, 한수와 현우도 박수를 치고 있다.

명석 (신입 변호사들에게 작게) 하아… 준호 씨는 오려면 아직 멀었대?

수연 전화해보겠습니다.

수연이 핸드폰을 들고 부녀회관 밖으로 나간다.
그때, 영우가 문득 자신의 가방이 없어진 걸 깨닫는다.
'어디다 뒀지?' 생각하며 수연을 따라 밖으로 나가려는데,

민우 우변은 또 어디가요?

영우 아, 가방을 찾으러 갑니다. 느티나무 아래 두고 온 것 같습니다.

민우 (짜증) 빨리 와요! 지금 노래까지 불러야 할 판인데!

민우의 말이 끝나기가 무섭게,
부끄러워 얼굴이 새빨개진 명석이 노래를 시작한다.

명석 (노래) 바람에~ 날려버린~ 허무한 맹세였나~

명석의 노래에 맞춰 춤추느라 정신이 없는 할아버지 할머니들 사이를 헤치며, 힘겹게 동의서를 걷는 민우, 테레사, 한수, 현우. 그 틈에 영우는 부녀회관 밖으로 나간다.

S#18. 소덕동 언덕 (외부/낮)

언덕을 오른 영우. 두고 온 가방을 찾아 두리번거리는데, 느티나무의 굵은 나무줄기 뒤쪽에서 수미의 목소리가 들린다. 영우가 멈칫한다.
수미가 전화 통화를 하며 나무 앞으로 걸어 나오다 영우를 발견한다.

수미 (통화) 그럼 연락주세요. (전화 끊고 반갑게) 우영우 변호사, 맞죠?

영우 아, 네. 그 가방…

영우가 수미의 손에 들린 자신의 서류 가방을 가리킨다.

수미 아, 이거 우변 거였구나? 여기 나무 아래 있더라고요. 딱 봐도 '변호사 가방'이라 갖고 내려가서 주인 찾아줘야겠다, 싶었어요.

수미가 싱긋 웃으며 영우에게 가방을 건네준다.
'이 사람 앞에 서면 왜 긴장이 될까?' 영우가 쭈뼛거리며 가방을 받는다.

영우 감사합니다.

수미 나 기억났어요. 우영우 변호사 이름, 어디서 들어봤는지.

영우 네?

수미 혹시 김정구 회장님 사건 때 의견서 쓰지 않았어요? 그 대현호텔에서 했던 결혼식. 웨딩드레스 흘러내린 사건이요.

영우 아… 네.

수미 나 그 의견서 읽어봤거든요. 김정구 회장님이 (가볍게 정구 성대모사) '봐라, 태산은 안 된다던 사건을 한바다는 이렇게나 잘 풀었다' 하고 보여주시더라고요. (웃음) 특별 손해 배상을 주장한다는 거였죠? 아이디어가 신선해서 기억하고 있었어요, 우영우 변호사 이름.

영우 (뭐라 답할지 몰라 우물쭈물하다) 네.

수미 우영우 변호사, 한바다 다니는 거 재밌어요?

영우 네?

수미 태산으로 올래요?

영우가 놀란다. 수미가 또 싱긋 웃는다.

수미 소덕동이 가진… 무형의 가치를 보여주고 싶었던 거 맞죠? 주민들의 애향심이라든가 그런 거. 이번 현장 검증 신청한 이유 말이에요.

영우 네? 아…

수미 이럴 때 보면 한바다는 뭐랄까, 참 순진해요. 사람의 마음처럼 나약한 게 없는데. 특히 돈 앞에서는.

이날 돈 앞에서 달라졌던 소덕동 주민들의 마음을 떠올리는 영우. 표정이 무거워진다.

수미 지금은 우리가 같은 사건을 하고 있으니까 더 얘기하기는 좀 그렇죠? 이 사건 끝나는 대로 태산에 한번 놀러 와요. 한바다도 좋은 로펌이지만 우영우 변호사한테는 태산이 더 잘 맞을 거 같아. 우리랑 이기는 재판 해봐요.

수미가 명함을 꺼내 내민다. 우물쭈물 명함을 받는 영우. 그 순간 쏴아— 느티나무 잎사귀들 사이로 부드러운 바람이 불어온다. 영우의 마음이 왠지 촉촉해진다.

영우 볼 때마다 생각하는 거지만 이 느티나무…

무슨 소리인가 싶어 영우를 가만히 보는 수미.
영우가 느티나무를 올려다본다.

영우 정말 멋있습니다.

영우의 시선을 따라 수미도 느티나무를 올려다본다.

수미 (싱긋) 네… 정말 그러네요.

비가 갠 뒤 무지개까지 뜬 하늘 아래,
나란히 서서 느티나무의 자태를 감상하는 영우와 수미.

저 멀리 주택가에서 영우를 찾아 두리번대던 민우가 이 모습을 본다.

S#19. **소덕동 마을 (외부/낮)**

되찾은 가방을 메고 언덕 아래 주택가로 돌아온 영우. 민우가 다가가 따라 걷는다.

민우 아까 무슨 얘기한 거예요? 태수미 변호사랑?

영우 네?

민우 느티나무 아래서 둘이 뭐 한참 얘기하던데?

영우 무슨 얘기 했는지 말해주면 게시판에 또 올릴 겁니까?

민우 네? (당황한 걸 감추며) 아니, 뭐. 내가 어쨌다고…

영우가 갑자기 멈춰 서더니 민우의 머리를 때릴 것처럼 손을 확! 치켜든다.
그러자 자기도 모르게 몸을 움츠리며 움찔하는 민우.
곧이어 영우가 민우의 명치를 칠 것처럼 주먹을 날리는 시늉을 하자 민우는 이번에도 본능적으로 살짝 물러났다가 자기가 그렇게까지 막으려 했다는 사실이 더 쪽팔려 얼굴이 붉어진다.

민우 아, 뭐야! 무슨 짓이에요?

영우 한 번만 더 그런 행동을 하면 권민우 변호사의 뒤통수를 때릴 겁니다. 멍치를 세게 칠 수도 있고요. 당하고만 살지 않습니다.

예상외로 당찬 영우의 태도에 살짝 쫀 민우.
하지만 곧 기운을 되찾아,

민우 뭐가 그렇게 당당해요, 우변은? 게시판의 그 글, 내가 썼든 누가 썼든 어쨌든 다 맞는 말이잖아요. 우변 아버지가 대표님이랑 대학 선후배 사이인 것도 맞고 부정 취업한 것도 맞잖아요!

비난의 뜻을 가득 담아 영우를 노려보는 민우.
이에 영우가 복잡한 표정으로 말없이 한숨을 내쉰다.

S#20. 영우의 집 거실 (내부/밤)

현관문이 열린 것을 의아해하며 집 안으로 들어오는 광호.
영우 방에서 나는 부스럭 소리에 혹시나 싶어,

광호 영우냐? 집에 온 거야?

방에 있던 영우가 작은 여행용 캐리어를 끌고 거실로

나온다. 퇴근 복장 그대로 집에 들러 짐만 챙겨 나가는 모양새다.

영우　　다시 나갈 거예요. 옷 가지러 들렀습니다.

광호　　어디로 가는데?

영우　　저, 독립할 겁니다. 이사할 집을 구할 때까지 그라미랑 함께 있을 거니까 걱정하지 않으셔도 됩니다.

영우가 자신을 막아서는 광호를 피해 현관문으로 간다.
광호가 뒤따른다.

S#21.　**영우의 집 마당 (외부/밤)**

현관문을 열고 집 밖으로 나온 영우.
1층으로 내려가기 위해 옥외 계단으로 향하는데,
광호가 영우를 붙잡아 세운다.

광호　　아빠랑 얘기 좀 하자. 응?

영우　　싫습니다.

광호　　너 독립 같은 큰 문제를 아빠랑 상의도 없이 막 정하면 어떡해?

영우　　저 회사 옮길 겁니다. 한바다에 더 이상 다니지 않을 거예요.

광호 회사를 옮기다니… 무슨 소리야? 어디로 갈 건데?

영우 태산으로 갈 겁니다. 태수미 변호사에게 입사 제안을 받았습니다.

하늘이 무너진다는 게 이런 기분일까? 광호의 눈앞이 캄캄해진다. 영우가 광호를 살짝 밀어내고 계단으로 간다.

광호 (웅얼거리듯) 안 돼… 거기는 안 돼. 그 여자는…

너무 큰 충격에 광호가 숨이 가빠 중얼대는 사이
벌써 계단 앞에 도착해 캐리어를 집어 드는 영우.
이대로 영우를 보내면 다시는 진실을 말할 수 없을 것 같아, 광호가 용기를 낸다.

광호 태수미가 친모야.

그리 크지 않은 목소리였음에도
영우가 우뚝, 동작을 멈추더니 뒤를 돌아본다.

영우 네?

광호 태수미가 영우를 낳은 사람이야. 영우의… 엄마라고.

두 눈에 눈물이 맺히기 시작한 광호와 달리
영우의 표정은 무덤덤하다.

아무 일 없다는 듯 다시 태연하게 돌아서는가 싶더니
계단에 첫발을 내딛는 순간, 기절한다.

광호 영우야!!!

우당탕! 계단 아래로 굴러 떨어지는 영우.
광호가 허겁지겁 영우에게 달려간다.

S#22. 1인용 병실 (내부/밤)

병실 침대에 누워 잠들어 있던 영우가 눈을 뜬다.
보호자용 의자에 앉아있던 광호가 영우를 반긴다.

광호 영우야, 괜찮아? 정신 들어?
영우 온몸이… 아픕니다.
광호 (안쓰러워) 아이고, 전신에 타박상이라더니… 많이 아파? 진통제 놔달라고 할까?
영우 아니요. 괜찮습니다.
광호 다행히 뼈는 안 다쳤대. 좀만 쉬면 금방 나을 거라더라.

부녀 사이에 침묵이 흐른다.
친모 이야기를 다시 꺼내야 할 것 같은 부담감에
광호가 한숨을 쉰다.

하지만 곧 마음을 단단히 먹고,

광호 영우야, 이제야 말하게 되어서 미안해. 엄마가 영우를 낳다가 돌아가셨다고 했던 건… 거짓말이었어.

영우 알고 있었습니다.

광호 (놀람) 어?

영우 할머니가 말해주셨거든요.

광호 그래…?

영우 할머니랑 저랑 둘이 있을 때였습니다. 술에 많이 취하셔서 소리치셨어요. '니 엄마 안 죽었다. 너 버리고 도망간 거야. 내 아들 인생 망쳐놓고 도망간 거야.' 그렇게요.

광호 (한숨) 아빠랑 태수미는 서로 다른 세상에 살던 사람들이었어. 아빠는 가난한 농부의 아들인데 태수미는 태산 창립자의 딸이니까. 그런 두 사람이 대학에서 만났고… 어쩌다가 서로 좋아하게 됐어. 둘 다 연애에 서툴다보니 준비되지 않았을 때 영우가 생긴 거야. 임신한 걸 알고 나니까… 태수미는 태도가 완전히 달라지더라. 아무것도 없는 나랑 결혼해 일찍 애 엄마가 되는 것보다는 자기가 원래 있던 세상으로 돌아가고 싶었겠지.

S#23. 수미의 집 근처 골목 (외부/밤) - 과거

27년 전, 어느 비 오는 밤.

고급 단독 주택들이 모여 있는 주택가 골목길.
빨간 우산을 쓴 채 화가 나 씩씩대며 걸어가는 27년 전의 **태수미**(24세/여)를 우산 하나 없이 맨몸인 27년 전의 **우광호**(26세/남)가 달려가 붙잡는다.

수미　이거 놔! 선배 미쳤어? 집 앞까지 찾아오면 어떡해?

광호　안 만나주는데 그럼 어떡하니? 연락이 안 되는데 어떡해! 수미야, 잠깐이면 돼. 우리 얘기 좀 하자. 응?

수미　나 선배랑 더 할 얘기 없어.

수미가 광호를 세게 밀치고 돌아서 걸어간다.
이에 광호가 푹 쓰러지더니 바닥에 무릎을 털썩 꿇는다.
'심하게 넘어진 건가?' 광호 걱정에 수미가 슬쩍 뒤를 돌아본다. 주룩주룩 내리는 비를 온몸으로 맞으며 그 자리에서 꼼짝 않는 광호.

수미　뭐야… 괜찮아?

광호　(웅얼거리듯) 다… 우리 잘못이잖아.

수미　(잘 안 들려) 뭐?

광호　아이는 낳자.

광호의 말에, 수미의 얼굴 가득 괴로움이 번진다.

수미　우리, 벌써 몇 번이나 얘기했잖아… 그건…

그때 광호가 수미 앞으로 달려가더니 다시 무릎을 꿇는다. 그야말로 바지자락을 붙잡고 싹싹 비는 모양새로,

광호 약속할게! 내가 너 절대로 곤란하게 안 해. 아이만 낳아주면 그 아이 데리고 내가 사라질게! 학교도 그만두고! 사법시험이고 뭐고 아무것도 안 할게! 너 눈앞에 나타날 일 만들지 않을 테니까 수미야, 제발…

여전히 무릎을 꿇고 고개를 푹 숙인 채,
광호가 울기 시작한다. 그런 광호를 보는
수미의 눈에서도 쉴 새 없이 눈물이 흐른다.

CUT TO :

현재, 병실.
울부짖으며 애원하던 과거와 달리, 담담한 현재의 광호.

광호 결국엔 태수미도 영우를 낳는 데 동의했어. 밖에다가는 미국으로 유학 갔다 소문내놓고 실제로는 임신 기간 동안 집에만 있었던 거 같아. 그사이에 아빠는 대학을 졸업했고, 영우가 태어난 직후에 약속대로 영우를 받은 거지.

S#24. 광호의 집 (외부/밤) - 과거

26년 전.
허름한 다세대주택들이 모여 있는 골목길.
26년 전의 **우광호**(27세/남)가 세 들어 살던 집 앞에 서서 누군가를 기다린다. 곧 검은색 고급 외제차가 골목 안으로 들어와 광호 앞에 멈춰 선다.
긴장한 나머지 마른 침을 꿀꺽 삼키는 광호.
차 문이 열리더니, 수미네 **가사 도우미**(40대/여)가 아기를 안고 내린다.

가사 도우미 우광호 씨?

광호 네.

가사 도우미 받으세요. 여자 아이예요.

가사 도우미가 광호에게 영우를 넘겨준다.
딸과의 이상한 첫 만남.
포대기 안에서 곤히 잠든 아기의 얼굴을 보니 왠지 눈물이 날 것 같은 광호.

광호 수미는… 잘 있나요?

가사 도우미 (정색) 그런 건 묻지 마시고요. 다시는 서로 연락할 일 없을 겁니다.

가사 도우미가 차에 탄다.

짙게 선팅 된 창문 너머로 혹시나 수미가 타고 있기라도 할까 봐, 차 안을 살피는 광호의 눈빛이 자기도 모르게 간절해진다. 하지만 뭘 찾아내기도 전에 쌩— 떠나버리는 차. 우두커니 남겨진 광호가 영우를 꼬옥 끌어안는다.

CUT TO:

다시 현재, 병실.

광호　그 후로 아빠는 약속을 충실히 지켰어. 태수미랑 마주칠 일을 만들지 않으려고 사법시험도 포기했고, 법이랑은 상관없는 일들만 하면서 영우를 키웠으니까. 그래서… 아빠는 지금 많이 후회해.

예상 밖의 말에 영우가 놀란다.

영우　후회…합니까?

광호　영우가 아무 데도 취직하지 못하는 걸 볼 때는 정말 많이 후회했어. 아빠는 착각했던 거 같아. 한때 사랑했던 여자와의 약속을 끝까지 지키는 내가 의리 있고 멋있다고. 그런 거 참, 아무것도 아닌데.

영우　아버지는 의리 있고 멋있습니다. 저는…

광호　(말 끊으며 단호하게) 아빠는 어떻게든 변호사가 됐어야 했어. 그래서 아무도 영우를 받아주지 않을 때 아빠가 영우를 직접 고용해 가르쳤어야 했어. 딸한테 변호사 사무실 하나쯤은 물려줄 수 있는, 능력 있는 아버지가 됐어야 했어.

얼마나 많이 생각하고 또 생각한 것들인지,
말을 이어가는 광호의 눈빛에 흔들림이 없다.

광호 영우야, 아빠가 살아보니 이 세상 모든 것은 다 정치적이야. 선영이가 영우를 취직시켜준 데에도 다 정치적인 이유가 있고 태수미가 영우를 버린 것에도… 영우라는 사람이 미워서가 아니야. 나 같은 남자랑은 결혼할 수 없는, 그런 정치적인 이유들이 있었던 거야. 모두가 그렇게 사는 줄도 모르고 지 혼자 약속과 의리 타령을 하는 못난 남자는… 결국 그 성공하지 못한 대가를 자기 딸한테 치르게 해.

지난 삶에 대한 회한에, 광호의 눈에 눈물이 맺힌다.
그 순간 갑자기 영우의 머릿속에 무언가 반짝 떠오른다.

INSERT :

돌고래 여러 마리가 푸른 바다 위로 힘차게 뛰어오른다.

CUT TO :

다시 병실.

영우 소덕동의 느티나무도 그랬을까요?

영우가 기억 속을 되짚어본다.

FLASHBACK :

제7화. 대학 교수 연구실.
행복로에 대해 이야기하던 토목과 교수의 말.

교수 여기 도로 낼 거라는 얘기를 내가 처음 들은 게… 2016년이었으니까 아이고, 벌써 6년 전이네요.

FLASHBACK :

제7화. 소덕동 마을.
느티나무에 대해 이야기하던 한수의 말.

한수 2016년이었나? 우리도 혹시나 싶어서 도청에 문의한 적이 있었어요. 근데 전문가들이 나와서 보더니 그 정도는 아니라 하대? 허허. 천연기념물 될 정도는 아니래.

CUT TO :

현재, 병실.
좋은 생각이 떠오른 듯 영우의 눈이 반짝거리고 몸에 활기가 돈다. 반면 영우가 왜 이러는지 몰라 어리둥절한 광호.

영우 제 핸드폰은 어디 있습니까? 정명석 변호사님에게 전화해야겠습니다.

광호 지금… 이 시간에?

영우 네. 아버지는 좀 나가주시겠습니까? 변호사의 비밀 유지 의무 때문에 통화 내용을 들으시면 안 될 것 같습니다.

분명 조금 전까지는 딸에게 출생의 비밀을 털어놓는 주인공이었는데 졸지에 좀 나가주셔야 하는 조연이 된 광호.
뺄쭘하지만 그래도 딸을 위해 자리를 비켜준다.

광호 그래. (영우 손에 핸드폰을 쥐어주며) 영우 핸드폰 여기 있어.

광호가 병실 밖으로 나가자
영우가 천천히 몸을 일으키며 명석에게 전화를 건다.
자다 깬 목소리의 명석이 전화를 받는다.

명석 (소리) 여보세요.

영우 정명석 변호사님, 저희 아버지 생각에는 이 세상 모든 것이 다 정치적입니다. 모든 결정 뒤에는 정치적인 이유가 숨어 있기 마련이고요.

전화기 너머로 명석의 긴 한숨소리가 들린다.

명석 (소리) 그래서요?

영우 이상하지 않습니까? 소덕동 느티나무 말입니다. 그렇게 멋있는 나무가 왜 천연기념물은커녕 보호수조차 되지 못한 걸까요?

명석 (소리) 그게… 사건하고 관련이 있습니까?

영우 소덕동 느티나무가 천연기념물로 지정되지 못한 것이 만약 정치적인 이유 때문이라면, 관련이 있습니다. 소덕동 주민들이 느티나무에 대해 도청에 문의했던 때가 2016년입니다. 그런데 그때는 이미 소덕동에 도로가 생길지도 모른다는 것이 암암리에 알려져 있었습니다. 토목과 교수님도 알고 있었으니까요. (반응을 기다리다가) 정명석 변호사님? 주무십니까?

잠이 들어 잠시 잠잠했던 명석이 놀라며 잠에서 깨는 소리.

명석 (소리) 우영우 변호사. 지금 몇 신 줄 알아요?

영우 (벽시계를 보고) 오전 3시 10분입니다.

명석 (소리) 오전 3시 10분이면 다들 자는 시간 아닙니까? 새들도 아가 양도?

영우 네?

명석 (소리) 정치적인 이유가 있는지 없는지 사실관계 확인을 하려고 해도 낮에 해야 되지 않겠어요? 이 시간에 뭘 어쩌려고요?

영우 아…

명석 (소리) 내일 얘기합시다. 안녕.

영우의 대답을 듣지도 않고 명석이 전화를 뚝 끊어버린다. 그제야 주위를 둘러보고 얼마나 늦은 시간인지 깨닫는 영우. 사건 해결의 가능성에 들떴던 마음이 한 순간 식어버려 머쓱해진다.

S#25. **병원 복도 (내부/밤)**

한편, 어둑한 병원 복도 벤치에 홀로 앉아있는 광호.
몰려오는 여러 생각들에 조용히 한숨을 쉰다.

S#26. **소덕동 주민 센터 (외부/낮)**

다음 날.
출근하자마자 준호와 함께 소덕동 주민 센터로 달려온 영우.
주민 센터 출입문 밖으로 나온 한수, 현우와 대화한다.
비 오는 날이라 모두가 우산을 쓰고 있다.

현우 소덕동 느티나무가 천연기념물로 지정되려면 먼저 경해도에 문의를 해야 하더라고요. 경해도 문화재 위원회가 1차로 심의를 해서 '아, 이건 지정될 만하다' 싶으면 보고서를 써서 문화재청에 지정해달라고 제출하는, 그런 순서였습니다.

영우 그럼 두 분이 직접 경해도에 문의하셨습니까? 2016년에?

한수 아니, 유진이한테 맡겼지. 유진이가 그때도 경해도청에 다녔으니까.

준호 유진이라면, 그 바이올린 켜시는 분이요?

한수 응. 소덕동 유진 박.

영우 유진 박 씨는 본명이 어떻게 됩니까?

현우 박유진이에요.

영우 네?

한수 유진이가 애당초 바이올린을 배운 이유가 그거였어요. 유진 박이랑 이름이 같아서.

영우 아…

준호 박유진 씨는 지금도 경해도청에서 일하시죠?

한수 그럼. 이 시간이면 출근했겠네.

S#27. 경해도청 휴게실 (내부/낮)

경해도청 3층에 위치한 휴게실.
알고 보니 본명도 박유진이었던 유진이
영우, 준호와 마주 앉아있다.

영우 문화재청에 문의했더니 소덕동 느티나무에 관한 보고서는 아예 접수된 적이 없다고 합니다. 경해도 문화재 위원회가 보고서를 쓰지 않기로 결정했던 건가요?

유진 아, 음… 워낙 오래 전 일이라 기억이 잘 안 나는데… 아마 그랬던 것 같습니다.

영우 왜죠? 소덕동 느티나무가 천연기념물로 지정될 정도는 아니라고 판단하셨던 건가요?

유진 (왠지 놀라) 네? 누가요? 제가요?

영우 (어리둥절) 네? 아니요? 경해도 문화재 위원회가요.

유진 아~ 경해도 문화재 위원회가? 그 얘기셨구나. 하하! 가만 있어 보자~ 어떻게 된 거였더라?

준호 느티나무에 관해 심의를 했던 기록이 있지 않나요? 이장님 말씀으론 당시에 전문가들이 현장에 나와서 직접 나무를 봤다고 하니까 회의록이나 보고서 같은 자료가 있을 것 같아요. 그걸 좀 볼 수 있을까요?

유진 아… 자료를요?

유진이 머뭇거리더니 마지못해 자리에서 일어선다.

유진 여기서 잠깐만 기다려주세요. 제가 자료를 찾아가지고 올게요.

유진이 밖으로 나간다.
텅 빈 휴게실에 둘만 남게 된 영우와 준호.
갑자기… 서로 어색해진다.

준호 그날은 잘 들어가셨어요?

영우 그날이요?

준호 정명석 변호사님 사무실에서… 갑자기 뛰쳐나가셨잖아요.

FLASHBACK :

제7화. 명석의 사무실.

키스라도 할 것처럼 가깝게 서있는 영우와 준호.

서로를 바라보는 눈빛과 숨결이 뜨겁다.

머리부터 발끝까지 몸이 닿은 곳은 한 군데도 없지만 영우의 심장은 쿵쾅쿵쾅! 그야말로 터질 것처럼 빠르게 뛴다.

'아, 나는 이 사람을 좋아하는구나…'

몰려오는 깨달음에 어지러운 영우. 두 눈을 꼭 감고 잠시 가만히 있더니, 곧 준호를 살짝 밀치고 사무실 밖으로 뛰쳐나간다.

CUT TO :

현재, 경해도청 휴게실.

그날의 기억이 되살아나 영우의 얼굴이 붉어진다.

그 모습을 보는 준호의 얼굴도 상기된다.

건전하기 이를 데 없는 분위기의 도청 휴게실에서

한껏 야릇해진 두 사람. 영우가 어색한 침묵을 깬다.

영우 그날… 제 분당 심박수가 엄청났습니다. 이준호 씨를 전혀 만지지 않았는데도 심장이 매우 빠르게 뛰었습니다. 그렇다면 좋아하는 게… 맞는 것 같습니다.

어쩌다보니 고백이나 마찬가지인 말을 내뱉어버린 영우.
이번엔 준호의 심박수가 빨라진다.
더 이상 대답을 미룰 수 없다는 생각에,
준호가 결심한 듯 입을 연다.

준호 변호사님, 저는…

영우 (뭔가를 보고 놀라) 설마… 도망치는 겁니까?

준호 네?

준호가 영우의 시선을 따라 휴게실 바깥을 돌아본다.
복도에서 검은색 우산을 들고 허둥지둥 뛰어가는 유진의 뒷모습이 보인다.

영우 박유진 씨가… 도망칩니다.

그 말을 신호 삼아, 준호가 벌떡 일어나 유진을 쫓아 나간다.
계단에서 구른 탓에 아직 몸이 성치 않은 영우.
삐걱삐걱 비틀거리면서도 최선을 다해 따라 나간다.

S#28. 경해도청 복도 (내부/낮)

복도 끝 계단을 향해 뛰는 유진.
준호가 유진을 따라 달리며 소리친다.

준호　　박유진 씨? 어디 가세요?

유진이 휙! 뒤를 돌아보더니 본격적으로 도망친다.
난데없이 시작된, 이유를 알 수 없는 추격전.
준호가 유진을 따라 달린다.
엉성한 자세로 열심히 따라가 보지만 벌써 뒤처진 영우.
눈앞에 이제 막 문이 닫히려는 승강기가 보인다.

영우　　어… 잠깐만요!

영우가 승강기를 붙잡아 탄다.

S#29. 경해도청 계단 (내부/낮)

우당탕탕! 유진이 계단을 뛰어 내려가면
우당탕탕! 준호가 그 뒤를 쫓는다.

S#30. 경해도청 1층 (내부/낮)

마침내 1층으로 온 유진.
승강기 문이 열려 영우가 나타나자 "으악!" 하며
청사 밖으로 도망친다.

영우와 준호도 유진을 쫓아 밖으로 나간다.

S#31. 경해도청 마당 (외부/낮)

유진이 지나가던 행인과 툭 부딪히며 앞서 달리고
준호가 "박유진 씨! 박유진 씨!" 하며 따라 달리고
영우가 같은 행인과 또 툭 부딪혀 "죄송합니다!
죄송합니다!" 하고 꾸벅꾸벅 사과한 뒤 따라가는,
비 오는 날의 어설픈 추격전.

준호 어어? 박유진 씨! 조심하세요!

빵—경적 소리와 함께 급정거하는 택배 트럭.
움찔! 잠시 멈췄다가 다시 도망치는 유진.
놀란 트럭 운전사에게 몸짓으로 사과한 뒤 달려가는 준호와 영우.

CUT TO :

경해도청 마당 뒤쪽에서 쓰레기를 정리하던 **수위 아저씨** (50대/남). 허둥지둥 달려오는 유진을 보고 놀란다.

수위 아저씨 뭐야? 뭐야? 범인이야?

유진 아저씨! 비켜요!

하지만 비키지 않는 수위 아저씨.
오히려 쓰고 있던 우산까지 내던진 채 적극적인
수비 자세로 유진을 붙잡아 함께 바닥으로 쓰러진다.
준호와 영우가 헉헉거리며 두 사람에게 달려온다.

유진 이거 놔요! 나 범인 아냐! 나 경해도청 다녀!

수위 아저씨 경해도청 다녀? 근데 왜 도망쳐?

준호 (헉헉) 그러니까요. 대체 왜 그러신 거예요?

영우 (헉헉) 왜 도망치신 겁니까?

여전히 수위 아저씨의 품에 안긴 채 준호와 영우를 올려다
보는 유진의 얼굴에 난처함이 가득하다.

유진 아, 쪽팔리잖아! 쪽팔려서 그랬지! 내가 쪽팔려서!

S#32. 경해도청 옥외 휴게실 (외부/낮)

경해도청 마당 한편에 마련된 옥외 휴게실.
간이 지붕 아래 벤치들이 놓여있다.
영우, 준호, 유진이 벤치에 앉아 대화를 나눈다.

유진 그랬더니 친구 놈이 날 말리는 거예요. '너 바보냐고, 좀 있으면 소덕동에 지하철 10호선도 들어오고 행복로까지 생

기는데 지금 천연기념물 문의를 하면 어떡하냐고.' (한숨) 그 느티나무가 천연기념물로 지정되면 지하철도 도로도 못 들어오니까요.

영우 그래서 어떻게 하셨습니까?

유진 도청 같이 다니는 친구들 몇 명한테 부탁했죠. 문화재 위원회 전문가들인 척 해달라고요. 이장님 앞에서 느티나무 살펴보는 연기도 좀 하고, 그 나무가 천연기념물로 지정될 정돈 아니라는 말도 하라고요.

준호 그럼 실제로는 문화재 위원회에 문의하지도 않으셨던 거예요?

유진 네… 지금은 지하철이며 행복로가 우리 마을에 좋은 일이 아니라는 걸 알지만 그때는 땅값 참 안 오르는 소덕동에 호재가 두 개나 생기겠구나, 싶더라고요. 그래서 그만…

영우 그런데 그 우산은 어디서 사셨습니까?

영우의 생뚱맞은 질문에, 준호가 유진이 아까부터
들고 있던 우산을 본다.
한 귀퉁이에 돌고래 로고가 새겨진 검은색 우산.
현장 검증 당일, 재판장이 들고 왔던 것과 같은 우산이다.

유진 (우산 들어 보이며) 이거요?

영우 네. 남방큰돌고래 모양이 새겨져 있는 그 우산이요.

유진 이거… 경포건설 로고잖아요. 내가 산 게 아니고 아파트 모델 하우스 구경 갔다가 받은 거예요.

S#33. 법정 (내부/낮)

세 번째 변론기일.

재판장 주민들 동의서는 다 받았습니까? 결과가 어떻게 되죠?

명석 저, 재판장님…

명석이 난처한 표정으로 우물쭈물 일어서자
수미가 재빠르게 일어나 말을 가로챈다.

수미 소덕동의 인구는 4,176명이고 가구는 2,513개입니다. 동의서는 가구 기준으로 받았는데 경해도의 결정에 동의한 가구는 총 1,557 세대로 전체의 과반수가 넘습니다.

재판장 (명석에게) 피고 대리인의 말이 맞습니까?

명석 네, 재판장님. 하지만 동의서는…

재판장 (말 자르며) 그럼 현장 검증 때 말했던 대로, 재판부는 원고의 청구를 기각할 수밖에 없겠습니다. 이상…

이대로 재판이 끝나버릴 위기에 한수, 현우,
한바다 변호사들이 긴장한다. 명석이 다급하게 맞선다.

명석 재판장님! 재판부 기피 신청을 하겠습니다. 기피 신청에 대한 인용 여부가 결정될 때까지 소송 진행을 정지해주십시오.

재판장 뭐요? 청구 기각될 거 같으니까 지금 시간 끌기 하는 겁니까? 대체 무슨 근거로 기피 신청을 한다는 거예요?

명석 지난 현장 검증 때 재판장님께서 쓰고 오신 우산 기억하십니까?

재판장 우산…?

영우가 일어나 재판장과 수미에게 사진을 한 장씩 갖다준다. 정의일보 기자가 현장 검증 때 찍은 것으로, 사진 속 재판장의 우산 귀퉁이에 돌고래 로고가 새겨진 것이 보인다.

영우 재판장님이 들고 있는 우산에는 돌고래 모양이 새겨져 있습니다. 얼핏 '큰돌고래' 같다고 생각하실 수도 있겠지만 큰돌고래보다는 몸통이 날씬하고 길쭉하니 이것은 '남방큰돌고래'라고 판단하는 것이…

재판장 (버럭) 지금 무슨 소리 하는 겁니까!?

재판장이 내지른 큰소리에 영우가 놀라 눈을 꼬옥 감는다. 그러면서도 뒷말을 잊지 않고 마저,

영우 …좋겠습니다.

명석 재판장님, 이 돌…(고래라고 하려다가) 이 남방큰돌고래는 경포건설의 로고입니다. 사진 속 재판장님께서 들고 계신 우산은 경포건설이 함운 신도시에 건설 예정인 '경포 오션 파크 아파트'의 모델 하우스에서 방문객들에게 나눠준 우

산이고요.

그제야 한바다의 의도를 이해한 수미가 헛웃음을 웃는다.
명진과 찬일, 태산 변호사들이 긴장하고, 법정 안이 술렁인다.

재판장 지금 원고 대리인은 내가 함운 신도시에 아파트를 사려고 저 모델 하우스에 갔다, 이 말입니까? 저 우산이 어쩌다 내 손에 들어오게 된 건지 나는 모릅니다!

명석 만에 하나라도, 재판장님께서 함운 신도시에 건설 예정인 아파트 구매에 관심이 있으신 거라면 불공평한 재판을 하실 염려가 있기에 기피 신청을 하고자 합니다.

영우 돈 앞에서 사람의 마음처럼 나약한 건 없으니까요.

느티나무 아래서 수미가 했던 말을 그대로 돌려주는 영우.
재판부 기피 신청으로 골치가 아프면서도 수미는 그런 영우가 왠지… 귀엽다.

S#34. 법무법인 태산 휴게실 (내부/낮)

대형 커피숍 같은 분위기의 태산 사내 휴게실.
꽤 많은 수의 직원들이 커피를 마시며 대화를 나누는 가운데, 수미와 태산의 **인사팀장**(40대/여)이 나란히 앉아 영우를 기다린다.

인사팀장 변호사님께서 이렇게 누구를, 그것도 신입 변호사를 직접 추천하시는 경우가 거의 없었는데… 어떤 친구일지 너무 궁금하네요.

수미 팀장님도 만나면 재미있어 할 거예요. 보기에는 어리숙하거든? 근데 약간 천재 과인 건지, 그 친구 때문에 내가 한 방 맞은 게 벌써 여러 번이라니까? '나한테 이렇게 하는 신입은 니가 처음이야' 이런 느낌?

수미의 말에 인사팀장이 웃는다.
그때, 영우가 두 사람을 향해 다가온다.

수미 우영우 변호사! 반가워요. 우리 회사에서 보니까 더 반갑네? 여기는 인사팀장님.

인사팀장 말씀 많이 들었어요.

인사팀장이 활짝 웃으며 명함을 건넨다.
명함을 받아 든 영우의 표정이 평소보다 더 경직돼 보인다.

영우 음… 태수미 변호사님과 둘이서 이야기해야 할 것 같습니다.

인사팀장 네? 나… 가라고?

영우의 말에 당황하는 인사팀장.
수미의 표정도 어색해진다.

수미 응? 왜요? 난 두 사람 소개만 시켜주고 먼저 일어나려고 했는데?

영우 지금부터 제가 하려는 이야기는… 태수미 변호사님만 들으시는 게 좋을 것 같습니다.

수미 (살짝 불쾌하지만 피식) 뭔데 그럴까? 팀장님, 우린 다음에 얘기해요.

인사팀장 (역시 불쾌하지만 참고) 네, 알겠습니다.

인사팀장이 밖으로 나가자
영우가 수미의 맞은편에 앉는다.

수미 나한테 뭔가 할 말이 있는 거예요?

영우 저를… 알아보지 못하시겠습니까?

수미 네?

영우가 마주 앉은 수미의 얼굴을 가만히 본다.
'이 얼굴 어딘가에 나와 닮은 부분이 있나?' 생각하니,
기분이 복잡해진다.

영우 저는 우광호 씨의 딸입니다.

잊은 지 오래된 '우광호'라는 이름에
수미의 얼굴에서 미소가 사라진다.

영우 저를 알아보지 못하시겠습니까?

그제야, 수미가 마주 앉은 영우의 얼굴을 가만히 본다. 너무나 놀라고 또 두려운 마음에 수미의 심장이 빠르게 뛴다. 휴게실에 가득한 직원들에게 그 감정을 들키지 않으려다보니, 수미의 온몸이 그야말로 돌처럼 딱딱하게 굳는다.

영우 저는 한바다를 떠날 생각이었습니다. 태산에서 저를 받아준다면 이직하고 싶었어요. 하지만 얼마 전 태수미 변호사님이 누구인지 알게 되었고… 태산으로 갈 수는 없을 것 같습니다. 아버지한테서 독립해 진짜 어른이 되고 싶어 한바다를 떠나려고 했던 건데, 기껏 아버지를 떠나… 어머니의 회사로 갈 수는 없으니까요. 그것도 나를 낳았지만 나를 버렸고 지금도 날 전혀 알아보지 못하는… 그런 어머니한테요.

영우의 입에서 흘러나오는 '어머니'란 단어에
수미가 감전된 듯 움찔한다.

영우 태산으로 오라는 제안을 주셔서 감사하지만… 저는 한바다에서 계속 일할 거고 아버지의 곁에 남을 겁니다.

그때, 테이블 위에 꺼내둔 영우의 핸드폰이 진동한다.
영우가 방금 도착한 문자를 본다.
수미는 여전히 얼어붙은 듯 꼼짝도 못한 채
영우를 우두커니 보고 있다.

영우 소덕동 느티나무가 천연기념물로 지정될 것 같다고 합니다. 재판부가 바뀌든 안 바뀌든, 경해도는 행복로의 계획 노선을 반드시 변경해야 하겠네요. 소덕동 주민들에게는 참 잘 된 일입니다.

지금 소덕동 이야기가 귀에 들어올 리 없는 수미.
자기도 모르게, 오랫동안 가슴에 품고 살았던 질문이
툭 튀어나온다.

수미 저기, 나를… 원망했어?

영우의 눈빛이 흔들린다.
대답을 하다가는 자칫 감정적으로
무너져버릴까 봐, 마음을 다잡는다.

영우 소덕동 언덕 위에서 함께 느티나무를 바라봤을 때… 좋았습니다. 한 번은 만나보고 싶었어요. 만나서 반가웠습니다.

영우가 자리에서 일어나 휴게실 밖으로 나간다.

휘몰아치는 감정에 수미의 눈에서 또르르 눈물이 흐른다.

FLASHBACK:

쏴아—느티나무 잎사귀들 사이로 부드러운 바람이
불어온다. 비가 갠 뒤 무지개가 뜬 하늘 아래,
나란히 서서 소덕동 느티나무의 자태를 감상하는
영우와 수미.

S#35. 소덕동 언덕 (외부/낮)

현장 검증에 왔던 정의일보 기자가 카메라 앞에 서서 뉴스를 보도한다.

기자 경해도 기영시 소덕동에 있는 느티나무가 천연기념물로 지정 예고됐습니다. 문화재청은 이 느티나무가 역사성, 경관성, 심미성이 뛰어날 뿐 아니라 생육 상태가 양호해 자연 유산으로서의 가치가 매우 높다고 설명했습니다.

뉴스 화면 속 느티나무의 모습이 아름답다.
기자의 보도가 이어진다.

기자 한편 소덕동 주민들은 행복로의 계획 노선이 마을을 관통할 뿐 아니라 이 느티나무까지 제거하도록 설계되었다며,

경해도에 노선을 변경할 것을 요구하는 행정 소송 중이었는데요. 이번 천연기념물 지정 예고를 계기로 재판부와 경해도가 소덕동 주민들의 목소리에 귀를 기울이게 될지 귀추가 주목됩니다.

S#36. EPILOGUE : 호텔 커피숍 (내부/낮)

어느 특급호텔 안에 있는 넓고 고급스러운 커피숍.
방금 막 업무 관련 미팅을 마친 선영이 커피숍을
나가려 하자 입구에서 기다리고 있던 선영의
수행원(30대/남)이 다가간다.

수행원 대표님, 여기 진용그룹 부회장님 와계시던데요.
선영 그래?
수행원 네. 근데 태수미 변호사랑 같이 있더라고요. 저쪽에…

비서가 커피숍 안쪽에 있는 테이블을 가리킨다.
대기업 '진용'의 **부회장**(50대/남)이 수미와 마주
앉아있다가 먼저 일어선다.
어딘지 쎄—한 느낌이 드는 선영.
커피숍을 나오는 부회장에게 다가간다.

선영 부회장님! 여긴 어쩐 일이세요? 태수미 변호사 만나셨어요?

부회장 아? 네! 아이고, 우리 한선영 대표님을 여기서 다 만나네!

바람이라도 피우다 딱 걸린 사람처럼 당황하는 부회장.
곧 표정 관리를 하더니 뭔가를 말해버리기로 결심한다.

부회장 안 그래도 제가 연락하려고 했습니다. 정리가 좀 되면요.

선영 정리요?

부회장 우리 진용그룹이 승계 작업을 시작했잖습니까? 지금까지는 한바다가 잘해주셨지만 앞으로는 그 작업을 태산에 맡기려고 합니다.

선영 네?

부회장 미리 말씀을 못 드려서 죄송하게 됐습니다. 자세한 얘기는 나중에…

선영 (말 끊고) 부회장님, 최근 행복로 관련 행정 소송에서 한바다가 태산을 이긴 거 모르십니까? 태수미 변호사가 직접 나섰는데도 저희한테 졌어요. 무엇보다 한바다의 가업 승계팀은 대한민국 최고의 드림팀입니다. 서울 가정 법원 가사 전문 부장판사님도 모셔왔고, 조세 분야 스타 판사셨던…

부회장 (말 끊으며) 아, 좋죠. 재판 승리하신 것도 좋고 부장판사, 스타 판사, 다 좋은데… 아무리 그래도 법무부 장관은 못 이기지 않습니까?

선영 네?

부회장 좀 있으면 태수미 변호사가 법무부 장관이 될 텐데… 진용으로서는 그런 상황을 고려하지 않을 수가 없네요.

한 방 맞은 듯 잠시 멍해진 선영.

부회장 한 대표님, 너무 섭섭해하지 마세요. 나중에 연락드리겠습니다.

선영의 대답은 듣지도 않고 서둘러 커피숍을 빠져나가는 부회장.
선영이 잠시 씩씩대더니, 수미를 향해 성큼성큼 걸어간다.
입구에 남겨진 수행원이 걱정스러운 얼굴로 선영의 뒷모습을 본다.

CUT TO :

커피숍 안쪽 수미가 앉아있는 테이블.
선영이 수미 맞은편에 우뚝 서자
수미가 선영을 올려다보더니,

수미 한선영 대표? 오랜만이네?

하며 우아하게 미소 짓는다.
그 미소에 더 약이 오르는 선영.
묻지도 않고 수미 맞은편에 털썩 앉아,

선영 너, 법무부 장관 꼭 돼야겠다. 감투 쓰기도 전에 영업부터 이렇게 하고 다녔는데 행여나 장관 못 되면 어떡해? 사기 치는 것도 아니고.

수미 영업은 무슨~ 진용 부회장님이 상담을 원하시기에 조금 해드린 거지. 그러게 잘 좀 하지 그랬어? 나한테까지 오실 일 없게.

서로를 마주 보는 수미와 선영의 눈빛에 불꽃이 튄다.

선영 조심해. 사람 무너지는 거 한순간이야. 흠 없이 완전무결한 인간도 아니잖아, 너.

수미 흠? 글쎄? 나한테 무슨 흠이 있을까? 한바다가 하던 일 빼앗아 태산으로 가져온 거? 아니면… 네 남자 빼앗아 내 남편 만든 거?

선영 (발끈) 뭐?!

수미 (피식) 미안. 그건 너무 옛날 일이다. 그렇지?

선영 (화 누르며) 그런… 태수미다운 짓들 말고. 태수미가 태수미답지 않았을 때 저지른 실수 하나 있잖아. (비꼬듯) 대학 시절의 순수한 사랑. 그 사랑의 결실. 기억 안 나?

선영의 한 방에 이번엔 수미의 표정이 굳는다.

선영 조심해.

선영이 벌떡 일어나 저벅저벅 걸어 나간다.

홀로 남겨진 후에야 조용히 내뱉는 수미의 한숨이 떨린다.

〈끝〉

작가 인터뷰

1. 대본집을 출간하는 소감 부탁드립니다.

대본이란 그저 영상화를 위한 도구로써, 드라마가 완성되고 나면 더 이상 필요 없어지는 것이라 여겨지기도 하는데요. 이렇게 '대본집'이라는 말쑥한 모습으로 독자 여러분들을 새롭게 만날 수 있다니, 공들여 쓴 대본이 다시 태어난 것 같아 기분이 좋습니다. 《이상한 변호사 우영우 대본집》의 독자가 되어주셔서 감사합니다. 16개의 대본을 읽으시는 동안 우영우 변호사와 함께 즐겁고 재미있는 시간 보내시길 바랍니다.

2. 주인공 '우영우'라는 이름은 어떤 과정을 거쳐 정해졌나요?

이 드라마를 구상하던 3년 전 어느 날, 길을 걷다가 문득 떠올랐습니다. '주인공 이름을 '우영우'라고 하면 좋겠다! 똑바로 해도 거꾸로 해도 '우영우'잖아? 기러기 토마토 스위스처럼!' 하고요.

이 드라마는 예민한 소재들을 여럿 다루고 있기 때문에 대본을 쓰는 내내 바짝 긴장하고 무척 조심했어야 했습니다. 영감에 몸을 맡긴 채 자유롭게 창작하는 '예술가의 글쓰기'가 아니라, 살얼음판 위에서 스스로를 끊임없이 의심하는 '검열관의 글쓰기'였다고나 할까요?

그래서인지 어느 날 문득 머릿속에 떠오른 대로 자유롭게 지은 '우영우'라는 이름과 "제 이름은 똑바로 읽어도 거꾸로 읽어도 우영우입니다. 기러기 토마토 스위스 인도인 별똥별 우영우."라는 자기소개가 저는 참 좋습니다. 자기 검열로 가득한 대본에서 작게나마 뻥 뚫린, 숨 쉴 구멍처럼 느껴져서요.

3. '악역이 없는 드라마'라고 입소문이 났습니다.
캐릭터 설정에 있어 선악이 분명히 나뉘지 않도록 의도한 건지 궁금합니다.

이 드라마에서 주인공 우영우를 방해하는 것은 특정 인물로 표현된 '악역'이라기보다 매 화 새롭게 맞닥뜨리는 '장애물들'이라고 생각했습니다. 어느 화에서는 영우가 가진 자폐 스펙트럼 장애 자체가 장애물이고, 어느 화에서는 자폐인에 대한 우리 사회의 편견이 장애물이며, 어느 화에서는 동료 변호사의 질투가, 또 다른 화에서는 의뢰인의 거짓말이 장애물인 것처럼요. 그런 이유로 뚜렷한 악역 캐릭터를 만들기보다 매 화 다양한 장애물을 등장시키려고 노력했습니다.

4. 가장 고심하며 집필했던 대사는 어떤 부분인가요?

마지막 화인 16화에서 영우가 어머니에게 자신의 삶에 대해 설명하는 대사를 쓸 때 가장 고심했습니다. 잘 쓰려고 고심했다기보다는, 제 스스로가 그 대사를 너무 잘 쓰려고 해서 그걸 워워 시키느라 힘들었습니다. '명대사 같은 거 쓰려고 폼 잡지 말고 담백하게 쓰자, 담백하게!'라고 스스로 되뇐 후, 결국 "제 삶은 이상하고 별나지만, 가치 있고 아름답습니다."라는 대사를 썼습니다.

5. 집필하면서 배우가 실제로 연기하는 모습을 상상하며 작업하였는지 궁금합니다. 또한 박은빈 배우 캐스팅과 관련해 배우 측에서 한 차례 고사했지만 기다렸다는 언급이 있던데, 어떻게 설득이 이루어졌는지도 궁금합니다.

대본을 쓸 때 머릿속으로 배우가 연기하는 모습을 상상하면서 쓰기는 하는데, 실제로도 그렇게 할 거라고 생각하지는 않습니다. 오히려 제가 상상했던 것보다 훨씬 더 풍부하게, 진짜처럼, 심지어 어떤 부분은 완전히 새롭게 만들어주기를 기대하는 것 같아요. 그런 면에서 저는 박은빈 배우가 지구 최강의 연기력으로 아름답게 표현해낸 우영우를 정말로 좋아합니다.

박은빈 배우를 설득하기 위해 유인식 감독님과 많은 말들, 자료들, 진심 어린 마음들 같은 걸 준비했습니다. 박은빈 배우가 토끼를 좋아한다는 말에, 첫 만남 때는 왼쪽 가슴에 토끼가 수놓아진 셔츠를 입고 갔습니다. 너무 작은 토끼여서 배우님은 눈치채지 못한 것 같았지만, 그 작은 토끼의 기운이라도 빌려보고 싶었습니다.

6. 영우의 내면을 시각적으로 표현하는 '고래'의 탄생기가 궁금합니다.

유인식 감독님께서 영우의 내면을 시각적으로 표현할 수 있는 소재가 있으면 좋겠다고 하셔서 '퍼즐, 퀴즈, 대칭, 동물, 고래, 자동차 바퀴' 등의 후보를 놓고 고민하다가 고래로 정했습니다. 고래는 생김새부터가 아름답고 멋있어서 드라마의 미장센을 풍부하게 만들어줄 거라는 기대가 컸습니다.

마지막까지 고래와 견주어 최종 후보에 올랐던 대상은 '퀴즈'와 '대칭'이었습니다. 퀴즈와 대칭에 대해서도 각각 꽤 많은 양의 자료조사를 해 대본을 수정해 보기까지 했으니까요. 하지만 퀴즈의 경우에는 매 화 사건 내용에 딱 맞는 퀴즈를 찾아내기가 어려웠고, 대칭의 경우는 너무 수학적으로 흘러가 내용이 어렵게 느껴진다는 반대가 있었습니다. 그렇게 돌고 돌아 결국 고래가 되었는데, 9화에서 영우가 법정 안으로 들어온 범고래와 마주 보는 장면을 쓸 때는 고래로 정하길 정말 잘했다고 생각했습니다.

7. 많은 시청자의 사랑을 받으며 드라마와 관련된 갖가지 반응과 해석이 쏟아졌는데, 기억에 남는 내용이 있으신가요?

저에게는 '드라마가 재미있다'는 시청자 반응이 가장 반갑습니다. 창작자로서 내가 만든 무엇인가를 다른 사람들이 재미있어 한다는 것이 얼마나 이루기 어려운 일인지 잘 알기 때문입니다.

8. 앞으로도 작품을 만들며 계속 지니고 싶은 마음가짐이 있다면 어떤 것인가요?

한때는 그런 꿈이 있었습니다. 제가 열세 살 때 영화 〈그랑블루〉를 보고 그랬던 것처럼, 누군가 제가 만든 작품을 보고 '아, 나도 뭔가 저런 걸 만드는 사람이 되어야겠다!'고 생각할 수 있으면 좋겠다고요.

지금은 그런 꿈을 꾸기보다는 다짐을 합니다. 매번 반가운 손님을 초대하는 마음으로 작품을 만들겠다고요. 제가 정성껏 만든 세계 속에서 손님들이 즐거운 시간을 보내다 집으로 돌아가실 때 '아, 오늘 정말 재밌었다!'고 생각하실 수 있으면 좋겠습니다.

만든 사람들

극본 문지원
연출 유인식
출연 박은빈, 강태오, 강기영, 전배수, 백지원, 진 경, 하윤경, 주종혁, 주현영, 임성재
제작 에이스토리, kt StudioGenie, 낭만크루

[에이스토리]

제작 이상백
제작 총괄 이영화
제작 프로듀서 김민지, 이세원
라인 프로듀서 김수현, 왕 휘
글로벌 콘텐츠 비즈니스 총괄 한세민
콘텐츠 사업 하야시 유카, 박여주, 우예리
경영지원실 이현진, 배애영
마케팅/OST 제작 박인정, 전희진
경영전략 김용수

촬영감독 홍일섭, 한상욱
포커스풀러 이증복, 장성욱
촬영팀 차도영, 이건주, 김형민, 유호연, 송성호, 김정현
DIT [오온] 김미경, 김은지
촬영장비 [DMC필름] 김유식
조명감독 손윤희
조명팀 이형우, 전창규, 신진수, 장민준, 김형준, 유현규
발전차 임동민
동시녹음 허준영
동시녹음팀 박경수, 김주현
그립 [무빙이미지서비스] 김광훈
그립팀 전강진, 이상원
드론 [팀꾸러기]
캐스팅 [제이엔에이전트] 정치인, 노하은
아역 캐스팅 [티아이] 노태민, 정유민, 김석호

보조출연 [한강예술] 김진태, 이대영, 한중연
미술 [스튜디오현]
미술감독 김소연
미술팀장 이유빈, 이진주
미술팀 박윤정, 오희민
세트 [아트인]
세트 총괄 이용직, 박승현
제작 **김승리**
공무 이홍식, 최지성
세트 지원 문동녘, 정민교
작화 이승엽, 이상택
장식 김기현, 조행복
행정 남궁윤, 고경민
대도구 진행 김태훈
소품 [Deco LAB] 정화연
소도구팀 진행 실장 허경두
소도구팀 서조이, 서보균
인테리어 팀장 정대호
소도구팀 지원 서연란, 홍하영, 손지원, 김다해
푸드스타일리스트 강민희
페이퍼크래프트 최서영
분장 미용 [케이워크] 김봉천, 김란희, 곽민경, 김예아
의상 [더스타일] 김보배, 유데레사, 임지현, 김예지
특수효과 [디엔디라인] 도광섭, 도광진, 변세윤
무술감독 [베스트스턴트] 강 풍, 임승묵
소품특수차량 [인아트웍] 박민철, 허성두, 최견섭, 이영현

스태프버스 김영태
보출버스 [동백미디어]
봉고 [바로바로스토리]
연출 봉고 하순만
제작 봉고 허남철
카메라 봉고 김상섭, 장동욱
소품차량 정윤성
의상차량 최재범
세트장 임대 [글로벌 미디어], [썬샤인아이 스튜디오]
편집 [쿨미디어] 조인형, 임호철
편집 보조 최효석, 정다영, 남보라, 황유정
음악 슈퍼바이저 노영심
음악 김정배, 나하은
매니지먼트 재뉴어리
음악감독 김성율
음악 유종현, 조남욱, Daniel Lee, KOOW, 박정인, 최재원
음악 오퍼레이터 김동수
사운드 [레인메이커]
Supervising Sound Designer 유석원
Sound Designer 김병구, 배상국, 허정현, 김수남
VFX [WESTWORLD] 손승현, 허동혁, 황진혜, 양영진, 김수동, 서덕재, 노민영, 황보민경, 정미라, 이아현, 문수빈, 여진희, 김서영, 정창현, 공태인, 오지연, 이대희, 전영빈, 김수빈, 민경환, 황한울, 김준택, 황영선, 이선주, 신서영
Digital Intermediate [U5K Imageworks]
Colorist 엄태식, 김민정

Assistant Colorist 김린하, 오다빈
DI Producer 손민경
Technical Supervisor 서중권
Image Mastering 최우석
종합편집 [DH Media Works Lab]
Director 이동환
Image Mastering 이한슬
Assistant 김혜정
Data Management 박주현, 김재겸
홍보 대행 [피알제이] 박진희, 이미송, 최보미
스틸 최다현
메이킹 [리비에르픽쳐스] 유가람, 배희진
포스터/소타이틀 디자인 [피그말리온] 이유희, 박재호, 이서연, 박인혜
포스터/소타이틀 사진 이승희
티저/예고 [나인컨셉] 최준구, 김은진, 김현진, 김두한, 황윤정
로고/캘리그라피 전은선

[대본 자문]

법률 관련
[법무법인(유한)태평양] 윤지효 변호사
[법무법인 호암] 신민영 변호사, 백나눔 변호사
자폐스펙트럼 관련
[나사렛대학교] 김병건 교수
정신건강의학 관련
[푸르메재단 넥슨어린이병원] 김수연 과장

[에피소드 원작]

신민영
《왜 나는 그들을 변호하는가》
조우성
《한 개의 기쁨이 천 개의 슬픔을 이긴다》
신주영
《법정의 고수》
지 향
《나는 그렇게 생각하지 않습니다》

대본인쇄 [슈퍼북]
스토리보드 강 숙
일러스트 협조 [KT Y] 정5, 정다은, Cez, 유보라

[kt StudioGenie]

기획 김철연
책임프로듀서 이주호
프로듀서 김은선, 김영하
제작전략/마케팅 총괄 정지현
제작전략 김승민, 강은교, 천주원, 김은비
마케팅 최시정, 정은년, 김도원
사업 총괄 오기제
국내사업 권영민, 정연실, 박석희
해외사업 송현정, 김중균

[낭만크루]

공동 제작 이상민

[ENA]

채널 총괄 오광훈
편성 총괄 신재형
편성 백수연, 김혜림, 이슬비
운행 천지현, 이현지
홍보 마케팅 김지현, 함초롱, 용금주, 이주원
온라인 마케팅 이정민, 정우성, 민윤정, 유현승
OAP 김동준, 백민정, 김지원
디자인 김재희
IMC 김재영, 정민우
광고 기획 박철민, 강예리
광고 운행 김지명, 지현희, 김나영, 김소연
방송 심의 김현호

마케팅 총괄 [킹스마케팅그룹] 주지성, 임형섭, 김승우
장소 섭외 [로케이션 이음] 이손영, 고도연, 이휘동, 김민수
보조 작가 김도하
SCR 장정윤, 하현정
FD 김명식, 김대남, 김진경, 김유미
조연출 고은호, 이광문, 심유나

• 박은빈 •

2022

우영우의 세계를 함께 탐험해주셔서
감사합니다 ♡ 사랑합니다 ♡

• 강태오 •

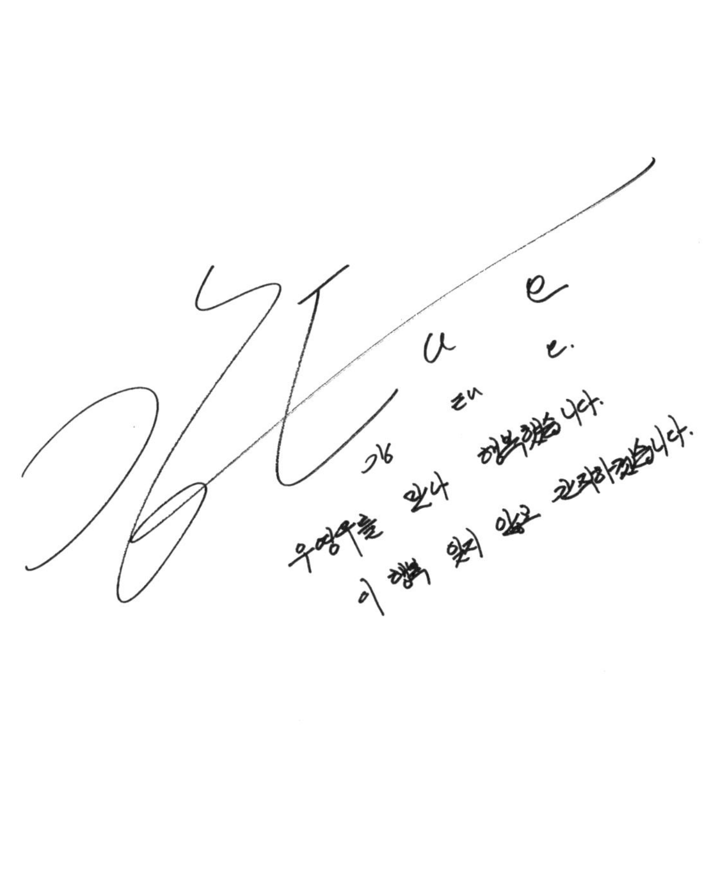
우영우를 만나 행복했습니다.
이 행복 잊지 않고 간직하겠습니다.

• 강기영 •

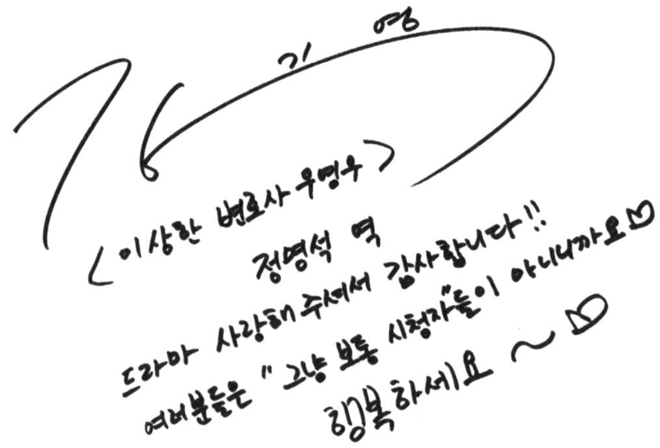
강기영
<이상한 변호사 우영우>
정명석 역
드라마 사랑해 주셔서 감사합니다!!
여러분들은 "그냥 보통 시청자"들이 아니니까요♡
행복하세요~♡

• 하윤경 •

하윤경

넘치는 사랑 주셔서 감사합니다!!
여러분의 앞날에 '봄날의 햇살' 같은 순간이 가득하길..
건강하고 행복하세요♡ -하윤경

• 주종혁 •

주종혁

2022

<이상한 변호사 우영우>를 만나 제 인생에 기적이 일어났습니다.

너무 소중한 2022년도를 만들어 주셔서 너무 감사드립니다!

사랑합니다♥ - 권민우 -

• 주현영 •

우리 모두에게
봄날의 햇살같은 나날들이 펼쳐지길..
- 2022. 8. 19 동그라미 주현영 -